SUSAN WIGGS
Cierra los ojos...

Editado por Harlequin Ibérica.
Una división de HarperCollins Ibérica, S.A.
Núñez de Balboa, 56
28001 Madrid

© 2008 Susan Wiggs
© 2014 Harlequin Ibérica, S.A.
Cierra los ojos..., n.º 168
Título original: Just Breathe
Publicada originalmente por Mira Books, Ontario, Canadá.
Traducido por Ana Robleda Ramos

Todos los derechos están reservados incluidos los de reproducción, total o parcial.
Esta edición ha sido publicada con autorización de Harlequin Books S.A.
Esta es una obra de ficción. Nombres, caracteres, lugares, y situaciones son producto de la imaginación del autor o son utilizados ficticiamente, y cualquier parecido con personas, vivas o muertas, establecimientos de negocios (comerciales), hechos o situaciones son pura coincidencia.
® Harlequin, TOP NOVEL y logotipo Harlequin son marcas registradas por Harlequin Enterprises Limited.
® y ™ son marcas registradas por Harlequin Enterprises Limited y sus filiales, utilizadas con licencia. Las marcas que lleven ® están registradas en la Oficina Española de Patentes y Marcas y en otros países.
Imagen de cubierta utilizada con permiso de Harlequin Enterprises Limited. Todos los derechos están reservados.

I.S.B.N.: 978-84-687-4077-5

En memoria de Alice O'Brien Borchardt, dotada escritora y amiga querida. Permaneces viva en el corazón de aquellos que te amaron

Primera parte

CAPÍTULO 1

Después de un año de visitar la clínica con regularidad, su decoración empezaba a aburrirla. Quizás fuera cosa de los expertos, quienes pretendían que los tonos tierra calmasen los nervios de los aspirantes a padres; o que intuían que aquella fuente artificial llena de burbujas podía inducir a una mujer con problemas de fertilidad a poner espontáneamente un huevo, como si fuera una gallina en plena producción. Incluso podían haber llegado a pensar que el brillo de las campanillas de metal podía animar a un espermatozoide despistado a encontrar el camino a casa como si se tratara de un misil guiado por calor.

El periodo de reposo tras la inseminación, tumbada boca arriba con las caderas elevadas, estaba haciéndosele interminable. Ya no era una práctica habitual que tras el procedimiento las mujeres se quedasen recostadas, pero muchas de ellas, entre las que Sarah se encontraba, eran supersticiosas y dado que necesitaban toda la ayuda que pudieran recabar, ¿por qué no sumar también la gravedad?

Alguien llamó quedamente a la puerta y oyó que abrían.

—¿Cómo vamos? —preguntó Frank, el enfermero de la clínica. Frank llevaba la cabeza afeitada, un pendiente, mosca bajo el labio inferior y guantes quirúrgicos decorados con conejitos. Era como míster Proper mostrando su lado femenino.

—Espero que esta vez vayamos bien —respondió Sarah, colocándose las manos bajo la cabeza.

Viéndole sonreír le entraron ganas de llorar.

—¿Tienes calambres?

—No más de lo normal.

Tumbada en la camilla Frank le tomó la temperatura y anotó grados y hora.

Sarah ladeó la cabeza. Desde allí podía ver sus pertenencias ordenadas en la estantería del vestidor anejo a la sala: el bolso de Smythsons color canela comprado en Bond Street, ropas de diseño, botas flexibles y suaves como la mantequilla colocadas junto a la pared, el móvil junto a la ropa programado para marcar el número de su marido con tocar un solo dígito o con una orden de voz.

Tanta abundancia era la fachada de una mujer en buena posición, una mujer a la que satisfacían todos los caprichos, puede que incluso mimada. Pero en lugar de sentirse especial y afortunada, se sentía… mayor, a pesar de ser la cliente más joven de Fertility Solutions. Muchas mujeres de su edad seguían viviendo con sus novios en buhardillas amuebladas con palés y, aunque no debía envidiarlas, a veces no podía evitarlo.

Sin tener una razón de peso para ello, se sentía vagamente culpable y a la defensiva por estarse pagando una terapia de fertilidad tan cara.

—No es culpa mía —le explicaba a cualquier desconocido—. No tengo problema alguno para concebir.

Cuando Jack y ella decidieron buscar ayuda, empezó a tomar Clomid para echarle una mano a la madre naturaleza. En un principio le parecía una locura estarse tomando un medicamento cuando su salud era impecable, pero a aquellas alturas ya se había acostumbrado a tomar pastillas, a los calambres, los ultrasonidos vaginales, los análisis de sangre…y la aplastante desilusión cada vez que el resultado era negativo.

—Venga, Sarah, que estar de bajón revuelve el karma —espetó él—. Está demostrado científicamente.

—No estoy de bajón —respondió, incorporándose con una sonrisa—. Estoy bien. Lo que pasa es que esta es la primera vez que Jack no ha venido a la cita y, si sale bien, algún día tendré que explicarle a mi hijo que su padre no estuvo presente en su concepción. ¿Qué le contaré entonces? ¿Qué el tío Frank hizo los honores?

—No estaría mal.

Intentó convencerse de que la ausencia de Jack no era culpa suya. Ni suya, ni de nadie. Desde que el ultrasonido revelaba la presencia de un folículo ovárico maduro y le ponían la inyección de HCG, tenían treinta y seis horas para llevar a cabo la inseminación intrauterina, y por desgracia su marido tenía programada una reunión para aquella hora de la tarde a la que no podía dejar de asistir. El cliente venía de fuera, según le había contado.

—¿Seguís intentándolo al modo tradicional?

Sarah se sonrojó. Las erecciones de Jack eran pocas y muy espaciadas, y últimamente había renunciado a hacerlo.

—Digamos que no con ahínco.

—Dile que venga mañana. Te tengo apuntada para las ocho.

Se sometería a una segunda inseminación mientras la ventana de su fertilidad siguiera abierta. Le entregó una cartulina con la fecha anotada y la dejó sola.

Su deseo de tener un hijo se había transformado en un hambre dolorosamente físico, un hambre que crecía a medida que se sucedían los meses sin el fruto esperado. Aquella era su duodécima visita. Un año antes nunca se habría creído que alcanzaría aquella cifra, y mucho menos sola. Aquello se había convertido en una deprimente rutina: las inyecciones que ella misma se administraba, la invasión del espéculo, el escozor y la quemazón que provocaba el catéter de la inseminación. Después de todo aquello la ausencia de Jack no debería suponer gran cosa, se dijo mientras se vestía. Aun así para ella era fácil recordar que en el epicentro de tanta ciencia y tecnología había algo muy humano y elemental: el deseo de tener un hijo. Últimamente le resultaba doloroso mirar a las madres con sus hijos, una imagen que transformaba un deseo en un dolor físico.

Tener a Jack a su lado dándole la mano y soportando con ella aquel New Age de Muzak se lo hacía más fácil. Le agradecía el apoyo y su buen humor, pero aquella mañana le había dicho que no debía sentirse culpable por no poder acudir con ella.

—No pasa nada —le había consolado con una sonrisa irónica mientras desayunaban—. Las mujeres se quedan embarazadas sin que su marido esté presente un día sí y otro también.

Él apenas había levantado la vista de su BlackBerry.

—Muy graciosa, Sarah.

Ella le había acariciado el pie por debajo de la mesa.

—Se supone que deberíamos seguir intentando quedarnos embarazados por el método tradicional.

Él la miró entonces y vio brillar sus ojos un instante.

—Claro —respondió, apartándose de la mesa para organizar la cartera—. ¿Para qué si no íbamos a practicar sexo?

Esa actitud resentida había empezado meses atrás. Tener que practicar sexo por el bien de la procreación no era precisamente un aliciente para ninguno de los dos, y ella no podía esperar a que su libido volviese a despertar.

Hubo un tiempo en que él la miraba de un modo que la hacía sentirse una diosa, pero eso había sido antes de que cayera enfermo. Era difícil sentir interés por el sexo después de que te hubieran irradiado las gónadas, decía él, por no mencionar el hecho de que le hubieran extirpado uno de sus atributos. Pero cuando se enteraron de que padecía cáncer, sellaron un pacto: si sobrevivía a la enfermedad, recuperarían el sueño que habían compartido antes de que se declarara, es decir, tener un hijo. Bueno, más de uno. De hecho solían bromear sobre el hecho de que le quedara un solo testículo. El uni-bola, lo llamaban, y lo colmaban de atenciones. Una vez terminó con la quimioterapia, los médicos dijeron que tenía muchas posibilidades de recuperar la fertilidad, pero por desgracia no había sido así. Ni la fertilidad, ni la función sexual. Al menos no en el nivel necesario.

Entonces se habían decidido por la inseminación artificial utilizando el esperma que habían preservado como precaución antes de empezar con el tratamiento. En aquel momento había comenzado el ciclo de Clomid, la monitorización exhaustiva, las frecuentes visitas a North Shore Fertility Solutions y unas facturas tan astronómicas que Sarah había dejado de abrir los sobres.

Afortunadamente las facturas que había originado la enfermedad de Jack estaban cubiertas, ya que el cáncer no solía sobrevenir a recién casados que intentaban tener familia.

La pesadilla había comenzado un martes por la mañana a las 11:27. Sarah recordaba bien haber mirado qué hora era en el monitor de su ordenador mientras intentaba recordarse que tenía que respirar. La expresión del rostro de Jack le llenó los ojos de lágrimas antes incluso de que él pronunciase las palabras que podían cambiar el curso de sus vidas:

—Es cáncer.

Después de las lágrimas le juró a su marido que le ayudaría a superar la enfermedad. Por su bien había perfeccionado la sonrisa, un gesto que se colocaba en la cara cuando la quimioterapia lo dejaba vomitando y tembloroso. Puedes conseguirlo, campeón, decía aquella sonrisa. Estoy siempre a tu lado.

Aquella mañana, arrepentida de sus palabras anteriores, había intentado charlar de cosas sin importancia mientras hojeaba el catálogo de Shamrock Downs, el actual proyecto de su marido, un complejo de lujo en las afueras. En él se leía: *Centro ecuestre diseñado por Mimi Lightfoot*.

—¿Mimi Lightfoot? —le había preguntado ella, contemplando las fotografías de verdes pastos y lagunas azules.

—Es una de las grandes para la gente de los caballos. Lo que Robert Trent Jones es para los del golf, ella lo es para quienes practican la equitación.

Sarah se preguntó hasta qué punto podía ser difícil diseñar una zona de arena ovalada.

—¿Cómo es ella?

Jack se encogió de hombros.

—Pues ya sabes, una mujer caballuna: piel reseca, nada de maquillaje y el pelo en una cola de caballo.

—Qué perverso eres —respondió mientras lo acompañaba hasta la puerta para despedirse—, pero qué bien hueles.

Respiró hondo la fragancia de Kart Lagerfeld que le había regalado el mes de junio pasado. Lo había comprado en secreto junto con una caja de cigarrillos de chocolate con la intención de regalárselo el día de los Padres Fundadores, pensando que quizás tuviesen algo que celebrar, pero cuando resultó que no era así se limitó a hacerle entrega del perfume. El chocolate se lo comió ella.

Reparó también en que llevaba unos de sus pantalones de arruga perfecta, una camisa entallada de Custom Shop y una corbata de Hermès.

—¿Tienes clientes importantes hoy?

—¿Qué? Ah, sí. Nos reunimos para diseñar el plan de marketing.

—Pues que tengas un buen día. Y deséame suerte.

—¿Qué? —volvió a decir mientras se ponía la chaqueta de Burberry.

Ella movió la cabeza y lo besó en la mejilla.

—Tengo una cita caliente con todo un ejército de diecisiete millones de espermatozoides tuyos.

—Ay, mierda... me ha sido imposible cambiar la reunión.

—No pasa nada.

Le dio otro beso y ocultó el resentimiento que le producía su actitud distraída e irascible.

Cuando hubo terminado, tomó el ascensor hasta el aparcamiento. Era curioso que la clínica tuviese aparcacoches, pero ella era incapaz de utilizar sus servicios. Ya se estaba permitiendo demasiados caprichos. Se colocó los guantes de piel rematados con cachemira y se acomodó en el asiento calefactado de su Lexus SUV plateado. Uno de los extras que el coche incorporaba de serie era un asiento para bebés. Quizás Jack se hubiera precipitado, pero también cabía la posibilidad, y solo era una posibilidad, que dentro de nueve meses resultara perfecto: el coche ideal para la típica madre taxista de sus hijos.

Ajustó el retrovisor para echar un vistazo al asiento de atrás. En aquel momento solo servía de contenedor para papeles varios, una bolsa de Dick Clic Art Materials y, quién lo diría, un fax, prácticamente un dinosaurio a aquellas alturas. Jack opinaba que debía dejarlo morir de muerte natural, pero ella prefería llevarlo a reparar. Había sido la primera máquina que se había comprado con sus ganancias como artista, y quería conservarlo aunque nadie en el mundo volviese a enviarle jamás un fax. Al fin y al cabo tenía su carrera y, aunque aún no hubiera llegado a probar las mieles del éxito, estaba decidida a centrarse en su tira cómica y expandir su difusión. La gente se creía que era fácil crear una tira cómica seis días por semana. Algunos incluso creían que podría dibujar el trabajo de un mes en un solo día y luego tumbarse a la bartola el resto. No tenían ni idea de lo agotador y difícil que era ocuparse ella misma de la distribución de su propio trabajo, lo había sido particularmente al principio de su carrera.

En la rampa del aparcamiento se topó con la peor versión del clima de Chicago golpeándole en el parabrisas. La ciudad tenía su propia versión de aguanieve que parecía generarse en el lago Michigan para sepultar coches, azotar peatones y hacerlos huir en busca de refugio. Nunca conseguiría acostumbrarse a aquel clima, independientemente del tiempo que viviese allí. Cuando se trasladó a la ciudad, recién llegada de un pequeño pueblo costero del norte de California, pensó que se había topado con la tormenta del siglo. Lejos estaba de sospechar que aquel era el tiempo habitual en Chicago.

—Illinois —repitió incrédula su madre cuando le mostró el documento en que certificaban que había sido admitida en la primavera de su último año de instituto—. ¿Por qué?

—Porque la universidad de Chicago está allí.

—Tenemos las mejores del país aquí mismo, a la vuelta de la esquina: Cal, Stanford, Pomona, Cal Poly…

Pero Sarah se había mantenido firme. Quería asistir a la universidad de Chicago, y poco le importaba la distancia o el tiempo tan espantoso de aquella planicie. Nicole Hollander, su dibujante favorita, había estudiado allí. Era el lugar en el que sentía que debía estar, al menos durante cuatro años.

Desde luego no se había imaginado a sí misma viviendo el resto de su vida allí, aunque seguía esperando que en algún momento acabara gustándole. La ciudad era dura y ventosa, sencilla y peligrosa en algunos barrios, expansiva y generosa en otros. Se comía de maravilla en cualquiera de sus rincones, pero para ella había sido demasiado. Incluso la innata sociabilidad de sus residentes le había resultado desconcertante al principio. ¿Cómo se podía distinguir a los amigos de los que no lo eran?

Desde el primer momento pensó que se marcharía nada más graduarse. No se había imaginado a sí misma creando una familia allí. Pero así era la vida: una caja de sorpresas.

Jack Daly había sido también una sorpresa: su deslumbrante sonrisa, su encanto irresistible, la rapidez con la que se había enamorado de él. Había nacido en aquella ciudad y se dedicaba al negocio de construcción de su familia. Todo su mundo estaba allí: familia, amigos y trabajo, de modo que no había que cuestionarse dónde iban a vivir cuando se casaran.

La ciudad misma estaba íntimamente ligada a su persona. A pesar de que la mayoría de la gente considerase que la vida era una fiesta que podía llevarle a cualquier parte, para Jack era inconcebible vivir en otro sitio que no fuera la Ciudad el Viento. Tiempo atrás, en lo más crudo de un invierno brutal durante el que no vieron el sol ni disfrutaron de una temperatura que quedase por encima del punto de congelación, cuando Sarah sugirió que se trasladaran a otro sitio con un clima más benigno, Jack creyó que bromeaba, de modo que no volvió a mencionarlo.

—Voy a construirte la casa de tus sueños —le prometió él cuando se comprometieron—. Acabarás adorando esta ciudad, ya lo verás.

A él sí lo adoraba, pero Chicago era harina de otro costal.

Su cáncer también había sido una sorpresa. Habían conseguido superarlo, se recordaba a diario, pero la enfermedad los había cambiado a ambos.

Chicago era en sí misma la ciudad del cambio. Se había quemado hasta los cimientos allá por 1871. Familias enteras habían quedado rotas por una tormenta de fuego alimentada por el viento que no dejó tras su paso más que cenizas. La gente que se había visto separada de sus familiares había colgado notas desesperadas por todas partes en un intento de encontrar el modo de reunirse con los suyos.

Sarah se imaginó a sí misma y a Jack recorriendo las ruinas abrasadas intentando volver a encontrarse. Ellos eran refugiados de otra clase de desastre: supervivientes del cáncer.

La rueda delantera se le hundió en un bache y una erupción de barro cegó el parabrisas. De la parte de atrás le llegó un ruido que no presagiaba nada bueno: una mirada al retrovisor bastó para ver que el fax había aterrizado en el suelo del coche.

—Genial —murmuró—. Esto es genial.

Pulsó el mando que ponía en marcha el agua del limpiaparabrisas, pero por loa orificios apenas salió un hilillo impotente. Una luz parpadeó en el cuadro. Vacío.

El tráfico avanzaba pesadamente hacia el norte y Sarah golpeó el volante con el talón de la mano.

—Yo no tendría que estar aquí metida —dijo en voz alta—. ¡Soy una trabajadora autónoma e incluso podría estar embarazada!

¿Qué haría Shirl en su situación? Shirl era su alter ego en la tira cómica *Just breathe*, una versión más lista, más segura, más delgada de su creadora. Shirl era audaz, con una actitud desafiante e impulsiva.

—¿Qué haría Shirl? —preguntó en voz alta. La respuesta le llegó en una décima de segundo: pedir una pizza.

La idea le despertó de tal modo el apetito que se echó a reír. Tanta hambre quizás fuera síntoma de un embarazo.

Tomó una calle lateral y escribió la palabra «pizza» en el GPS. A unas manzanas de distancia aparecía un lugar llamado Luigi's. Sonaba prometedor. Y su aspecto también lo era, pensó al aparcar ante su puerta un momento después. Había un luminoso rojo que anunciaba: *Abiertos hasta la medianoche*, y otro que prometía: *La mejor pizza de masa gruesa desde 1968*.

Cuando ya corría hacia la puerta tras abrigarse con la capucha tuvo una brillante idea: se llevaría la pizza para compartirla con Jack. Lo más probable era que su reunión hubiera terminado ya y que tuviese hambre.

Sonrió al joven que atendía el mostrador y que llevaba una chapita con el nombre de Donnie sujeta al bolsillo de la camisa. Parecía un muchacho agradable: educado, algo tímido, de buenos modales.

—Menudo tiempecito —comentó.

—Y que lo digas —respondió ella—. El tráfico es una pesadilla, y por eso me he salido de la carretera y he acabado aquí.

—¿Qué desea?

—Una pizza de masa fina para llevar. Grande. Y una Coca-Cola con mucho hielo y...

Cuánto le gustaría tomarse también ella una Coca-Cola. O una cerveza, o un margarita, si se ponía. Pero resistió la tentación. Según los libros que había leído acerca de la fertilidad, debía mantener su cuerpo libre de cafeína y alcohol. Para muchas mujeres el alcohol era un factor clave en la concepción y no una sustancia prohibida. Quedarse embarazada era un asunto mucho más divertido para las mujeres que no leían libros de ese tipo.

—¿Sí, señora? —la animó el chico.

Lo de señora le hizo sentirse mayor.

—Solo una Coca-Cola —respondió. Justo en aquel momento un zigoto podía estarse formando dentro de su cuerpo, y darle un chute de cafeína quizás no fuese buena idea.

—¿Ingredientes?
—Salsa italiana —dijo sin pensar—, y pimientos.
Miró la lista de ingredientes que se ofrecían: aceitunas negras, corazones de alcachofa, salsa pesto... adoraba esas cosas, pero Jack no podía soportarlas.
—Eso es todo —concluyó.
—Perfecto.
El muchacho se puso manos a la obra.
Sarah sintió una punzada de desencanto. Podría poner aceitunas negras al menos en mitad de la pizza. Pero no. En particular durante el tiempo que había durado el tratamiento, Jack se había vuelto extremadamente quisquilloso con las comidas, y bastaba con que viese determinados alimentos para que no probara bocado. Para vencer el cáncer una de las cosas principales era conseguir que comiera, de modo que ella había aprendido a plegarse a sus gustos hasta casi llegar a olvidar los propios.

«Ya no está enfermo», se recordó. «Pide las condenadas aceitunas».

Pero no lo hizo. Lo que nadie te decía cuando un ser querido enfermaba de cáncer era que la enfermedad no solo afectaba a esa persona, sino que influía en cuantos estaban alrededor del enfermo: a su madre la despojó del sueño, a su padre lo envió al bar de la esquina una noche sí y otra también y a sus hermanos les hacía tomar un avión en cualquier momento estuvieran donde estuviesen. Y lo que le había hecho a su esposa... mejor no pensarlo.

La enfermedad de Jack lo había dejado todo en suspenso: había paralizado su carrera, había dado al traste con sus planes de pintar el salón y plantar bulbos en el jardín, había ahogado sus deseos de tener hijos. Todo lo había dejado aparcado de buen grado. Mientras Jack luchaba por seguir vivo, ella había llegado a un acuerdo con Dios: «Seré perfecta. Jamás me enfadaré. No echaré de menos el sexo. Nunca me quejaré. Ni siquiera volveré a desear aceitunas negras en la pizza si él mejora».

Ella había cumplido su parte del acuerdo. No se quejaba nunca, había atemperado sus reacciones y se había dedicado a él en cuerpo y alma. Su falta de vida sexual ni siquiera la había hecho pestañear. No había vuelto a comer una sola aceituna.

El tratamiento de Jack terminó y sus escáneres volvieron a aparecer limpios.

Habían llorado, reído y celebrado la buena noticia, pero al despertarse al día siguiente descubrieron que ya no sabían cómo ser una pareja. Cuando él estaba enfermo, habían sido soldados en una batalla, camaradas de armas luchando por la vida, y una vez dejaron atrás lo peor, no supieron bien qué debían hacer a continuación. Después de sobrevivir al cáncer... y así había sido: habían sobrevivido los dos a la enfermedad, ¿cómo se volvía a la normalidad?

Año y medio después, reflexionaba Sarah, seguían sin estar seguros. Había pintado la casa y había plantado los bulbos. Se había lanzado de nuevo a su trabajo. Y habían vuelto a buscar el bebé que se habían prometido el uno al otro hacía ya mucho tiempo.

Pero el mundo era un lugar distinto ahora para ellos. Quizás fueran cosas de su imaginación, pero Sarah percibía una distancia diferente entre los dos. Mientras había estado enfermo, había días en los que dependía por completo de ella, y ahora que estaba bien quizás fuera natural que se reafirmase en su independencia. Y ella debía permitírselo, morderse la lengua en lugar de decirle que se sentía sola y que lo echaba de menos, echaba de menos sus caricias, el afecto y la intimidad que antes tenían.

Mientras el olor a pizza en el horno llenaba la tienda, echó un vistazo al móvil por si había algún mensaje. No tenía ninguno. Marcó el número de Jack y le contestó el mensaje de apagado o fuera de cobertura, lo cual quería decir que seguía en el trabajo. Guardó el teléfono y se entretuvo hojeando un manoseado ejemplar del *Chicago Tribune* que había sobre una mesa. Lo cierto es que no se entretuvo en leer las noticias, sino que fue directa a la sección de humor para visitar *Just Breathe*. Allí estaba, en su lugar de siempre, el tercio inferior de la página.

Y allí estaba su firma, inclinada en la parte de abajo en el rincón del último panel: Sarah Moon.

«Tengo el mejor trabajo del mundo», se dijo. El episodio de aquel día era otra visita a la clínica de fertilidad. A Jack no le gustaban nada aquellas historias. No podía soportar que tomara prestado material de su vida privada para la tira, pero Sarah no podía evitarlo. Shirl tenía vida propia, y habitaba un mundo que a veces le parecía más real que la misma ciudad de Chicago. Cuando su personaje comenzó a hacerse inseminaciones, dos de los periódicos que la publicaban habían declarado la historia demasiado delicada y habían eliminado sus tiras, pero cuatro más la habían comprado.

—No me puedo creer que te parezca divertido —se había quejado Jack.

—Esto no tiene nada que ver con la diversión —le explicó—, sino con que es un personaje real, y hay personas a las que eso sí que les parece divertido.

Además, le había dicho, publicaba con su nombre de soltera y la mayoría de la gente no sabía que Sarah Moon era la esposa de Jack Daly. Había intentado crear una historia que pudiera gustarle. A lo mejor podía darle a Shirl un marido. Richie, un cachas. El premio gordo de una tragaperras de Las Vegas. Una lancha rápida supermolona. Una erección.

Pero sus editores nunca aceptarían algo así. Dándole vueltas en la cabeza a las posibilidades, se volvió para la ventana en la que quedaba enmarcado el horizonte de Chicago tras las gotas de agua. Si Monet hubiera pintado rascacielos, se parecerían a aquellos.

—¿Normal o light la bebida?

—Eh... normal —respondió. A Jack le vendrían bien las calorías. Seguía recuperando el peso que había perdido durante la enfermedad. Qué concepto, pensó. Comer para ganar peso.

No había hecho eso desde que su madre le daba de comer de pequeña. Además, la gente que comía cuanto le daba la gana y se mantenía delgada iba al infierno. Lo sabía porque el cielo lo disfrutaban en la tierra.

—La pizza estará enseguida —le dijo el muchacho.
—Gracias.

Debía rondar los dieciséis años, con esa torpeza de miembros demasiado largos que caracterizaba a los adolescentes. El teléfono sonó, y le pareció que la llamada era personal y de una chica por el modo en que el chaval bajó la cabeza y la voz al tiempo que se le coloreaban las mejillas.

—Estoy ocupado ahora. Te llamo dentro de un rato. Sí. Yo también.

Luego le vio volverse a la mesa de trabajo donde comenzó a plegar cajas de cartón mientras tarareaba con la radio. Sarah no podía recordar la última vez que había experimentado esa especie de felicidad que te lleva flotando en el aire durante las horas del día y que mantiene perenne la sonrisa en tu cara. Quizás fuera cosa de la edad, o del estado civil. A lo mejor los adultos casados no debían flotar ni sonreír sin motivo, pero demonios... ¡cómo echaba de menos esa sensación!

Sin pensarlo se llevó la mano al vientre. Un día a lo mejor tenía un hijo como Donnie, trabajador, animoso, un crío que seguramente se dejaría los calcetines tirados en mitad de la habitación, pero que los recogería sin enfadarse cuando lo regañaran.

Dejó una generosa propina en el bote de cristal que había sobre el mostrador.

—Muchas gracias —dijo Donnie.
—De nada.
—Vuelva pronto.

Con la caja de la pizza en un brazo y la bebida en la otra mano salió a la calle, donde la recibió aquel tiempo infernal.

Unos minutos después, el Lexus olía a pizza y los cristales se le habían empañado. Puso en marcha el aire y tomó dirección oeste, dejando atrás adorables pueblecitos y comunidades que rodeaban la ciudad como pequeñas naciones satélite. Miró con deseo la Coca-Cola que había pedido para Jack, pero se contuvo.

Veinte minutos después, dejó la autopista y tomó la salida que conducía al pueblo donde Jack estaba construyendo una urbanización de viviendas de lujo. Pasó entre los muros de hormigón que marcaban la entrada al complejo y que más adelante enmarcarían la puerta que solo se abriría con tarjeta. El cartel de cuidado diseño que colgaba en la entrada lo decía todo: Shamrock Downs. Comunidad ecuestre privada.

Allí es donde los millonarios irían a vivir con sus mimados caballos. La empresa de Jack había planeado la construcción del enclave hasta el último cristal sin reparar en gastos. El complejo tenía una extensión de más de dieciséis hectáreas de pastos de la mejor calidad, un lago y una zona de entrenamiento cubierta, iluminada y con gradas alrededor. Los purasangres ocuparían una nave ultramoderna equipada con cuarenta boxes. Sendas por las que pasear recorrerían los bosques que cerraban la propiedad cuya superficie se había rellenado con arena para reducir el impacto en las pezuñas de los caballos.

A la escasa luz de última hora de la tarde vio que las cuadrillas de trabajadores ya habían terminado su jornada, acortada por la lluvia. Había un Subaru Forester aparcado junto la nave, pero no se veía a nadie por allí. La caseta del capataz también parecía desierta. Quizás se hubiera cruzado con Jack y él estuviera ya de camino a casa. O a lo mejor había sufrido un ataque de mala conciencia y había abandonado la reunión para reunirse con ella en la clínica, pero el tráfico le habría impedido llegar a tiempo. No tenía mensajes en el móvil, pero eso no significaba nada. Qué poco le gustaban los móviles. Nunca funcionaban cuando se los necesitaba y tenían la mala costumbre de sonar en el momento más inoportuno.

Las casas a medio construir tenían un aspecto tétrico, ya que sus esqueletos se veían negros bajo un cielo cubierto de nubes.

La maquinaria estaba dispersa sin orden ni concierto como juguetes gigantes abandonados en un arenero. Contenedores con todo tipo de materiales salpicaban aquel paisaje baldío. Quienes decidieran vivir allí nunca sabrían que aquello había parecido un campo después de la batalla. Pero Jack era un mago. Podía empezar por un páramo yermo o un vertedero y transformarlo en un vergel. En primavera aquel lugar tendría el aspecto de una prístina y bucólica utopía, con niños jugando sobre la hierba, caballos retozando en los prados, mujeres con cola de caballo, sin maquillar y con pantalones ajustados caminando hacia los establos.

La oscuridad era cada vez mayor. La pizza pronto se quedaría fría.

Fue entonces cuando vio el coche de Jack. Su Pontiac GTO había sido el último trabajo de un especialista en restauración de coches, un capricho que le había comprado cuando aún estaba enfermo con la intención de animarlo. Había empleado en él todo cuanto había ahorrado de sus tiras cómicas. Gastar los ahorros de toda una vida en aquel coche había sido un acto de desesperación, pero en aquel momento estaba dispuesta a dar cualquier cosa, a sacrificar lo que fuera para conseguir que él se sintiera mejor. Ojalá hubiera podido hacer lo mismo con su salud.

Ahora que ya estaba recuperado aquel coche seguía siendo su posesión más querida. Solo lo sacaba en ocasiones especiales, de modo que el cliente con el que se había reunido debía ser verdaderamente importante.

El Pontiac negro y rojo se acurrucaba como una bestia exótica en la entrada de una de las casas piloto, que parecía casi un pabellón de caza. Un pabellón sobredimensionado. Todo lo que Jack construía era más grande de lo que debía ser: un porche que daba la vuelta a toda la casa, entradas fastuosas, garaje para cuatro coches, fuentes arquitectónicas. El jardín era aún un lodazal, con grandes agujeros preparados ya para recibir los árboles adultos que se instalarían después. Así lo decía Jack, «instalar». Ella habría dicho «plantar». Los árboles aguardaban allí con un aspecto patético, como víctimas caídas, tirados de lado con sus raíces envueltas en escayola y red de metal.

Llovía más que nunca cuando aparcó y paró el motor. Una pequeña luz colocada en un poste iluminaba un letrero escrito a mano: CALLE DE LOS SUEÑOS. Había al menos dos chimeneas de gas con embocadura de piedras de río que podían verse desde donde ella estaba y una de ellas estaba encendida, a juzgar por el resplandor dorado que salía de las ventanas del primer piso.

Con la Coca-Cola haciendo equilibrios sobre la caja de la pizza, abrió el paraguas apretando un botón y salió. Una ráfaga de viento tiró de las varillas del paraguas y le dio la vuelta, y una lluvia gélida le empapó la cara y se le coló por el cuello.

—Odio este tiempo —masculló entre dientes—. ¡Lo odio!

Riachuelos de agua embarrada partían de la tierra que constituiría el jardín y bajaban por el camino de acceso a la casa. Había montones de tubos que luego se usarían para el sistema de riego tirados sin orden. Imposible encontrar un sitio por el que caminar sin empaparse los pies.

«Ya está bien», se dijo. «Esta vez nos vamos a ir a California de vacaciones». Glenmuir, la ciudad de Marin County donde había nacido, nunca le había gustado demasiado a su marido. Prefería las playas de arena blanca de Florida, pero estaba empezando a convencerse de que ya era hora de que eligiera ella.

Llevaba un año y medio en que todo su universo era Jack: sus necesidades, su recuperación, sus deseos. Ahora que la odisea formaba ya parte del pasado, dejaría que sus necesidades aflorasen a la superficie. Era egoísta, quizás, pero se sentía de maravilla haciéndolo. Quería disfrutar de unas vacaciones lejos del húmedo Chicago, poder saborear la despreocupación de esos días, algo que hacía mucho tiempo que no podía hacer.

Un viaje a Glenmuir no era demasiado pedir. Sabía que Jack protestaría; siempre decía que no había nada que hacer en aquel adormilado pueblecito costero, pero mientras se abría paso en mitad de aquella tormenta decidió que esta vez tendría que aguantarse.

Aún no se había instalado la cerradura de las puertas de aquel caserón y con una sonrisa empujó y suspiró aliviada. ¿Qué podía resultar más agradable que sentarse ante el fuego en una tarde lluviosa y dar buena cuenta de una pizza? Seguramente aquella casa sería el único lugar cálido y seco de todo aquel vecindario.

—So yo —anunció, quitándose las botas para no manchar la tarima recién instalada, pero no obtuvo respuesta. Solo se oía el sonido de una radio en la planta de arriba.

Sintió una punzada de incomodidad en el vientre. Los calambres eran un efecto secundario de la inseminación y no le importó. Para ella era un recordatorio físico de su determinación por empezar una familia.

Caminó con los calcetines hasta la escalera. Nunca había estado allí, pero estaba familiarizada con el diseño de la casa. Aunque no le resultase evidente a la mayoría, Jack trabajaba solo con unos cuantos planos. Aparte de su enorme tamaño y sus lujosos materiales, construía lo que él llamaba sin dolerle prendas moldes para mansiones. En una ocasión le había preguntado si no se aburría de construir básicamente la misma casa una y otra vez, y él se había echado a reír.

—¿Qué tiene de aburrido embolsarse un montón de pasta por construir casas en serie?

Le gustaba ganar dinero. Se le daba bien. Y Sarah estaba de suerte a su vez porque a ella se le daba fatal. Cada año, cuando cumplimentaban la declaración de la renta, él contemplaba los ingresos que había obtenido por la tira y le decía con una sonrisa:

—Siempre había querido ser un mecenas de las artes.

Al llegar arriba tomó la dirección de la que provenía la música de la radio. Estaba sonando *Achy Breaky Heart*. Qué gusto tan espantoso tenía Jack en música. Tan malo que hasta resultaba enternecedor.

La puerta de la habitación principal estaba abierta y el cálido resplandor de la chimenea se extendía sobre el suelo con su moqueta recién puesta. Dudó. Sentía... algo.

Era una especie de aviso, un latido de más en los oídos.

Entró y sintió cómo los pies se le hundían en la esponjosa alfombra. La luz dorada y difusa de la chimenea Briarwood de gas componía claroscuros en los dos cuerpos desnudos y entrelazados que sobre varias mantas retozaban ante las llamas.

Sarah experimentó un momento de total confusión. La visión se le nubló y sintió que la cabeza le daba vueltas y que el estómago se le subía a la garganta. Aquello tenía que ser un error. Había entrado por equivocación en aquella casa. En aquella vida. Sus pensamientos parecían haberse lanzado a jugar al ping-pong dentro de su cabeza, empujados por el miedo. Durante un par de segundos permaneció inmóvil, aturdida por la sorpresa, incapaz de respirar.

Tras una sucesión de segundos que parecía no tener fin, los amantes se dieron cuenta de su presencia y se incorporaron tirando de las mantas para cubrirse. La radio ofreció otra melodía igualmente espantosa... *Butterfly Kisses*.

Mimi Lightfoot era exactamente tal y como Jack se la había descrito: piel seca, sin maquillar, pelo recogido en una coleta... pero con las tetas más gordas de lo que se la había imaginado.

Por fin recuperó la voz y consiguió articular el único pensamiento coherente que tenía en la cabeza:

—Te traigo pizza y Coca-Cola. Con mucho hielo, como a ti te gusta.

No dejó caer la pizza ni derramó la bebida, sino que lo depositó todo cuidadosamente en la consola de obra que había junto a la radio. Era tan eficaz y discreta como una camarera del servicio de habitaciones.

Luego dio media vuelta y salió.

—¡Sarah, espera!

Oyó que Jack la llamaba por su nombre cuando ella corría escaleras abajo con la rapidez y la velocidad de Cenicienta al dar las doce. Apenas perdió tiempo en calzarse. En cuestión de segundos estaba en la calle con su paraguas roto y de camino al coche.

Arrancó justo cuando Jack salía. Llevaba los pantalones buenos, aquellos con las arrugas que ella había admirado aquella misma mañana, y nada más. Decía algo porque le veía mover los labios. Era su nombre lo que pronunciaba, Sarah. Encendió las luces del coche y dio marcha atrás. En su huida derribó uno de los buzones de diseño del complejo, lo que le produjo una malsana satisfacción. El haz de luz recorrió la fachada de la casa, su porche, sus espléndidas ventanas de madera y los magníficos cristales Andersen de la puerta de entrada.

Por un momento, Jack le pareció un becerro sorprendido por las luces de un coche.

¿Qué haría Shirl?, se preguntó. Apretó con fuerza el volante y pisó a fondo el acelerador.

Segunda parte

CAPÍTULO 2

Después de arrasar el buzón y derribar la farola de la Calle de los Sueños, Sarah dudó. Quizás debería llevarse también a Jack por delante. Por un instante comprendió perfectamente a la mujer que había visto en la tele, a la que habían entrevistado en la cárcel.

—No pensé. Simplemente pisé el acelerador y lo pasé por encima...

No podría decir muy bien cómo, pero consiguió enfilar el coche hacia la autovía. No sabía qué hacer y no era capaz de pensar con claridad, de modo que se fue a su casa excediendo todo el trayecto el límite de velocidad como un caballo que presiente el heno que le espera en la cuadra tras una larga cabalgada.

Como era de esperar el móvil le sonó de inmediato. Jack debía seguir medio desnudo, apestando a sexo con Mimi Lightfoot. Apagó el teléfono y pisó el acelerador. Tenía que llegar a casa, donde podría respirar tranquila y pensar qué iba a hacer.

Al tomar la entrada circular que daba acceso a la vivienda pensó que nunca había percibido aquella casa como un hogar. Solo era el lugar en el que vivía. Aquella era la casa que había construido Jack. Y ella era la esposa que vivía en la casa que Jack había construido. Y acababa de ver a la amante que se follaba al marido que ignoraba a la esposa que vivía en la casa que Jack había construido...

El barrio estaba formado todo él por casas similares junto al lago. Los árboles que prestaban su sombra a las calles estaban todos exactamente a la misma distancia, todos los buzones eran iguales y todas las puertas de entrada de las casas quedaban a la misma distancia de la curva. El barrio había sido organizado de acuerdo con los planos de un diseñador que trabajaba para Construcciones Daly.

Entró en el espacioso garaje y a punto estuvo de rayar la camioneta de trabajo de Jack, una pickup Ford, pero una vez dentro de la casa se quedó parada.

«¿Y ahora qué?»

Se sentía tan rara, casi traumatizada, como si hubiese sido víctima de un asalto con violencia.

Dirigió la mirada al teléfono que colgaba de la pared en la cocina. La luz de los mensajes parpadeaba. Quizás debería llamar... ¿a quién? Su madre había muerto hacía años ya. Sus amigos... había permitido que la distancia fuera separándola de sus amigos de toda la vida, y los de Chicago eran en realidad más amigos de su marido que de ella.

¿Qué haría Shirl?, volvió a preguntarse, en un intento de que el pánico no siguiera creciendo en su interior. Shirl era lista. Terca. Se concentraría en los detalles prácticos, como en el hecho de que tenía una cuenta bancaria individual. Era algo que habían organizado durante la enfermedad de Jack, de modo que pudiese tener acceso a determinados fondos si ocurría lo impensable.

Bueno pues lo impensable había ocurrido, aunque no en el modo en que ella se temía.

Sintió un calambre en el estómago, una sensación que recibiría encantada después de cualquier inseminación porque significaba que su biología funcionaba con normalidad. Pero aquella incomodidad significaba entonces algo bien distinto.

Sonó el teléfono. Era Jack, así que dejó que saltara el contestador.

Permaneció sentada a oscuras un rato sin haberse quitado ni el abrigo empapado ni las botas llenas de barro. Todo aquello era un extraño rompecabezas. Los maridos engañaban a las mujeres constantemente. No había más que encender la tele para encontrarse con mujeres traicionadas que buscaban consuelo saliendo en programas de todo tipo con ojos anegados en lágrimas. El problema era conocido por todos, pero para ella siempre había sido como cuando se ve el parte del tiempo en otra zona del país: podía reconocerlo, imaginar cómo era, incluso creer que lo comprendía. Pero lo que nunca se explicaba en esos programas, lo que nunca explicaba nadie, era lo que se suponía que se debía hacer precisamente en el momento exacto del temible descubrimiento. Lo que seguramente nunca se hacía era dejarles una pizza.

Estaba familiarizada con los distintos estadios del dolor: sorpresa, negación, ira, negociación... los había experimentado todos al perder a su madre y luego cuando a su marido le diagnosticaron cáncer. Pero aquello era distinto. Al menos en el pasado había sabido cómo se suponía que se debía sentir. Era horrible, pero al menos lo sabía. Ahora su mundo estaba patas arriba. Se suponía que debía estar pasando de la fase de sorpresa a la de negación, pero no era así. Aquello era demasiado real.

Siguió unas cuantas horas dándole vueltas a sus posibilidades: emborracharse, dejarse arrastrar por la histeria, buscar venganza... pero ninguna de ellas llegaba a convencerla. Al final el agotamiento pudo más y se fue a la cama. Una vez acostada permaneció inmóvil esperando una tormenta de lágrimas inconsolables, pero no llegaron. Con los ojos secos pasó tiempo contemplando las sombras de la pared hasta que por fin se quedó dormida.

Le despertó el sonido del agua al correr y se dio la vuelta. La parte de la cama que solía ocupar Jack era un páramo vasto y desierto. Había vuelto a casa, pero no a su cama. Los eventos del día anterior la aplastaron y acabaron con cualquier posibilidad de volver a conciliar el sueño.

Durante aquel último año prácticamente todas las noches se había ido a la cama sola mientras Jack se quedaba levantado trabajando. ¿Cuántos matrimonios se hundían transformados en cenizas tras inmolarse en el altar del trabajo hasta tarde?

«Soy una idiota», se dijo. A continuación se levantó, se cepilló los dientes y se puso la bata. Sobre la encimera del baño estaba el frasco de vitaminas que había estado tomando y que en condiciones normales, tras una inseminación, se tomaría alegremente, confiando en la esperanza y sus posibilidades. ¿Cuándo había empezado a considerar la fecundación artificial algo normal?

En aquel momento contempló el frasco con horror.

—Más me vale no estar embarazada —musitó.

Al hilo de aquellas palabras el sueño de tener un hijo se evaporó como lo haría un copo de nieve al caer en una sartén. Ssst...

La buena noticia era que no habían conseguido concebir un hijo a pesar de todos los viajes que había hecho a Fertility Solutions, de modo que el riesgo de estar embarazada era casi inexistente. Una bendición de escaso peso, pero bendición al fin y al cabo.

Llamó a la clínica y dejó un mensaje en el contestador: aquel día no iba a asistir a la segunda fase del procedimiento. Con decisión abrió la tapa del frasco y vació las vitaminas en el váter, pero casi sin tener que darle la orden, su mano hizo un giro de muñeca y enderezó el bote. Habían quedado unas cuantas pastillas dentro. Muy despacio volvió a ponerle la tapa. Mejor quedarse con unas cuantas. Por si acaso.

Se puso las zapatillas y siguió el ruido del agua que provenía de la habitación de invitados. Jack había vuelto tarde. Había sentido que la miraba desde la puerta, pero no había hecho movimiento alguno; fingía dormir, y él sabía perfectamente que estaba despierta. Tenía mucho que hablar con él, pero no había querido hacerlo a las dos de la madrugada, y ahora a la luz del día no se sentía más fuerte que entonces. Pero la sorpresa y la negación habían pasado, dando lugar a una rabia fría que nunca antes había experimentado, una sensación de una violencia tal que le asustaba.

Jack acababa de ducharse y tenía las caderas envueltas por una toalla. En otras circunstancias lo habría encontrado sexy; incluso habría probado algunos movimientos seductores con él, a pesar de que hacía mucho tiempo que esos intentos no servían para nada. Ahora que estaba empezando a comprender la verdadera razón que se ocultaba tras su falta de deseo lo vio con nuevos ojos, y desde luego le pareció de todo menos sexy.

—Bueno, ¿quién va a empezar? —preguntó, pero él no dijo nada—. ¿Cuánto tiempo hace que estás liado? ¿Cuántas veces por semana?

Tenía al menos una docena más de preguntas que hacerle, pero Sarah se dio cuenta de que su pregunta principal era para sí misma: ¿por qué no se habría dado cuenta de lo que pasaba?

Él bajó la cabeza. «Bien. Se avergüenza», pensó. Un gesto prometedor. Pero si era sincera consigo misma tenía que admitir que no quería que rogase o que le pidiera perdón. Lo que quería era... no sabía en realidad lo que quería.

Cuando alzó la mirada, no vio arrepentimiento en sus ojos, sino hostilidad. «Bien», se corrigió. «Así que no siente vergüenza».

—Un segundo —dijo él, y entro en el baño. Salió un instante después con un albornoz color arena, el que tenían siempre en el baño de invitados. Las mangas le llegaban por el codo y las piernas le quedaban desnudas ya a medio muslo.

Seguramente nadie habría establecido un código de vestimenta para una ruptura, así que ambos tendrían que pasar con sus respectivas batas. Al menos así ninguno de los dos saldría de la casa escandalizando. O quizás sí. En aquel momento querría estar en cualquier lugar menos allí.

—Los dos hemos sido muy infelices últimamente. Tienes que admitirlo.

Pues no, no quería. Quería jurar que su vida había sido perfecta y así hacerle responsable a él del colapso que había sufrido en un segundo. Pero se dio cuenta de que en realidad llevaba tiempo luchando contra una insidiosa desilusión, como si hubiese estado bajando peldaños poco a poco, tan despacio que resultaba fácil ignorarlo hasta que el fracaso total, peinado con cola de caballo y nada más, le había puesto un espejo ante la cara.

—No lo negaré, siempre y cuando tú tampoco niegues que has elegido la peor manera posible de expresar tu infelicidad.

No lo hizo. Continuó como si ni siquiera hubiese hablado.

—Yo no busqué ponerme enfermo, y tú no pediste un marido con cáncer, pero ocurrió, Sarah, y lo jodió todo.

—No, tú lo has jodido todo.

Él la miró entornando los ojos, guapo como el demonio.

—Mi enfermedad nos cambió. Ya no éramos marido y mujer, sino más como... madre e hijo, y no he podido superarlo. Cuando estoy contigo, solo consigo verme como un enfermo de cáncer.

El estómago se le revolvió y por un instante vertió toda su amargura en la enfermedad. Era cierto: el cáncer y su tratamiento le habían robado la dignidad, dejándolo indefenso. «Pero ahora ya no lo estás», se recordó.

—Eso es pasado. Se supone que debemos aprender a ser de nuevo marido y mujer, y no sé tú, pero yo he estado trabajando precisamente en eso. Me da la impresión de que tú también has estado trabajando en lo mismo, en volver a ser un hombre, pero sin tu mujer.

Él la miró con una intensidad de odio que no se esperaba.

—Te has pasado este último año intentando quedarte embarazada con o sin mi ayuda.

—Y tú me has dicho constantemente desde que nos conocimos lo mucho que querías tener hijos —le recordó.

—Pero yo no he dejado que ese deseo se convierta en una obsesión.

—¿Y yo sí?

Se rio resentido.

—A ver, vamos a ver... —pasó a su lado y entró en el dormitorio principal. A grandes zancadas llegó a su vestidor. Sarah lo siguió.

—Tu calendario de ovulación —dijo, arrancándolo de la pared y tirándolo al suelo—. El gráfico de temperaturas —lo arrancó y también lo dejó caer al suelo antes de acercarse a la cómoda—. Aquí tenemos tu colección de termómetros. Hay uno para cada orificio del cuerpo. Y tus pastillas para la fertilidad. Supongo que el próximo paso va a ser instalar una cámara en el dormitorio para poder grabar el momento exacto en que llega la hora de que me toque interpretar mi papel. Es lo que se hace en las granjas, ¿verdad?

—Estás siendo absurdo.

Le ardían las mejillas por la humillación. «Defiéndete», pensó. Pero ese no era su trabajo.

—Lo que es absurdo —replicó él— es intentar seguir casado contigo cuando estás tan centrada en quedarte embarazada que incluso olvidas que tienes marido.

—He cambiado toda mi vida por ti. ¿Cómo puedes decir que olvido que tengo marido?

—Tienes razón: no lo has olvidado. Cuando llega el momento de fertilizar el huevo, me exiges que cumpla con mi obligación, y no puedo fallar. ¿Es que no te das cuenta la ansiedad que eso me produce cada vez que me acosas?

—¿Que yo te acoso? ¿Es así como lo ves?

—Dios, no me extraña que no se me levante contigo. Pero eso a ti no te importaba, Sarah. Era un detalle sin importancia. ¿Por qué molestarte con tu marido teniendo un suministro prácticamente inagotable de existencias?

—Acudir a esa clínica fue idea tuya. Hemos ido juntos mes tras mes.

—Porque creí que así conseguiría que me dejaras en paz.

Dios... había intentado parecerle sexy, deseable, comprensiva.

—¿Por qué no me dijiste algo?

—No habría servido de nada y tú lo sabes. Mira, Sarah —continuó, y la ira era casi palpable en su voz—, es posible que haya sido yo el que se haya descarriado...

—Yo no diría solo que es posible. Es totalmente cierto.

—Estas cosas no pasan en el vacío.

—Claro que no. Pasan en casas a medio terminar.

Se sentía como si la estuvieran apaleando. No había leyes que la protegieran de la agonía, la humillación, la sensación de violación absoluta... se le escapó un sonido amargo que pretendía ser risa.

—Ahora ya sé dónde iban todas tus erecciones. ¿Crees que les molestaría a tus clientes saber que les has estrenado la casa tirándote en ella a la moza de cuadras?

—Mimi no es...

—¡No te atrevas! —le cortó—. No te atrevas a decirme que no es una moza de cuadras, una zorra, una destrozahogares. No me digas que es la Robert Trent Jones en el diseño de instalaciones ecuestres. No me digas lo comprensiva y lo sensible que puede llegar a ser.

—¿Por qué? ¿Porque vas a decirme que comprensiva ya lo has sido tú? Pues déjame decirte que hacer de semental para ti no es precisamente un aliciente para mí. Si a lo mejor hubieras estado a mi lado en...

—¡Vamos, Jack! Esto es un clásico. Podrías haber hablado conmigo, habérmelo dicho, ¿no? Pero claro, es más fácil culparme a mí de tus decisiones.

—Ya veo que no estás dispuesta aún a reconocer que tú también has tenido un papel en todo esto.

—¿Mi papel? ¿Es que tengo un papel? ¡No me digas! ¿Pues sabes qué? Que ahora ocupo el centro del escenario.

Él ladeó la cabeza.

—Adelante. No te contentes con derribar un buzón con el Lexus. Expláyate.

—Esa es tu especialidad —replicó, con una satisfacción malsana al oírle mencionar el Lexus—. ¿Qué podría ser peor que lo que yo me encontré ayer?

Jack tardó un momento en volver a hablar.

—Lo siento.

«Ya está», pensó. «Por fin muestra remordimientos».

Pasó por encima de las cosas que él había tirado al suelo y salió al dormitorio con las manos metidas en los bolsillos de la bata.

—Lo digo en serio, Sarah. Siento que hayas tenido que enterarte así. Ojalá te lo hubiera dicho antes.

Enterarte... dicho... Un momento, pensó. Se suponía que aquella era la etapa de las disculpas. La fase de «podemos arreglarlo». Pero lo que le estaba diciendo era que lo ocurrido no era un desliz pasajero. Debían de llevar tiempo juntos.

—¿Decirme qué?

Se volvió y la miró a los ojos.

—Quiero divorciarme.

«Enhorabuena», se dijo obligándose a no bajar la mirada. «Acabas de apuntarte un K.O.» Pero inexplicablemente seguía de pie, tranquila.

—Eso debería haberlo dicho yo.

—Lo siento si te hace daño.

—Tú no sientes remordimiento alguno, Jack. Lamentas que te haya pillado. Lamentas que yo sufra. Pero no sientes haber destruido lo que teníamos. Ah, un detalle más: ¿y si me hubieras contado tu pequeño secreto antes de dejarme padecer durante un año de inseminaciones? ¿O acaso ibas a cambiar de opinión si por pura chiripa me quedaba embarazada?

—Dios mío... no lo pensé —respondió, pasándose la mano por el pelo.

—¿Ah, no? ¿Después de llevarme casi a rastras mes tras mes

a la clínica no se te ocurrió pensar que quizás no fuera lo que querías?

—Tú lo deseabas tanto que no me escuchaste cuando te dije que tenía dudas. Mira, creo que me voy a ir de casa durante un tiempo.

—No seas ridículo. Esta casa es tuya.

Hizo un gesto a su alrededor. Aquella prístina y cálida casa, su elegante decorado. Una vez Jack la llamó la casa de sus sueños, pero nunca lo había sido. Era un paquete prediseñado, prefabricado como un decorado de revista al que ella se había limitado a mudarse y donde había colgado sus cosas como un residente temporal. Estaba llena de objetos caros que ella no había elegido y que no le gustaban: obras de arte y colecciones, muebles lujosos… en el fondo sabía que nunca había pertenecido a aquella casa. Se imaginaba sin ninguna dificultad abandonándola como se marcharía de una lujosa suite de un hotel.

Abandonar. La idea estaba ahí, aunque no era una decisión que hubiera tomado fruto de la reflexión, sino que había aparecido sin más en su consciencia. La traición había ocurrido y el siguiente paso era marcharse, así, sin más.

Aunque también cabía la posibilidad de quedarse y pelear por él. Podían buscar ayuda, analizar las dificultades, sanar juntos. Las parejas hacían eso, ¿no? Pero con solo pensarlo le parecía algo terriblemente agotador, y sumado al hecho de la sensación que tenía en la boca del estómago, el resultado contenía una verdad aparentemente terrible: él era quien pedía el divorcio, pero era ella quien quería marcharse. ¿Cuándo habían descarrilado? No era capaz de identificar ese momento. Siempre se había sentido una mujer afortunada, que lo tenía todo, pero ahora se preguntaba dónde habría ido a parar esa buena fortuna. Quizás la habían agotado por completo luchando contra el cáncer.

—Esta es tu vida —le respondió—. No puedes abandonarla sin más.

—Lo que quiero decir es que…

—Tú no, pero yo sí.

Ya está. Lo había dicho. El guante había caído a sus pies, entre los dos.

—¿Qué se supone que significa eso? ¿Adónde ibas a ir? No conoces a nadie. Lo que yo quiero decir es…

—Sé lo que quieres decir, Jack. No tiene sentido intentar ser diplomático en esta situación, ¿no te parece? Nuestro matrimonio ha girado siempre en torno a tu vida, a tu ciudad, a tu trabajo.

—Pues este trabajo es lo que te ha permitido quedarte en casa y que te pasaras el día dibujando.

—Ah, ya, y tendría que estarte agradecida por ello, ¿no? A lo mejor era el modo de enfrentarme al hecho de que nunca estuvieras en casa.

—No me imaginaba que te sintieras menospreciada porque mi trabajo me mantuviese muy ocupado.

—Son muchas las cosas que nunca te has imaginado sobre mí. Sobre lo que opino de la infidelidad, por ejemplo, porque si lo supieras me habrías dejado antes de tirarte a otra.

Su teléfono volvió a sonar.

—Tengo que irme a trabajar —dijo, y fue a terminar de vestirse.

Salió unos minutos después de su vestidor, tan acicalado y perfecto como un pincel.

—Mira, Sarah —empezó—, tenemos que digerir esto. No… no te precipites. Esta noche seguiremos hablando.

Desde la ventana contempló cómo se alejaba su camioneta negra y brillante sobre el asfalto reluciente por la lluvia. Mucho después de que hubiera dejado de verlo, permaneció delante del cristal, contemplando aquel día gris. Apenas podía pensar, presa de la desilusión y la rabia. Repasó lo que Jack le había dicho y encontró un ápice de verdad: habían estado tan centrados en el esfuerzo de tener hijos que no se habían dado cuenta de que habían dejado de desearse el uno al otro.

Seguramente sería la excusa más manida para justificar una

infidelidad, y Jack era un adulto, de modo que no servía para excusar lo que había hecho ni para justificar su demanda de divorcio.

Respiró hondo. De modo que ¿qué se suponía que debía hacer? ¿Pasarse el día esperando que volviera a casa y que la echara de una patada?

«Un buen plan, sí señor».

CAPÍTULO 3

La vacía planicie surcada por una trama de carreteras sorprendentemente rectas que se cruzaban formando ángulos rectos se extendía ante ella como una vasta llanura baldía frente al capó de su Pontiac. Resultaba curioso lo rápida que era la transición entre la urbe de Chicago y los campos a cuadros de damero gris y blanco tan inhóspitos y desolados.

A última hora de la tarde su teléfono sonó. Era el tono de llamada de Jack.

—Me marcho —le informó sin más al descolgar.

—No seas tonta. Habíamos acordado que íbamos a hablar de ello.

La voz de Jack sonaba áspera.

—Yo no he acordado nada, pero supongo que de esa parte no te has enterado.

¿Cuándo había dejado de escucharla, y por qué ella no se había dado cuenta?

—No hay nada de qué hablar —añadió.

—¿En serio? Pero si ni siquiera hemos empezado a hablar de ello como quien dice.

—La próxima vez que quieras comunicarte conmigo hazlo a través de mi abogado.

Como si tuviera abogado... qué ridícula se sentía hablando de su abogado, pero, aunque hubieran pasado tan solo veinticuatro horas desde que descubriera el engaño de su marido, tenía muy claro lo que le esperaba en el futuro: consejo legal.

—Vamos, Sarah...

Aceleró para dejar atrás un cruce.

—Dios mío... —la voz de Jack sonó desafinada—. No irás a decirme que te has llevado el GTO.

—De acuerdo. No te lo diré —respondió, y lanzó el móvil por la ventana. Era un gesto estúpido e infantil, porque aquellos días precisamente iba a necesitar imperativamente un teléfono.

Paró en RadioSjack y se compró un móvil barato prepago únicamente para las emergencias. Lo compró con una calma sospechosa, casi como si lo hiciera todos los días, como si por dentro no estuviera ardiendo de pánico. Pero por fuera llevaba una dura coraza que protegía un cerebro que funcionaba como un reloj y que dirigía todos sus pasos con impasible eficacia.

Era como si hubiese interpretado la escena de abandonar a su marido cientos de veces: preparar el equipaje, piratear los CD que pudieran contener información personal que quizás le fuera necesaria y recopilar la música triste que seguramente le apetecería escuchar durante el viaje. No le había costado ningún esfuerzo hacer la copia de los CD porque sabía exactamente dónde estaba todo. Una de las terribles virtudes de la enfermedad de Jack era que la había obligado a mantener todos sus asuntos en orden y bien documentados, de modo que ahora sus asuntos, excepto el extramatrimonial, seguían estando en perfecto orden, incluida su cuenta corriente personal y la propiedad del Pontiac GTO.

Mientras conducía atravesando tierras desconocidas, pensó por un momento en cuanto dejaba atrás: lámparas de cristal Waterford, un sofá de cuero italiano, porcelana Belleek, cuchillos de cocina fabricados por Porsche, una tele de pantalla plana. Quizás algún día llegaría a echar de menos algunas de esas cosas, pero por ahora no quería siquiera pensar en ellas. Como un animal salvaje atrapado en una trampa, estaba dispuesta a arrancarse a mordiscos un miembro con tal de escapar.

Paró a repostar en una ciudad llamada Chance. Fue a cambiarse de ropa al lavabo y al abrir la maleta descubrió que había metido demasiadas faldas acampanadas y chaquetas de traje y se había olvidado de algunas cosas indispensables, como por ejemplo el cepillo del pelo y el pijama. A lo mejor debería haber empleado más tiempo en elegir la ropa más adecuada para el viaje, pero cuando se está huyendo de un marido no se tiene tiempo de ir de compras o de planear los actos con antelación. Ni siquiera se tiene tiempo de pensar.

Se pasó un peinecito que llevaba en el bolso por el pelo y frunció el ceño al encontrar un nudo y darse un tirón. Llevaba una melena de largo indefinido: ni impresionantemente larga, ni corta y estilosa. Jack decía que le gustaba que lo llevase largo... mi chica de California, solía llamarla.

—No tengo cita. ¿Pueden atenderme? —le preguntó a la mujer que la recibió en el mostrador de Twirl&Curl en Chance, Illinois.

—¿Qué quiere hacerse?

Heather, la estilista, la contempló a través del espejo.

Sarah se tocó el pelo.

—Quiero deshacerme de la persona que en realidad nunca he sido.

Heather sonrió y la acompañó a un sillón.

—Es mi especialidad.

Fue un alivio sentarse ante el lavabo, reclinarse, cerrar los ojos y rendirse al agua caliente y a la textura cremosa del champú. El perfume del salón de belleza resultaba reconfortante.

—Es usted rubia natural —comentó Heather.

—Estaba probando con un tono pelirrojo, pero no me ha convencido. También he pasado por un montón de castaños, siempre buscando algo distinto, imagino.

—¿Y ahora?

La estilista terminó con el champú y comenzó a desenredarle el pelo.

Sarah respiró hondo y contempló el reflejo que le devolvía el enorme espejo. El cabello mojado y peinado hacia atrás le daba un aspecto extraño y como sin terminar, como de pollito recién nacido.

—Quizás piense mejor con el pelo corto.

Oyó el sonido metálico de unas tijeras hambrientas y con el primer mechón cayendo al suelo supo que la decisión era ya irrevocable. Un aire fresco le rozó la nuca y una especie de ingravidez se apoderó de ella, como si nada la anclase a la tierra.

En un Wal—Mart a las afueras de Davenport se compró un chándal de terciopelo para dormir. Una sudadera de cremallera y unos pantalones con cinturilla elástica eran el atuendo perfecto para los espantosos moteles de carretera con conserjes somnolientos a los que siempre había que despertar con el timbre del mostrador en los que iba a pernoctar.

Al llegar a la frontera del estado entró en un negocio de compraventa de coches con una gran zona de exposición.

Por el GTO obtendría un buen precio, suficiente para un coche más apropiado. No iba a echarlo de menos en absoluto y no sintió nada cuando le dijo al propietario que quería cambiarlo. Se lo había regalado a Jack con todo el amor de su corazón. ¿Dónde había ido a parar ese amor? ¿Era posible que algo así desapareciera sin más?

Puf, y borrado como si fuera un error de los que cometía al dibujar su tira.

La pregunta era ¿qué modelo sería el apropiado? Un coche era un coche, un modo de desplazarse del punto A al B. Pero de pronto la elección del vehículo adecuado le pareció crucial. Si no era capaz de elegir su propio coche, ¿qué esperanzas le quedaban de ser capaz de trazar su propio futuro?

Sus pasos la condujeron a una entusiasta vendedora llamada Doreen que la acompañó por todas las instalaciones ofreciéndole una descripción de los maravillosos atributos de cada coche frente al que pasaban.

—Aquí tenemos toda una belleza —le dijo al acercarse a un superconservador Mercury Sable—. Es el mismo modelo que me compré yo cuando me divorcié.

Sarah bajó la mirada e intentó no encogerse. ¿Habría intuido Doreen que huía de su marido? ¿Acaso llevaba su inmerecida vergüenza bordada sobre el pecho como en *La letra escarlata*? Estuvo a punto de dejarla allí plantada, pero necesitaba un coche, y lo necesitaba ya, y al menos no había tenido que enfrentarse a algún tipo de chaqueta deportiva a cuadros y demasiada colonia.

Fue casi un alivio que el teléfono de Doreen decidiera sonar en aquel instante. La mujer miró la pantalla y dijo:

—Lo siento, pero tengo que contestar.

—Adelante.

Doreen se volvió de lado y bajó la voz.

—Mamá está ocupada. ¿Qué necesitas?

Sarah se detuvo ante un híbrido plateado como si le interesase, pero en realidad estaba pendiente de Doreen, que en un segundo había pasado de ser una vendedora hiperactiva a una estresada madre soltera. Oír cómo intentaba hacer de árbitro en una disputa le hizo darse cuenta de que había cosas peores que divorciarse, como por ejemplo divorciarse teniendo hijos. ¿Qué podía ser más duro?

Bien: Doreen iba a llevarse su comisión. Siguió buscando con ahínco pero todos los coches le parecían iguales: blandos, prácticos, ordinarios. Cuando Doreen colgó el teléfono, Sarah le dijo:

—Veo que tienen aquí todos los coches del mundo, y sin embargo ninguno me parece bien.

—¿Por qué no me cuenta un poco más sobre lo que busca? ¿Necesita un todoterreno, un deportivo…

Las farolas se encendieron al sumirse en el ocaso, y Sarah pensó en los niños de Doreen, que estarían deseando que su madre volviera a casa.

—He dejado a mi marido —dijo, y las palabras parecieron quedarse congeladas en el aire, como si fueran un bocadillo que saliera de labios de Shirl—. Tengo muchos kilómetros por delante —por alguna razón la hizo sentirse mejor sincerarse con aquella desconocida—, y no sé por qué, pero me parece importante hacerlo con el coche adecuado. Quiero... no estoy segura —sonrió a modo de disculpa—. A lo mejor lo que busco es la alfombra mágica. O a Chitty Chitty Bang Bang, descapotable y con un buen equipo de música.

Doreen ni siquiera pestañeó.

—No pierda esa idea —dijo, y consultó la agenda electrónica de stock—. Tenemos que darnos prisa —añadió con urgencia—. No durará más de cinco minutos.

Atónita, Sarah la siguió fuera del aparcamiento hasta el taller en el que los coches se preparaban para ser puestos a la venta.

—Tenemos una lista de espera de un año por este coche. Era el sueño de una mujer, pero lo cambió por otro después de haberlo usado apenas unos meses.

Había un mecánico hurgando bajo el capó del coche más bonito en azul marino y plata que Sarah había visto nunca.

—Tienen un Mini...

Doreen sonrió como una madre orgullosa.

—Es un Cooper S descapotable... raro como los dientes en una gallina. Estoy segura de que se lo han prometido a la primera persona de esa lista, pero... qué demonios... ahora mismo no encuentro esa dichosa lista, y no quiero molestar a nadie a la hora de cenar.

Intercambiaron sonrisas cómplices. Aquella monada británica era adorable como un juguete en un escaparate, aunque casi podía oír a Jack riéndose y recitándole toda una lista de razones por las que un Mini Cooper no era práctico ni seguro. Que era una moda pasajera, le diría, propenso a las averías.

—Es perfecto —le dijo a Doreen—, pero tengo que preguntarle por qué lo devolvió su dueña.

—Poco después de haberlo comprado, se enteró de que estaba embarazada de su tercer hijo. Una familia de cuatro podría meterse a duras penas en un Mini, pero una de cinco, imposible.

«Todo el sitio del mundo para mi fax y yo».

—Tiene alarma antirrobo, pero no sistema OnStar —admitió Doreen.

—No pasa nada. Nunca me he dejado las llaves dentro del coche y no tengo pensado empezar a hacerlo ahora. Tampoco necesito GPS. Sé donde voy.

Una hora después salía de allí. El coche iba lleno con sus cosas y el estéreo no le defraudó. Tomó dirección a la autopista, pisó el acelerador en el carril de incorporación y se unió al tráfico en dirección oeste. En el carril central se encontró de pronto en medio de dos camiones que parecían muros de acero a punto de estrujarla entre sus fauces. Un miedo terrible le paró el corazón. «¿Qué demonios estoy haciendo?»

Apretó los dientes y levantó el pie del acelerador, con lo que los dos vehículos se alejaron hacia delante. Puso la radio y la canción que inundó el coche fue *Shut Up and Drive*, de Rihanna, que ella se lanzó a cantar con una aplastante sensación de pérdida mezclada inexplicablemente con una tremenda euforia. Cantó por las cosas que había dejado atrás, por un matrimonio en el que creía, por la esperanza de tener un hijo, una esperanza que ahora estaba tan muerta como su amor por Jack. Por la mujer anónima que había querido comprarse aquel Mini y que luego había tenido que devolverlo porque su vida iba a cambiar radicalmente.

Sarah se detuvo en el primero de una serie de moteles baratos de carretera y se tumbó en la cama con la mirada clavada en el techo blanco mientras se dejaba acunar por el ruido de la autopista. Tenía la sensación de estar metida en la vida de otra persona, alguien a quien no conocía.

Siguió avanzando dirección oeste con su nuevo coche; se diría que fuera un moscardón azul que recorría campiñas, interminables mares de alfalfa, maíz seco y centeno. Su llegada a North Platte, Nebraska, estuvo marcada por una terrible admisión: llevaba mucho tiempo sin ser feliz. Se había sentido tan agradecida por la recuperación de Jack que no se había atrevido a poner en palabras su descontento temiendo parecer desagradecida y ruin, de modo que había seguido existiendo en un estado que podría pasar por felicidad. Jack estaba bien, disfrutaban de holgura económica, estaban intentando tener hijos para demostrar al mundo que todo iba bien... pero ¿feliz?

Ese era el problema con el espíritu humano, se dijo cuando atravesaba con su Mini las montañas para alcanzar por fin los límites del estado de California. Se podía fingir que se era feliz, pero al final el descontento salía por alguna parte. Para Jack, en forma de los brazos de otra mujer, y para ella en su determinación por quedarse embarazada.

—Un desastre, por ahora —dijo en voz alta con la mirada puesta en el horizonte.

Era el último día que iba a pasar en la carretera. Se levantó al alba y enfiló dirección a Papermill Creek, atravesando el Parque Estatal de Samuel P. Taylor. La serpenteante carretera que lo recorría tenía un techo de verdor formado por las ramas de los árboles. Al final llegó a la pequeña aldea de Glenmuir, en el límite occidental de Marin County, remota y casi olvidada, rodeada por una naturaleza salvaje tan espectacular que había quedado al amparo de una ley del Congreso.

Dejando atrás el túnel verde y umbrío, fue recorriendo colinas de un verdor inigualable salpicadas de granjas y ranchos, unidas por valles húmedos, hasta llegar a la bahía envuelta en un sudario gris de niebla, donde los viejos maderos de los muelles se elevaban como fantasmas. Era el lugar más alejado de Jack sin salir del continente.

Al final del viaje se encontró en un lugar en el que no había vuelto a vivir desde que se marchó para la universidad. Pasó junto al muelle en el que solía detenerse para ver pasar el mundo, tomó el camino de entrada y paró el coche. Entró en la casa de la bahía en la que había crecido y fue allí donde le alcanzó el cansancio y el dolor de la maratoniana sesión de conducción a la que se había sometido.

—He dejado a Jack —le dijo sin más a su padre.
—Lo sé. Me ha llamado.
—Se había liado con otra.
—También lo sé.
—¿Te lo ha contado él?

Su padre no contestó. Se limitó a darle un torpe abrazo, las cosas siempre habían sido un poco torpes entre ellos, se fue a la cama y durmió veinticuatro horas de un tirón.

CAPÍTULO 4

Si no la conociera, Sarah habría pensado que era una mala idea contratar a una abogada especialista en divorcios llamada Birdie. Birdie Bonner Shafter, para ser exactos, un nombre más propio de estrella del porno que de abogada.

Pero sí que la conocía, aunque no estaba segura de que Birdie la recordase del instituto. Seguramente no. Era tres años mayor que ella y siempre estaba demasiado ocupada presidiendo el consejo de estudiantes, participando en organizaciones femeninas, siendo la capitana del equipo de voleibol y unas cuantas cosas más como para fijarse en seres inferiores. El hecho de que hubiera sido la chica con el peor humor de todo el instituto parecía ser ahora una virtud.

Sarah había sido invisible para todo aquel que importaba en el instituto. Si se paraba a pensarlo había sido invisible toda su vida hasta que conoció a Jack. Ahora recordaba por qué. Era más seguro volar por debajo del radar, y así debería haberse quedado: pasando desapercibida y viendo cómo el mundo pasaba ante ella, haciendo observaciones, riéndose de las cosas que envidiaba en secreto. Pero no. Había tenido que zambullirse en la vida, y en el amor, como si fuera su derecho, el lugar al que pertenecía.

Se levantó y se acercó al ventanal de la recepción tras dedicarle a la recepcionista una sonrisa nerviosa.

—¿Quiere que le traiga algo de beber? —se ofreció.
—No, gracias. Estoy bien.
—La señora Shafter no tardará mucho.
—No me importa esperar.

El alto ventanal de cristales emplomados estaba enmarcado por una moldura en madera labrada. Algunos de los cristales eran originales, a juzgar por su acabado irregular. El despacho de Birdie ocupaba uno de los edificios históricos del casco antiguo de Glenmuir que apenas había cambiado desde que ella lo había visto por última vez. Estaba integrado en un grupo de edificios victorianos y góticos de madera, algunos originales, otros de imitación, los originales habían sido construidos por los pobladores del siglo XIX que habían acudido al reclamo de la abundante pesca en las aguas de su protegida bahía. Unos cuantos hostales atraían a los turistas a la zona de la bahía, entre los que se encontraba May's Cottage, una pequeña edificación con playa privada que pertenecía a su tía abuela. Aquel coqueto chalé blanco era tan famoso como lugar de vacaciones que había que reservarlo con meses de antelación. Pero la mayoría de turistas encontraban el pueblo remoto y extraño, colgado al borde de ninguna parte, y dejaban tranquilos a los locales.

Cuando no estaba envuelta en la niebla, la zona de la bahía de Tomales tenía una luz tan clara como ella no había visto en ninguna otra parte del mundo. El cielo azul intenso se reflejaba en el océano y esa misma agua absorbía a su vez el verdor salvaje que rodeaba la bahía. Su aspecto era el mismo que quinientos años antes, cuando sir Francis Drake, a bordo de su legendario *Golden Hind*, llegó a aquellas tierras y fue recibido por los miembros de la tribu Miwok pintados con sus colores rituales.

Sarah se alisó con las manos la chaqueta del traje. Se sentía demasiado vestida con aquel atuendo más propio de Chicago. Por allí la gente solía vestir en tejidos naturales y cómodos y calzarse primando la comodidad. Ella ya no tenía ni una sola prenda de ese estilo. A Jack le gustaba que se vistiera como una modelo del catálogo de Neiman Marcus, aun cuando ella se quejaba aduciendo que trabajaba en casa, sola.

Cuando se casaron le gustaba trabajar en su mesa de dibujo llevando puesta una vieja sudadera de la Universidad de Chicago y unos gruesos calcetines de lana, el pelo sujeto con una pinza.

—Ayuda a mi creatividad —le dijo en una ocasión.

—Se puede ser igualmente creativa con un jersey y unos pantalones de vestir —repuso él, y le regaló un conjunto de cachemira de trescientos dólares.

Apretó los dientes y clavó la mirada en la bahía. Un hidroavión se aproximaba para aterrizar y el sonido de cortadora de césped de sus motores llenó brevemente el aire. A veces traía turistas, pero mayoritariamente iba a recoger las ostras y llevarlas aún vivas a los restaurantes de las grandes ciudades. Había un barco navegando con las velas infladas hacia el horizonte. Y si miraba bien también se veían los botes ostreros que su padre usaba trescientos sesenta y cuatro días al año, hasta que decidió pasarle el negocio a su hijo. Kyle, su hermano, era tan convencional como rara era ella, y se había adaptado a la perfección a llevar el negocio familiar. Luego su padre vendió sus bateas para comprarse un Mustang GT descapotable del 65 necesitado de reparaciones urgentes, a las que se lanzaba sin reparar en gastos, hasta tal punto que el coche parecía ser residente habitual del garaje de Glenn Mounger.

Una mujer entró casi sin aliento y se fue directa a la fuente de agua. Iba enfundada en spandex negro y amarillo, la parte de arriba cubierta de marcas de patrocinadores, los pantalones con un nombre que se leía en sentido vertical, Trek. Llevaba un casco aerodinámico y unas gafas que le llegaban hasta las sienes. Las zapatillas especiales para la bicicleta la obligaban a caminar de un modo extraño, con las puntas de los pies hacia arriba.

Se bebió seis vasitos sin interrupción y por fin se volvió a Sarah.

—Perdón, pero es que se me había agotado el agua en la bicicleta.

—Oh —respondió a falta de nada qué decir—. Es un fastidio cuando ocurre.

—Birdie Shafter —se presentó, quitándose el casco y las gafas. Una cascada de cabello negro cayó a su espalda y se reveló un rostro de supermodelo—. Eres Sarah Moon, ¿no?

Sarah intentó ocultar la sorpresa. Por alguna razón esperaba que Birdie hubiese cambiado más desde el instituto.

—Sí, soy yo.

—Me estoy preparando para disputar un triatlón, así que mis horarios son un poco caóticos últimamente.

Abrió una puerta en la que había un cartel que decía: BERNADETTE DONNER SHAFTER, ABOGADA, y la invitó a entrar.

—Dame dos minutos.

—Tómate cinco.

—Eres un encanto.

Salió por una puerta lateral y enseguida se oyó el sonido de la ducha.

A pesar del aspecto tan poco convencional de Birdie, su despacho desprendía un aire muy profesional. El abanico de diplomas y certificados enmarcados servía a su propósito: infundir confianza en el cliente. Birdie se había licenciado en Derecho por la universidad estatal de San Diego, y se mostraban numerosos diplomas más emitidos por distintas universidades. El colegio de Abogados de Estados Unidos certificaba también su pertenencia como miembro distinguido.

En una de las paredes se habían encastrado baldas de madera oscura para organizar lo que podría llamarse el muro de la fama: tenía fotografías de sí misma con la gobernadora Diane Feinstein, Lance Armstrong y Brandi Chastain. En otra instantánea aparecía junto a Francis Ford Coppola a la puerta de su bodega, y otra con Robin Williams cerca de la autopista interestatal de la costa.

Las que tenía sobre la mesa de roble eran más personales.

Había imágenes de Bonner Slower Farm, una empresa fundada por los padres de Birdie, ambos declarados exponentes de la contracultura. En otra aparecía Birdie y su marido, Ellison Shafter, quien según le había dicho su padre era piloto de United.

También aparecía el hermano de Birdie, Will. O era una instantánea antigua, o no había cambiado nada en absoluto. La voz de Shirl le preguntó: «¿Por qué ibas a cambiar si ya eras perfecto?»

De todas las personas con las que compartió instituto, Will Bonner era al que mejor recordaba, lo cual tenía su ironía, ya que él seguramente ni había sabido su nombre. La fotografía destapó un montón de recuerdos que no sabía que guardase. Allí de pie, en aquel despacho desconocido, con la tarima de anchas planchas de pino que crujía bajo sus pies, se sorprendió al notar que viejos resentimientos volvían a cobrar vida bajo la superficie. Su vida con Jack había formado una especie de neblina sobre su pasado. Quizás fuera esa la razón por la que se había casado con él: para alejarse de personas así.

Pero ahora que él ya no estaba en el cuadro, no había nada que se interpusiera entre sus viejos recuerdos y ella, y cayó al pasado igual que Alicia en la madriguera del conejo, agarrándose a cualquier raíz que encontrarse intentando frenar la caída.

Frunció el ceño ante la instantánea de Will Bonner y él le devolvió una sonrisa. Estaba en su mismo curso, pero, a diferencia de ella, era el epítome de la perfección en el instituto: atleta imbatible bendecido con un físico impresionante. Tenía el cabello negro como la tinta y la misma intensidad en la mirada de aquellos ojos que hacía que a ella se le aflojaran las rodillas cada vez que la miraba. Y no es que pudiera decir que él la había mirado directamente. Avergonzada por aquel impredecible enamoramiento, Sarah lo había combatido del único modo que sabía: en el cómic clandestino que publicaba por sus propios medios en el instituto, utilizando para ello un viejo mimeógrafo que había en el sótano, había presentado a Will Bonner como un fatuo, terco y aficionado a los esteroides chico de calendario.

Seguramente él ni siquiera se había dado cuenta de su ácida sátira, pero a ella la había hecho sentirse... no mejor, pero sí vengada. En posesión del control.

Sin duda él ni se había percatado que durante cuatro años había estado sentada frente a él en clase de inglés, o que dibujaba pensando en él, diciéndose que necesitaba sus bocetos para los cómics. Bonner la había tratado como si fuera un mueble.

Los años que habían pasado desde el instituto habían acarreado al menos un cambio sustancial: en la fotografía tenía en brazos a una criatura de cabello oscuro que ocultaba el rostro en el hombro de su padre. Algunos hombres tenían un aspecto raro con un niño en brazos, pero otros, como Will Bonner, parecían cómodos, naturales, cercanos.

En otras circunstancias, habrían surgido montones de preguntas que hacer sobre el objeto de su obsesión durante el instituto, pero en aquellas no. Lo que ahora tocaba era explicarle su situación a Birdie y decidir qué iba a hacer.

Apartó la mirada de las fotos y se obligó a esperar pacientemente. La impresión que le había causado abandonar a Jack no había cedido del todo y seguramente era lo mejor porque le impedía sentir. Era como un soldado cuando le arrancan un miembro y se queda contemplando el espacio vacío sin comprender. Seguramente el dolor llegaría después, y no se parecería a nada que hubiera sentido antes.

Había una tarifa enmarcada y colgada de una pared, como si se tratara del menú de un restaurante o los servicios de una peluquería, pero en aquella ocasión versando sobre servicios legales en lugar de cortes de pelo: derecho de familia, inmigración, testamentaría, derecho en la tercera edad. Leer aquello le hizo sentir cierta aprensión. ¿Podría permitirse un abogado? Seguramente ninguno de los servicios que requería sería sencillo. Ni barato.

Pero no podía permitir que el dinero, o mejor la falta de él, se interpusiera en su camino. Tenía que reinventar su vida desde aquel preciso momento.

—Gracias por esperar.

Birdie volvió a entrar en el despacho, olvidado ya el atuendo de ciclista y ataviada con ropa de algodón sin blanquear, zuecos de la última colección de Dansko, sin maquillar y una expresión abierta y franca. En Birdie aquel look no parecía fingido sino natural, como si ella lo hubiera inventado.

Sin embargo verla tan sincera e inofensiva la puso alerta. ¿Qué había sido de la chica más mala de todo el instituto? ¿Se habría vuelto blanda cuando precisamente lo que ella necesitaba era un abogado duro de pelar, que protegiera sus intereses en aquel proceso —aun no era capaz de pronunciar la palabra divorcio—, y no a la Madre Tierra?

—No hay problema. Gracias por recibirme tan rápidamente.

—Me alegro de haberte podido hacer un hueco.

Un timbre suave que provenía del intercomunicador la interrumpió.

—Siento interrumpir, señora Shafter —dijo la recepcionista—, pero es un asunto con plazo. Es Wayne Booth, de Coastal Timber.

Sarah hizo ademán de dirigirse a la puerta, pero Birdie la retuvo con un gesto de la mano y cubriendo el auricular le dijo:

—Es un minuto.

Entonces su postura cambió. Se irguió y echó atrás los hombros.

—Wayne, ya te he dado la respuesta de mi cliente. Si esa es vuestra oferta final, tendremos que dejar que decida un juez —hizo una pausa y se oyó una voz enfadada—. Entiendo perfectamente, pero creo que eres tú el que no lo entiende. No estamos jugando, Wayne...

Madre Tierra se había transformado en un ama dominante ante sus ojos, capaz de masticarse al abogado de una gran compañía maderera antes de colgar tranquilamente el auricular. Cuando volvió su atención a Sarah, parecía serena y tan campante, como si aquel intercambio no hubiese tenido lugar. Al parecer había encontrado al abogado perfecto. La chica mala había sabido cómo emplear sus poderes.

Se dieron la mano y cada una ocupó un asiento. Sarah respiró hondo y se lanzó sin titubeos.

—Acabo de llegar de Chicago. He abandonado a mi marido.

Birdie asintió y su expresión se dulcificó.

—Lo siento.

Sarah no podía hablar y Birdie le ofreció una caja de pañuelos, pero ella los rechazó mientras le daba vueltas y más vueltas a su anillo de casada. Debería quitárselo, pero era de Harry Winston, un diamante de tres quilates y no sabía dónde guardarlo.

—¿Ha sido una decisión reciente?

Sarah asintió.

—Del viernes pasado.

El reloj de su coche tenía las 5:13 cuando se marchó de Shamrock Downs, lejos de Jack, Mimi Lightfoot y todo en lo que había creído. ¿Cuántas mujeres podían reconocer el momento preciso en que su matrimonio se venía abajo?

—¿Corres algún peligro? —le preguntó Birdie.

—¿Perdón?

—Necesito saber si estás a salvo. ¿Es violento? ¿Habéis tenido alguna vez algún incidente de abuso?

—Ah —Sarah se dejó caer sobre el respaldo de su silla—. No, por Dios. Eso no —declaró, a pesar de que en el fondo tenía la sensación de que se había cometido un acto violento contra ella, pero no de esa clase—. Me ha sido infiel.

Birdie la miró sin que ningún sentimiento aflorara a sus facciones.

—En ese caso, deberías hacerte pruebas.

No entendía. Pruebas. Entonces comprendió. Pruebas de enfermedades de transmisión sexual. De SIDA incluso. «Hijo de perra».

—Yo… eh, sí, claro. Tienes razón —una bola de miedo se le formó en el estómago. Pensar que había podido poner su salud en peligro añadió horror a la traición—. Lo siento, no se me había ocurrido pensarlo. De hecho aún no puedo creerme que Jack me haya hecho esto.

—Jack —Birdie abrió su portátil—. Voy a tomar unas notas, si no te parece mal.

—Claro. Esta situación es nueva para mí.

—Tómate tu tiempo. ¿El nombre completo de tu marido es…

—John James Daly. Yo he mantenido mi apellido de soltera al casarnos.

—¿Y eso fue…?

—El último día del mes de junio hizo cinco años de nuestra boda. Lo conocí estando en la universidad de Chicago y nos casamos después de la graduación.

Birdie asintió.

—El *Bay Beacon* publicó una bonita foto y escribió un pequeño artículo sobre la boda.

Sarah se sorprendió de que hubiera reparado en la foto y de que la recordase, pero quizás tuviese más que ver con el hecho de que aquel pueblecito tranquilo no tuviese muchos acontecimientos de los que ocuparse. El periódico local, que salía dos veces por semana, siempre se ocupaba de cosas sencillas: bodas y nacimientos, mareas y el tiempo, reparaciones en la carretera y deportes de la escuela.

Estando en el instituto había remitido varias tiras al *Bay Beacon*, pero el editor las encontró demasiado controvertidas. Era irónico que sus dibujos se hubieran metido con los constructores de la gran ciudad ávidos de erigir centros comerciales y bloques de apartamentos junto a la costa nacional más prístina de toda Norteamérica.

—No llegué a verlo. Vivimos… vivía en Chicago —volvió a dar varias vueltas al anillo de casada—. Me habría gustado venir de visita con más frecuencia, pero a Jack no le gustaba venir aquí, y el tiempo… bueno, el tiempo pasa muy deprisa. Debería haber insistido más. Dios, me siento fatal.

—Vamos a dejar una cosa clara —dijo, cruzando las manos sobre la mesa.

—¿El qué?

—Que no tienes por qué justificarte ante mí. No estoy aquí para juzgarte ni para hacerte responsable de nada. No voy a criticar las decisiones que hayas tomado, ni voy a insultarte ni a divulgar los detalles personales de tu vida.

Sarah sintió que la cara le ardía de vergüenza, pero sabía exactamente a qué se refería. Cuando Birdie estaba en el último curso de instituto, se sometió a una operación para reducirse el pecho. No era que fuera un secreto, porque pasó de llevar una talla D a llevar camisetas ombligueras. Sarah lo utilizó para sus tiras. ¿Por qué no pinchar a la chica más malvada de todo el instituto?

—Siento lo de aquella estúpida tira del instituto.

—No lo sientas. A mí me pareció divertida.

—¿Ah, sí?

—Sí, más o menos. Entonces me gustaba todo lo que se refiriera a mí. Fui horrible en el instituto, con o sin tetas. Si quieres que te diga la verdad, me gustó ser el tema de una página divertida. De todos modos ocurrió hace mucho, Sarah. Espero que ambas hayamos pasado página.

—Sigo dibujando tiras cómicas, pero ahora me inspiro en mi propia vida, no en la de los demás.

—Me alegro por ti. Hay gente que se pasa la vida arrastrando lamentaciones por lo que pasó en sus años de instituto. Siempre me he preguntado por qué. Al fin y al cabo son solo cuatro años en una vida que puede durar cien. ¿Por qué la gente se obsesiona de esa manera?

—Buena pregunta.

Birdie tomó un impreso de los que tenía sobre un mueble a espaldas de la mesa de trabajo.

—Aquí están reflejadas las líneas generales de nuestro

acuerdo. Quiero que lo leas detenidamente y que me llames si tienes algo que preguntarme.

El impreso estaba escrito con letra pequeña y apretada, y el corazón se le cayó a los pies. Por nada del mundo querría tener que pasar por todo eso precisamente en aquel momento, pero no le quedaba otro remedio: estaba sola y tenía que protegerse. Empezó a leer el primer párrafo y la vista se le perdió en tanto término legal.

—¿No tienes una versión como para el *Reader's Digest*?

—No se puede redactar de modo más simple. Tómate el tiempo que necesites.

Esperó a que Sarah terminase de leer el documento. No parecía haber nada cuestionable en él... excepto la certeza de que iba a costarle un montón de dinero. Firmó el documento.

—Hecho.

—Bien, empecemos. ¿Te importa si grabo la conversación?

—Supongo que no. ¿De qué vamos a hablar?

—Necesito que me cuentes la historia completa. Todo desde el principio.

Sarah miró el reloj antiguo que colgaba de la pared.

—¿Tienes más citas esta tarde?

—Tengo todo el tiempo que necesites.

—Él está en Chicago. ¿Puedo... divorciarme de él estando yo aquí?

—Sí.

Divorciarme. Era la primera vez que decía la palabra en voz alta. La había pronunciado, pero no entendía bien su significado. Le parecía un término desconocido. Parecían sílabas de una lengua desconocida. *Divor Ciarme. Div Orciarme.*

—Sí —repitió—. Quiero el divorcio. Por Dios... ahora mismo es como si dijera que quiero sacarme las tripas.

—Lo siento —dijo Birdie—. Nunca resulta fácil. Pero lo que sí puedo decirte es que, aunque la pérdida duele, también crea espacio nuevo en tu vida, nuevas posibilidades.

Sarah dejó que su mirada vagase lejos de allí, a través de la ventana, a las aguas de la bahía de Tomales.

—Nunca quise vivir en Chicago. He sido incapaz de acostumbrarme a aquel clima endiablado. Después de graduarme, tenía pensado instalarme en San Francisco o L.A. y trabajar allí para algún periódico mientras intentaba tener mi propia tira independiente. Entonces conocí a Jack.

Respiró hondo y tragó saliva.

—Su familia tiene un negocio de construcción. Había conseguido un contrato para construir un ala nueva para la universidad destinada al diseño gráfico, y yo estaba en el comité de asesoramiento destinado a proporcionar información a los diseñadores.

Sintió que una sonrisa acudía a sus labios, pero solo brevemente.

—Los estudiantes les contábamos nuestros castillos en el aire y Jack nos decía por qué nuestros planes no podían funcionar. De hecho dibujé varias tiras satíricas sobre la situación para el periódico de la universidad; cuando Jack las vio, yo pensé que se pondría furioso, pero todo lo contrario: me invitó a salir.

Cerró los ojos. Ojalá los recuerdos no fueran tan dolorosos. Jack había sido encantador. Guapo, divertido y amable. Se había enamorado de él desde el primer momento. En muchas ocasiones se había preguntado qué habría visto él en ella, pero no se había atrevido a preguntárselo. Quizás debería haberlo hecho. Abrió los ojos y se vio las manos entrelazadas y los dedos apretados.

—La familia me dio la bienvenida con los brazos abiertos. Me trataron como si fuese su hija.

Aún recordaba lo maravillada que se había quedado al contemplar la mansión histórica de aquel barrio de clase pudiente en la que la familia de Jack llevaba generaciones viviendo.

—Tienes que comprender que para mí todo aquello era casi demasiado. Después de perder a mi madre, mi padre, mi hermano y yo quedamos destrozados, y me sentí bien al volver a formar parte de una verdadera familia. Jack había crecido allí y tenía amigos a los que conocía desde la guardería, de modo que yo me adapté sin pestañear a aquel mundo que se me ofrecía ya hecho. No necesité hacer esfuerzo alguno. Supongo que estuve enamorada de él desde un principio y ya estaba haciendo planes de futuro en la tercera cita.

Si contemplaba lo ocurrido desde la distancia, le resultaba evidente que el proceso de enamorarse había sido para ella un acto de supervivencia. Había perdido a su madre y la iba arrastrando la marea. Jack, y todo lo que él representaba, era una roca sólida a la que agarrarse, algo en lo que anclarse para permanecer a salvo.

En la distancia sonó una sirena, el chillido agudo de un camión de bomberos. Tenía la boca seca. Se levantó y fue a beber agua. Cuando volvió a colocarse ante Birdie, se sintió momentáneamente desorientada.

—Llorar es bueno —le dijo la abogada.

Sarah se imaginó a sí misma flotando de nuevo en las aguas del mar, sola, como Alicia en el País de las Maravillas, ahogándose en su propio torrente de lágrimas.

—No quiero llorar.

—Lo harás.

Respiró hondo y tomó otro sorbo de agua. No sentía deseos de llorar, pero su sensación de pérdida era intensa. Estaba empezando a darse cuenta de que había perdido mucho más que a un marido: su familia y amigos; su casa y todas sus cosas; su propia identidad como esposa de Jack...

—Nos casamos en Chicago —continuó. Su boda había sido un evento desequilibrado: los invitados del novio superaban a los de la novia en una proporción de diez a uno, pero a ella no le importó. La gente adoraba a Jack y ella se sentía orgullosa de él, y por otro lado se consideraba afortunada por haber encontrado una familia y un grupo de amigos que la aceptaban con los brazos abiertos.

—Nos fuimos a Hawái de luna de miel. A mí no me gustaba la isla, pero Jack dio por sentado que me gustaría.

Entonces no había sabido ver la verdad. De hecho ahora podía decirse que solo la vislumbraba, pero estaba empezando a comprender. Desde el momento en que conoció a su marido pasó a ser un satélite suyo, reflejando su luz pero sin poseer nada propio. Sus deseos y necesidades quedaron eclipsados por los de él, y lo peor es que a ella le pareció perfecto. Vivían en su mundo, hacían las cosas que él quería hacer y se convirtieron en una pareja acorde con su visión y no con la de ella.

De tarde en tarde, Sarah hacía alguna sugerencia: ¿Y si fuéramos a Mackinac Island en lugar de a Hawái? ¿O a Château Frontenac en Québec? Pero cada vez que eso ocurría, él la abrazaba y contestaba: «Sí, bueno... pero ahora vámonos a Hawái. ¡Cowabunga!». Se acostumbró a escuchar una música country que le horrorizaba y aprendió a permanecer despierta durante los partidos de los White Sox y los Cubs.

—Y lo mejor de todo es que yo era feliz —le confesó—. Era feliz. Me gustaba la vida que llevábamos juntos, lo cual es una locura porque no se parecía en nada a la vida que yo habría escogido.

—Pero era la vida que tenías —le recordó Birdie—. El hecho de que te gustara es una bendición. ¿Cuánta gente soporta una vida que detesta día tras día?

Sarah la miró fijamente. Tenía la sensación de que aquella pregunta iba dirigida a sí misma.

—Y ahora viene la gran ironía —continuó Sarah—. Después de una boda de cuento de hadas y una luna de miel de ensueño, Rick decidió que quería que tuviéramos hijos ya. Por primera vez me puse firme: insistí en que debíamos esperar al menos un par de años. Quería centrarme en mi carrera, así que insistí para que siguiéramos con los medios anticonceptivos un tiempo más.

—Estamos en el siglo XXI —le recordó Birdie—. No creo que esa decisión pueda sorprender a nadie.

—En aquel momento, no. Creo que ha sido la única decisión verdaderamente mía en nuestro matrimonio. La única que me pertenecía solamente a mí.

—¿Y qué tiene eso de irónico?

—Pues que es una decisión que estuvo a punto de matar a Jack.

CAPÍTULO 5

Cuarenta minutos antes de que el turno de Will Bonner llegase a su fin, se disparó la alarma:

—¡Escuadrón! ¡Coche de bomberos y ambulancia de guardia!

Y luego siguieron los dos tonos que confirmaron la alarma. Will se puso en marcha de inmediato: llamó a Gloria por megafonía y de un tirón recogió el documento de la impresora. Tras años de seguir aquella rutina, había conseguido reducir al máximo el número de movimientos. Iba vistiéndose mientras salía de la oficina, con lo que en menos de un minuto se dirigía ya hacia el lugar en que se le esperaba. Así era la vida de un bombero: en un instante estaba viendo reposiciones de *La caldera del diablo* en la tele y al siguiente revisando el mapa de la zona, poniéndose el equipo, calzándose las botas.

La ciudad de Glenmuir estaba orgullosa de su camión cisterna Seagrave, comprado hacia 1992, y un equipo compuesto por capitán, ingeniero y un grupo de voluntarios que iba rotando. Mientras Gloria Martínez, la ingeniera, ponía en marcha el motor y el equipo voluntario ocupaba sus posiciones, Will y Rick McClure, uno de los voluntarios de turno, se subieron a un coche patrulla y salieron a toda prisa delante del camión para localizar el fuego. Ese era el problema con los informes que carecían de información suficiente. Alguien podía llamar para informar de que estaba viendo humo, y por aquellos pagos decir «allá» era considerado casi un punto cardinal.

La gente de Glenmuir se ponía enseguida nerviosa cuando se trataba de un fuego. Aún tenían fresco en la memoria el legendario incendio de Mount Vision en 1995, del que todavía quedaban diseminados por el paisaje esqueletos negros de árboles calcinados, estructuras desnudas, praderas ahogadas por el fuego.

Mientras ascendían por la pendiente de una carretera sin nombre escrutó el horizonte para intentar localizar la columna de humo o un color distinto en el cielo. Aunque estaba concentrado en la búsqueda, se le cruzó un pensamiento sobre Aurora. Aquel aviso iba a hacerle llegar tarde a cenar. Y el día anterior ya se había perdido la jornada de orientación universitaria en su colegio.

—No pasa nada —le había dicho ella—. Será igual que la del año pasado.

—Es que el año pasado tampoco pude asistir.

—Pues eso: igual que el año pasado.

Su hijastra de trece años tenía una lengua tan afilada como elegante era su gusto por las revistas de moda a las que tanto tiempo dedicaba. Cuando era pequeña y él tenía que marcharse para su turno montaba unos berrinches tremendos y le rogaba que no se fuese, pero, ahora, ya con trece años, la respuesta que daba a sus ausencias era despectiva, crispada o sarcástica.

Él prefería los berrinches. Al menos eran facilísimos de identificar y pasaban pronto. Siempre había sido fácil ser su padre. A Will le gustaba serlo y, cuando su madre los abandonó, siguió gustándole igualmente. Si acaso aún acrecentó más la devoción que sentía por ella.

El trabajo de capitán del cuerpo de bomberos era una bendición envenenada en lo tocante a ser padre soltero. Su calendario le permitía estar con ella varios días seguidos, pero sus ausencias eran igualmente largas. Cuando estaba de guardia, la niña se quedaba con sus padres o a veces con la tía Birdie o el tío Ellison. Llevaban años haciéndolo así, lo cual era en sí misma una de las razones por las que no se había ido de Glenmuir. Sin la infraestructura de su familia, criar a Aurora habría sido prácticamente imposible. Para sus padres era un privilegio y una alegría cuidar de ella, una niña dulce, brillante y preciosa que había llegado a sus vidas como una primavera adelantada a su tiempo. Ahora que tenía trece años y estaba enemistada con el mundo, se preguntaba si no empezaría a ser demasiado difícil para ellos.

Pero si se atrevía a sugerir tal cosa su familia se echaría las manos a la cabeza. Sus padres, que tenían una granja orgánica de flores, creían a pies juntillas en el equilibrio del karma y en la idea de que la vida nunca le daba a nadie más de lo que podía soportar.

Will vio entonces las columnas de humo negro que se alzaban por encima de la cresta de una montaña justo al lado de la aldea de San Julio y llamó a Gloria para darle el kilómetro de la carretera en el que estaban y apresurarse después a llegar al lugar del accidente. No estaba seguro de a quién pertenecía aquella propiedad, un altozano de heno y alfalfa. No había viviendas cerca, pero estaba ardiendo un granero, la fachada estaba siendo lamida por las llamas. Paró el coche y dejó las llaves en el contacto por si había que utilizarlo. Rick aparcó el otro coche a cierta distancia y corrió a unirse a Will, que ya estaba supervisando la zona. Le pareció ver una sombra y al volverse descubrió que era un perro vagabundo.

Ya lo había visto en otras ocasiones, un cruce de collie con el pelaje blanco y negro, que al verlos salió a todo correr.

—Espero que el granero solo lo utilizaran como almacén y que no hubiera animales dentro.

—Tienes razón —contestó Rick, un voluntario joven que acababa de concluir su preparación y que miraba temeroso el edificio en llamas.

—Voy a inspeccionar las instalaciones —dijo Will. No hacía mucho tiempo que él estaba tan verde como Rick McClure. Cuando llegó el camión cisterna, Will ya se había puesto su aparato de respiración autónomo aunque sin colocarse la máscara. Esperaba no tener que recurrir a la botella de aire.

Recorrió el perímetro y comunicó por radio al jefe del escuadrón su informe. Había un buen indicio y era que no se oía ruido alguno que pudiera indicar que hubiese animales atrapados dentro. Cuando ocurrían esa clase de cosas, siempre quedaba rastro en el alma de un bombero. Si no había que acometer ningún rescate, salvar el edificio no era lo más importante sino evitar que el fuego se propagara a las tierras de alrededor.

El plan era airear las llamas a través de una gran puerta lateral corredera. Will comunicó por radio las instrucciones al equipo de la cisterna y mientras otros tiraban de las mangueras le indicó a Rick que abriese la puerta y estuviese preparado con el extintor portátil. El objetivo era airear las llamas para retrasar el momento en que el aire se hubiera calentado hasta tal extremo que pudiera llegar a explotar sin dar tiempo a que las mangueras actuasen. En ese caso el fuego saldría por la parte frontal del edificio. El golpe de calor se esperaba siempre pero también era siempre una sorpresa. En su época de novato le asustaba enormemente esa presión que parecía querer aplastarle la cara, una fuerza invisible como la de los equipos de sonido de los conciertos de rock.

Las llamas corrían por el techo y el fuego estaba a punto de pasar a ser una combustión súbita generalizada. Oyó un siseo y se imaginó que su botella de aire se estaba calentando. Aquel granero construido en estilo nórdico, alto como una catedral, estaba bañado en una luz sobrenatural y las pacas de paja almacenadas ardían como en una pira funeraria gigante. «Estoy bien», se dijo como siempre que se encontraba en situaciones parecidas. «Estoy bien», y trajo a su memoria la imagen de Aurora, su mejor razón para sobrevivir.

Birdie cerró la ventana para que no entrase el sonido de la sirena. Luego volvió a sentarse y apoyó los brazos en la mesa.

—Sarah, no entiendo. ¿Por qué dices que tu decisión de retrasar el momento de tener hijos estuvo a punto de acabar con la vida de tu marido?

—Si hubiera accedido a quedarme embarazada nada más casarnos, que era lo que Jack quería, nos hubiéramos dado cuenta antes de que algo pasaba —se aclaró la garganta—. ¿Necesitas todos los detalles?

—No te preocupes ahora de los detalles —respondió—, a menos que pienses que es información que yo pueda necesitar para ayudarte.

Sarah era consciente de que en algún momento iba a verse obligada a revelar los detalles más íntimos de su matrimonio, dejándolos al aire como una herida abierta dejaría al descubierto los tendones y los nervios. Formaba parte del proceso, pero ser consciente de ello no se lo ponía más fácil. Exponer su dolor más íntimo filtrado en su tira cómica era una cosa, pero hablarlo abiertamente era otra muy distinta.

—Cuando pasó un tiempo, yo empecé a desear tener hijos tanto como él. Los dos parecíamos tener buena salud, de modo que, cuando pasó todo un año y el embarazo no llegaba, fuimos a hacernos una revisión. En el fondo pensábamos que algo en mí no funcionaba bien, no que fuera él.

Había un boli sobre la mesa, lo tomó y lo hizo rodar entre las manos.

—Suele ser así. No sé por qué, pero ocurre.

Una vez se determinó que Sarah no tenía problemas de fertilidad, Jack accedió a que su tío urólogo le hiciera una revisión. Sarah se había preparado para que se descubriera un recuento bajo en el número de espermatozoides, o que fueran de poca movilidad. Pero la sentencia que firmaron las pruebas fue mucho peor.

—Cáncer testicular. Tenía metástasis en los nódulos linfáticos del abdomen y en los pulmones.

La actitud positiva del oncólogo fue tranquilizadora.

—Las estadísticas y los pronósticos no van a vencer al cáncer. Luchar es cuanto podemos hacer. Así conseguiremos vencerlo.

Jack tuvo también la fortuna de contar con el apoyo de familia y amigos. Sus padres y sus hermanos hicieron piña en torno a él en cuanto conocieron el diagnóstico. Gente que lo conocía desde la guardería fue a verlo, simplemente a hacerle compañía, a unir sus buenos deseos a aquel pozo aparentemente sin fondo de apoyo.

—Cuando te ocurre algo así, tienes que comprender que el mundo entero se detiene. Lo dejas todo. Es como si entrases al Ejército y la enfermedad fuese tu sargento. Empezamos el tratamiento de inmediato, un tratamiento muy agresivo. Gracias a su edad y a su estado general de buena salud, pudieron atacar sin piedad.

—Es interesante que digas empezamos el tratamiento, y no que Jack empezó el tratamiento.

—Éramos un equipo —explicó Sarah—. La enfermedad invadió todos los momentos de nuestras vidas, tanto si estábamos despiertos como si dormíamos —sacaba y metía la punta del boli; la sacaba y la metía—. No sé si esto es importante en este momento o no… antes de empezar el tratamiento tuvimos en cuenta un pequeño detalle.

—¿Qué detalle?

—Fue el médico quien nos lo sugirió. Jack y yo estábamos demasiado asustados y dispersos para pensar en ello. Nos aconsejó que congeláramos esperma. El tratamiento conllevaba un riesgo de infertilidad y hacerlo era una buena precaución —sonrió un poco—. Jack ha sido siempre un poco exagerado para sus cosas, así que congeló esperma como para repoblar una ciudad. Y hasta la semana pasada, esta historia tenía un final feliz.

«Más o menos», pensó. La actuación de Jack en el banco de esperma había sido mucho más productiva que con ella.

—Lo siento, pero necesito hacerte más preguntas. ¿Fuiste tú su principal apoyo durante la enfermedad?

—Económicamente, no. Afortunadamente Jack y su familia tienen un nivel económico más que desahogado. Yo apenas tengo mi trabajo.

—¿Te refieres a la tira cómica?

Seguía sacando y metiendo la punta del boli, fuera, dentro, fuera dentro.

—Sí. Se llama *Just Breathe*.

Birdie se recostó en su silla.

—Suena genial, Sarah. En serio.

—Sonaría mejor si me permitiera tener unos ingresos regulares. Por ahora soy freelance, lo que significa que tengo que trabajar mucho más, pero también me proporciona más independencia y una mayor participación en los beneficios. Cuando Jack estaba enfermo, lo dejé a un lado y me dediqué a la publicidad y a las tarjetas de felicitación, aunque en ningún momento dejé de dibujar. De hecho, durante los días más duros del tratamiento, hice algunos de mis mejores trabajos, pero no puedo decir que haya contribuido económicamente de un modo significativo.

—¿Y en cuanto al apoyo moral y emocional, o a los cuidados que necesitara?

—He hecho cosas de las que ni siquiera me creía capaz.

Se detuvo sorprendida de la emoción que le había embargado al recordar aquellas noches interminables y angustiosas de después de las sesiones de quimioterapia, cuando ni siquiera el amor o las oraciones bastaban para consolarlo, cuando ella lo abrazaba mientras él temblaba como una hoja, cuando limpiaba sus vómitos y cambiaba su cama mientras él gemía en agonía.

—No voy a contarte los detalles. Baste decir que fui firme y cualquiera que intente decir lo contrario, miente.

—¿Y el final feliz?

—Antes de que todo esto ocurriera te habría dicho que el final feliz fue cuando nos dijeron que ya no tenía cáncer y que ya no era necesario seguir con el tratamiento, pero ahora me temo que no existe tal cosa... un final feliz, quiero decir. La vida es demasiado complicada. Las cosas no terminan, sino que cambian.

Bajó la mirada y se encontró con que había desarmado el bolígrafo sin darse cuenta.

Birdie entrelazó las manos sobre la mesa y fingió no darse cuenta.

—Entonces, ¿tenías alguna razón cuando empezaste a sospechar que tu matrimonio corría peligro?

Avergonzada, Sarah alineó las partes del boli sobre la mesa: el cartucho, el pequeño muelle, la carcasa y el clip para sujetarlo al bolsillo.

—Es lo último que se me habría ocurrido pensar. Me sentía tan llena de gratitud y alegría por la recuperación de Jack que no era capaz de sumar dos más dos. Entonces me dije a mí misma, y a Jack, que estaba preparada para tener familia. Más que preparada. Es absurdo posponer algo que sabes que deseas. La vida es demasiado corta. En aquel momento no tenía ni idea de que intentar quedarse embarazada podía ser un signo de desesperación. Creía que si podía conseguir que pareciéramos una familia feliz teniendo un bebé, nos transformaríamos como por arte de magia en una familia feliz —metió el cartucho en la carcasa—. Lo intentamos de las dos maneras.

—¿De las dos maneras?

—Por una concepción natural y por inseminación artificial. Después del tratamiento Jack tenía muchas posibilidades de haber recuperado a fertilidad, así que mantuvimos la esperanza, pero no tuvimos mucha… intimidad ni durante ni después de su enfermedad. Él no… podía y al final dejamos de intentarlo —enroscó las dos partes de la carcasa—. Él seguía diciendo que quería una familia. De hecho fue idea suya que siguiéramos con los tratamientos para la infertilidad y la inseminación artificial. Nuestra falta de éxito ha resultado ser al final una bendición. Tener un hijo en mitad de este lío sería un desastre.

El botón del boli no funcionaba. Tendría que volver a empezar.

Estaba cayendo en la cuenta de que el abismo que los separaba estaba ahí mucho tiempo atrás, antes de ser descubierto.

Solo se había ahondado y ensanchado al aparecer Mimi Lightfoot.

—Después de la enfermedad yo no dejaba de decirme que teníamos los dos una especie de shock postraumático, que tenía que ser eso, así que mientras que yo acudía a la clínica de fecundación cada vez que ovulaba, Jack se enfrentaba a su trauma a su manera. No sé cuándo empezó lo de Mimi Lightfoot, pero tengo la impresión de que viene de atrás.

El nombre de aquella mujer le dejaba un regusto amargo en la boca.

—Es la mujer con la que te ha sido infiel, ¿no?

—Sí. Hace unos ocho meses puso en marcha un proyecto importante de construcción: casas de lujo en un barrio diseñado para amantes de los caballos, lo cual le mantuvo tremendamente ocupado.

Cómo podía haber sido tan tonta... las pistas de lo ocurrido no podían ser más vulgares: llegando siempre tarde a casa, ofreciéndole una vaga descripción de sus reuniones, cancelando citas que el día anterior había concertado con ella, evitando mantener relaciones sexuales.

—Pensé que necesitaba más tiempo para asimilar lo ocurrido, pero tenía fe en que lo superaría. Y lo superó, creo, pero no conmigo.

Respiró hondo y se dispuso a contarle a Birdie la peor parte: lo ocurrido aquella fría y lluviosa noche, su última como mujer casada felizmente. Le habló de la soledad que sintió al tener que acudir a la clínica sin su marido. Cómo luego había ido a comprar una pizza con la intención de ir a visitarlo a su lugar de trabajo porque a él le encantaba la pizza y quería darle una sorpresa. Incluso le habló del momento en que se topó con la pesadilla que teme toda mujer.

La extraña calma que había venido sintiendo desde aquella noche estaba empezando a resquebrajarse en algunos puntos a medida que unos fogonazos de emoción empezaban a asaltarla: rabia contra Jack, vergüenza y humillación, una nauseabunda sensación de haber perdido todos los sueños. Se sentía bombardeada por imágenes de niños que nunca llegarían a ser, por la casa perfecta que solo había sido una ilusión.

Hasta aquel momento el estupor no le había permitido enfrentarse a las preguntas más duras de cómo podrían haber sido las cosas si ella hubiese actuado de un modo distinto. Aquella especie de parálisis abotargaba la vergüenza que sentía por tener que airear sus trapos sucios ante una desconocida, acorchaba el dolor del golpe de saber que la vida que había asumido con tanta satisfacción no era más que una farsa.

Obligada a describir la infidelidad de su marido sentía cómo su orgullo de mujer se le escapaba del cuerpo como un reguero de sangre. Pero tenía que salir como fuera de la peor parte de la narración.

—Y eso es todo. En eso quedó el final feliz.

Se recostó en la silla y sintió que un enorme cansancio se apoderaba de ella. Había recorrido medio país empujada por la adrenalina, pero ahora el agotamiento la estaba dejando pegada a la silla.

—Hay algo que lamento enormemente.

—¿Y qué es?

—No haber pedido aceitunas negras en aquella maldita pizza.

CAPÍTULO 6

Will Bonner rodeó el granero estudiando en silencio su estructura. Sacó un pañuelo del bolsillo de atrás y se secó la cara. Ya debería estar en casa preparando la cena con su hija, pero por desgracia la gente que provocaba los incendios no tenían en consideración alguna la agenda del capitán de bomberos. Aun así, se consideraba afortunado. El granero estaba vacío cuando se prendió.

Vance Samuelson, uno de los voluntarios, y Gloria Martínez, la ingeniera, estaban ordenando el camión.

—¿Y bien?—le preguntó Gloria, bajándose los tirantes—. ¿Qué opinas?

—Deliberado —contestó, invitándola a acompañarlo al centro del edificio chamuscado. El tejado se había transformado en un metal retorcido y el calor aún les quemaba los pies—. Es lo que determinará el investigador oficial, pero no creo que puedan añadir mucho más. Para averiguar quién lo provocó nos necesitarán a ti y a mí. Bueno, necesitarán a todo el condado, qué demonios —se guardó el pañuelo y salió de allí—. Estoy mosqueado, Gloria. Esto me recuerda a aquel incidente que tuvimos hace casi cinco meses, el que aún no he aclarado.

—Ese trabajo les corresponde a los investigadores, no a ti. Tú ya tienes bastante que hacer.

Will asintió y se quitó la chaqueta protectora, que a aquellas alturas le daba mucho calor.

—En teoría. Nosotros somos los que conocemos esta comunidad. Sabemos quién hace qué, quién está enfrentado con los vecinos, quién tiene problemas de dinero y qué críos están descontrolados. Nosotros seremos los que descubramos quiénes están provocando estos fuegos.

—Espero que sea más pronto que tarde —respondió, arañando el suelo con las botas—. ¿Crees que es el mismo responsable en los dos fuegos?

—Seguramente. Creo que ha utilizado un acelerante distinto.

—Genial. Lo que nos faltaba: un pirómano listo.

—Se supone que no es listo —le recordó—. De acuerdo con el perfil, es alguien menos inteligente que la media.

—A lo mejor es adicto a las series policiacas. No hay que ser muy listo para copiar lo que enseñan paso a paso en la tele.

Will se levanto una manga. Le parecía que se había quemado. Efectivamente. Tenía la piel enrojecida. El tatuaje del dragón, que se había hecho cuando era mucho más joven y mucho más estúpido, había salido indemne. Miró el reloj y se puso las gafas de sol.

—Voy a llegar tarde a casa otra vez. ¿Quieres cenar con nosotros?

Invitaba a Gloria a menudo, y no solo porque le caía bien y la respetaba, sino porque Aurora era de la misma opinión, y últimamente su hija parecía preferir hablar de los zapatos que se quería comprar con ella que con él.

Gloria le dedicó una sonrisa cansada.

—Gracias, pero tengo planes —contestó, dándole una palmadita en el brazo—. Nos vemos, socio.

El Mini seguía teniendo ese olor a nuevo tan característico a pesar de que Sarah era su segunda propietaria. Cuando concluyó su reunión con Birdie Shafter se sentó tras el volante sintiéndose exhausta. No sabía qué hacer, y tampoco tenía mapa de carreteras.

No era ningún demérito volver a estar en Glenmuir. Pronto toda la ciudad sabría que había vuelto derrotada, una mujer engañada, y que su vida perfecta en Chicago había sido una farsa. Bueno, ¿y qué? La gente tenía que empezar de cero constantemente.

Le estaba sonando el teléfono. Miró a la pantalla y un latigazo de pánico le recorrió el cuerpo. Descolgó.

—¿Cómo has conseguido este número?

—Tenemos que hablar —dijo Jack, pasando por alto la pregunta—. Mi familia piensa lo mismo.

—Yo no. Y mi abogada, tampoco.

Birdie no había hecho ningún comentario al respecto, pero sí le había aconsejado no darle a Jack más información de la estrictamente necesaria.

—¿Tienes abogado?

—¿Tú no?

Estaba segura de que había llamado a Clive Krenski nada más vestirse aquella misma mañana, aún oliendo a Mimi Lightfoot. Oírle dudar se lo confirmó.

—Yo ya le he dado el teléfono de Clive —añadió Sarah.

Desde el aparcamiento en el que estaba, tenía una estupenda vista del puerto y de la pintoresca plaza de Glenmuir. La imagen era tan coqueta y prístina como el decorado de una película nostálgica, con toldos a rayas sobre los escaparates de las tiendas, cuencos con agua en el suelo para el perro sediento que pudiera pasar por allí, cestas con jugosas flores colgadas de las farolas de la luz y negocios que respetaban la resistencia de la ciudad ante los cambios. No había franquicias ni luces de neón, sino un aire de tiempos pasados más sencillos.

—No me hagas esto.

Jack parecía agotado.

La costumbre de preocuparse por cada respiración de Jack amenazó con volver, pero se contuvo.

—Se llama Bernadette Shafter…
—Vaya.
—…y hay ciertas cosas de las que no pienso hablar contigo.

Miró hacia la bahía de Tomales. Una bandada de pelícanos se dejaban mecer en la superficie de las aguas bajo el cielo azul de la tarde. A Jack nunca le había gustado Glenmuir. Lo consideraba un lugar en decadencia, un rincón al que los hippies viejos irían a morir… o a transformarse en cultivadores de ostras. Aunque los años habían pasado, todavía recordaba la pulla que le había lanzado a su padre. Le molestó entonces y seguía molestándole. La diferencia era que ahora iba a hacer algo con aquellas palabras y el resto de comentarios dolorosos que le había hecho y que ella se había tragado excusándole por su falta de consideración.

—Te escucho —le dijo.
—No puedes tirar por la borda cinco años de matrimonio…
—No. Eso ya lo has hecho tú.

Unas gaviotas levantaron el vuelo y su sombra gris se proyectó en el agua.

—¿Cuánto tiempo llevas con ella?
—No quiero hablar de ella. Lo que quiero es que vuelvas.

Le sorprendieron sus palabras, pero también el miedo que percibió en ellas.

—Quieres que vuelva. ¿Para qué? Ah, se me ocurre una idea. Podemos ir juntos a hacernos unas pruebas. Sí, Jack. Como si no fuera suficiente con saber que me has engañado, ahora tendré que hacerme pruebas de enfermedades de transmisión sexual. Y tú también.

Contuvo las lágrimas de humillación.

—No es necesario. Mimi y yo no estamos con nadie más. Estamos. No estábamos.
—¿Ah, sí? ¿Y eso cómo lo sabes?
—Porque lo sé, ¿vale?
—No, no vale, y no tienes ni idea de con quién estuvo antes que contigo.

—Mimi era... —hubo una pausa.— Sarah, ¿no podemos dejarlo estar? Mira, siento haberte dicho que quería el divorcio. Fue una estupidez. Ni siquiera lo había pensado.

Vaya por Dios. Al parecer Clive le había explicado ya los aspectos fiscales de ponerle los cuernos a una esposa.

—¿Estás diciendo que has cambiado de opinión?

—Te estoy diciendo que ni siquiera cuando te lo dije lo pensaba de verdad. Estaba asustado, Sarah. Me sentía avergonzado y culpable, pero hacerte daño es... es lo último que quiero. Estaba muerto de miedo y no supe manejar la situación.

Se sentía nadar entre dos aguas. Aunque ella era la parte perjudicada, estaba en guerra consigo misma. La parte de su ser que estaba condicionada para amarlo, la parte que la había sostenido durante su tratamiento de cáncer y sus intentos de fertilización se había derretido al oír su voz. Al mismo tiempo, la parte que acababa de soportar la vejación, la humillación de tener que contarlo todo ante la abogada seguía aún bloqueada por la visión de su marido follando con otra.

—Me duele la cabeza, Jack, y me importa un comino que supieras o no manejar la situación.

—Olvida lo que dije esa mañana. No estaba en mis cabales. Podemos solucionar nuestros problemas, Sarah, pero este no es el camino.

La bandada de aves desapareció, dejando las aguas planas y vacías, hermosas a la luz de la tarde.

—¿Sabes qué? Que ahora voy a hacer las cosas a mi manera, para variar.

Él dudó.

—Necesitamos hablar de lo nuestro. De nosotros.

—Tú no tienes ni idea de lo que yo necesito.

No estaba enfadada. Había dejado atrás la ira de tal manera que se sentía en una especie de zona roja en la que no había estado nunca, que ni siquiera sabía que existía, un lugar feo y agobiante, con rincones oscuros donde medraba la ira dando lugar a imágenes que nunca se había imaginado que sería capaz de conjurar. No eran imágenes en las que se viera a sí misma haciéndole cosas horribles a Jack, sino a sí misma. Eso era lo que más le asustaba.

—Sarah, vuelve a casa y podremos…

—¿Qué podremos?

—Podremos manejar esto como dos personas que se quieren, en lugar de comunicarnos a través de abogados. No podemos cortar por lo sano sin más. Podemos arreglarlo, volver a como era antes.

Ya. En un primer momento había hablado empujado por la rabia y la sinceridad, pero una vez el abogado le explicó cuánto iba a costarle, se sentía lleno de remordimientos.

Vio una pick—up amarillenta tomar el bulevar Sir Francis Drake y dirigirse hacia el norte. En la puerta estaba el emblema de la ciudad de Glenmuir, fundada en 1858, en el techo llevaba luces rojas y una especie de tanque con una bomba en la parte de atrás. Un brazo tostado por el sol con un tatuaje se apoyaba en la ventanilla abierta. El conductor se volvió un poco y pudo ver una gorra de béisbol y unas gafas de sol.

—¿Y por qué iba yo a desear tal cosa?

Se había pasado la práctica totalidad del tiempo que había empleado en cruzar el país en pensar cómo eran las cosas. Las horas que había estado conduciendo sola la habían obligado a enfrentarse a la verdad desnuda de su matrimonio. Llevaba mucho tiempo engañándose a sí misma, intentando convencerse de que era feliz. Se había comportado como una esposa satisfecha y contenta, pero no lo era y resultaba horrible darse cuenta de ello. Respiró hondo.

—Jack, ¿por qué iba yo a querer volver a lo de antes?

—Porque era nuestra vida. Dios mío, Sarah…

—Háblame de las cuentas del banco. De las cuatro.

Una extraña sensación se apoderó de ella. En el fondo de sí misma había descubierto una calma que se irradiaba por todo su cuerpo como un anestésico general.

—¿Cuánto hace que las has bloqueado? ¿Te ha dado tiempo a subirte la cremallera de los pantalones?

En realidad, ya conocía la respuesta: había hecho el movimiento horas después de que ella se presentara con la pizza. En Omaha se había detenido en un cajero automático para retirar efectivo de su cuenta conjunta y se encontró con que la tarjeta había sido inhabilitada. Y lo mismo en las otras tres cuentas. Afortunadamente para ella tenía otra tarjeta que utilizaba para las cosas de trabajo y, aunque nunca lo había visto de ese modo, había resultado ser un as en la manga. Había una considerable cantidad de dinero en una cuenta que tenía solo a su nombre, y siguiendo el consejo de su contable y de Clive, a quien hasta entonces había considerado un amigo, había abierto una cuenta cuando a Jack le fue diagnosticada la enfermedad. Si ocurría lo peor, podía haber decisiones que necesitase tomar ella sola.

Pero la de divorciarse de su marido no se le había ocurrido entonces.

—Lo he hecho para protegernos a ambos —respondió Jack.

—¿A ambos? No me hagas reír. Protegeros a ti y a tu abogado, querrás decir.

—Es evidente que no puedes pensar con claridad. El banco me llamó sobre una transacción con State Line Auto Sales...

—Ah, ya. Y eso es lo que te ha hecho preocuparte —adivinó—. Y por eso has decidido llamarme.

—Estás intentando evitar el asunto.

—Ah, perdón. He cambiado el GTO por un coche que yo quería.

—No me puedo creer que lo hayas hecho. De todas las cosas infantiles y e inmaduras que... no tenías derecho a desprenderte de mi coche.

—¿Cómo que no? Yo lo compré, ¿recuerdas? Está a mi nombre.

—¡Fue un regalo, maldita sea! Tú me lo regalaste.

—Vaya, hay que ver cómo te pones por un coche. Me gustaría ver cómo te pondrías con algo verdaderamente malo... por ejemplo la infidelidad.

A eso no le contestó. ¿Qué podría decirle?

—Ojalá pudiera hacer desaparecer lo que he hecho, pero es imposible. Tenemos que pasar página y seguir adelante, Sarah... juntos. Nos curaremos de esto. Necesito que me des la oportunidad de compensarte. Por favor, vuelve a casa, chiquitina.

Así la llamaba cuando estaban juntos, pero oírselo decir en aquel momento hizo que se le revolviera el estómago. Con un curioso sentimiento de distanciamiento contempló la escena que tenía ante sí: una adormecida población costera. Dos mujeres charlando en la acera. Un chucho se asomó en una esquina buscando algún resto que comer.

—Ya estoy en casa —respondió.

Birdie le había explicado que le ofrecía ciertas ventajas iniciar el divorcio en California, un estado en el que regían los bienes gananciales al contraer matrimonio, pero le había advertido que el abogado de Jack se resistiría a ello con uñas y dientes.

—¿Y todo lo que te he dado? —le recordó Jack—. Una hermosa casa, todo lo que hayas podido querer o desear. Sarah, hay mujeres que matarían para tener todas esas cosas...

Jack seguía hablando cuando le colgó. No lo entendía y seguramente nunca llegaría a entenderlo.

—Cosas que no tenían ningún valor para mí.

La mano le tembló un poco al poner la llave en el contacto. Nervios, seguramente. Rabia. Sabía lo bastante sobre divorcios como para darse cuenta de que le esperaba un doloroso catálogo de emociones, y se preguntó cómo se sentiría cuando la sobrevinieran. ¿Se quedaría aplastada como si acabara de pasarle por encima un camión, o crecería el dolor dentro de ella para alojarse como si fuera un virus en el corazón? Por ahora lo único que entendía bien era cómo se había sentido Jack antes de su primera sesión de quimioterapia. El terror que le inspiraba lo que estaba a punto de hacer era atroz.

Contempló cómo el único semáforo del pueblo pasaba del ámbar al rojo. En la intersección principal, un autobús escolar se detuvo y en sus laterales se abrieron sendas señales de stop como si fueran las orejas enormes de un paquidermo. Seguramente sería el mismo autobús en el que había viajado ella. En sus costados se leía Escuela Unificada del distrito de West Marin. A juzgar por las edades de los críos que bajaban, eran del primer ciclo de secundaria. Los vio bajar la calle en grupo con sus mochilas a la espalda y detenerse ante la tienda de chuches mientras se buscaban monedas en los bolsillos. Algunos muchachos eran aún barbilampiños mientras otros mostraban ya una sombra de barba. En el grupo de las chicas también las había de todas formas y tamaños, y en su forma de moverse las había torpes o descaradas.

Una de las descaradas, a las que Sarah podía identificar a un kilómetro de distancia, era una rubia muy consciente de su atractivo que estaba montando todo un espectáculo para encender un cigarrillo, y pensó en la madre de la chica, en dónde estaría y si sabría lo que hacía su hija.

Una vez más se dijo que lo mejor que podía haber pasado era que no se hubiera quedado embarazada. Los niños eran un desafío constante. A veces incluso le daban miedo.

La última en salir del autobús resultó ser una chica sorprendente. Menuda, con una melena negra como la tinta, piel pálida y las facciones perfectas de una princesa de Disney. No tenía defecto alguno y al mismo tiempo había en ella una cualidad como de otro mundo que retuvo su atención. La muchacha era Pocahontas, Mulán, Jasmine. Casi esperaba que se echase a cantar en cualquier momento.

Por supuesto eso no ocurrió, sino que la muchacha se acercó a la camioneta del departamento de bomberos. El conductor estaba hablando por teléfono o por la radio. La chiquilla subió, cerró la puerta con fuerza y se alejaron.

A Sarah le gustaba observar, no hacer. Siempre había sido así: le gustaba ver cómo los demás vivían su vida mientras ella vivía encerrada en sí misma, y de pronto se dio cuenta, de un modo doloroso y en contra de su voluntad, que aunque ella había sido la parte engañada de su matrimonio, no carecía de culpa por su fracaso.

El perrillo blanco y negro se apartó de un grupo de muchachos que hacían payasadas y se plantó en mitad del asfalto. Sarah saltó del coche y corrió hacia el chucho para espantarlo y que volviera a la acera. En aquel mismo momento oyó el estrépito de unos frenos y se quedó paralizada en mitad de la calle, a escasos centímetros de la camioneta amarilla.

—¡Idiota! —le gritó el conductor—. ¡He estado a punto de atropellarte!

Sintió una vergüenza tremenda seguida de resentimiento. En aquellos días sentía una amargura generalizada hacia todos los hombres y no estaba de humor para soportar que un paleto tatuado le gritase.

—Había un perro... —señaló la acera, pero el chucho había desaparecido—. Lo siento —murmuró, y volvió al coche.

Esa era la razón de que prefiriese observar a intervenir. Había menos posibilidades de resultar humillada. Sin embargo ahora, gracias a Jack, había descubierto que había peores cosas que la humillación.

CAPÍTULO 7

Las llamas saltaron a la cara de la hija de Will. Cada llama dorada iluminó una faceta de su piel clara y su cabello negro. Había demasiado carbón en la barbacoa y las llamas estuvieron a punto de quemarle las pestañas.

—¡Por Dios, Aurora! —exclamó él, corriendo al patio para cerrar la tapa de la barbacoa—. Tú sabes hacerlo mejor.

Durante un instante su hijastra lo miró sin decir nada. Desde que apareció en su vida ocho años atrás se había apoderado de su corazón, pero cuando hacía cosas así querría estrangularla.

—Solo estaba encendiendo la barbacoa. ¿Has recogido lo de Truesdale Specials?

—Sí, pero yo no recuerdo haberte dado permiso para encender la barbacoa.

—Has tardado mucho en venir. Estaba cansada de esperar.

—Se suponía que ibas a estar haciendo los deberes.

—Ya los he terminado —sus ojos de larguísimas y oscuras pestañas lo miraron reprobadores—. Solo intentaba ayudar.

—Cariño, no estoy enfadado —respondió, poniéndole una mano en el hombro—, pero imagínate los titulares del *Beacon* si ocurriera algo así: *La bella hija del capitán de los bomberos desaparece hecha humo*.

La niña se rio.

—Lo siento, papá.

—Te perdono.

—¿Podemos hacer Truesdales?

Esas hamburguesas eran su comida favorita. Estaban hechas de carne enlatada, queso y cebolla, todo ello pasado por la máquina de triturar carne, a la parrilla después y servido con una salsa de tomate. Una maravilla. Aurora era la única persona que Will conocía a la que le gustaran tanto como a él.

Alzó la tapa de la barbacoa.

—No tendría sentido dejar que un fuego perfecto se desperdiciara.

A lo largo de los años y por pura necesidad había aprendido a cocinar. Los largos turnos en el parque de bomberos le proporcionaban muchas horas para aprender. Era conocido por sus esponjosas tortitas, y su sabroso estofado de carne ganó una vez un premio en un concurso convocado por los parques de bomberos del distrito. Para haber estado a punto de ser contratado por un equipo profesional de béisbol, su elección de trabajo resultaba un poco chocante. Y para ser la suya una familia monoparental, resultaba una profesión arriesgada, pero es que no había tenido otra elección. Era su vocación. Años atrás había descubierto que rescatar personas era lo que mejor sabía hacer, y ponerse en peligro para conseguirlo simplemente formaba parte del trabajo. Y cuando se trataba de protegerse a sí mismo Aurora, su corazón, era más poderosa que cualquier armadura. No volver a casa junto a ella no era una opción.

Con las hamburguesas tostándose en la parrilla, Aurora y él trabajaban codo con codo preparando una ensalada de macarrones. Le contaba cosas de la escuela se diría que con urgencia, solo como una niña de séptimo curso podría hacerlo. Cada día había drama, intriga, romance, traiciones, heroísmo y misterio. Según Aurora, todo ello ocurría en el curso de un típico día de clase.

Will intentaba seguir la sucesión de mensajes de teléfono que su hija le estaba relatando y que alguien había enviado al número equivocado, pero estaba preocupado. Seguía dándole vueltas al fuego del establo, intentando imaginar por qué se habría provocado y quién lo habría hecho.

—Papá. ¡Papá!

—¿Qué?

—¡Que no me estás escuchando!

Últimamente siempre le pillaba. Cuando era pequeña no se daba cuenta si él se extraviaba en otras cosas, pero ahora que ya era mayor sabía perfectamente cuándo la estaba ignorando.

—Perdona. Es que estaba pensando en el incendio de hoy. Por eso casi llego tarde a recogerte al autobús.

La chiquilla sacó un tarro de mostaza del frigorífico y lo puso en la mesa.

—¿Qué incendio?

—Un granero en las carreteras de las afueras. Ha sido intencionado.

Dobló con cuidado dos servilletas. Sus manitas trabajaban con eficacia.

—¿Quién lo ha provocado?

—Buena pregunta.

—Entonces, ¿es que no tienes... pistas?

—Todo lo contrario. Hay toneladas de pistas.

—¿Como qué?

—Huellas. Una lata de gasolina. Y algunas cosas más de las que no puedo hablar hasta que el investigador haya terminado su informe.

—A mí puedes contármelo, papá.

—No.

—¿Qué pasa? ¿Es que no confías en mí?

—Confío en ti por completo.

—Entonces, cuéntamelo.

—No —repitió—. Es mi trabajo, cielo, y me lo tomo muy en serio. ¿Has oído algo tú?

Los chavales en el colegio hablaban. Los pirómanos solían sentirse orgullosos de sus hazañas y disfrutaban con la notoriedad. Nunca podían permanecer en silencio durante demasiado tiempo.

—Claro que no.

—¿Qué quieres decir con «claro»?

Colocó dos de las hamburguesas ya hechas en panecillos tostados y las llevó a la mesa.

—Es que estás dando por supuesto que hay alguien en el colegio que hable conmigo.

Lo había dicho casi como si contase un chiste, pero Will sintió el dolor que palpitaba bajo aquel comentario.

—La gente habla contigo.

Aurora añadió a su hamburguesa rodajas de pepinillo en perfecto orden.

—Porque tú lo digas.

—¿Qué pasa con Edie y Glynnis? —preguntó por sus dos mejores amigas—. Te pasas el día hablando con ellas.

—Edie está ocupada con su grupo de la iglesia y Glynnis está histérica últimamente porque su madre sale con Gloria.

—¿Y por qué está histérica?

—¡Vamos, papá! Que cuando es tu propia madre la que... —arrugó la nariz—. A nadie le gusta que su madre o su padre salga con alguien.

La miró frunciendo el ceño.

—Incluyéndome a mí, imagino.

—Oye, que si quieres salir con alguna mujer... o incluso con un tío, yo no te lo impediría.

—Ya.

Will sabía que su hija guardaba un millón de trucos en la manga para impedirle salir con alguien, pero, teniendo en cuenta lo dura que había sido para ella la vida en sus primeros años, era comprensible. De todos modos por el momento no sentía preocupación alguna. No salía con nadie.

—A lo mejor he sido yo quien ha provocado el incendio por puro aburrimiento.

—No bromees con eso.

—Mi vida entera es un chiste, y es verdad que me aburro.

Edie y Glynn viven muy lejos, y no tengo ni una sola amiga aquí, en Glenmuir.

Se la imaginó en el edificio de ladrillo y cristal que era la escuela al que llegaba tras un buen rato en autobús, en territorio extraño. Solo unos pocos chavales vivían en Glenmuir pero él, inocentemente, había imaginado que acabaría haciéndose algún grupo de amigos con el que entraría en el instituto.

—Oye, que yo también he crecido aquí y sé que puede ser duro.

—Ya, claro, papá.

La mirada que le dedicó habló por sí sola. Se sirvió tomate sobre los pepinillos y lo tapó con la otra mitad del panecillo. Luego tomó un bocado y masticó despacio. A pesar de su delicada belleza, llevaba las uñas sucias.

Will supo por instinto que aquel era un mal momento para hacer que se lavara las manos. No era que tuviese una sincronía perfecta con sus estados de ánimo, pero eso sí lo sabía. Había leído muchos libros sobre la educación de los hijos, pero la información que había encontrado en ellos había sido a veces contradictoria. Sin embargo, algo en lo que todos estaban de acuerdo era en que la rebelión partía de la necesidad de escapar al control paterno, de la necesidad de romper límites, pero saberlo no le ponía más fácil la relación con una adolescente de trece años.

—No pensarás que lo tuve fácil, ¿verdad?

—Papá, que los abuelos me han contado prácticamente la historia de tu vida, así que sé perfectamente que eras una estrella del baloncesto y del béisbol, además de un estudiante de sobresaliente.

Will sonrió.

—Y tú no dudas de que su opinión sea totalmente objetiva, ¿verdad? ¿Te contaron que iba al colegio en bici en lugar de hacerlo en autobús porque tenía miedo de que se metieran conmigo?

—¿Y se supone que por eso yo voy a sentirme mejor?

Comía metódicamente, sin malgastar un solo movimiento.

Era un alivio verla comer así. Según lo que había leído, Aurora era una candidata perfecta a los desórdenes alimenticios. Encajaba completamente en el perfil: guapa, inteligente, decidida a alcanzar el éxito… y solitaria y con problemas de autoestima. Aparte de problemas de abandono, teniendo en cuenta su historia.

—¿Qué te parece si hablamos de cosas que puedas hacer para sentirte mejor en el colegio?

—Vale, papá —respondió, clavando el tenedor en la ensalada—. Podría hacerme animadora, o participar en el club de ajedrez.

—Cualquiera de los dos grupos tendría suerte si te metieras en ellos.

—Sí, mucha.

—Demonios, Aurora, ¿por qué tienes que ser tan negativa?

No contestó de inmediato. Tomó un largo trago de leche y dejó el vaso sobre la mesa. Un pálido bigote se le había dibujado sobre el labio superior, y Will sintió un estremecimiento al recordar a la niña callada que había llegado a su vida sin haber sido invitada ocho años atrás, agarrada a la mano de una mujer que los había destrozado a ambos y que había dejado el desastre más absoluto a su paso.

Ya entonces su carita era preciosa, con unos brillantes ojos castaños y un pelo negro y liso, piel color oliva y expresión de no comprender el mundo que tan mal la había tratado. Desde el momento en que la vio, Will supo que su misión iba a ser compensarla por los pecados que se habían cometido contra ella. Había renunciado a sus sueños y sus planes de futuro por protegerla.

Y ni una sola vez había lamentado los sacrificios que había hecho por ella. O al menos eso se decía.

Aurora se limpió con la servilleta y de pronto volvió a ser la jovencita de trece años, medio niña medio mujer, con un cuerpo que se hacía más femenino a toda velocidad, algo que a Will le ponía los pelos de punta.

—Es Halma Sayek —le había dicho Birdie el verano anterior tras volver de acompañar a Aurora a comprarse un bañador.

—¿Quién?

—Una actriz latina que tiene el físico de una diosa. Aurora es una preciosidad, Will. Deberías estar orgulloso de ella.

—Como si yo hubiera tenido algo que ver en su aspecto.

Birdie le había dado la razón en ese punto.

—Lo que quiero decir es que va a recibir mucha atención precisamente por su físico.

—Y llamar la atención por el físico es algo bueno.

—Para ti lo fue, hermanito —bromeó Birdie—. Eras el tío más guapo que ha pasado por el instituto.

Los recuerdos le hicieron encogerse. Había sido tan engreído como un pavo. Hasta que Aurora apareció en su vida, tan indefensa como un gatito abandonado, y todo lo demás dejó de importarle. Se dedicó a procurarle seguridad, a ayudarla a crecer, a darle una buena vida. A cambio ella lo transformó: pasó de ser un cretino que solo pensaba en sí mismo a un hombre con importantes responsabilidades.

—¿Que por qué tengo que ser tan negativa? —repitió Aurora, terminándose hasta la última miga que había en el plato—. A ver, papá, ¿por dónde quieres que empiece?

—Por la verdad. Dime con sinceridad qué tiene tu vida que sea tan insoportable.

—¿Todo?

—Intenta ser un poco más específica.

Lo miró a los ojos, se levantó de la mesa y fue a buscar algo a la mochila: una hoja rosa arrugada.

—¿Te parece esto lo bastante específico?

—Noche de padres en tu colegio.

Sabía exactamente qué le molestaba tanto de la invitación, pero decidió hacerse el tonto.

—Puedo ir. Esa noche no estoy de guardia.

—Ya sé que puedes ir, pero es que yo odio que se esperen que todos los padres se presenten.

—¿Qué tiene de malo?

Se movió incómoda en la silla.

—Pues que yo no tengo madre. Y que no tengo ni idea de quién es mi padre.

—Yo soy tu padre —respondió Will, intentando no dejar entrever su ira—. Y tengo los papeles de tu adopción si alguien los necesita.

Gracias a Birdie tenía la patria potestad sobre la niña, algo que nunca nadie había puesto en cuestión… excepto Aurora, a quien a veces le gustaba soñar con que su verdadero padre era un político idealista encarcelado en alguna prisión del Tercer Mundo.

—Lo que tú digas.

—Muchos chicos viven en familias monoparentales. ¿Tan malo es vivir aquí?

Con un gesto abarcó la casa en la que vivían. Era una casa de madera construida en los años treinta, nada especial pero que quedaba a una manzana de la playa y que tenía todo lo que podían necesitar: habitación y baño para cada uno, equipo de música y tele por satélite.

—Está bien. Tú ganas. Todo es perfecto.

—¿Te están dando clase de sarcasmo en séptimo? ¿Es una asignatura nueva?

—Es un regalo.

—Pues enhorabuena.

Hizo chocar su botellín de cerveza con su vaso de leche. Estando de servicio nunca bebía, pero siempre en su primera noche libre se tomaba una cerveza. Solo una. Beber solo acarreaba problemas. La última vez que bebió más de la cuenta acabó casado y con una hija, y algo así solo se podía hacer una vez en la vida.

—A ver, desembucha: ¿qué te haría feliz, y cómo puedo conseguirlo yo?

—¿Por qué todo tiene que ser blanco o negro contigo, papá?

—Puede que no distinga los colores. Deberías ayudarme a elegir camisa para la noche de padres.

—¿Es que no te das cuenta de que no quiero que vayas? —aulló.

No permitió que su actitud acabara siendo como una flecha clavada en el corazón. No existía un buen momento para que a una niña la abandonase su madre, pero seguramente Marisol había elegido el peor posible. Cuando se marchó, Aurora era demasiado niña para poder ver a su madre como era en realidad, pero al mismo tiempo demasiado mayor, con lo que había guardado los recuerdos de ella como alguien que se está ahogando y se aferra a un salvavidas. A lo largo de los años, Aurora había dorado esos recuerdos con un idealismo infantil y era imposible que un padre de carne y hueso pudiera igualarse a una madre que le hacía trenzas, le preparaba tortitas para cenar y que se sabía toda letra de *El rey león*.

Pero nunca había dejado de intentarlo.

—Pues siento desilusionarte, pero pienso asistir.

Aurora se echó a llorar. Últimamente ese comportamiento se había convertido en su especialidad. Como si le hubiera llegado una señal invisible para él, se levantó y salió corriendo escaleras arriba. Un instante después oyó el golpe cuando se tiró sobre la cama.

Pensó en tomarse otra cerveza, pero al final decidió no hacerlo. A veces se sentía tan solo en aquella situación que tenía la sensación de estar flotando en la marea. Se acercó a la pizarra que tenían junto a la puerta y que Aurora y él usaban para poner notas con las cosas que había que comprar. Tomó la tiza y escribió: Noche de padres, jueves.

CAPÍTULO 8

Mientras dejaba atrás el pueblo Sarah se dijo que no debía ahondar en lo que Jack le había dicho, pero no podía evitar darle vueltas y más vueltas en la cabeza buscando un significado oculto tras cada sílaba, en cada inflexión de la voz: «Ya veo que no estás dispuesta aún a reconocer que tú también has tenido un papel en todo esto».

De cuanto le había dicho aquello era sin duda lo más absurdo. ¿De qué era culpable ella? ¿De cambiar un GTO por un Mini?

«Vuelve a casa, por favor», le había rogado.

«Ya estoy en casa».

Aún no sentía de verdad esa sensación. Nunca se había sentido cómoda estando sola, viviera donde viviese. Pero en aquel momento se dio cuenta de algo más: su corazón no tenía un hogar. Aunque había crecido allí siempre había estado buscando otro lugar el que pertenecer, y nunca había terminado de encontrarlo. Quizás algún día se diera cuenta de que era un lugar que había dejado atrás. Un lugar como aquel.

Era aquella una tierra de lujuriosa abundancia y de naturaleza misteriosa y salvaje, adornada de cipreses de copa plana tallados por el viento salobre, robles californianos de corteza retorcida y cubierta de moho y líquenes, nomeolvides creciendo silvestres en las suaves colinas y águilas pescadoras anidando en lo salto de las torres de la luz.

Su padre vivía en la misma casa que su abuelo había construido. Los Moon era una familia local cuyos ancestros se contaban entre los primeros pobladores, junto con los Shafter, los Pierce, los Moltzen y los Mendoza. Había una marisma de agua salobre detrás de la casa y una magnífica vista de la bahía que se conocía como Moon Bay, aunque en ningún mapa impreso aparecía por tal nombre. Al final del camino de gravilla estaba Moon Bay Oyster Company, una especie de granero largo y pintado de rojo cerrado en uno de sus lados por un muelle. El fundador de la empresa había sido el abuelo de Sarah al volver a casa herido tras la Segunda Guerra Mundial. Había recibido un tiro en la pierna durante la Batalla de las Ardenas que le había dejado una cojera permanente. Tenía buen olfato para los negocios y adoraba el mar, de modo que decidió dedicarse a la cría de ostras, que florecían de maravilla en aquellas aguas tan limpias. Luego, se las rifaban en los restaurantes y pescaderías de la zona de la bahía.

Su viuda, June Garrett, cuyo apellido de casada, Moon, la hacía parecer un personaje de cuento, era la abuela de Sarah. Aún vivía en la casa nueva, que era el nombre por el que se conocía dentro de la familia a la casa que había sido construida veinte años después de la original. Se trataba de un pequeño chalé blanco con su vallita también blanca situado al final de una calle, a unos cientos de metros de la casa original de la familia. Cuando el abuelo murió, la hermana de la abuela, May, se fue a vivir con ella y las dos hermanas seguían juntas, felices en su retiro.

Decidió pasarse por la casa de la abuela ante de ir a la otra. Había llegado hecha un basilisco de furia y dolor y aún no había ido ni a ver a su abuela ni a su tía May. Después de haber consultado a un abogado y de haber rechazado el intento de Jack por hacerle cambiar de opinión respecto al divorcio, se sentía más serena. Giró en la esquina y enfiló la calle oyendo cómo los neumáticos del Mini hacían crujir los pedacitos de concha que constituían la gravilla de la entrada.

Los sonidos, los olores y el efecto de las mareas la habían hecho retroceder en el tiempo, y sin esfuerzo alguno podía contemplar aquel lugar a través del filtro de la memoria. Para una niña era un lugar mágico, siempre lleno de sueños y cuentos. Había vivido en una casa sólida y hermosa junto a la bahía y teniendo tan cerca la casita de su abuela había crecido rodeada de seguridad. Había explorado marismas y estuarios. Había corrido hacia atrás para que la marea no le mojase los pies y había hecho volar cometas de fabricación casera. Tumbada sobre la hierba del jardín, había soñado con que las nubes cobraban vida, transformándolas en los bocadillos de un cómic en tres dimensiones, llenas de las palabras que su timidez le impedía pronunciar en voz alta. Aquel había sido un mundo de ensueño, perfumado por las flores y lleno de vida gracias al movimiento de la hierba a impulsos de la brisa y el zumbido monocorde de los insectos. De niña había sido ya una gran lectora. Entre las páginas de los libros era capaz de encontrar siempre la última escapada. Había aprendido que abrir un libro era como abrir una puerta de dos hojas y entrar con solo dar un paso en el país de Nunca Jamás, en el de los Sueños, en la granja de Sunnybrook o en Mulberry Street.

Cuando empezó el instituto, su actitud cambió. Quizás fue aquel el momento en que su corazón dejó de estar anclado en aquel lugar. El negocio familiar comenzó a pesarle. Los padres de otros chicos eran millonarios gracias a sus negocios en Internet, abogados, ejecutivos de cinematográficas. Ser la hija de un criador de ostras la dejaba por completo fuera de lugar. Fue entonces cuando aprendió a desaparecer. En sus muchos cuadernos de dibujo aparecían lugares especiales y únicos que luego llenaba de todo cuanto deseaba: amigos, mascotas, nieve en Navidad, vestidos largos, sobresalientes, padres con trabajos normales vestidos de traje y corbata en lugar de llevar delantales de plástico y botas de goma. Dejó que la magia se le escapase, que se la arrancaran los críos que se reían de la idea de vivir así, en un entorno tan rústico.

Al recordar aquellos días se dio cuenta de lo tonta que había sido de niña al permitir que la percepción de otros dictase la forma en que podía considerarse a sí misma cuando en realidad su familia, independiente y solvente, estaba viviendo el sueño americano. No había sabido apreciarlo.

—Soy yo —saludó en voz alta a través de la mosquitera.

—Bienvenida, cariño —respondió su abuela—. Estamos en el salón.

Encontró a su abuela esperándola con los brazos abiertos. Se abrazaron y Sarah cerró los ojos para llenarse de su olor, una fragancia a dulces caseros, a brazos delicados, pero no débiles. Dio un paso atrás y sonrió al rostro más dulce que había en el mundo. Luego se volvió a tía May, la gemela de su abuela, tan dulce y amable como su hermana. Ojalá no lo fueran tanto, porque por alguna razón su dulzura le estaba provocando ganas de llorar.

—¿Os lo ha contado papá?

—Sí, cariño, y lo sentimos mucho por ti —dijo tía May—. ¿Verdad, June?

—Sí, y estamos dispuestas a ayudarte en cuanto podamos.

—Sé que lo haréis —Sarah se quitó el jersey y se acomodó en la vieja mecedora que recordaba desde su infancia—. He sobrevivido a mi primer encuentro con abogados.

—Voy a prepararte un té —contestó su abuela.

Sarah se recostó y dejó que la mimaran. Resultaban reconfortantes sus atenciones y el hecho de que nunca cambiasen una sola cosa de la casa. Tenían la misma alfombra estampada con rosas de Jericó, el mismo mantel con dibujos de pollitos. Como siempre, la zona que su abuela ocupaba en el salón era una tormenta de recortes y revistas apilados del cualquier manera. Cuadernos de dibujo y un montón de carboncillos atestaban una mesa auxiliar. Por el contrario, el lado que utilizaba tía May estaba pulcro y ordenado, su cesta con los ovillos de lana, el mando de la tele y unos cuantos libros perfectamente organizados. Aquella casa siempre había sido un lugar de cosas familiares donde siempre se podía encontrar un tarro lleno de galletas caseras, o perderse en la feria de recuerdos del mundo que guardaba la abuela, o simplemente sentarse y escuchar la conversación pausada de las gemelas. Resultaba relajante y al mismo tiempo asfixiante, y se preguntó si alguna vez se sentirían agobiadas allí dentro.

Dado que eran gemelas siempre habían sido consideradas como una especie de novedad. Mientras crecían habían podido disfrutar de ese estatus social tan peculiar del que gozan las jóvenes guapas, populares, de buenas maneras y casi idénticas. La historia de su nacimiento era casi de leyenda. Nacieron el último día del mes de mayo, a las doce de la noche, durante una terrible tormenta. El médico que asistió al parto decía que una de ellas nació un minuto antes de que dieran las doce y otra un minuto después. Por eso sus padres decidieron ponerles May y June.

Prácticamente nadie era capaz de distinguirlas sin equivocarse. Tenían ambas el mismo pelo blanco y ondulado, los mismos ojos glaucos, y sus rostros eran indistinguibles como dos manzanas la una junto a la otra en un cesto.

A pesar de su parecido físico, las hermanas eran polos opuestos en muchas cosas. Tía May era convencional, siempre arreglada como un pincel, mientras que a la abuela la habían considerado siempre una bohemia. Prefería pintar antes que el trabajo de la casa o atender a una familia. Más tradicional, tía May vestía con prendas de algodón estampadas y chales de ganchillo, mientras que la abuela prefería los monos y los blusones con estampados tribales. No obstante ambas habían pasado la vida dedicadas en cuerpo y alma a la familia y a la comunidad.

—Seguramente no querrás hablar de ello —adivinó tía May.

En su familia la negación era todo un arte.

—Os ahorraré los detalles.

Le sirvió el té en una taza de cerámica vidriada.

—De todos modos, seguro que te viene bien un descanso después de haberle estado dando vueltas a todas esas tonterías.

Sarah intentó devolverle la sonrisa. Rebajar su matrimonio a la categoría de tontería le pareció divertido.

Su abuela y su tía abuela decidieron cambiar de tema y empezaron a hablarle de los asuntos que llenaban su días. Ambas parecían carecer por completo de curiosidad o ambición fuera del pacífico mundo de la bahía, donde se dedicaban a organizar cosas: tarde de té de prímulas, el banquete benéfico de la Sociedad Histórica. Presidían un torneo mensual de bridge y asistían a las reuniones del club de jardinería sin saltarse ni una. En aquel momento estaban ocupadas con proyectos y planes, como siempre, trabajando en su presentación de bulbos para el Club de Jardinería Sunshine. Y si con eso no tenían suficiente en lo que entretenerse, tenían que preparar su casa para recibir la comida que cada invitado aportaba y la posterior partida de cartas.

Sarah se maravillaba de lo seriamente que se tomaban esas responsabilidades sociales, casi como si fueran asuntos de vida o muerte.

Las dos la observaban en aquel momento e intercambiaron una mirada cargada de sentido. Parecían compartir una especie de conexión solo propia de los oriundos de Vulcano, capaces de mantener toda una conversación sin decir una sola palabra.

—¿Qué? —les preguntó ella.

—No pareces tener la paciencia necesaria para participar en el club de jardinería o en las noches de cartas.

—Lo siento, abuela. Es que ando preocupada. Y cansada —intentó mostrar interés—. Pero si para vosotras son importantes...

—Lo son para toda la humanidad —replicó tía May.

—¿Fiestas al aire libre? ¿Partidas de cartas?

—Ay, querida. Ahora está irritada —sentenció la abuela.

—No estoy irritada. Confundida quizás, pero no irritada.

En el fondo se preguntó qué más daba que la fiesta del reverendo Schubert contase con flores frescas en la mesa o que utilizaran o no su mejor porcelana para la cena.

—Mostrar respeto y consideración con aquellos que nos importan es lo principal. Es lo que nos hace diferentes de las bestias del campo.

—Las vacas del señor Prendergast me parece que se sienten muy felices.

—¿Estás diciendo que preferirías ser una vaca?

—Pues la verdad, en este momento, es una perspectiva la mar de atractiva.

Cuando era una adolescente torpe y descarada, había dibujado en muchas ocasiones sátiras cómicas de la representación que hacía la Sociedad Histórica del desembarco de Drake. O parodiando a las mujeres del club de jardinería, haciéndolas parlotear mientras los pájaros anidaban en los exagerados adornos de sus sombreros de paja.

—Algún día vas a acabar molestando a personas a las que no quieres molestar —le decía su hermano mayor, Kyle. Él había dedicado su vida a complacer a sus padres mientras que Sarah, cada vez que intentaba hacerlo, fallaba.

Pero por encima de todo se había fallado a sí misma. Cuando se vive la vida para complacer a los demás había un coste oculto que solía pesar más que las recompensas. Años después, al hilo de su último fracaso, el de su matrimonio, estaba dándose cuenta de ese hecho, y contemplando la casa de su abuela se preguntó si no estaría viendo una imagen de su propio futuro. La idea resultaba deprimente, y sintió que las dos ancianas la estaban estudiando.

—Estás en casa, querida —le dijo su abuela.

—El lugar al que perteneces —añadió la tía May.

—Nunca he tenido la sensación de pertenecer a este lugar.

—Eso lo decides tú —respondió su abuela—. Es algo que se elige.

Sarah asintió.

—Pero... no quiero ser la divorciada que vuelve a casa de su padre. Eso me parece... patético.

—Tienes todo el derecho del mundo a resultar patética durante un tiempo, niña. No debes tomar ninguna decisión precipitada.

Con el permiso de su abuela para ser patética volvió a la calle de su padre, dejando atrás marismas salpicadas de iris silvestres, con las colinas tapizadas de verde cerrando el horizonte. Aparcó en la entrada y fue al garaje, convertido en el nirvana de un manitas con un taller construido al lado. Generaciones de herramientas colgaban de las paredes y abarrotaban el banco de trabajo, envueltas en un penetrante olor a aceite de motor. Media docena de proyectos ocupaban bancos y mesas, todos relacionados con la nueva pasión de su padre: restaurar su Mustang descapotable de 1965.
—Papá —lo llamó—. ¿Estás aquí?
No hubo respuesta. Seguramente estaría en la casa. Unos recuerdos en los que no había pensado hacía mucho tiempo la asaltaron.

Su madre solía trabajar en el anexo al garaje, siempre en perfecto estado de revista. Jeanie Bradley Moon había sido una maestra hilandera y tejedora, conocida por sus tejidos de cachemira y seda creados en un telar manual de madera de cerezo. Ella y su padre, Nathaniel, se habían conocido en un mercado de artesanía local y pocos meses después se casaron. Juntos habían creado una familia y criado a Kyle y Sarah. Aún recordaba nítidamente aquellas conversaciones de chicas hasta altas horas de la noche con su madre, su piedra angular, lo más estable de su vida. O eso creía ella. Cuánto desearía poder hablar de nuevo con ella, y ese deseo le pesaba como una roca sobre el pecho. ¿Cómo podía haber desaparecido sin más?

Respiró hondo antes de entrar en el mundo de su madre, un lugar ahora de sombras y esqueletos. En todo el mundo no había un lugar en el que le fuera más duro estar que en aquel porque era donde los recuerdos de su madre le llegaban más hondo, y al mismo tiempo sentía un incontrolable deseo de recordar al mirar a su alrededor. Antes había sido un hervidero de actividad, un lugar vivo gracias al clac clac del telar y al ritmo suave y continuo del pedal. Pero todo eso había cambiado de repente ocho años atrás.

Sarah estaba terminando su carrera en Chicago cuando la llamó su cuñada, LaNelle. Kyle y Nathaniel estaba tan aturdidos que había recaído en ella la tarea de comunicarle la devastadora noticia.

Había perdido a su madre.

Sarah nunca entendería por qué la gente utilizaba el término perder para referirse a la muerte de una persona cuando sabía perfectamente dónde estaba su madre: en un lugar inalcanzable, intocable, donde le había conducido un aneurisma tan implacable e indiscriminado como un rayo. ¿Qué se puede hacer cuando el ancla que te sujeta desaparece de repente? ¿A qué te aferras después?

Aún no había encontrado la respuesta. Sin embargo allí, en su taller, era como si Jeanie hubiera salido tan solo un minuto a por el correo. Todo estaba tal y como ella lo había dejado ocho años atrás: sus bobinas de hilo ordenadas en sus cajas, un paño de tela rosa peonía aún colgando del telar, esperando a que alguien tejiera el siguiente hilo.

Sarah era quien se había perdido. Era como si alguien le hubiese puesto una capucha oscura que le tapase la cara, obligándola después a dar vueltas sobre sí misma hasta quedar mareada para luego propinarle un empujón y dejarla así, ciega, palpando las paredes, rezando por encontrar algo a lo que aferrarse.

Al final lo había encontrado: Jack Daly. Se había aferrado a él sin dudar, arrastrándolo a casa como quien carga con un trofeo por haber sobrevivido a la pérdida. Lo mostraba como prueba de que había dejado de ser la hija de un criador de ostras para pasar a ser una mujer a quien adoraban hombres como Jack Daly. Quería gritarle al mundo ¡mirad lo que he conseguido! ¡Contemplad al hombre que me ama... un príncipe de Chicago!

Se había enorgullecido de mostrar a su prometido, un hombre guapo y triunfador, a una ciudad que la consideraba una perdedora. Como Cenicienta, quería que el mundo supiera que había encontrado al hombre ideal, y que estaba a punto de casarse con un príncipe. Lo tenía todo: los zapatitos de cristal, el tío guapo, el futuro dorado ante sí.

Y tenía que reconocer que Jack había interpretado su papel a la perfección. Todo el mundo podía ver lo guapo que era. Habían ido a Glenmuir en plena primavera, cuando los eucaliptos estrenaban sus largas hojas, las colinas reventaban de flores de iris y lupinos y las truchas bajaban por los arroyos de montaña. Las tierras que cercaban la bahía de Tomales y los acantilados occidentales que caían a plomo sobre el Pacífico prestaban su dramatismo como telón de fondo para su triunfal vuelta a casa.

Y de nuevo, al más puro estilo de los cuentos de hadas, su vanidad tuvo consecuencias que no se esperaba.

—¿Cuándo voy a conocer a tus amigos? —le preguntó Jack.

Tenía que llegar la pregunta. Había gente que la conocía, amigos de sus padres, antiguos compañeros de clase, empleados de la Moon Bay Oyster Company, Judy la Gótica, dependienta en Argyle Art & Saint Supply. Sarah había salido con un grupo de inadaptados, pero había perdido el contacto con ellos después del instituto e intentó ofrecerle una explicación.

—Yo... nunca he sido muy sociable...

—Pero debes de tener amigos.

Para un hombre como Jack, rodeado por un vasto y feliz grupo de amigos, buenos amigos, aquello era impensable. No había modo de que Sarah pudiera explicárselo, que él pudiera comprender que toda su vida adulta se la había pasado intentando escapar de su adolescencia.

Incapaz de presentarle al vibrante grupo social que él esperaba conocer, sugirió que se marcharan de Glenmuir un día antes de lo que habían planeado con la excusa de pasar por San Francisco, pero en realidad para alejarse de lo que quedaba de la persona que había sido. Después de aquella visita, abrazó el mundo de Jack y ese mundo la abrazó a ella. Sus padres eran como una versión de comedia americana de los años cincuenta y contaban con tal cantidad de amigos íntimos que habrían podido poblar una ciudad pequeña. A su lado se convertía en una persona aceptada y apreciada, incluso admirada.

La idea de volver después de eso a la casa vacía de la bahía y junto a su padre, que parecía un hombre completamente perdido, resultaba tremendamente doloroso. Volvió a verlo en varias ocasiones sin Jack y pasó horas deseando poder mitigar su agonía, pero no lo consiguió. Su padre se acostumbró pronto a visitarla a ella en Chicago y su compañía fue un consuelo durante la enfermedad de Jack.

Ahora se sentía como una extraña allí. Hasta sus pisadas sonaban huecas en aquel taller vacío. Estudió la lana de cachemira rosa brillante que aún estaba en el telar, sin tocar, como en una espera sin punto final. «Aún te veo en mis sueños, mamá», pensó. Pero ya no hablaban.

Tocó la punta del huso con un dedo. ¿Y si se pinchara, sangrara y cayera dormida para no despertar hasta dentro de cien años?

Buen plan.

—Estoy en casa —dijo al tiempo que dejaba el bolso y las llaves sobre la encimera de formica de la cocina, una habitación grande y soleada de la casa de su padre.

—Aquí —contestó él. Estaba en la mecedora, con catálogos extendidos en la mesa baja del salón, delante de él. Viéndolo así, Nathaniel Moon parecía un hombre dedicado en cuerpo y alma a su ocio. Desde luego se había ganado bien ese privilegio. Antes de jubilarse, había conseguido un negocio saneado y en crecimiento y había enseñado a Kyle a llevarlo, y ahora que había dado un paso atrás pasaba la mayor parte de su tiempo libre investigando y restaurando su Mustang.

—Pareces ocupado.

—He estado leyendo sobre cómo reparar un carburador.

Su pasión lo consumía últimamente. Cuando no estaba en el taller de Mounger trabajando en el coche, andaba en Internet buscando repuestos o viendo programas de cómo restaurar coches en la televisión. Sarah veía cómo se abstraía con el coche del mismo modo que ella se abstraía con su arte.

Desde que se quedara viudo parecía haberse convertido en un imán para las mujeres, algo con lo que sus hijos se sentían muy incómodos. Era un hombre amable y tolerante, siempre muy educado cuando rechazaba a las mujeres que peleaban por su atención.

Todo el mundo conocía a Nathaniel Moon, y a todo el mundo gustaba.

—Qué hombre tan agradable. Y qué guapo —decían.

Y Sarah estaba completamente de acuerdo. Sin embargo en aquel momento tuvo la sensación, una sensación que no la había abandonado en toda su vida, de que no conocía de verdad a su padre. Era como un padre de televisión: bien educado, comprensivo, bueno e impenetrable al fin.

—¿Sabes si hay en la ciudad un departamento de control de animales? —le preguntó.

—Creo que sí. ¿Por qué? ¿Has visto algún animal fuera de control?

—Sí. Un perro. Han estado a punto de atropellarlo en el centro.

—En esta zona somos muy progresistas. Tenemos un albergue sin muerte.

—Pues más le vale que también tengáis conductores sin muerte.

—A ver si te puedo conseguir el número. ¿Qué tal te ha ido la reunión? —le preguntó sin apartar la vista del catálogo.

—Ha ido. Me ha sorprendido que Birdie Bonner se acordara de mí.

—Ahora es Birdie Shafter. ¿Por qué te sorprende que se acordara?

—Porque no éramos amigas. Íbamos al mismo colegio, pero no éramos amigas. Ya sabes que yo no tenía muchas.

Su padre pasó una página.

—No es cierto. Había niñas por aquí a todas horas cuando eras pequeña.

—Eran amigos de Kyle. ¿Te acuerdas? Era el niño perfecto. Las únicas ocasiones en que alguna niña venía a verme era cuando mamá insistía a sus madres y se veían obligadas a hacerlo, o cuando las sobornaba.

—Yo no recuerdo eso.

Pasó otra página.

Miró a su padre. Era una lástima que se hubieran distanciado tanto. Le habría gustado hablar de muchas cosas más con él. Ojalá pudiera preguntarle si echaba de menos a su madre tanto como ella, si seguía viéndola en sueños, pero estaba exhausta, demasiado herida en sus sentimientos como para enfrentarse a la distancia de su padre.

—Ven —dijo poniéndose en pie con un movimiento lento—. Saquemos el barco. Llevaremos algo de comer.

Hubiera querido decirle que no tenía hambre, que nunca volvería a comer, pero lo cierto era que se moría de hambre. Traicionada por sus propias necesidades…

En quince minutos estaban ya en el agua, con el *Arima Sea Chaser* dejando tras de sí una estela en forma de uve. Salieron al canal y redujeron la velocidad para que el ruido del motor no molestase. Los barcos a motor tenían restringido el tráfico en aquella prístina bahía, pero, siendo criador de ostras, su padre gozaba de un permiso especial. Estar sentada en aquel sillón tapizado en vinilo, sentirse envuelta por el rico olor de las marismas y el sabor del aire evocaba el sentimiento de días desaparecidos ya. Durante un rato el tiempo fue avanzando con mansedumbre. Su matrimonio, la enfermedad de Jack y su traición bien podían haberle ocurrido a otra persona.

Su padre abrió una cerveza y se la ofreció, y al verla dudar le preguntó:

—¿No es de tu marca?

Sintió de golpe una especie de calambre en la boca del estómago, un intenso terror al desvanecerse la ilusión. Todo eso sí le había ocurrido.

Su padre se la quedó mirando fijamente.

—¿He dicho algo malo?

—No, no... es que hace mucho tiempo que no tomo alcohol. Antes de todo esto, Jack y yo estuvimos intentando tener un hijo.

Después de escucharla, pareció sentirse tremendamente incómodo.

—Entonces, eh... ¿estás...?

—No.

Por un lado deseaba hablarle de las sesiones en la clínica de fertilidad, la medicación y las náuseas, pero por otra sintió la necesidad de mantener en privado su dolor.

—Cuando el tratamiento de Jack terminó, mi principal objetivo en la vida fue quedarme embarazada.

Oírse pronunciar aquellas palabras la dejó pensativa. ¿Desde cuándo su prioridad había dejado de ser su matrimonio para pasar a ser su sistema reproductivo?

—Bueno, que no estoy embarazada —se apresuró a aclarar, consciente de que aquella conversación iba a ser un desafío—, y me voy a tomar esa cerveza —tomó la lata y le dio un buen trago. Dios, hacía demasiado tiempo—. Este último año me he sometido varias veces a inseminación artificial.

Su padre carraspeó.

—¿Quieres decir que Jack no podía... por el cáncer?

Sarah miró al agua.

—El médico siempre nos animaba a que fijáramos objetivos positivos durante el tratamiento; según él cualquier razón poderosa que pudiera tener para ponerse mejor aceleraría su recuperación.

—No sé si es labor de un bebé ser esa razón.

—Queríamos tener familia, como cualquier otra pareja —

respondió Sarah un poco a la defensiva, aunque después de lo ocurrido debería examinar sus verdaderos motivos. En el fondo sabía desde hacía tiempo que algo iba mal, algo que tener un hijo no iba a poder solucionar—. Sea como fuere, ahora puedo celebrar mi libertad —dijo, alzando la lata—. Y prometo que eso es todo cuanto te voy a contar de ese asunto.

El alivio de su padre fue manifiesto.

—Tu ruptura ha sido difícil, hija.

—Espero que no te resulte incómodo que te hable de ello.

—Me resulta raro, pero lo superaré.

Bajó la cabeza para ocultar una sonrisa. Su padre era un rudo hombre de mar, y resultaba curioso verle intentando mostrarse sensible.

—¿Tienes frío? —le preguntó.

Sarah saboreó el empuje de la brisa en el rostro y en el pelo.

—He vivido en Chicago, papá. El peor tiempo de aquí es ya para mí una ola de calor.

Se imaginó a sí misma en Chicago, quitando la nieve a paladas para poder sacar el coche del garaje. Una vez dibujó a Shirl apartando la nieve de la ventana de un segundo piso para escapar a México.

—¿Qué te hace gracia? —preguntó su padre maniobrando el barco frente a un punto conocido como Anvil Rock.

—Nada en realidad —respondió contemplando las verdes ondulaciones del terreno que iban quedando atrás—. Me divertía con mis propios pensamientos.

—Siempre se te ha dado bien hacerlo.

—Sigo igual. Birdie se ha ofrecido a facilitarme los nombres de algunos terapeutas, pero me gusta más psicoanalizarme a mí misma.

—¿Y qué tal lo haces?

—No es difícil. No soy una persona complicada —se llevó las rodillas al pecho— Me siento tan estúpida...

—Jack es el estúpido.

—Hice un trato con Dios —le confesó de pronto, como si

aquellas palabras pertenecieran más a uno de sus pensamientos.

—¿Y qué le ofreciste?
—La recuperación de Jack.
Él asintió y tomó un trago de cerveza.
—No me extraña.
—¿Y crees que este es mi castigo? Dios le ha salvado la vida, pero me lo ha arrebatado a mí.
—Dios no funciona de ese modo. Él no es responsable de lo sucedido. Ha sido el traidor descerebrado de tu marido.

Seguramente Jack no estaría de acuerdo con esa apreciación. Siempre estaba rodeado de una familia y unos amigos que lo adoraban, la misma gente que había hecho piña en torno a él cuando cayó enfermo y que sin duda lo rodearía para ayudarle a superar su crisis matrimonial. Lo convencerían de que no tenía culpa alguna, que él bastante tenía con recuperarse de su enfermedad mientras que su esposa lo acorralaba en una esquina para que le hiciera un hijo. No estaba allí para verlo, pero sabía que era cierto porque conocía a Jack. La gente que lo rodeaba era su forma de validarse. Los necesitaba del mismo modo que ella necesitaba tinta y papel para dibujar. Antes creía que era ella la persona a la que más necesitaba, pero obviamente no era así.

Él le había dicho que ella también tenía su parte de responsabilidad por el fracaso de su matrimonio, y en un traidor rinconcito de su corazón se preguntaba si no sería cierto. ¿Tendría también ella parte de culpa? En su decidida búsqueda de un hijo, ¿habría agobiado demasiado a Jack? Tenía que admitir que su matrimonio tenía problemas mucho antes de que llegara a enterarse de la existencia de Mimi. Sin embargo ni siquiera ante los hechos podía admitir que algo había ido mal ya antes. Se negaba a admitirlo.

—Gracias por decir eso, papá —contestó contemplando aquel majestuoso escenario. En su época de adolescente enfadada había perdido la capacidad para apreciar la dramática belleza de aquellos bosques y acantilados que caían hasta el mar. Tuvo que irse a vivir a Chicago para darse cuenta de que lo que en su adolescencia consideraba una prisión era en realidad un paraíso. En Chicago se había sentido como un árbol arrancado de raíz y plantado en un lugar poco apropiado, un lugar al que no le llegaba ni suficiente agua ni luz. Echó la cabeza hacia atrás y sintió el calor del sol en las mejillas.

—Estoy demasiado tranquila.
—¿Cómo?
—Con lo de Jack. Estoy demasiado tranquila.
—¿Y eso es malo?
—Lo normal sería estar deshecha, ¿no crees?
—¿Normal para quién?
—Para mí. Para cualquiera.
—La verdad, hija... no sé qué decirte.

El comentario levantó una ampolla en Sarah, la de la realidad de su relación con su padre. En el fondo no se conocían. Nunca se habían conocido. Por una razón insondable nunca se habían tomado la molestia de conocerse. Quizás aquella fuese su oportunidad de hacerlo. En la horrible situación en la que se hallaba inmersa, quizás surgiera una oportunidad inesperada.

—Papá...
—Se está haciendo de noche —dijo él, virando el *Sea Chaser* para encaminarse a casa—. Espera.

CAPÍTULO 9

Tras el estallido de Aurora, Will se acabó tranquilamente la cena. Sabía por experiencia que no servía de nada seguirla a su habitación cuando se ponía así. Lo único que se conseguía era animarla a quejarse por la injusticia del mundo y que cerrara los oídos a cualquier cosa que pretendiera hacerla escuchar. Necesitaba tiempo para calmarse. Más tarde revolvería él entre las cenizas de su estallido e intentaría determinar la causa.

Después de uno de sus largos turnos, le gustaba volver a casa y disfrutar de un poco de paz y tranquilidad, revisar el correo, tal vez jugar a uno contra uno con su hija en la canasta que tenían en la entrada de coches. Pero últimamente nunca sabía lo que podía esperarle al volver a casa. Su hija, que hasta ahora había sido una muchacha alegre y predecible, estaba pasando por el dolor del crecimiento, y él estaba viendo más dolor que crecimiento. La niña había aprendido a tocarle la fibra sensible sacando el tema de su madre. Will no podía decir si de verdad la atormentaba lo que Marisol había hecho o si simplemente era su modo de desequilibrarle.

Cansado, se levantó de la mesa y llevó al fregadero su plato y su vaso, dejando sobre la mesa lo de Aurora. Ya lo recogería ella. Esa era la norma y que le arrancasen la piel a tiras si permitía que el alien que se había apoderado de su hija le hacía saltársela.

Sí, eso tenía que ser: su hija, risueña y alegre como un pajarillo y cuyo rostro estaba siempre tan abierto como una flor en primavera, había sido secuestrada, y en su lugar le habían dejado a aquella desconocida malhumorada que se pasaba el día discutiendo y desafiándole, una adolescente cuyos silencios lo dejaban perplejo, cuyas heridas nadie podía ver ni curar.

Demonios... lo tenía asustado, y eso era algo que a duras penas podía admitir, pero que era cierto. Will Bonner, capitán del escuadrón de bomberos y el mejor servidor público, se moría de miedo ante la posibilidad de hacer algo mal o irreparable con su hija, a la que tanto daño le habían hecho en el pasado. Era su vida lo que estaba en juego, cualquier cosa importaba mucho en aquella etapa y le asustaba echarlo todo a perder. Cuestionaba sus decisiones constantemente. ¿Estaré siendo demasiado duro con ella? ¿Demasiado permisivo? ¿Debería pedir que le dieran un turno más razonable y buscarle un terapeuta? ¿Una madre?

La idea se le ocurría a veces cuando Aurora sacaba el tema. Normalmente no tenía problema alguno para ser todo lo que su hija necesitaba en un padre, pero la llegada de la pubertad lo había alterado todo. La mujer joven que pugnaba por aparecer le era desconocida y parecía necesitar cosas que él no podía darle. Pero una madre no era algo que pudiera ofrecerle con el sudor de su frente, como el techo bajo el que se cobijaban.

Incómodo y descontento, acabó rindiéndose, y limpió también el lado de la mesa que ella había utilizado. No había equipo de investigación que pudiera ayudarle a solventar aquello. Quería proteger a su hija y darle una vida feliz, pero, a pesar de todos sus esfuerzos, parecía estarse alejando de él y no sabía cómo recuperarla.

—Entrega especial —dijo una voz desde la puerta de atrás.

Will fue a abrir. Era su hermana. Precedida de un enorme ramo de peonías blancas, Birdie entró en la cocina y dejó las flores en la encimera.

—Son de la boda de Sausalito —le explicó. La granja de flores de sus padres tenía un buen negocio con las bodas—. Se me ha ocurrido que a Aurora podían gustarle.

—Gracias, pero me temo que a Aurora no hay nada que le guste últimamente.

—Vaya. Así que andamos de mal humor.

—De un humor de perros. Podría discutir hasta con el aire. Esta noche le ha tocado lo de tú-no-eres-mi-madre, y no te quiero ni contar. Se ha puesto como una loba por... ya ni me acuerdo. Por nada seguramente.

Birdie sacó un par de tarros de cristal de debajo del fregadero, puso una hoja de periódico sobre la encimera y buscó las tijeras, y viéndola hacer Will tuvo un pensamiento: un hombre sabía que las flores ya eran bonitas de por sí y nunca se le ocurriría arreglarlas en un jarrón. A medida que Aurora iba actuando como una mujer, más difícil le resultaba comprenderla.

—¿Sabes, hermanito? Yo no soy precisamente una experta en la crianza de niños, pero a mí me parece que es un comportamiento totalmente normal en una adolescente.

—¿Qué tiene de normal estar permanentemente triste?

—Pues que es algo que desaparece como la bruma de la mañana. Ya lo verás. Dentro de un rato volverá a ser la de siempre.

—¿Por cuánto tiempo? Porque, como a ella le parezca que la miro de forma rara, volverá a odiarme.

—Yo diría que eso es saludable.

—¿El qué? ¿Odiarme?

—Piénsalo, Will. En el resto de aspectos de su vida es perfectamente normal: perfecta en el colegio, perfecta cuando está con Ellison y conmigo, perfecta cuando está con mamá y papá. ¡Pero es humana! Y tiene que encontrar el canal por el que poder expresar las cosas que no son tan perfectas. Un modo seguro.

Cortó los tallos de las flores a un largo más manejable.

—Y yo soy ese canal.

—Eso creo. En cierto modo sabe que por mal que se comporte, por mucho que se enfade o por mucho que se rebele, tú nunca la abandonarás. Tú eres el descanso del guerrero.

Dio un paso atrás para observar el ramo y le dio unos toques aquí y allá.

Will se quedó en silencio un momento. Quizás Birdie hubiese dado en el clavo. Quizás Aurora guardase todos sus impulsos torcidos para él porque sabía que nunca la abandonaría.

—Hablaré con ella —le dijo a su hermana.

—Si puedo ayudarte, dímelo —respondió. Iba a recoger la hoja de periódico con que había tapado la encimera pero se detuvo—. ¿Alguna vez lees las tiras cómicas que publican?

—Claro. Como todo el mundo.

—Ya.

—¿Por qué lo preguntas?

—Porque mi última cliente dibuja tiras cómicas. ¿Te acuerdas de Sarah Moon? Estuvo en el instituto.

—He oído hablar de la familia Moon, claro.

Frunció el ceño intentando recordar.

—Estaba en tu misma clase, tonto. Era ella la dibujante de esa tira con la que todo el mundo estaba obsesionado. Esa en la que se reían de prácticamente todo el mundo.

Will se dio una palmada en la frente.

—¡Ya me acuerdo!

Era una chica de facciones afiladas, rubia y flaca, que aparecía en una esquina cuando menos te la esperabas y que observaba con ojos de búho a todo el mundo. A él también lo había dibujado como un pedazo de carne lleno de esteroides.

—Era una verdadera pesadilla. ¿Y qué pasa con ella?

—Acaba de volver a Glenmuir.

—Ah. ¿Tiene problemas?

—No te lo diría si los tuviera.

Daba igual. En una ciudad como aquella no tardaría ni cinco minutos en enterarse de la historia completa de Sarah Moon gracias a la infalible red de cotilleos.

Tercera parte

CAPÍTULO 10

Sarah se despertó en su habitación de niña con el corazón golpeándole aterrorizado contra el pecho. Desde que había vuelto a Glenmuir, su sueño se había visto alterado por pesadillas que no recordaba al despertar, miedos sin nombre y sin rostro que asaltaban su descanso y la hacían despertarse empapada en sudor y respirando aire a bocanadas. Intentó tranquilizarse centrándose en los detalles familiares de la alcoba.

Durante unos instantes, se sintió perdida en una intensa sensación de irrealidad. Su cama de hierro blanco le pareció una balsa a merced del tiempo e intentó poner en práctica los ejercicios de respiración que había aprendido en sus clases de yoga bajo aquella nube de blanco edredón.

El sudor se le fue secando y le bajaron las pulsaciones. En otro tiempo habría intentado recordar sus pesadillas para diseccionarlas y tratar de descubrir el sentido oculto tras sus imágenes, pero últimamente no quería recordar. Solo escapar. Y sabía perfectamente cuál era el significado de aquellos sueños. Había cortado las amarras que la sujetaban a su vida anterior e iba a la deriva en el mar. El dolor la golpeaba, se asfixiaba en sus miedos, se sentía físicamente enferma. Deprimida.

Saber qué le pasaba no lo hacía más soportable; más bien la hacía sentirse más indefensa que nunca. En algún momento tendría que ir al médico y dejar que le recetara algo. Cuando

Jack estaba enfermo, le habían ofrecido toda una carta de posibilidades para sobrellevarlo lo mejor posible, y la primera alternativa habían sido las medicinas. No había utilizado nada. Inexplicablemente se sentía obligada a sufrir. Su marido tenía cáncer e intentar escapar de esa realidad a través de una píldora hexagonal le parecía artificial y cobarde. En lugar de eso, se había refugiado en su arte, dibujando, trabajando las emociones a través de los personajes que surgían sobre una página en blanco.

Ya no tenía que sufrir por Jack. Era más: no tenía por qué sufrir, y punto. Tendría que ir al médico, dejar que le prescribiera algún tratamiento, pero estaba demasiado deprimida como para levantarse de la cama.

No tenía idea de que poseyera semejante capacidad de dormir. De hecho siempre le había gustado levantarse temprano. En Chicago, lo hacía al amanecer, con Jack, para prepararle el café. Con *Morning Edition* sonando en la radio, cada uno leía su sección del periódico. Economía y deporte para él, editorial y sociedad para ella, con especial atención a la sección de humor.

Pero no al principio de su matrimonio. Entonces las noticias de la mañana era lo último en lo que se les habría ocurrido pensar. La radio se habría ceñido a blues o música suave de jazz, una banda sonora perfecta para su lujuria de recién casados. Hacían el amor durante una hora o más, hasta que Jack se daba cuenta de que iba a llegar tarde al trabajo. Entonces, salía corriendo a la ducha y ella le veía hacer riéndose de sus prisas, le veía correr al coche con un bollito entre los dientes, un termo de café en la mano y un brillo de marido satisfecho en la mirada.

Hasta que, junto con la enfermedad, llegó el final de aquellos días. En lugar de aceites de masaje y melodías de jazz, sus mesillas se abarrotaron de botellas, cajas de pastillas y bandejas para el vómito, folletos con instrucciones del equipo médico y resmas interminables de papel sobre el tratamiento de Jack y su coste.

No volvieron a ser nunca la pareja que habían sido de recién casados, y Sarah creía haberlo aceptado, creía haber asimilado que la rutina matinal que habían asumido le parecía bien: el informe del tráfico en la radio, el crujido de las páginas del periódico...

—Soy idiota —le susurró al techo inclinado de su dormitorio mientras con la mirada recorría la línea de sol que se colaba por entre las cortinas. Se había dicho que Jack y ella estaban madurando como pareja y no alejándose el uno del otro. De algún modo había conseguido engañarse diciéndose que la distancia era una fase normal en cualquier relación.

Pero nunca había conseguido convencerse de ser feliz con el cambio. Su subconsciente seguía susurrándole que algo no iba bien. Intentó bloquear sus insidias lo mejor que pudo, parapetándolo tras el trabajo, soñando con la familia que tendrían algún día e intentando encontrar el modo de revivir su intimidad con Jack.

«Qué pérdida de tiempo», se dijo, a la vez que echaba mano de su bloc de dibujo y de su lápiz favorito, cosas que siempre dejaba en la mesilla. Hizo un boceto de Shirl diciéndole a su madre, Lulu: *debería aprender a escuchar a mi subconsciente*.

Y Lulu, una ocurrente divorciada que se estaba recuperando del aburrimiento de treinta años de matrimonio, le respondía: *Querida, teniéndome a mí, no necesitas subconsciente*.

—Shirl, no —dijo en voz alta, y el bloc se le cayó de las manos—. No lo hagas. No hagas lo que creo que estás a punto de hacer.

Se metió bajo las sábanas, se tapó la cabeza y cerró los ojos. Shirl tenía a veces la molesta costumbre de tomar decisiones por su cuenta. Perder el control de un producto de su imaginación debía ser casi con toda probabilidad una forma de locura, pero Sarah no podía negar que le ocurría. Nunca sabía qué iba a hacer su personaje hasta que Shirl se decidía.

Mejor dormir un rato más. Pero cuando volvió a despertarse supo sin duda que su tira cómica iba a tomar una dirección que no tenía planeada. Shirl se iba a ir a vivir con su madre.

—Al menos eso significa que no me he vuelto completamente tarumba —le dijo a su editora cuando Karen Tobias la llamó por teléfono aquella misma semana.

—¿Y eso?

Era la editora de las páginas de humor del *Chicago Tribune*, el periódico que publicaba *Just Breathe*.

—Parte del argumento de la tira empieza a parecerse peligrosamente a mi vida, pero, si Shirl se va a casa de su madre, la cosa cambia. Mi madre hace años que falleció, así que, si yo me fuera a vivir con ella sería trágico, ¿no te parece?

—Aparte de un poco gore...

Sarah bostezó, preguntándose cómo era posible sentirse tan cansada después de haberse echado una siesta.

—Sea como sea, me alegro de este nuevo enfoque. Demuestra que Shirl y yo somos entidades bien distintas.

—Porque se va a vivir con su madre.

—Sí.

—Porque tú, ahora mismo, ¿dónde estás viviendo?

—En Glenmuir, California, ¿te acuerdas? Te dije que he vuelto a casa de mi padre.

—Y dices que eso no se parece a lo de Shirl.

—No te me pongas sarcástica, que no eres mi terapeuta.

—Cierto. Y si lo fuera, sabría perfectamente qué consejo darte.

—No quiero consejos. Me parece que fue Virginia Wolf la que dijo que, si acallara las voces que oía en su cabeza, se enfrentaría a una página en blanco sin nada que escribir.

—¿Virginia Wolf dijo eso?

—A lo mejor fue van Gogh.

—Sí, y a los dos les fue de maravilla en la vida.

Karen carraspeó. Sarah oyó una pausa y a Karen respirando hondo. Debía de estar encendiendo un cigarrillo. Mala señal. Karen solo fumaba en casos de mucho estrés.

Otra inhalación y un largo soplido.

—Sarah, oye, estamos reorganizando un poco la página.

Sarah llevaba demasiado tiempo en el negocio como para no saber qué significaba eso.

—Ah —musitó, y volvió a bostezar—. Que vais a quitar la tira.

—Si dependiera de mí, la mantendría. Me encantan Lulu y Shirl, pero tengo un presupuesto al que ajustarme.

—Y algún otro te está ofreciendo dos tiras hechas en serie, idiotizantes y cutres por el precio de una.

—Hemos tenido algunas quejas, eso ya lo sabes. Tu tira es a veces áspera y controvertida, y esa clase de cosas deberían estar en los editoriales, no en las páginas de humor.

—Unas páginas que dejan de ser divertidas si las llenas de viñetas blandas e inofensivas, por cierto.

Karen volvió a exhalar.

—¿Sabes lo que más pena me da?

—Que te divorcies y te despidan en el mismo mes —replicó—. Eso sí que es triste, créeme.

—Lo que me da pena —contestó como si Sarah no hubiera hablado— es no tener el presupuesto que necesito para mantener una viñeta que me gusta. Deberías considerar asociarte con otros dibujantes o buscarte una distribuidora para tus tiras. De ese modo no dependerías de un solo periódico.

—Y nadie podría despedirme sin más ni más.

—Ya.

—¿Cuánto tiempo tengo?

—No he tomado esta decisión a la ligera. Me he visto obligada a hacerlo.

—¿Cuánto?

—Seis semanas. Es todo lo que puedo hacer.

—Seguro.

—Tengo muchas presiones, Sarah.

—Y yo estoy cansada. Necesito dormir.

Colgó el teléfono y se tapó la cabeza con la ropa de la cama.

CAPÍTULO 11

—¿Por qué tienes todos esos controles parentales en el ordenador, Aurora?

Glynnis Ross era una de sus dos mejores amigas de aquel curso. La tercera pata del triángulo era Edie Armengast, que estaba sentada al otro lado de Aurora delante de la pantalla del ordenador.

—Los ha puesto mi padre. No quiere que pueda ver páginas porno o de juego.

—Pero así tampoco puedes descargarte canciones —protestó Edie.

—¿Cómo vamos a escuchar la nueva de Sweater-Kinney? —preguntó Glynnis dándole vueltas y más vueltas a una pulsera de plástico amarillo que llevaba en la muñeca y en la que se leía LiveStrong.

—Lo haremos esta noche en mi casa —dijo Edie—. Te vas a quedar a dormir, ¿verdad?

Ambas se chocaron la palma por delante de Aurora. Una amistad de tres tenía sus complicaciones. A veces dos podían aliarse y hacer que el tercer miembro se sintiera fuera. No era que lo hicieran a propósito. En aquel caso, la geografía era la responsable. Glynnis y Edie vivían en San Julio, al otro lado de la bahía, y podían ir la una a casa de la otra andando, lo que facilitaba que prácticamente todos los viernes y sábados durmieran en casa de una de las dos. Aurora estaba deseando ser lo bastante buena navegando para poder ir con su propio bote hasta San Julio. Así podría unirse a ellas cuando quisiera.

—Se supone que deberíamos estar escogiendo tema para el trabajo de sociales —intervino Aurora. Tenían que entrevistar a alguien de la comunidad sobre su trabajo—. ¿Lo habéis pensado ya?

—Yo se lo diré a mi tío, el DJ —respondió Glynnis.

—No puedes —replicó Edie—. ¿No te acuerdas que no puede ser nadie de tu familia?

—Entonces Aurora podría entrevistar a su padre —respondió Glynnis con una media sonrisa.

Aurora sintió un escalofrío, como si se hubiera tragado un pedazo de helado demasiado deprisa.

—No me puedo creer lo que has dicho.

—Era una broma.

—Pues no tiene gracia.

Glynnis tenía a veces unos comentarios bastante desagradables.

—Ninguna gracia —añadió Edie—. Ha sido de mal gusto.

—Pues tienes que admitir que es un poco raro que vivas con tu padrastro, Aurora —replicó la aludida, picada.

Le ponía enferma que la gente hablase de su situación. Cuando ocurría, intentaba por todos los medios que su padre biológico pareciera alguien especial: un prisionero político, agente del gobierno, un disidente humanitario viviendo en la clandestinidad.

Con la historia de su madre no podía hacer maravillas, al menos en Glenmuir. Todo el mundo conocía la situación, tal vez algunos incluso mejor que ella misma.

—Tú y yo tenemos madres solteras, Glynnis —dijo Edie.

—Como mucha gente, pero lo normal es vivir con tu madre o con tu padre. Lo de vivir con el padrastro es raro, no me digas que no.

Glynnis intentaba no mostrar que le incomodaba el hecho de que su madre fuese lesbiana. Pero al menos ella tenía madre.

Seguramente desde fuera debía dar la impresión de que Aurora no tenía una madre o un padre que quisieran tenerla a su lado. Incluso ella lo pensaba así. De hecho ya le habían hecho todas las preguntas posibles al respecto: ¿qué les ocurrió a tus verdaderos padres?¿No tienes más familia? ¿Cómo es que tu padrastro es solo catorce años mayor que tú? Esa era la peor.

Intentaba no pensar que ahora ella tenía la misma edad que cuando su madre se quedó embarazada de ella.

Hacía ya tiempo que había dejado de preguntarle a su padre por qué se marchó, pero nunca había dejado de preguntárselo a sí misma. Su madre tenía un trabajo agotador. Era el ama de llaves de Gwendolyn Dundee, cuya enorme mansión victoriana estaba construida en lo alto de una colina con vistas a la bahía. Heredera de una fortuna maderera, la señora Dundee tenía contratado escaso personal para mantener en buenas condiciones la casa, lo cual se traducía en que los exprimía al máximo, con lo que su madre solía volver a casa de mal humor y agotada, quejándose de las exigencias de la señora Dundee con su colección de cristal Erté o su impertinente perro cockapoo.

—Pues cualquier día a lo mejor eres tú la que tiene madrastra —bromeó Edie, dándole a Glynnis en las costillas.

Glynnis se estremeció.

—No empieces —respondió y, como si quisiera cambiar de tema, hizo clic en otra página del ordenador—. A lo mejor podríamos entrevistar a Dickie Romanov. Se supone que está emparentado con el Zar de Rusia.

—En Rusia no hay Zar —repuso Aurora.

—Ahora no, pero algunos de los Romanov escaparon y vinieron a América. Se dedican al comercio de pieles.

—Mi madre dice que Dickie tiene una tienda de artículos para fumadores de tabaco y marihuana —añadió Edie—. Pero la última vez que pasé por una de esas tiendas solo tenían filtros, papelillos de liar y cosas de esas.

Quería dar la impresión de saber de qué estaba hablando.

—Una de nosotras podría hablar con la dueña de esa tienda

de materiales de Bellas Artes —sugirió Aurora—. Judy de Wit. Fue ella la que hizo las esculturas de metal que hay en el parque.

La idea de entrevistar a una artista le seducía, ya que el arte era su tema favorito.

—Podríamos preguntarle dónde se hizo el piercing de la lengua —respondió Edie exagerando un escalofrío.

—¿Y qué tiene de malo hacerse un piercing? —preguntó Aurora.

—Pues que es un síntoma de daño cerebral —dijo su padre que acababa de entrar en la habitación—. Eso es lo que he oído —lanzó a Aurora una bolsa de Cheetos y latas de refresco de zarzaparrilla—. Hola, enanas.

Aurora se sonrojó. Su padre llevaba toda la vida llamando «enanas» a sus amigas y debían de estar tan cansadas como ella de oírselo.

—Tú llevas un tatuaje. ¿De qué es síntoma eso? —espetó.

Se frotó el brazo sin darse cuenta. La manga cubría un dragón de cola larga.

—De ser joven y estúpido.

—¿Y por qué no te lo quitas?

—Porque así me acuerdo de no volver a ser estúpido.

—Oiga, señor Bonner —dijo Glynnis en tono paternal—. Tenemos que entrevistar a alguien de la comunidad para un trabajo de sociales. ¿Puedo entrevistarle a usted?

—Mi vida es un libro abierto.

«Ya», pensó Aurora, recordando todas las veces que le había preguntado por su madre. Había cierto secreto sobre ella, algo de lo que su padre no quería hablar; sobre Tijuana, que era de dónde su madre y ella venían y sobre cómo era su vida antes de llegar allí.

—Traerte a Estados Unidos fue proporcionarte la oportunidad de tener una vida mejor —era su explicación favorita, y cuando le preguntaba qué tenía de malo su vida en México se limitaba a decir—: No era un sitio saludable. Demasiada pobreza y enfermedad.

—¿Cuándo le viene bien? —preguntó Glynnis.
—¿Qué tal ahora mismo?
Pareció quedarse sorprendida pero se encogió de hombros.
—Voy a por mi cuaderno.

Glynnis y Edie estaban pendientes de cada palabra que decía el padre de Aurora sobre su infancia en Glenmuir, la época del instituto, su participación como voluntario en la extinción del incendio en Mount Vision y cómo esa experiencia había sido lo que le había conducido a ser más tarde el capitán de bomberos más joven del distrito.

Aurora sabía que muchos otros chicos habían trabajado como voluntarios en ese incendio y ningún otro había acabado siendo bombero. Algo más tenía que haberle empujado a tomar esa decisión, pero nunca había hablado de ello.

Sacó el cuaderno de dibujo y siguió trabajando en su boceto de Ícaro, quien según la leyenda se había entusiasmado tanto con lo de volar que hizo caso omiso de la advertencia de su padre y se acercó demasiado al sol, con lo cual sus alas se derritieron. Lo estaba dibujando un momento antes de que eso ocurriera, cuando todavía no tenía ni idea de que estaba a punto de precipitarse al océano, donde acabaría ahogado. Seguía deseando que recordase la advertencia de su padre en el último instante y que pudiera ponerse a salvo, pero los mitos son como son. Las cosas pasan como pasan y por mucho que se desee otra cosa es imposible cambiar nada.

En clase de Literatura estaban estudiando a los griegos y los arquetipos que se habían creado en la Mitología. Sabía perfectamente quién sería su padre. Cuando Aquiles nació, le profetizaron que sería un magnífico guerrero. Su madre, una diosa, sujetándolo por el talón lo sumergió en las aguas de la laguna Estigia para protegerlo de posibles heridas, con lo que el niño creció a salvo de todos los peligros, lo mismo que su padre en la Granja de Flores Bonner. Se esperaba mucho de él. Entonces no sabía que había una pequeña parcela de su cuerpo que no había sido sumergida en las aguas mágicas, y que por lo tanto era vulnerable. No se lo habían revelado porque si era consciente de que tenía un punto débil su valor quedaría minado y no le permitiría correr los riesgos que un guerrero tiene que correr.

El sentido último del mito era reconocer que todo el mundo es vulnerable a pesar de lo fuerte que pueda parecer. En el caso de su padre, Aurora sabía bien cuál era su talón de Aquiles: era ella. Nunca se lo había dicho, pero no hacía falta. En un pueblo como el suyo donde todo el mundo se conocía había oído distintas versiones de la historia. Su padre estaba preparado para ir a la universidad gracias a una beca, o bien ingresar en un equipo profesional de béisbol para hacerse rico y famoso y acabar casándose, quién sabe, con alguna actriz conocida o una rica heredera. Pero en lugar de eso había acabado con su madre y ella, un trabajo peligroso y muchas facturas por pagar.

En el primer curso de secundaria, Aurora había conocido a varios profesores y entrenadores que habían ayudado a su padre a conseguir la beca y que obviamente habían quedado desilusionados cuando vieron que no seguía la senda marcada.

—Se fue a México y volvió con una mujer y una hija —solían decir, casi como si Aurora y su madre fuesen baratijas para turistas o gatos perdidos.

—¿Cuál es la parte más dura de su trabajo? —peguntó Glynnis.

—Estar separado de mi hija —contestó sin dudar.

—Me refiero a cuando está apagando un incendio.

—Hemos tenido algunos incendios provocados este año, y eso a veces es bastante difícil de atacar.

Ella se echó hacia delante y lo miró a los ojos.

—¿Provocados?

—Sí. Deliberados. A veces para cobrar el seguro y otras solo por el placer de verlo arder.

—¿Quiere decir que alguien ha podido simplemente encender una cerilla y prenderle fuego a algo?

—A veces hay algún mecanismo retardante y otras un acelerante.

—¿Como por ejemplo?

—Un retardante puede ser algo tan simple como un cigarrillo encendido al que se le adosan unas cerillas. Cuando el cigarrillo se consume y llega hasta la cabeza de las cerillas, estas se prenden. Los acelerantes pueden ser gasolina, queroseno, disolventes comunes. También resinas y barnices marinos… que de eso hay mucho por aquí. Podemos detectarlos empleando perros adiestrados. En nuestro distrito tenemos a Rosie, una labradora que puede detectar un residuo que equivalga a una parte entre un billón. También utilizamos un detector de fotoionización —hizo una pausa para darle tiempo a que lo escribiera—. Es un monitor de amplio espectro. El investigador utiliza la sonda para estudiar los puntos en los que creemos que puede haber presencia de acelerantes.

Diez minutos después, había terminado la entrevista y media bolsa de Cheetos.

—¿Qué tal lo he hecho?

—Para saberlo tendremos que esperar a la nota —respondió Glynnis, cerrando el cuaderno—. Gracias, señor Bonner.

—De nada. Estaré en el garaje, Aurora.

Cuando se quedaron solas, Glynnis pasó la mano por la tapa de su cuaderno.

—Tu padre está como un queso.

—Ni se te ocurra ir por ahí —le advirtió Aurora. No era la primera vez que una de sus amigas se lo decía. ¿Su padre… como un queso? ¡Venga ya!

—Yo aún tengo que encontrar a quién entrevistar —dijo para cambiar de tema.

Edie hizo clic en un sitio web de tiras cómicas que Aurora no conocía.

—Mira aquí. Mi madre dice que la dibujante era alumna suya.

La madre de Edie era la responsable del departamento de

inglés del instituto, y su hija siempre era la primera en estar al corriente de los cotilleos.

Aurora sintió una punzada de envidia dirigida hacia Edie y hacia cualquiera que tuviese una madre con la que cotillear.

—Una dibujante —repitió Glynnis con un suspiro de aburrimiento—. ¿Qué tiene eso de especial?

—Nada, pero en un pueblo lleno de don nadies ella es casi alguien.

—Sarah Moon —dijo Aurora mientras leía la página. Había una artística foto en blanco y negro de una mujer, el rostro medio oculto en la sombra y un mechón de pelo claro oscureciendo sus facciones. La instantánea era frustrante y pretendía claramente ocultar sus facciones más que revelarlas.

—Apuesto a que está relacionada con el criadero de ostras.

Sus dibujos eran de trazo bien definido, y su personaje principal decía cosas como: *el chocolate, en mi mundo, es una verdura*.

Su tira se llamaba *Just Breathe*. En el episodio que aparecía en la página, el personaje principal se estaba haciendo un piercing en el ombligo.

Todo aquello despertó su interés. El señor Chopin, el profesor de Arte, decía que tenía auténtico talento para el dibujo. Podía ser interesante conocer a alguien que hubiera conseguido vivir del arte.

—«Sarah Moon nació en West Marin County, California» —leyó en voz alta—. «Se graduó en la Universidad de Chicago y ahora vive allí con su marido».

—¿Y cómo voy a poder entrevistarla? Dice que vive en Chicago.

—Según mi madre, ya no. Ahora vive aquí, y es cliente de tu tía, ¿sabes?

Su tía se dedicaba al Derecho de Familia, principalmente a los divorcios. Nunca jamás hablaba de sus casos, pero si una mujer la contrataba lo más probable era que fuera por un asunto de divorcio. No tenía que preguntar por qué Sarah Moon había vuelto a Glenmuir porque ya conocía la respuesta.

Una mujer se marchaba de su hogar cuando su matrimonio había terminado. Esa era la ley.

Cuando sus amigas se marcharon, Aurora encontró a su padre trabajando en su embarcación de vela ligera. Era el mismo barco que su tía Birdie y él habían utilizado en las regatas que se celebraban en al bahía cuando eran críos, así que constituía casi una herencia familiar. Tenía unos cuatro metros de eslora y su abuelo Angus lo había traído desde Cape Cod.

—¿Qué estás haciendo, papá?

No alzó la mirada, sino que siguió peleándose con una agarradera. El brillo del sol de la tarde que se colaba por el polvoriento cristal de la ventana le iluminaba la espalda. Recordaba bien cómo se había abrazado a él de pequeña subida a su espalda mientras él hacía sus series de dominadas. Era capaz de levantarla y bajarla como si su peso añadido no supusiera nada. Esperó a que hiciera una pausa, pero no parecía decidirse a hacerla y ella se sentía un poco sola.

—¿Papá?

—Estoy intentando reparar la botavara. En realidad habría que sustituirla, pero no creo que las hagan ya de madera de coníferas.

—Ah, ya. Y eso es muy importante —replicó ella, dando golpecitos impacientes con el pie en el suelo.

—Creía que querías ganar la próxima regata.

—No, tú quieres que la gane. De lo que yo quiero de verdad no tienes ni idea.

—¿Es algo en lo que yo te pueda ayudar? —preguntó, aún sin volverse.

—Pues sí. Acabo de darme cuenta de que me están sangrando los ojos.

—Um...

—Y que se me ha prendido el pelo.

—Ya.

—Y que estoy embarazada.

—Pásame esa agarradera, Aurora —le pidió, tendiendo la mano.

Aurora sopesó sus opciones. Podía utilizar su preocupación como excusa para enfadarse con él… otra vez, o podía pasar un rato más con su padre antes de que volviese a estar de guardia en un par de días.

—Por favor —dijo él.

Le entregó la herramienta y estuvo viéndole trabajar unos minutos.

—¿Cómo es que no has hablado de mi madre en la entrevista? —le preguntó, aunque estaba prácticamente convencida de conocer la respuesta.

—Porque se trataba de mi trabajo.

—Nunca hablas de mi madre.

—Porque no se ha mantenido en contacto con nosotros desde que se marchó a Las Vegas, ya lo sabes. Anda, acerca un taburete.

¿Valía la pena seguir insistiendo? Al final decidió dejar el tema y arrimar un taburete a la zona de trabajo. Las regatas eran una rancia tradición en la bahía y su padre le había enseñado a navegar en aquella pequeña embarcación con la que, según él, si aprendía a leer el viento y las aguas, podría ganar un día la carrera. Pero el barco estaba viejo y había que invertir muchas horas en él. Era la misma embarcación con la que había navegado su padre cuando tenía su edad, y había algo reconfortante en la sensación de continuidad que le proporcionaba. Se alegraba de haber seguido con ella. Olía a su padre, y eso siempre la hacía sentirse protegida y segura. Había un catálogo de repuestos y lo abrió para buscar lo que necesitaban.

—¿Y si reemplazaras la madera por fibra de carbono? —sugirió, mostrándole la página.

—¿Cómo es que eres tan lista?

—Porque me parezco a mi padre.

Will le alborotó el pelo y ella fingió que le molestaba, pero no era cierto. Cuando actuaba así, lo quería tanto que le daban ganas de llorar, lo cual era una estupidez porque querer a alguien debía hacerte feliz. O eso decían.

Se inclinó hacia él recordando lo bien que se había sentido cuando era una niña y la tomaba en brazos. A veces la ponía en horizontal y la subía y la bajaba como lo haría un practicante de halterofilia hasta que ella se moría de la risa.

Ahora era demasiado grande ya. Su padre le acarició la cabeza y se levantó.

—Vamos, enana, que necesito ir a por algunas cosas a la serrería y a la ferretería. ¿Te vienes?

Así se había criado ella: yendo con su padre a la serrería y a la ferretería. Mientras sus amigas se iban de compras con sus madres, su padre la enseñaba a batear o a cambiar el aceite de la camioneta. Sus intentos por hacer cosas de chicas resultaban siempre torpes, como pintarle las uñas o arreglarle el pelo, y resultaban forzados. Suspiró y echó a andar tras él.

Su padre entró en el pequeño cuarto que hacía las veces de trastero y lavandería a por su chaqueta. Tocó el pomo de la puerta y lo soltó bruscamente como si le hubiera quemado.

—Por Dios, Aurora, ¿cuántas veces tengo que decirte que no dejes tus cosas por ahí?

—Tranquilo, papá —contestó ella, quitando un sujetador rojo del pomo y moviéndolo delante de él—. Algunas de mis cosas son demasiado delicadas para meterlas en la secadora —dijo, y recogió algunas cosas que había puesto a secar.

—Sí, ya. Pues yo soy demasiado delicado para ir encontrándomelas por ahí, así que haz el favor de poner tu ropa interior a secar en otra parte. Mejor donde yo no pueda verla.

—Hay que ver… nunca he conocido a nadie al que le altere tanto la ropa limpia. Por lo menos me ocupo de lavarme mis cosas.

Él la miró frunciendo el ceño, pero tenía coloradas las mejillas.

—¿Vienes o no?

—Olvídalo —respondió, de nuevo de mal humor—. Me quedo en casa a doblar las bragas.

—No te enfades, Aurora.

—¿Por qué no? Tú lo estás conmigo.

La había avergonzado que la regañara en lugar de pretender simplemente no haberlo visto.

—Solo te pido un poco de discreción, eso es todo.

—¿Qué problema tienes? —le preguntó, aunque ya conocía la respuesta, y es que era incapaz de reconciliar la idea de su niña con la de una mujer con accesorios de mujer.

—Ninguno —respondió, metiendo un brazo en la chaqueta—. ¿No quieres venir a la serrería?

—No, gracias.

—No sé por qué demonios todo contigo tiene que acabar siendo una discusión.

—Yo no estoy discutiendo. Voy a ver la peli que hemos alquilado.

Le dio la impresión de que quería decirle algo más, y casi deseó que la obligase a acompañarlo, pero no fue así:

—Como quieras. No tardaré.

Aurora buscó la película: *El sueño de mi vida*. Qué apropiada. Metió el DVD en el reproductor y cuando salían en la pantalla los primeros créditos oyó el motor de la furgoneta toser. Tendría que haberse ido con él. No era que acercarse a la ferretería o a la serrería con su padre fuese precisamente diversión para el viernes por la noche, pero al menos era algo. Siempre se estaba quejando de que su padre la ignoraba o que no contaba con ella, y cuando lo hacía acababa haciendo que se enfadara.

Miró el teléfono. A lo mejor podía invitar a alguna amiga a ver la peli. Aparte de Glynnis y Edie, su única amiga era Janie Cameron, pero no estaba en casa. Para envidia del resto de sus compañeras tenía novio. Iban juntos al cine y salían de la mano por el patio del instituto, y siempre daban la impresión de compartir un secreto que solo ellos dos conocían.

Su padre había decretado la prohibición de tener novio

hasta los dieciséis. Aparentemente ella se había enfadado muchísimo con la prohibición, pero en el fondo era un alivio. No sabría como actuar con un novio.

Ni siquiera con Zane Parker, pensó imaginándose al chico más guapo de Glenmuir.

Lo que sí le gustaría saber era qué tenían algunas chicas que las hacía tan atractivas. Mandy Jacobson, la chica más popular del instituto, era a quien ella deseaba tener por amiga. Vivía en una de las casas más bonitas del pueblo y pasaba los días como si fuera una pompa de jabón flotando en la brisa. Hacía que la vida pareciera divertida y sencilla. Pero por desgracia no había conseguido encajar en su círculo de amigas. Lo más cerca que había estado era cuando le prestó los deberes a ella y a sus acólitas, Carson y Deb. No estaba bien permitir que los copiaran y lo sabía, pero tampoco estaba bien sentirse sola tanto tiempo. Recordaba haber oído decir a su madre que se sobrevive usando lo que se tiene. En el caso de su madre, seguro que no había sido precisamente su capacidad para el estudio, pero eso era lo que ella tenía. Sus calificaciones no solían bajar del diez. Sacar buenas notas era un juego de niños comparado con lo verdaderamente difícil, que era comprender por qué tu vida era una mierda.

Incómoda con aquel descontento que no conseguía identificar, tomó el mando a distancia y buscó en el menú. El cursor parecía atascado en la opción en español, así que presionó Enter y la película comenzó con una escena de chicos en un colegio charlando en un castellano veloz.

Aurora entendía cada sílaba y cada inflexión. El castellano era su lengua materna, la única que había conocido hasta trasladarse al norte. Fuera de Glenmuir casi nadie sabía que era bilingüe y ella no publicitaba esa habilidad. Era una de las cosas que la hacía distinta a los demás, y de eso ya tenía demasiado.

Cambió el idioma y los actores comenzaron a hablar en inglés. Al menos sus movimientos de labios casaban con lo que decían, pero no conseguía concentrarse en la película. Al rato decidió apagarla y salió al porche, abriéndose paso entre accesorios de deportes y bicis. Su abuela y la tía Birdie siempre andaban trayéndoles plantas, alfombras y cosas así para darle un toque a la casa, pero ese toque nunca conseguía arraigar. Las plantas acababan muriendo de desidia, las alfombras acababan guardadas en cualquier armario y los accesorios deportivos volvían a adueñarse de todo. Se podría colgar un cartel que dijera EN ESTA CASA NO VIVE NINGUNA MUJER.

Con las manos metidas en los bolsillos traseros del pantalón comenzó a pasearse por el porche. Había sido una estupidez no irse con su padre, porque, a pesar de que su situación familiar fuese rara, no podía imaginarse la vida de otro modo. Su padre y ella eran un equipo. Inseparables. Estar sin él sería como estar sin aire para respirar.

La culpa la empujó a ocuparse de la ropa limpia, y metió en el cesto también sus braguitas y sujetadores de encaje. Fingía no comprender por qué le molestaba tanto verlas colgadas por allí, pero no era cierto. Entendía que a su padre no le gustara que le recordara que estaba creciendo. Las cosas eran mucho más sencillas cuando era una niña.

¿Por qué se empeñaba en hacerle enfadar cuando lo quería tanto?

Porque cada vez que sentía que se estaban separando le entraba un ataque de pánico.

No podía permitirse perderle también a él.

CAPÍTULO 12

Sarah sentía que el colchón se iba adaptando a la forma de su cuerpo a medida que pasaba el tiempo y seguía tumbada en él intentando perder la cuenta de las horas y de los días. Ojalá hubiese un modo de ignorar el ciclo de la luz y la oscuridad que marcaba el paso del tiempo. También le gustaría saber qué iba a hacer consigo misma.

Nunca se había imaginado que iba a tener que empezar su vida otra vez desde cero; por primera vez dónde fuera o qué hiciera dependía íntegramente de ella. Desde que acabó el instituto, su ruta había quedado trazada al ingresar en la Universidad de Chicago y después su vida había encajado en la de Jack. No había pasado por el proceso de la toma de decisiones, sino que se había limitado a seguir a otros.

Había sido una excelente seguidora, pero ahora que había dejado a Jack no había nadie que abriera la marcha, lo cual le parecía aterrador. A lo mejor debería haberse quedado y luchar por él. La infidelidad era algo a lo que un matrimonio podía sobrevivir, o eso decían todos los expertos. Jack decía querer otra oportunidad, aunque sospechaba que su marcha atrás se debía al consejo de su abogado.

Contempló el techo de su habitación, un recinto que había acabado conociendo como la palma de su mano. Claraboyas, asientos junto a la ventana y cojines. Cortinas de encaje que su madre había colgado antes de que naciera ella. Era fácil imaginársela con el vientre redondeado por el embarazo pasando las anillas del visillo por la barra y estirándolo después. Se la imaginó descansando un momento en el asiento bajo la ventana, contemplando el agua mientras se acariciaba la tripa y pensaba en el bebé.

Las paredes de la alcoba semejaban brazos protectores, construidas a la vieja usanza con ladrillo y cemento, el acabado a mano y la pintura en un delicado azul. Era una lástima que algunas grietas dejaran constancia de que hacían falta reparaciones.

Podía dedicarse a ello. Se le daría bien.

Se imaginó a sí misma mezclando el yeso y el agua para crear una pasta que extendería con mano experta sobre la desconchada superficie. Cubriría todas las imperfecciones con una piel nueva y nadie sabría lo que había debajo.

Llamaron suavemente a la puerta.

—¿Sarah?

Respiró hondo.

—¿Qué pasa, abuela?

—Tu tía y yo venimos a ver cómo estás.

Sin esperar a ser invitadas, ya que Sarah no las habría animado a entrar, la abuela abrió la puerta y entró con una caja de cartón en las manos. La tía May la acompañaba con un jarrón de flores frescas.

—Hola —saludó Sarah haciendo un ímprobo esfuerzo para sentarse en la cama. Las hermanas eran tan delicadas y coloristas como los ramos que con tan buena mano confeccionaban. La abuela llevaba una túnica con un estampado tribal, un atuendo que encajaba a duras penas con su cabello blanco. May, mucho más convencional, llevaba un vestido amarillo y se envolvía los hombros con un chal de ganchillo. A pesar de tener gustos radicalmente distintos en ropa, ambas llevaban unos zapatos completamente fuera de lo normal y Sarah no pudo evitar quedarse mirándolos.

—¿Te gustan? —le preguntó su abuela moviendo el pie para un lado y para otro para que pudiera verlos bien.

—Los hace tu abuela —añadió tía May—, así que la única respuesta posible es que sí.

—Me encantan.

Se trataba de unas bambas pintadas a mano, las de May decoradas con girasoles y las de su abuela con la flor de la glicinia. Pero no se trataban de unas bambas con manchas de color, sino de verdaderas obras de arte, las flores tan detalladas y hermosas como solo podría haberlas pintado un maestro de las naturalezas muertas.

—Has heredado tu talento para el arte de mí —dijo la abuela al tiempo que le dejaba la caja sobre las piernas—. Estas son para ti.

—Le pedimos a tu padre que nos trajera un par de zapatos tuyos para saber tu número —explicó May.

Sarah abrió la caja y se encontró un par de bambas maravillosamente decoradas con prímulas multicolores.

—Qué preciosidad. ¿Sabías que las prímulas son mis flores favoritas?

La abuela asintió.

—Lo recuerdo. Cuando eras niña, solías decir que te gustaban porque se parecen a los lacasitos, que vienen en todos los colores.

Sarah las apretó contra su pecho.

—Son demasiado bonitas para ponérselas. Las debería meter en una vitrina para que se vean.

—Cada vez que te las pongas, se verán, querida.

—No puedo con vosotras —respondió moviendo la cabeza—. ¿Cómo voy a competir con vuestras tácticas?

—Ya sabes cómo somos los mayores.

La tía May le dio unas palmadas en el brazo.

—Es un regalo simbólico. Son para que puedas volver a ponerte en pie.

Sarah se hundió contra las almohadas.

—No me puedo creer que seáis tan...

—¿Manipuladoras? —sugirió May.

—Usamos cuanto tenemos a nuestro alcance.

—Y es todo un arsenal —advirtió May.

Las dos ancianas intercambiaron una mirada cargada de preocupación.

—¿Qué estás haciendo, Sarah?

—Pues la verdad, estaba contemplando la posibilidad de empezar a trabajar en otro campo. ¿Os parece que tiene futuro dedicarme al yeso?

—No digas tonterías.

Tía May dejó el jarrón sobre la cómoda y arregló otro poco las flores. Era una de esas mujeres con toque mágico. Unos movimientos de sus manos y el ramo parecía un jardín inglés en miniatura.

—¿Qué tiene de tontería dedicarse a enyesar?

—Pues que eres una artista, y no una artesana. Hay una diferencia.

Las dos se sentaron sobre la cama, cada una a un lado. Sarah pensó que componían una hermosa imagen, iluminadas por el suave resplandor que entraba por la ventana filtrado por las cortinas de encaje. Verlas juntas le hizo desear tener una hermana, o incluso una amiga del alma.

—A lo mejor ya no quiero ser una artista.

—¿Por qué dices eso? —preguntó su abuela horrorizada.

—Es demasiado difícil ganarse la vida con ello. Y es demasiado fácil que te partan el corazón.

—Por Dios, hija, si tienes miedo a que te rompan el corazón, entonces tienes miedo de la vida en sí.

—Ya me preocuparé por mi corazón más adelante. Por ahora necesito encontrar un trabajo estable y dejar de soñar con ganarme la vida como artista.

—Estás hablando como otra persona. No pareces la Sarah que conocemos.

—La Sarah que conocíais ha desaparecido, engañada por su marido y despedida del periódico más importante.

—Querida... ¿cómo es eso?

—Mi tira ha sido retirada del *Tribune*. En este momento, trabajar en el criadero de ostras no me parece tan mala idea.

—Siempre has detestado trabajar en el criadero —puntualizó su abuela—, y no me digas otra cosa. Y sentimos mucho lo del *Tribune*, pero hay otros miles de periódicos y no tienes que rendirte. Has sufrido una gran pérdida, la más grande quizás a la que puede enfrentarse una mujer. Tu marido te ha sido infiel y con ello te ha arrebatado la capacidad de confiar y la sensación de seguridad, pero no permitas que te arrebate también tus sueños.

La tía May asintió.

—Sabemos que es arriesgado...

Sarah tiró de una bolita que se había hecho en el edredón.

—Para correr riesgos emocionales se requiere una clase de valor muy especial —añadió su abuela.

No pudo evitarlo y se echó a reír. Era la primera vez que lo hacía de verdad desde que dejara a Jack, y se sintió bien, tan bien que cuando dejó de reír quedó agotada.

—Esa soy yo —dijo—. Sarah Moon la Valiente —se secó los ojos con el borde de la sábana—. Me divierto mucho con vosotras, de verdad.

Ellas no respondieron.

—¿Sabéis que hace diez días que no me lavo el pelo?

—Fascinante.

—Estoy dejando que mi grasa natural repare el daño.

—Muy lista —intervino tía May.

—No me vendría mal un poco de compasión. ¿Qué me decís?

—Pues que no necesitas compasión —espetó su abuela—. Lo que necesitas es tener una vida.

—¿Para qué? ¿Para poder fastidiarlo todo otra vez?

—Bueno... si esa es tu actitud, estás condenada.

—Incluso los condenados necesitan compasión. Se supone que debéis decirme que me queréis y que queréis que encuentre un modo nuevo de ser feliz. Y que como las dos habéis pasado por vuestras cosas en la vida, sabéis cómo me siento.

Las hermanas se miraron.

—Qué chica tan lista —murmuró tía May.

—Eso lo hemos sabido siempre.

—No me estáis ayudando —protestó Sarah.

—Hablar de los problemas con personas que te quieren siempre ayuda.

Sarah suspiró y se cruzó de brazos.

—Me rindo. ¿Qué queréis de mí?

—Queremos que empieces por levantarte de la cama. Hace días que no sales de esta habitación y eso es malsano.

—No me importa.

—Tonterías. Por supuesto que te importa.

«Dios mío», pensó. «Son como las chicas de *Arsénico por compasión*. Chifladas pero convencidas de tener todas las respuestas».

—Eres muy joven aún, y tienes mucho por delante. Queremos que salgas y que abraces la vida, Sarah, y no que te escondas y duermas.

—Y además creemos que tú también lo quieres —dijo su tía abuela, y sacó de su bolsito de ganchillo una llave que dejó sobre la mesilla. La cadenita que colgaba de ella llevaba la imagen de un personaje de *Lilo y Stich*. A ella siempre le había gustado ese personaje en particular porque vivía cantando frente a los problemas.

—¿Qué es eso? —preguntó.

—Las llaves de May's Cottage —explicó—. Te la voy a alquilar. El primer año, gratis.

La casita de la playa llevaba en la familia Carter casi un siglo. Elijah Carter, que había hecho una modesta fortuna pescando en las ricas aguas de la bahía y el mar abierto de la zona la había construido para su esposa, recién llegada de Escocia.

—El contrato está en la casa —continuó tía May—, sobre la mesa de la cocina. Te cobro un dólar por el primer año de alquiler para que sea oficial. Solo tienes que firmarlo y devolvérmelo.

—No entiendo. ¿Por qué haces esto?

—Como ya te hemos dicho, es para que vuelvas a ponerte en pie —explicó la abuela con exagerada paciencia.

—Necesitas tener un sitio para ti —añadió tía May.

—Creemos que es mejor.

—Además está cerca del pueblo y tiene Internet de alta velocidad.

—Estás de broma.

—No. La gente a la que se la había alquilado me pidió una conexión de banda ancha muchas veces y al final hice que la instalaran.

Cualquiera diría que tía May sabía de lo que hablaba.

—No puedo vivir allí. Para vosotros es una importante fuente de ingresos.

Con su mobiliario vintage y su esmerada decoración, alquilaban la casita a turistas acomodados por quinientos dólares la noche en temporada alta, y los habitantes de San Francisco hacían fila para disfrutar de ella.

—No necesito ese dinero, te lo aseguro —contestó su tía abuela—. Y llevo un tiempo pensando en tener un inquilino fijo.

Desde luego la casa era el sueño de cualquier artista. Tranquila e íntima, con una vista espectacular de la bahía de Tomales, y al mismo tiempo cerca del pueblo. Y con banda ancha.

—No sé qué decir...

—Con que digas gracias, basta.

Sarah se tumbó de lado y contempló la llave. Por un lado quería aprovechar aquella oportunidad antes de que desapareciera, pero por otra se encogía ante la idea de tener un sitio solo para ella.

—No puedo vivir allí —susurró.

—Claro que puedes —replicó tía May—. Es perfecta para ti.

—Pero yo no quiero algo perfecto, sino... normal. Al menos, si me quedo aquí, en mi cama, en casa de mi padre, puedo mantener la ilusión de que es una situación temporal, que una mañana me despertaré y habré recuperado el buen juicio y reclamaré mi vida.

—¿Es eso lo que quieres? —preguntó su abuela.

—Intento convencerme de que debo perdonar a Jack. Es lo que él quiere: que nos reconciliemos.

—No es eso lo que te he preguntado yo. ¿Es lo que tú quieres?

Sarah tiró del edredón hasta que quedó formando una tienda de campaña sobre sus rodillas flexionadas. Jack había olvidado convenientemente que había sido él el primero en decir que quería divorciarse. Había pronunciado esas palabras antes de que la idea se le pasara a ella tan siquiera por la imaginación, y ahora pretendía dar marcha atrás.

Sin embargo oírle pronunciarlas había desencadenado algo en su interior, un descontento íntimo y oculto, y ahora no había modo de hacer que volviera a su escondite. Jack había expresado algo que ella quería antes de que ella supiera siquiera que lo quería.

—Echo de menos sentirme enamorada —les confesó a las dos. Echaba de menos el calor que le abrigaba el corazón al sentirse parte de una pareja. Añoraba poder acurrucarse junto a él, sentir sus brazos, oler su aroma.

Pero a pesar de echar todas esas cosas terriblemente en falta, no era capaz de convencerse a sí misma de volver a quererlo.

¿Podía asfixiarse el amor en un segundo? ¿Podía ser que muriera como una persona que recibe un balazo en el corazón? ¿Como un vaso sanguíneo que se rompe en el cerebro de alguien en el momento en que está doblando el mantel?

El fallecimiento de su matrimonio no había sido tan instantáneo, reconoció. Una de las verdades más duras de aceptar era que su matrimonio había estado recibiendo respiración artificial mucho antes de descubrirse la traición. Encontrarle desnudo —y empalmado— con Mimi no había sido más que una formalidad.

—Ha sido muy fácil dejar de sentir algo por él. Ha sido como accionar un interruptor, y eso me hace preguntarme si sabré mantener una relación.

—Por supuesto que sí —le aseguró su abuela—. Fíjate en todo lo que has hecho por él: has vivido en Chicago cuando tú deseabas quedarte junto al mar, lejos del viento y de la nieve.

—Llevar la ropa adecuada puede hacer que cualquier clima sea soportable.

—Estuviste firme a su lado durante toda la enfermedad. Lo hacías todo.

—Eso era devoción, distinto del amor que sentía por él al principio. Más profundo y más personal, pero no apasionado.

Esa pasión, eso que sentía en el corazón y que con cada latido le confirmaba que él era el único, nunca volvió a sentirlo tras el tratamiento del cáncer. Cada uno había continuado con su vida en distintas direcciones, buscando algo que reemplazase a la pasión perdida. Ella, en una clínica de fertilidad; él, en los brazos de otra mujer.

—Ya basta de miserias —declaró su abuela, sacudiéndose las manos como si acabase de tocar algo polvoriento—. Es hora de pasar página.

—Estamos hablando de mi matrimonio, de mi vida, y no de miserias.

—Ya lo sabemos, pero no queremos que te conviertas en una amargada, en una de esas divorciadas insufribles.

—De acuerdo, y entonces, ¿en qué queréis que me convierta?

—En una mujer divorciada, pero feliz, serena y productiva.

—Genial. Me pongo a ello ahora mismo.

—Que sale con hombres —añadió tía May.

Sarah volvió a tumbarse en la cama y se tapó la cabeza con la almohada.

—No puedo creerlo.

Sintió que le palmeaban la pierna y permaneció sin moverse hasta que se convenció de que se habían marchado. A continuación, como un soldado en territorio enemigo que sale de un túnel, apartó la almohada para ver si no había moros en la costa. Se habían marchado, pero dejando las cortinas abiertas para que entrase el sol. Un rayo de sol caía en diagonal sobre la cama y rozaba la mesilla de noche de mimbre blanco haciendo brillar la llave de la casa de tía May.

Respiró hondo y de pronto sintió un hambre canina. Se levantó y un mareo la obligó a sujetarse.

—Vaya —murmuró—. Tengo que comer más o dormir menos.

¿En qué estarían pensando las abuelas? Era demasiado pronto para tomar una decisión así. Tomó la cadena de Lilo en la mano y miró la llave dorada: en ella se leía *No duplicar*.

CAPÍTULO 13

—Algo está pasando en la casa de May Carter —comentó Gloria cuando Will y ella volvían a Glenmuir desde Petaluma.

Gloria levantó el pie del acelerador y pasó más despacio junto a la casa. A la luz escasa del atardecer, la histórica construcción parecía la ilustración de un cuento o de un folleto turístico. Rodeada por una vallita cubierta de musgo y con el jardín repleto de flores, tenía el encanto que había hecho de ella la propiedad más cotizada de cuantas casas se alquilaban junto a la playa.

En la parte delantera colgaba una placa oval marcada por el paso del tiempo que se balanceaba suavemente con la brisa. MAY'S COTTAGE, decía. CONSTRUIDA HACIA 1912. ALQUILER SEMANAL.

—Yo diría que se la han vuelto a alquilar a algún turista.

—El coche pertenece a la hija de Nathaniel Moon. Es el único Mini azul que hay por aquí.

—Convocaré una rueda de prensa.

—Muy gracioso. Me han dicho que está soltera.

—Y a mí que está casada.

—No por mucho tiempo.

Will casi sintió lástima por Sarah Moon. El problema de vivir en un pueblo como aquel en el que nada ocurría nunca era que todo el mundo llevaba la cuenta de los asuntos de los demás. Los secretos tenían una vida breve en Glenmuir.

Aunque a veces había excepciones. Hojeó el informe que le había dado el investigador de incendios provocados con el que se había reunido aquella tarde. Le había dado una copia en papel y otra en un soporte digital, y en ellas se recogía información sobre dos incidentes independientes que habían tenido lugar en meses sucesivos. No obstante y, a pesar de las pruebas, faltaba algo en ambos informes: el rastro de un sospechoso.

Gloria seguía con la mirada puesta en la carretera, aunque en sus labios se dibujaba una sonrisa.

—¿No estabais Sarah y tú en el mismo curso en el colegio?

—Creo que sí —contestó, pero sabiendo dónde se dirigía la conversación, añadió—, pero apenas la recuerdo. ¿Y?

—Y nada. Solo un comentario. Ella está soltera, tú estás soltero…

—Cállate, Gloria.

—¡Venga, hombre! Eres el soltero más codiciado del pueblo y las mujeres disponibles no crecen en los árboles por aquí.

—A lo mejor por eso me gusta este pueblo.

—Tonterías. Te conozco, Will. Quieres encontrar a alguien. Hace ya cinco años que Marisol se marchó.

—Déjalo ya.

Intentó no pensar en la las noches solitarias que había pasado deseando poder abrazar a alguien.

—Lo que te estoy diciendo es que la naturaleza aborrece el vacío. Emparejarte con alguien lleva tiempo siendo el pasatiempo favorito de por aquí.

—Genial. Pues hazme el favor de borrarme de tu lista si no te importa. Búscate a otro soltero al que liar.

—¿A quién?

Se quedó pensándolo un instante.

—A Darryl Kilmer.

—¡Venga, hombre! Pero si ni siquiera tiene…

—¿El qué? —preguntó exasperado.

—A ver… —aparcó—. ¿Cómo te lo digo? ¡Pues que ya no tiene ni dientes!

—Muy graciosa, Gloria. Pero no sé por qué la gente se empeña en buscarme pareja.

Paró el motor y lo sujetó por un brazo para que no se bajara a toda prisa.

—Porque la gente quiere lo mejor para ti, Will. Eres uno de esos tipos leales y chapados a la antigua que ya no abundan, al menos en la vida real. Eres un buen hombre con un corazón lleno de amor, y no me parece bien que estés solo y que Aurora no tenga madre.

—Qué barbaridad... ahora con quien voy a querer casarme es contigo —se inclinó y la besó en la mejilla—. ¿Qué me dices? Podríamos estar fuera del estado al atardecer. Mejor aún: mi tío puede llevarnos a Las Vegas en una hora.

Para sorpresa de Will, Gloria se apartó de la frente un mechón humedecido por el calor.

Se quedó demasiado sorprendido para moverse, incapaz de hacer cualquier otra cosa que no fuera mirarla. Tragó saliva, carraspeó y por fin recuperó la capacidad de hablar.

—¿Gloria?

—Me partes el corazón, Will —susurró ella—. Siempre lo has hecho.

—No sé de qué me estás hablando. Yo nunca...

—No es culpa tuya. No puedes dejar de ser quien eres del mismo modo que yo tampoco.

Will frunció el ceño.

—¿Por qué eres tan amable conmigo?

—Siempre lo he sido. Y todo el mundo que te conoce quiere verte feliz. Ruby y yo hemos estado hablando de ello, de lo que necesitarías para ser feliz.

—¿Que me dejarais mirar?

—Eres un pervertido —le reprendió de buen humor—. Eso me enseñará a no ponerme sentimental contigo.

Bajó de la camioneta y Will le habló a través de la ventanilla.

—¿Y qué pasa conmigo, Gloria? ¿Qué hago con el corazón lleno de amor?

Ella se volvió.

—Pues búscate a quien dárselo. Es un consejo de amiga.

Haciendo equilibrios con dos bolsas de compra del supermercado, Sarah abrió la puerta con la cadera y se dirigió a la encimera de la cocina. Con eficiencia mecánica lo colocó todo: leche, plátanos, bollos rellenos para el desayuno, platos congelados, un paquete de pilas para la alarma contra incendios. Le había prometido a tía May que iba a ponerlas nuevas después de que el periódico local hubiese hablado de un pirómano. Lo más probable era que se tratase de unos vándalos haciendo barrabasadas, pero mejor prevenir.

También se había comprado un ramo de flores frescas: bocas de dragón, prímulas, campanillas de Irlanda. Al sacarlas de su envoltorio de celofán, reconoció la pequeña etiqueta dorada: *Granja de Flores Bonner*.

Los padres de Birdie. Los padres de Birdie y Will.

Aparte de mencionar que tenía una hija, Birdie no había dicho nada más sobre su hermano y ella daba por sentado que estaría casado con alguien fabuloso y que se había marchado tiempo atrás de Glenmuir persiguiendo sueños de gloria. Se lo imaginaba viviendo en una de esos enclaves para gente de pasta que atraían a atletas profesionales y sus juguetitos, como yates, motos y avionetas.

Arregló las flores en el jarrón y lo colocó en el centro de la mesa de la cocina para admirar cómo la luz que entraba por la ventana hacía relucir las flores en una especie de halo de color.

Esperaba estar haciendo lo correcto al aceptar el ofrecimiento de la tía May. En términos prácticos resultaba ideal: la casa estaba perfectamente acondicionada, con muebles pensados para durar y al mismo tiempo acogedores y un buen surtido de utensilios de cocina. Había dispuesto su mesa de dibujo y el ordenador en el dormitorio más pequeño, y de momento estaba consiguiendo no retrasarse en las fechas de entrega, aunque a duras penas. Si iba a tener que ganarse la vida por su cuenta, tendría que entregarle su tira a alguna distribuidora. Firmar un contrato de distribución sería quizás lo más inteligente en aquel momento.

Pero ser práctica nunca había sido su fuerte, y seguía adelante sin ser capaz de tomar una decisión. Se sentía constantemente inquieta y asustada, distraída en mil direcciones y en ninguna. Por primera vez en su vida dependía única y exclusivamente de sí misma y eso la intimidaba enormemente, ya que el espectro del fracaso parecía más amenazador que nunca.

Exasperada consigo misma, se acercó a una estantería que había bajo la ventana y tomó el volumen más reciente de los libros de visita. Se trataba de un enorme libro encuadernado a mano en el que los inquilinos habían ido dejando sus opiniones.

Hemos disfrutado de una fabulosa estancia para celebrar nuestro vigésimo quinto aniversario de boda, decía una de ellas escrita en letra grande y florida, y la firmaban Dan y Linda Davis.

La familia Norwood, de Trucktree, declaraban haber tenido unas inolvidables vacaciones en familia.

Esta clase de lugar es el que queremos que experimenten nuestros hijos para que puedan descubrir la belleza de la naturaleza en estado puro, declaraba Ron van der Veen de Seattle, Washington.

Sarah fue hojeando las páginas, viendo rudimentarios bocetos y caras sonrientes, declaraciones efusivas acabadas en múltiples exclamaciones.

—¿Pero qué os pasa a todos? —preguntó en voz alta—. ¿Es que nadie lo ha pasado mal? ¿Nunca habéis tenido días y días de niebla, o nunca os habéis quemado con el sol, os han picado las avispas u os han rozado las ortigas? ¡Venga ya! ¿Y una pelea? Una de esas broncas domésticas que a lo mejor acaban con una visita de la policía...

Movió la cabeza y alteró la voz para redactar una imaginaria entrada que sonase como el anuncio de una cámara de comercio.

—Comida, diversión, amigos y familia... no puede encontrar nada mejor.

—Me habría gustado leer un comentario real —dijo un momento después—, como por ejemplo algún tío que diga que este es el lugar perfecto para venir con su amante sin correr el riesgo de que su esposa los pille. O alguna mujer que admita que el sexo ha sido terrible —sacó un lápiz de dibujo y empezó a garabatear en una página en blanco—. Mejor esperar sentada.

Las vacaciones eran un momento para renovarse y sanar. Cuando los tratamientos de Jack terminaron, habían hecho un viaje que se suponía que debía refrescarlos y prepararlos para un futuro brillante. Se habían alojado en un hotel histórico y exclusivo, el Inn en Willow Lake, en una ciudad llamada Avalon, al norte de Nueva York. Habían elegido aquel lugar basándole en el hecho de que su periódico local de reducida tirada publicaba su tira. Había encontrado la posada en Internet. En el viaje se suponía que iban a alejarse de todo, pero Jack había estado constantemente conectado al móvil y la BlackBerry. Habían hecho el amor, y ella se había atrevido a esperar que se hubiera quedado embarazada, pero en realidad habían vuelto a Chicago con una vaga e inquietante distancia entre los dos. Jack se había zambullido en su trabajo de Shamrock Downs. Y en los brazos de Mimi Lightfoot.

Bajó la mirada y se encontró con que el garabato se había definido mostrando a Shirl de camino a casa con un pez dorado de aspecto aburrido metido en una bolsa de plástico transparente.

—¿Tienes uno de esos días grises? —preguntó el pez.

—Tengo una de esas vidas grises —le respondió Shirl.

—Y yo tengo demasiado tiempo en mis manos —añadió Sarah cerrando el libro y volviéndose de nuevo a la compra. Frunció el ceño al ver lo que quedaba en el fondo de la bolsa—. No me puedo creer lo que he comprado. Ni siquiera recuerdo cuándo lo he metido en el carro.

En algún momento y sin pensar, había comprado las golosinas preferidas de Jack: una lata de arenques ahumados King Olaf y una caja de galletitas saladas Ritz.

—No quiero ni pensar por qué habré hecho algo así —murmuró mientras lo llevaba todo a la basura, pero de pronto le pareció que no era lo bastante lejos, así que salió a la playa y pasando por encima de las hierbas que cubrían las dunas llenó a la orilla. Una tormenta había dejado unos cuantos troncos en la arena y allí utilizó la llave para quitarle la tapa a la lata de los arenques. Solo el olor estuvo a punto de tumbarla. Desde que se había trasladado a vivir en la casita parecía haber desarrollado una sensibilidad especial a los olores, con lo que aquella peste a pescado aceitoso le puso el estómago patas arriba.

Y pensar que a Jack le gustaba picotear aquello mientras veía la tele…

Vació la lata y la caja de galletitas saladas en la playa y se retiró unos pasos para poder ver el espectáculo. En cuestión de segundos llegaron las gaviotas describiendo círculos y aullando, peleándose por el festín. Tardaron un momento en devorar el pescado y engullir las galletitas, a veces allí mismo y otras llevándose pequeños trozos quién sabía adónde.

Experimentó una extraña emoción al observar aquel frenesí que terminó en cuestión de minutos y no dejó tras de sí ni una miga.

Estaba recogiendo la lata y la caja vacías cuando sintió una mirada clavada en ella.

—Vaya. Tú otra vez.

Era el perro abandonado que había visto aquel primer día en Glenmuir y muchas más veces después. El perro seguía acercándose, demasiado asustado para llegar a su lado, pero siempre mirándola. Pensó en el perro como en el león de la fábula de Andrócles y el león, y empezó a dejar un cuenco con agua y las sobras de la cocina en la puerta trasera de la casa. No vio al perro allí nunca, pero el agua y la comida desaparecían sin que ella se diera cuenta. El chucho era un alma perdida vagando sin rumbo, como buscando un lugar en el que descansar.

El animal y ella habían estado interpretando aquella danza de la confianza como tímidos adolescentes en un baile. Se acercaban para retirarse después, incapaces los dos de relajarse en presencia del otro, pero unidos por alguna clase de afinidad.

Sarah se había quejado a su padre, a su abuela y a su tía abuela, incluso a Birdie del animal. Le aterraba la posibilidad de que un coche acabase atropellándolo. Glenmuir no tenía departamento de control animal, pero había un refugio canino en la carretera 62. El problema era que aquel animal era demasiado listo para refugios. Sabía desaparecer en cuanto alguien iba en su busca. La única vez en que un voluntario consiguió llevarlo al refugio, el animal se escapó y corrió casi ocho kilómetros para volver al pueblo.

—No me digas —le dijo—. Tú también tienes hambre, ¿no? Pues podías habérmelo dicho antes.

Exasperada consiguió sacar una última galletita que se había quedado pegada en el fondo de la caja y se la ofreció. Como era de esperar el animal la miró con deseo, pero se negó a tomarla de su mano. Alargaba el cuello, dilataba los orificios de la nariz mirando fijamente la galleta como si pretendiera hipnotizarla para que volara de su mano a su boca.

Sarah dio un paso y el chucho retrocedió.

—¿No te parece que ya me han rechazado lo suficiente? —protestó con impaciencia.

El animal gimió y se lamió el hocico, pero parecía dispuesto a salir huyendo en cualquier momento.

Sarah lo miró a los ojos. Tenía pestañas. No sabía que los perros las tuvieran.

—Vamos, chuchote. Tú quieres la galletita, y yo nunca te haría daño.

El animal seguía estirando el cuello y olfateando la galleta, temblando de deseo. «Más cerca», le decía en silencio Sarah. «Vamos, chico. Más cerca». Se agachó un poco más para intentar hacerse su amiga, pero el perrillo dio un salto hacia atrás con el rabo entre las patas.

—Como quieras. Si prefieres morirte de hambre, allá tú.

Dejó caer la galleta y se volvió a casa. Cuando estaba ya en el porche trasero vio que el animal se había comido la galleta y la miraba sentado y atento moviendo la cola.

El chucho era una monada, con su carita medio blanca y medio negra y unos ojos que Sarah solo podía describir como de mirada inteligente.

Llenó de nuevo el cuenco con agua, lo dejó en el suelo y entró decidida a no preocuparse por si el perro se quedaba o decidía marcharse. Además, estaba desesperada por lavarse las manos y quitarse la peste de los arenques.

CAPÍTULO 14

—Estamos empezando a quedar como unos idiotas de tomo y lomo —admitió Will mientras recorrían el exterior del cobertizo del colegio. Otro fuego había surgido en su turno, y una vez sofocado estaban revisando los restos.

—Podría ser que lo seamos —explicó Gloria—. Alguien está provocando incendios delante de nuestras narices y no logramos detenerlo.

Frustrada le dio un golpe con la punta de la bota a una lata de disolvente de pintura. Una vez más habían tenido suerte de que nadie hubiera resultado herido. Solo había daños materiales. Pero Will no quería contar solo con la suerte para proteger a las personas. Quería atrapar a aquel canalla.

—¿Hasta qué punto podemos estar seguros de que se trata del mismo pirómano?

—No podemos estarlo, pero tengo esa intuición. Desde luego no hay pruebas, ya que los fuegos se han iniciado en días distintos, a horas distintas y por todo el condado. Los intervalos entre los ataques tampoco parecen seguir un patrón, y los acelerantes varían de una vez a otra. ¿Cómo demonios va a conseguir el investigador crear un perfil del pirómano así?

—No es nuestro problema.

—Sí que lo es, porque está ocurriendo aquí. En un pueblo

tan pequeño como el nuestro, no puedes estornudar sin que todo el mundo se entere. ¿Cómo se las está arreglando para que no lo pillemos?

Conocía casos de pirómanos que actuaban durante cinco, seis incluso diez años sin que se consiguiera detenerlos.

—Estamos pasando algo por alto.

—No me digas...

Will estudió el expediente por enésima vez. Las técnicas de investigación en el caso de los pirómanos eran muy sofisticadas, pero el departamento no andaba bien de dinero, de modo que mientras el fuego provocase daños menores, el caso no sería prioritario para ellos. Releyó las fechas, las horas y los detalles hasta que le escocieron los ojos. Seguía pensando que debía haber algo significativo en los incendios en su conjunto, pero no encontraba nada. Nada salvo...

—Todos estos fuegos han sido provocados cuando nosotros estábamos de guardia —dijo.

—Hay una posibilidad sobre tres de que cualquier fuego se desencadene en nuestro turno.

—¿Pero tres seguidos?

—¿Y qué si es en nuestro turno? ¿Alguien quiere quemarnos? ¿A ti, a mí o a los dos?

—Es algo en lo que hay que pensar. A ver: ¿has hecho que alguien se enfade contigo últimamente?

Estaba de broma, pero Gloria había enrojecido, bajó la cabeza y murmuró algo.

—¿Qué?

—Mi ex —contestó sin mirarle—. Por fin hemos vendido la casa y ha estado horrible en todo el proceso. Me ha obligado a pelear por cada céntimo.

Will había coincidido con Dean solo unas pocas veces y la impresión que le había causado era que el tío no apreciaba a su mujer en lo que valía ni se daba cuenta de lo tremendamente infeliz que era.

—¿Crees que sería capaz de ir provocando incendios?

—Es el canalla más vago que he conocido. Provocar incendios sería demasiado trabajo para él.

—A lo mejor no pretende hacerte daño a ti. ¿Y a Ruby?

Gloria negó con la cabeza.

—Ella no tiene ex. Solo a la maleducada esa de su hija.

—¿Glynnis? A mí nunca me ha parecido maleducada.

—Ya, pero es que tú nunca has salido con su madre —Gloria recogió un pedazo de metal irreconocible—. Los incendios se han provocado en mi turno, sí, pero también en el tuyo.

—Ya.

Will se rascó la cabeza

—Y tu ex no es precisamente un alma cándida.

No podía decir lo contrario. Nunca le había hecho absolutamente nada aparte de darle a ella y a su hija un hogar estable y una vida ordenada. Pero al final eso no había sido suficiente para que Marisol se controlara con las drogas y la bebida. Estar a salvo no era lo mismo que ser feliz.

—Tendría un buen trecho que recorrer para provocar estos incendios aquí. Y cuando estábamos juntos nunca se sabía mis horarios de trabajo, así que no sé cómo iba a sabérselos ahora. Además, ¿no se supone que unos de los principales motivos por los que actúa un pirómano es llamar la atención? Te garantizo que ella nunca quiso llamar la mía.

Una máquina para recoger los restos del incendio se presentó en el lugar.

—Vamos a recogerlo todo para enviarlo al laboratorio, capitán. Quiero acabar el turno a su hora para tener tiempo de quitarme el humo del pelo. Tengo una reunión del grupo de apoyo esta noche.

—¿Qué clase de grupo de apoyo? Es decir, si no te importa contármelo.

Ella se rio.

—Como si te guardara algún secreto. Voy a un grupo de apoyo para divorciados una vez a la semana. ¿Quieres venir?

—Sí, ya.

Gloria se encogió de hombros.

—Yo todavía tengo problemas. Los tenemos todos, ¿no?

—Prefiero pasar el poco tiempo que tengo con Aurora.

Ella lo miró como si fuera a añadir algo, pero lo que hizo fue dirigirse a las duchas mientras se iba quitando prendas.

En aquella casita rodeada de rosas junto al mar, Sarah Moon iba sanando poco a poco, pero en ese mismo proceso se iba dando cuenta de que estaba perdiendo la cabeza. Como una víctima de demencia progresiva, podía intelectualizar el proceso. Incluso había hecho de ello el núcleo de su tira, siempre y cuando recordarse dibujarla y enviarla todas las semanas.

No es que fuera una lunática peligrosa, lo cual le provocaba un gran alivio y orgullo, sino que sin darse cuenta se le había ido aflojando un tornillo. De un modo sutil, si se quería ver así. Por ejemplo le había dado por comer Fluffernutters, unos sándwiches de mantequilla de cacahuete y crema de malvavisco en mitad de la noche, o por escuchar a toda pastilla la colección que su tía abuela tenía de Edith Piaf acompañándola a pleno pulmón... ella, que no sabía francés. Había regado las plantas de las ventanas hasta ahogarlas.

A veces su locura no era tan sutil, reconoció con un suspiro delante del escaparate de La Habichuela Mágica, una cafetería donde se vendían periódicos y revistas que quedaba a diez minutos andando de su casa y donde iba a diario para recoger periódicos, revistas y libros de bolsillo.

Aquella mañana, se había levantado temprano decidida a tener un día normal. Se había dado una ducha, se había maquillado e iba vestida con unos vaqueros negros, botas de media caña y un jersey béis. Se dirigió hacia el centro dispuesta a tomarse un café con leche y un bollo, y a comprar el periódico. En la caja registradora se dio cuenta de que el dependiente la miraba con cara rara.

—¿Todo va bien? —preguntó él.

—De primera —contestó ella, pagó y salió. En ese momento se vio por casualidad reflejada en el escaparate y se quedó pasmada: había ido con la toalla en la cabeza estilo turbante.

—Genial, Sarah —murmuró—. Eres genial.

Intentando mantener la dignidad se quitó la toalla. Qué idiota.

La sacudió imaginándose una tira cómica a partir de aquella situación. Shirl se frotaría las manos con algo así. ¿Sería aquel un peldaño más en su caída? ¿Un paro cerebral? ¿Demencia senil temprana?

Decidió acercarse a Sunrise Park, un pequeño oasis con grandes árboles y una magnífica vista de la bahía. No había un alma a la vista, lo cual le pareció de perlas. Tomó un sorbo de su café para llevar y cerró los ojos. La abuela y su hermana habían insistido en que sería feliz en la casa, que sería el modo perfecto de volver a ponerse en pie.

Pero por desgracia, seguía dando trompicones con una estúpida toalla enrollada en la cabeza.

Sintió un escalofrío. Aún con los ojos cerrados tuvo una premonición: alguien la estaba observando.

Los abrió y se encontró ante unos ojazos marrones y tiernos.

—¿Qué quieres de mí? —preguntó.

Una arruga se formó entre aquellos ojos de mirada dulce. Sarah suspiró y se sentó en un banco.

—No aceptas un no por respuesta, ¿eh?

Con un gemido estilo Lassie, el chucho se sentó atento frente a ella. Aunque Sarah fingía exasperarse con el perro, en el fondo encontraba encantadora y halagadora su atención, lo cual la hizo preocuparse por el estado de su vida social.

Sacó el bollo, le arrancó un pedazo y se lo ofreció. Aquello se había transformado en un ritual diario, en el que cada mañana el perro se envalentonaba un poco más y se acercaba un pasito más a ella. En aquel momento, se arrimó a olfatear lo que le ofrecía moviendo la cola, pero luego volvió a separarse y a gemir con urgencia. Un grupo de gaviotas, mucho más agresivas que el perro, se aventuró a posarse para recoger las migas que pudieran caer.

—Venga, hombre —murmuró—, ¿cuándo vas a dejar de copiar al lobo de *Bailando con lobos*?

El perro se lamió el hocico y clavó la mirada en la comida. Un hilillo de baba se le escapó de la boca.

—¿Sabes? —continuó, abriendo la mano para colocar el pedazo en la palma—, tenemos que dejar de vernos así. La gente empezará a hablar.

Sin dejar de mirarla, el chucho se tumbó con las patas delanteras extendidas.

Aquella postura era nueva. Había leído sobre perros y sabía que aquella era una actitud más relajada que indicaba confianza.

—Ya he tenido mucha paciencia y no sé por qué pierdo el tiempo contigo. Tengo problemas más acuciantes, ¿sabes? Mi matrimonio se ha ido al garete. Mi carrera está en la cuerda floja. Acabo de ir a por un café con una toalla en la cabeza. Debo de estar volviéndome loca y tratar contigo no me ayuda.

Desde luego el perro sabía escuchar. Eso tenía que admitirlo.

Con la golosina aún en la mano se encontró, como siempre, pensando en Jack.

—Mi marido nunca supo escuchar. Ahora miro hacia atrás y me pregunto si alguna vez escuchó una sola palabra de cuanto le decía. Y puede que yo tampoco lo escuchase a él. A lo mejor estaba tan obsesionada con quedarme embarazada que había dejado de escucharlo. Creía que, si ya no podíamos ser una pareja feliz, al menos podríamos ser una familia feliz. Qué estupidez, ¿verdad? Y se supone que soy una persona inteligente. Tendría que haberme dado cuenta de que nos estábamos perdiendo.

Sintió un calor terrible por dentro y pensó que se estaba

ahogando, pero acabó reconociendo que se trataba de sollozos, de lágrimas que le rodaban por la cara.

Por primera vez desde su marcha de Chicago, lloró. Lloró de verdad. Era un dolor que le salía de lo más hondo, de un pozo de dolor que convertía cada respiración en una tortura. Las lágrimas parecían quemarle las mejillas con su sal. No podía controlarlas, no podía contenerse; era una fuerza de la naturaleza, brutal e insistente, arrastrándola en una marea amarga. No podría decir cuánto tiempo permaneció allí sentada llorando. No podía parar. Nunca pararía porque nunca sería capaz de superar la agonía de su ruptura.

El perro eligió aquel momento para olerle la mano y propinarle un suave empujón. Sarah ya no creía en milagros; sabía que el perro buscaba el trocito de bollo que tenía dentro del puño. Aun así aquella había sido la primera vez que el chucho había establecido contacto con ella. Despacio, viendo su lengua sonrosada, abrió la mano y dejó que el animal le lamiera la palma.

—Menudo berrinche, ¿eh? —le ofreció el resto del bollo—. Puedes comértelo.

Fue partiéndolo en trocitos y el animal por fin se acercó lo bastante para que Sarah pudiera distinguir que era hembra. Aceptaba la comida con gracia y delicadeza. No se lanzaba sobre los pedazos para tragarlos y pedir más, sino que comía poco a poco hasta que el último trozo desapareció. Después no se alejó, sino que permaneció sentada cerca de Sarah, de modo que pudo acariciarla moviendo la mano muy despacio. No pareció importarle. El extremo de su cola temblaba.

Sarah uso la toalla húmeda para secarse las lágrimas. El café se le había quedado frío, así que lo tiró todo a la papelera. Normalmente la perra se habría alejado corriendo, pero en aquella ocasión la siguió.

Mientras caminaba hacia su casa podía oír el clic clic de las uñas de sus patas sobre el asfalto. La niebla de la mañana empezaba a despejarse dejando ver parches de azul y levantó la cara hacia el cielo para sentir el primer calor del sol.

CAPÍTULO 15

—No puedo quedármela.
Una semana después, sentada en el embarcadero de su padre, Sarah acariciaba la sedosa cabeza de la perra.
—Mi vida es ahora mismo un caos y no puedo tener perro. Vamos, papá...
—Lo siento —respondió su padre acomodándose en otra silla—. No puedo ayudarte.
Con el estómago encogido, apretó la empuñadura de la correa extensible. Estaba con la familia en el embarcadero frente a los criaderos de ostras. Su padre y Kyle estaban hablando de derruir el cobertizo viejo, una estructura larga y baja con un tanque de propano oxidado rodeado de una valla desvencijada. Con un suspiro volvió a intentarlo.
—Es una perrita buenísima. Ya le he dado un baño y mañana tengo una cita con el veterinario.
—No puedo, cariño. No puedo quedarme con el perro.
—¿Cómo puedes resistirte a esta monada?
Sarah no pudo evitar sentir una punzada de orgullo al mirar a aquel animal de ojos de terciopelo. Bajo aquella larga y rizada capa de pelo era una hembra preciosa ahora que tenía limpia y brillante la melena.
—Hace una semana no toleraba que alguien se le acercara y ahora quiere hacerse amiga de todo el mundo.

Miró a Kyle y LaNelle. Su cuñada ni siquiera fingió que considerara la posibilidad de adoptarla.

—Acabamos de colocar casi doscientos metros cuadrados de moqueta de lana color marfil –le explicó.

No era que su respuesta la sorprendiera. No iban a permitir que un perrito interfiriera con su amor por los objetos bonitos. Gracias a la experiencia empresarial de Kyle y a la pujanza económica de la zona, se encontraban en una situación de bonanza que rebasaba las expectativas de todos. El negocio había decaído cuando la demanda de ostras envasadas cayó e irrumpió en el mercado la tendencia de consumir las ostras con su concha, pero Kyle no se dejó amilanar. Siempre había tenido la capacidad de ofrecerle al mercado lo que este demandaba.

—Abuela… tía May –dijo, acariciando la cabeza de la perra—, sois mi única esperanza.

Las hermanas se miraron entre sí.

—No comos tu única esperanza, y tampoco vamos a quedarnos con ella.

—Pero…

—Te la vas a quedar tú —sentenció la abuela.

—¿En la casa de tía May? De ninguna manera. Destrozará el jardín.

—Si rompe alguna planta o hace algún agujero, siempre se podrá arreglar —contestó la aludida.

—¿Y dentro?

—Esa casa ha sobrevivido a años de turistas, así que un perro no hará nada que no se pueda reparar.

—Pero…

—¿Cuál es la verdadera razón de que no quieras quedarte con la perra? —preguntó Nathaniel.

—Está claro que te adora —apostilló LaNelle.

—No me siento capaz de tener perro en este momento. No puedo tener nada que requiera cuidados. Mi vida es un desastre y las circunstancias no pueden ser peores.

Todos la observaban en un pesado silencio.

Aquellas personas eran su familia, y había estado demasiado tiempo sin ellas. Necesitaba aprender a hacerles hueco de nuevo en su vida, y para ello quizás fuera necesario escucharlos y aceptar sus consejos, pero... ¿un perro?

Respiró hondo y se dispuso a admitir algo que ni siquiera había admitido ante sí misma.

—De acuerdo. La verdadera razón por la que me resisto a quedármela es que Jack y yo siempre habíamos pensado que cuando tuviéramos hijos les regalaríamos un cachorro. Intento dejar atrás esa etapa de mi vida y tener a esta bolita peluda me recordaría todos los días que... me lo recordaría todo.

Kyle tiró de la anilla de una lata de cerveza y tomó un sorbo.

—No juegues a esa carta, Sarah. Vas a darle vueltas y más vueltas a lo que te ha ocurrido, con perro o sin él.

Aquel sentimiento viejo conocido, aquella sensación de estar compitiendo con su hermano se le alojó de nuevo en el corazón. Kyle siempre había sido el chico de oro. El hijo perfecto, dispuesto a zambullirse de lleno en el negocio de la familia sin experimentar en ningún momento el resentimiento y la angustia que ella había soportado mientras crecía. Los malos momentos que había atravesado el criadero les habían obligado a trabajar en él cuando eran adolescentes, pero mientras Kyle se había lanzado a ello con energía Sarah rebosaba vergüenza por tener que hacerlo. Detestaba ir al colegio todos los días con las manos hechas una pena, enrojecidas y con grietas. Ojalá se hubiera parecido más a Kyle, que no solo no se avergonzaba, sino que se enorgullecía de la empresa familiar.

—¿Cómo sabes que voy a darle vueltas?

—Siempre elijes el modo más duro de enfrentarte a las situaciones —le respondió su hermano—. Siempre has sido así.

Miró a su padre sabiendo que no la defendería. Todo el mundo, incluso ella misma, era consciente de que había cierta verdad en lo que su hermano acababa de decirle.

—Lo de los niños y el perro me sigue escociendo y mucho. No puedo creer que haya podido ser tan... ilusa con todo. Aún me despierto por las noches y me pregunto qué es lo que Jack y yo esperábamos que ocurriera cuando los niños se materializaran. Y me siento como una idiota por no haber sabido aclarar algunos aspectos, como por ejemplo por qué queríamos tener familia cuando apenas nos conocíamos el uno al otro ya.

—Mi hermana pequeña no es una idiota —respondió su hermano, alzando hacia ella la lata de cerveza.

—Gracias, pero ¿no es cierto que la mayoría de mujeres se hacen esta pregunta antes de lanzarse a una búsqueda titánica del embarazo?

LaNelle le entregó una página arrancada del *Bay Bacon*.

—No me malinterpretes, Sarah, pero cuando me encontré con esto pensé en ti.

En ella aparecía el anuncio de un grupo de apoyo a divorciados en Fairfax, a media hora en coche de allí.

—No doy el tipo para esa clase de cosas —respondió—. En esta familia —hizo un gesto que los abarcaba a todos—, evitamos esa clase de cosas.

—Estamos en West Marin. Nadie aquí evita esa clase de cosas.

Su padre y su hermano movieron los pies, incómodos, como hombres que eran, con la conversación.

—Llevo fuera demasiado tiempo —adujo Sarah—. Soy más de Chicago que de Marin.

—¿Y cómo se enfrenta la gente de Chicago a algo así?

—Es difícil generalizar. Algunos salen y se emborrachan, o hablan de ello con personas que han sido vecinas y amigas durante toda la vida —pensó en el barrio en el que había vivido con Jack, con una gente tan cálida y abierta como una pradera del Medio Oeste—. No importa. Es algo que tengo que solucionar yo sola.

Nadie dijo nada, pero Sarah pudo imaginar sus pensamientos: ya se ve lo bien que lo estás haciendo. Últimamente lloraba mucho. Cualquier cosa podía desencadenar una oleada de llanto: una canción en la radio, un anuncio de Hallmark en la tele, ver a dos personas de la mano, o aún peor, con un bebé en los brazos.

—Además, mi vida personal no es lo que estamos tratando aquí —añadió—. Estoy intentando regalar a esta maravillosa perrita.

—De eso nada —respondió su abuela—. Te la vas a quedar.

—¡Pero si no soy capaz de mantener vivas ni las flores de las jardineras!

—Pero eso el perro no lo sabe. Mira, Sarah: escúchame atentamente porque es importante. El amor llega a la vida de uno cuando el destino quiere, no cuando estás preparada.

La abuela tenía razón: ya se había enamorado de aquella perrita. Aun así le aterraba asumir semejante responsabilidad estando su vida patas arriba.

—Debería llevarla al refugio de Petaluma. Allí le encontrarían un buen hogar.

—No vas a abandonar a esa perra.

—Por supuesto que no —recalcó la tía May.

—¿Por qué ibas a querer desprenderte de ella, cariño? —preguntó su padre.

—No se puede discutir con los mayores —añadió Kyle.

No supo si echarse a reír o a llorar. Su familia podía ser muy testaruda como grupo, un rasgo que casi tenía olvidado. Después de vivir aquellos años en Chicago, había empezado a considerar la familia de Jack como si fuera la suya propia, pero una vez lo dejó a él, ese concepto cambió. Nadie del clan Daly la había llamado. Como los pioneros de las llanuras, habían colocado en círculos las carretas decididos a mantener a los forasteros en el lugar que les correspondía: fuera.

—¿Y qué os hace pensar que no voy a llevar a esta perra a la perrera?

—Pues que eres nuestra Sarah —respondió dulcemente su padre—, y que tú nunca harías eso.

—Se llama Franny —le dijo Sarah al veterinario al día siguiente. Franny y ella habían estado ocupadas. Una vez se rindió a la idea de que la perra iba a quedarse, se pasó horas acicalándola y preparándole una cama de almohadones en un rincón de la casa. La perra, ansiosa de atenciones, la dejó hacer encantada.

Aunque estaba claro que Franny había vivido en otra casa, el animal carecía de entrenamiento. Sarah había estado viendo en la tele *El encantador de perros* y se leyó un libro de los monjes de New Skete, expertos en comportamiento canino. Por el momento, Franny había aprendido a sentarse y tumbarse, y Sarah había aprendido a mostrarse firme y tranquila con ella. Caminar con la correa le costó un poco más, pero empezó a funcionar cuando Sarah decidió probar a guardarse golosinas en el bolsillo para dárselas cuando hacía las cosas bien.

El doctor Penfield estimó que la perra debía de tener unos dos años y que gozaba de excelente salud.

—Franny —continuó diciendo—. ¿Alguna razón por la que le haya dado ese nombre?

—Pues la verdad es que no. Consideré los nombres mitológicos, como Ariadna o Leda, pero me parecieron un poco pretenciosos para un perro.

—Además de difíciles de deletrear —añadió el veterinario con una sonrisa—. Sin embargo, Leda habría sido apropiado. Era la madre de Géminis.

Sarah fingió saberlo, aunque en realidad conocía bastante poco las constelaciones.

—¿Por qué dice que es apropiado?

El veterinario estaba palpando el vientre de la perra.

—Porque está preñada, y desde luego hay más de uno.

Tardó un momento en procesar la información.

—Vaya. Genial —respondió—. Yo que iba a peguntarle si podría esterilizarla.

El veterinario se quedó callado unos segundos.

—Hay otra opción —sugirió.

—No para mí. Quiero decir que nunca podría... encontraré el modo de ocuparme de los perritos cuando llegue el momento.

Él asintió mirándola con dulzura.

—La naturaleza hace todo el trabajo. Los cachorros tendrán que quedarse con ella unas ocho semanas después del nacimiento. Luego podrán adoptarlos, y podremos esterilizar a la perra.

Sarah acarició a Franny bajo la barbilla.

—Una madre soltera y abandonada —murmuró—. No me extraña que fueras tan esquiva.

El veterinario le entregó una bolsa con muestras.

—Ahora va a estar bien.

Antes de volverse, decidió pasarse por casa de su abuela.

—Os traigo una entrega especial —les dijo a la abuela y la tía May, que estaban en el jardín cortando unas flores—. Y Franny os trae noticias: está preñada.

—Dios mío —exclamó la abuela mientras se quitaba los guantes rosas—. Eso es más de lo que te esperabas.

—No pasará nada —dijo, y le dio una golosina a la perra. Sentía una enorme ternura por Franny, que debía de haber pasado por Dios sabe qué cosas—. Pero tía May, tú sí que no te podías esperar algo así. Podemos buscarnos otro sitio donde vivir.

—Ni lo pienses siquiera —respondió—. Te quedas cuanto lo necesites.

Sarah le entregó un dibujo enmarcado que había hecho.

—Me había imaginado que ibas a decir eso. Te traigo un regalo de agradecimiento por dejarme usar la casa.

La abuela y tía May admiraron el dibujo. En él aparecían las dos sentadas en el porche, al estilo de los personajes que Sarah creaba. Había un bocadillo saliendo de la boca de la abuela en el que se leía: *cuanto más viejas, más sabias.*

—Qué bonito —dijo tía May—. Lo pondremos en la chimenea.

—En realidad no hay modo de daros las gracias. No sé qué habría hecho sin vosotras, y sin la casa, y sin todo el cariño que me estáis dando. Después de haber convertido mi vida en un desastre, vosotras sois mi salvavidas.

—Cariño, ese desastre no es responsabilidad tuya.

—Sí que lo es, porque tomé decisiones equivocadas —Sarah se quedó mirando a una abeja que revoloteaba por encima de unas flores —. Después de todo lo que ha pasado me ha quedado la sensación de que todos los años que pasó con Jack han sido un desperdicio.

—No digas eso —respondió la abuela con firmeza—. Ningún momento pasado amando a alguien puede considerarse un desperdicio. El tiempo que has pasado con Jack ha enriquecido tu vida de un modo que no siempre se puede ver a simple vista.

—Tiene razón —corroboró tía May—. No te arrepientas de nada. Prométenos que no lo harás, ¿de acuerdo?

Sarah asintió. Ojalá llegase el día en que pudiera pensar en su matrimonio sin toda la ira y el dolor que sentía ahora al hacerlo.

—Lo prometo.

Sarah seguía sintiéndose un poco tonta, incluso un poco falsa paseando a la perra. Cualquiera que la viera pensaría que era una de esas personas a las que les gustan los perros. La gente que tiene perro tiene su vida organizada, objetivos y un trabajo, y no viven en casas prestadas, ni llevan horarios descabellados, ni se preguntan qué les aguardará al doblar la esquina.

A pesar de las reservas que aún le suscitaba quedarse con Franny, una cosa estaba clara y era irrenunciable: la perra tenía que salir. Quedarse en casa como un eremita ya no era posible. Su autoimpuesto aislamiento había llegado a su fin. En el parque del centro había una zona donde se podía estar con los perros, pero sin quitarles la correa, y resultaba un lugar perfecto para observar a la gente. En los paseos había bancos a la sombra de enormes robles y laureles. Se habían instalado tableros de ajedrez en mesas de obra a las que se sentaban parejas de jugadores dispuestos a desafiar su talento. Cerca de los columpios y los areneros, las madres jóvenes se pasaban horas charlando mientras sus niños jugaban. A veces los pequeños protestaban porque se aburrían o se cansaban, pero las madres no parecían tener ganas de marcharse de allí, de modo que no tardó en darse cuenta de que lo de llevar los niños al parque tenía tanto que ver con la vida social de las madres como con el juego de sus retoños.

Después de haberse pasado una hora persiguiendo el palo que Sarah le lanzaba, Franny se había acomodado en un trozo de césped soleado y parecía a punto de quedarse dormida. Sarah pasó la página de su cuaderno de dibujo. Un par de movimientos rápidos de su lápiz capturaron a las dos mujeres jóvenes que al otro lado del camino parecían absortas en su conversación mientras que sus niños jugaban con la pala en el arenero. El dibujo captaba la intensidad con que conversaban y al mismo tiempo la mirada protectora que dedicaban a sus hijos, la peculiar dicotomía de las madres jóvenes.

El dibujo era una disciplina que le inspiraba una tremenda confianza. La gente solía sorprenderse de la diferencia entre su tira cómica, que creaba fuertes impresiones con unas cuantas líneas gruesas, y sus trabajos más artísticos, hechos con considerable capacidad técnica y sutileza.

El autobús de la tarde vomitó a un grupo de adolescentes. Una chica delgada y de cabello oscuro se acercó a Sarah. Franny, que había estado adormilada bajo el banco tras las carreras, levantó la cabeza, aplastó las orejas y gruñó. La chica no se acercó más y cambió la mochila de un hombro al otro.

—Perdona —dijo Sarah—. Es que acabo de adoptarla y aún está aprendiendo —reprendió a Franny con un gesto y la perra se acercó a ella, arrepentida de inmediato—. Siéntate.

De pronto se dio cuenta de que era la estudiante que había visto el otro día y a la que comparó con una princesa de Disney. La chica se sentó despacio al otro extremo del banco y retorció el cuello para ver su dibujo.

Sarah giró el cuaderno hacia ella.

—Estaba tomando apuntes.

La muchacha se sonrojó.

—Perdón. No pretendía curiosear.

—No me importa.

—Eres muy buena dibujando.

—Gracias —dijo e insistió con el lápiz en la sombra de uno de los personajes—. Me llamo Sarah.

—Aurora —respondió—. Y ya sé quién eres… Sarah Moon, ¿verdad? Tienes una tira cómica… *Just Breathe*.

Sarah enarcó las cejas.

—Vaya. Las noticias vuelan.

—No te preocupes, que no soy una cotilla, pero es que aquí nunca pasa nada. La madre de mi amiga Edie es profesora en el instituto. La señora Armengast. Dice que fue tu profesora de Lengua.

—La recuerdo.

La señora Armengast era una estreñida y sosa funcionaria .

—Ella también te recuerda a ti —la chica jugaba con la cremallera de su mochila—. Es que… estoy preparando un proyecto para el colegio sobre los trabajos en nuestra comunidad y tengo que entrevistar a alguien para que me hable del suyo, y he pensado que a lo mejor no te molestaba que te entrevistara.

La ironía de todo aquello estuvo a punto de hacer que se atragantara.

—Es un halago, pero la verdad es que casi no tengo trabajo.

—¿Dibujar una tira cómica no es un trabajo?

Aurora parecía decepcionada.

—¿Sabes una cosa? —¿por qué hacer que la muchacha la considerara una fracasada?—. Sí que lo es. Soy autónoma y sí, esa tira es mi trabajo y te hablaré de ello encantada.

—¿Puedo tomar notas?

—Claro.

Aquella jovencita tan eficiente resultaba adorable. Tomó notas de los detalles generales: El nombre, la edad, dónde había cursado sus estudios y qué había estudiado. Mientras le iba haciendo un resumen de su carrera como ilustradora y artista de tiras cómicas le ocurrió algo bastante curioso: empezó a sentirse algo mejor consigo misma y a animarse, y le describió con detalle cómo el esquema general de la tira lo tenía digitalizado y su costumbre de escribir por la mañana y dibujar por la tarde, intentando siempre ir dos meses por delante de la fecha de publicación. Cuando le mencionó que su letra había sido digitalizada para crear su propia fuente a la que había llamado «SWoon», la expresión de Aurora fue como de idolatría, aun cuando Sarah le explicó que era algo normal en la industria editorial.

La conversación con aquella chica le recordó que tenía una larga lista de logros, pero que en algún momento había dejado de sentirse orgullosa de ellos. Se había dejado envolver de tal modo por su matrimonio, por la enfermedad de Jack y su recuperación, y luego por la búsqueda del embarazo tan deseado que había perdido la visión soñadora de la artista que siempre había sido. Había empezado a convencerse a sí misma de lo que Jack decía sobre su carrera: que era una búsqueda inestable y sin beneficios que debía considerarse más una afición que una profesión.

—Muchas personas piensan que uno no se puede ganar la vida con el arte —dijo—. Especialmente la gente que vive fuera de Marin. Yo diría que es posible, aunque no fácil. El arte tiene que estudiarse y practicarse, como todo lo demás. Y ante todo tienes que amarlo, simple y llanamente. Tiene que amarlo y dejar que signifique algo para ti.

Sarah no era capaz de recordarse a sí misma en algún momento en que no estuviera intentando dibujar algo. Recordaba sus primeros dibujos como un conjunto de palotes dibujado en la parte trasera de los sobres que había en los bancos de la iglesia. Su madre le daba un lápiz para que se entretuviera durante los servicios. En el instituto transformó su escasa vida social en carnaza con la que crear una tira cómica underground que resultó ser más popular entre los estudiantes que el anuario.

Dejó que Aurora curiosease sus bocetos y la vio detenerse ante una imagen de Shirl con un bocadillo sobre la cabeza en el que se hacía la eterna pregunta. *¿Papel o plástico?*

Unas risas adolescentes llegaron hasta ellas y vio que la chica levantaba la cabeza.

—¿Amigas tuyas? —le preguntó.

—No. Chicas del colegio.

Y sus hermosos ojos castaños se llenaron de añoranza.

¿Cómo era posible que aquella hermosa criatura fuera considerada una proscrita?

Aurora se volvió cuando sintió su mirada clavada en ella.

—No pretendía mirar así —le dijo, y frunció un poco el ceño—. Tienes un cardenal en la mejilla.

Toda clase de posibilidades se le pasaron por la cabeza.

Aurora frunció el ceño y se pasó la manga por la cara.

Qué alivio sintió al ver desaparecer la supuesta magulladura.

—No te preocupes —dijo—. Es que hoy en clase de arte he estado haciendo un dibujo al carboncillo. Es mi asignatura favorita.

—También era la mía.

—Ya me lo había imaginado —dijo, y se sonrojó.

Al otro lado del parque, una mujer rubia que conducía un Volvo detuvo el coche en la curva y el grupo de chicas que se habían reído subió.

—Mi madre trabaja en Las Vegas —dijo la chica, aunque Sarah no había preguntado.

—Ah. ¿Vives allí?

—No. Me he quedado con mi familia aquí —le dijo tras una breve duda—. Hasta que mi madre se establezca, ¿sabes?

—Seguro que la echarás de menos, pero es genial que tengas aquí también familia. Qué suerte.

—Sí, bueno, ya sabes que en Las Vegas todo tiene que ver con la suerte.

Sarah contempló cómo las dos madres jóvenes intentaban reunir a sus retoños en el arenero. Cerró el cuaderno y se limpió las manos en un pañuelo de papel.

—Seguramente nos iremos a Las Vegas dentro de poco.

—¿Tienes hermanos?

—No. Estamos mi padre y yo solos. Él echa mucho de menos a mi madre —añadió, haciendo girar su pendiente de oro.

Sarah no soportaba Las Vegas, aunque comprendía que todas esas luces y brillos pudieran atraer a una muchacha, incluso siendo demasiado joven para jugar. Sintió una punzada agridulce de envidia al oírle decir que su padre echaba mucho de menos a su madre. Que los padres se quisieran era algo que proporcionaba a los niños una gran seguridad.

—Tengo que irme —dijo de pronto, cerrando el cuaderno y guardándolo en la mochila—. Gracias por la entrevista.

La chica ya se alejaba cuando Sarah le dijo:

—Eh, espero que volvamos a vernos.

CAPÍTULO 16

Sarah se quedó plantada en la entrada del Fairfax Grange Hall, una instalación pública en la que se realizaban reuniones y algunos eventos especiales. «No puedo hacerlo», pensó. «No pinto nada aquí».

—Disculpe.

Una mujer bajita y enérgica pasó junto a ella dejando atrás un agradable olor a champú de su pelo recién lavado. En un extremo de aquella sala inundada de luz había un escenario con unas cortinas de aspecto polvoriento. En el otro, Sarah vio a unas cuantas personas, en su mayoría mujeres, sentadas en sillas plegables dispuestas en semicírculo o reunidas en torno a la cafetera dispuesta sobre una pequeña mesa. Había personas de todas las edades, tamaños y formas, y le parecía imposible que pudieran tener algo en común.

—¿Me permite pasar? —preguntó alguien desde detrás.

Sarah se hizo a un lado para dejar pasar a un hombre que venía con muletas y la pierna escayolada.

—Espere que le sujeto la puerta.

—Gracias.

El hombre entró cojeando. Era latino, de corta estatura y fuerte, y en su rostro se veían las arrugas de años trabajando al sol. Pasó junto a Sarah y se volvió a mirarla.

—¿No entra usted?

Sarah sintió un brote de pánico. Alguien se había dado cuenta de su presencia y se sintió atrapada. La boca se le quedó seca.

—¿Tengo que hacerlo? —se le escapó.

—No —respondió él, y dio un par de pasos hacia las sillas antes de volverse otra vez—. Puede irse a casa y quedarse contemplando sus cuatro paredes, pero ¿quién querría hacer eso?

Le pareció que los ojos le brillaban de buen humor.

—A la porra mis planes para esta noche.

Escogió una silla cerca de la puerta.

—Es por si necesito hacer una salida rápida —le dijo al hombre de la escayola mientras le colocaba una silla delante para que pudiera apoyar la pierna.

—Dentro de unos días será más fácil.

—No es que sea tan difícil —contestó, aunque apenas llevaba un minuto sentada—, pero creo que esta noche me voy a limitar a observar. No me va mucho lo de darse las manos y rezar.

—Pues entonces se ha equivocado de reunión, porque aquí no hacemos esas cosas.

Sarah sonrió aliviada.

—Lo que sí hacemos es darnos abrazos de grupo.

Palideció.

El hombre se echó a reír y eso llamó la atención de los demás.

—Es broma.

Debía de haber una docena de personas en la sala y Sarah deseó que se la tragase la tierra cuando una de las mujeres dijo:

—Esta noche tenemos una cara nueva.

Sarah notó que todos le clavaban la mirada. Se sentía como una rana en la mesa de disección. Consiguió a duras penas levantar la mano a modo de saludo.

—Vamos a presentarnos. Yo soy Imogene. Hace un año que acabé con mi divorcio.

Sarah no podría recordar todos los nombres, pero el nexo que unía a aquellas personas había quedado claro: cada uno de ellos estaba en un punto u otro de su divorcio. Aquel era el fin del grupo: ofrecer apoyo a las personas que se enfrentaban a un divorcio. Estar allí presente ya era duro para Sarah porque equivalía a reconocer que lo que le estaba ocurriendo era difícil y que estaba teniendo problemas para enfrentarse a ello. Cuando le llegó el turno, habría querido decir: «Yo no estoy divorciada. No tengo por qué estar aquí».

—Me llamo Sarah —se oyó decir—. Yo... eh... vengo de Chicago.

Fue un tremendo alivio comprobar que nadie parecía esperar más de ella. El tema cambió tras un breve intercambio de saludos.

—Me llamo Gloria, y me gustaría hablar de la autenticidad —dijo una mujer—. Hoy en mi trabajo una compañera ha hecho un comentario que me ha dado mucho que pensar: ha dicho que ser buena persona no te garantiza que vayas a tener una vida también buena. Cuando antes pensaba en lo mucho que me había esforzado por ser una buena esposa para mi marido me ponía verde de rabia. A pesar de lo estupendas que parecieran las cosas vistas desde fuera, yo me sentía terriblemente mal por dentro. Eso no cambió hasta que comprendí que no tenía que renunciar a ser quién soy —sonrió y su mirada se tiñó de dulzura—. Ruby y yo vamos a celebrar dentro de poco nuestro aniversario. Ya llevamos seis meses juntas, y me gustaría decir que somos felices y comemos perdices, pero sería mentir. Tiene una hija de trece años a la que le está costando trabajo aceptar nuestra relación, así que nuestra felicidad consiste en vivir cada día.

Decididamente aquel no era el grupo de apoyo que ella buscaba. ¿Qué podía tener en común con Gloria?

«A pesar de lo estupendas que parecieran las cosas vistas desde fuera, yo me sentía terriblemente mal por dentro».

Bueno... eso le resultaba familiar.

Se recostó en el asiento y escuchó durante cuarenta y cinco minutos. Muchas de las cosas que se estaban diciendo le eran bien conocidas. Eran muchos los matrimonios que fracasaban porque uno de los dos fingía, y se preguntó por qué. ¿Por qué fingía la gente? ¿Por qué lo habría hecho ella?

Había llegado allí pensando que nunca sería capaz de relacionarse con aquellas personas, pero estaba resultando que al igual que aquellos desconocidos, había experimentado sentimientos de estupor, de frustración y aislamiento, de vergüenza, desilusión y rabia. También le era conocida la sensación de saber que las cosas se estaban degradando, pero al mismo tiempo no era capaz de aceptarlo, por lo cual seguía fingiendo que todo iba bien, al menos durante un tiempo.

—¿Alguien más? —preguntó una mujer mirando a los presentes.

El corazón se le aceleró. Estaba ante un grupo de desconocidos. No tenía sentido compartir su vida privada con ellos.

La gente empezaba a mirarse el reloj. Las sillas chirriaban contra el suelo.

«Bien», pensó. «Salvada por la campana». Nunca había sido gregaria por naturaleza. Siendo estudiante nunca le había gustado levantar la mano en clase o contribuir en los debates. Cuando ella era aún mujer de Jack, se había dado por satisfecha con seguirle a las reuniones sociales y contemplarlo todo desde fuera.

Empezaron a sudarle las palmas. Mejor salir cuanto antes.

Y entonces, justo cuando la gente empezaba a levantarse de sus asientos, alguien dijo:

—Me asusta tener que averiguar quién soy sin mi marido.

La sala quedó en silencio y las palabras parecieron reverberar en las maltrechas paredes del edificio.

«Mierda. Si he sido yo».

Sintió un calor abrasador en las mejillas e intentó articular una explicación.

—Eh... no sé por qué he dicho eso.

Miró a su alrededor esperando ver impaciencia o aburrimiento. Todos la observaban. Intentó sonreír.

—No me dejéis seguir si ya habéis oído esta historia.

El hombre sentado a su lado, Luis, le dio unas palmadas en el brazo.

—Ay, amiga, si sigues viniendo a este grupo durante un tiempo, acabarás habiéndolo oído todo. Pero no importa. Para ti todo esto es nuevo y eso es lo que importa.

Una parte de sí misma, su parte de Chicago, habría querido ponerse de pie de un salto y gritar: «¿Cómo puede importaros a vosotros? No me conocéis. ¿Qué más os da?».

Pero, en el fondo, se alegraba de que la escucharan. Por fin. Respiró hondo y entrelazó las manos.

—Me casé nada más acabar la carrera, de modo que no llegué a labrarme mi propia vida. Pasé de compartir una habitación en la residencia de estudiantes a vivir en la casa de Jack. Cuando todo funcionaba bien entre nosotros, me sentía estupendamente, pero, a medida que fue pasando el tiempo, dejé de sentirme así. Tenía la impresión de estar viviendo una vida prestada, una vida que no era mía, que tendría que devolverle a su dueño pasado un tiempo.

En lugar de sentirse nerviosa o ridícula, se relajó. Aquellas personas no estaban allí para juzgarla, sino para escuchar.

—Él ya tenía su propia vida cuando me conoció, de modo que la casa en la que vivíamos era suya. Decíamos que era nuestra, pero en realidad era solo suya. ¿Sabéis lo que me pasó en varias ocasiones? Poco después de casarnos, me la pasé de largo dos veces porque ni siquiera la reconocía. ¿Cómo es posible que no reconozcas tu propia casa?

¿Cómo podía haber estado ciega tanto tiempo?

—Cuando trabajas en casa como yo, sueles crear un espacio que refleja la persona que eres. Bueno, pues yo no. Mi estudio era una estancia pequeña con estanterías empotradas en la pared y una mesa de dibujo. Jack tenía sus cañas de pescar allí, delante de la ventana, tapando la luz. Y ni siquiera se me ocurrió pensar que aquello era un problema —miró el reloj—. Ocurrieron muchas otras cosas, cosas que a vosotros quizás no os sorprenderían, pero que a mí me pillaron por sorpresa. Me alegro de haber venido aquí esta noche. Gracias por darme la bienvenida.

Respiró hondo. Se sentía limpia. No, limpia no: en carne viva. Mejor que andar arrastrándose por ahí, medio viva medio muerta, día tras días.

Recogieron las sillas, las tazas de café y la cafetera.

—Espero volver a verte por aquí —le dijo Gloria.

—Ojalá no necesitase volver.

—Todo el mundo necesita amigos.

—Cierto, y no suelen venir a buscarte llamando a tu puerta.

—Cierto. Hay que hacer lo necesario. Y esto, venir a esta reunión, es uno de los pasos necesarios.

Sarah buscó un paño de cocina y secó la cafetera.

—Eso es lo que me asusta. Tengo la sensación de que he llegado al final de mi vida, que no me queda nada por hacer.

—No debes pensar así. Piensa que has tenido una especie de larga adolescencia. Y que ahora estás preparada ya para crecer.

Le gustaba la manera franca de hablar de Gloria.

—Es un modo de considerarlo, sí. ¿Cuánto tiempo llevas divorciada?

—Poco más de un año. Después de diez años intentando convencerme de que era feliz, me divorcié, me hundí y volví a enamorarme todo en el espacio de unos cuantos meses. La gente dice que no se debe iniciar una nueva relación habiendo transcurrido tan poco tiempo, pero… ¿a quién le importa lo que diga la gente?

Se puso la chaqueta y ambas salieron juntas.

—Vuelve la semana que viene —dijo Gloria.

Sarah dudó un instante y sintió ganas de darse una palmada en la frente.

—Aún sigo teniendo la costumbre de pensar en él. Si alguien me hace una invitación, automáticamente pienso en el calendario de Jack. O cuando voy a hacer la compra meto en la bolsa cosas que a él le gustaban sin tan siquiera darme cuenta. Ni siquiera sé qué tipo de galletas prefiero. Compraba Ritz porque eran las favoritas de Jack.

—Espero que las devolvieras a la tienda.

—Mejor aún: bajé a la playa y se las di de comer a las gaviotas.

CAPÍTULO 17

Aurora estaba cansada de ser una empollona de sobresaliente, pero no sabía qué hacer para cambiar su reputación. Su profesora de Lengua le había asignado *La guerra de los mundos* y le habría gustado que le resultara un bodrio, pero no estaba siendo así. Era un libro magnífico, mucho mejor aún que la película, pero si admitía tal cosa en voz alta pasaría a ser una pringada como cualquiera de los miembros del grupo de ajedrez. Y encima el ajedrez también le gustaba.

Glenmuir era la última parada del autobús escolar. En la intersección de Drake y Shoreline el trasto se detuvo con un estremecimiento y Aurora levantó la mirada del libro cuando Mandy Jacobson y su club de fans se levantaban e iban hacia delante para salir, charlando y riendo sin parar.

Aguardó expectante como cada día con la esperanza de que la invitaran a ir con ellas a lo que fuera que hacían todas las tardes. Siempre parecían estar pasándoselo genial, aun cuando solo iban por la calle.

Pero, en aquella ocasión, como en todas las demás, pasaron sin reparar en ella dejando atrás un olor a chicle y colonia Juicy Couture, prestándole la misma atención que a una mochila que alguien se hubiera olvidado.

A aquellas alturas debería haber aprendido a pasar página, pero es que sus vidas parecían tan divertidas que era difícil no desear ser una de ellas. En el autobús se maquillaban las unas a las otras y se arreglaban el pelo. Algunos días la saludaban, pero solo si necesitaban una copia de sus deberes de Matemáticas o de Español, porque sabían que ella siempre los tenía hechos y, además, bien. Y aunque le sudasen las manos y el corazón le latiera desaforado por si les pillaban, siempre accedía. No tenía elección. Si se negara, aquellas chicas no querrían saber nada de ella.

Se levantó despacio y pasó el brazo por una de las hombreras de la mochila.

—Hasta mañana, cariño —se despidió la conductora del autobús.

Aurora le dio las gracias y se despidió con un gesto de la mano cuando la puerta se cerraba.

Mandy y sus amigas estaban reunidas junto al escaparate de Vernon's Variety Store. Desde que el señor Vernon las pilló robando cosméticos el verano anterior ya no podían entrar en la tienda, algo que ellas parecían encontrar muy divertido en lugar de vergonzante.

—¿Te apetece un helado? —preguntó alguien.

Aurora se sorprendió de tal manera que casi tropezó consigo misma.

—¿Eh?

Sentada a una de las mesas de acero de la terraza del Magic Bean, Sarah Moon la estaba observando.

—Me preguntaba si podría invitarte a un helado.

Aurora se sonrojó. Era vergonzoso que la vieran siguiendo a Mandy, Carson y Deb como si fuera un perrito perdido.

—A menos que tengas planes con tus amigas —añadió Sarah con suavidad, y Aurora tuvo la sensación de que entendía perfectamente la situación.

—En realidad, no quieren saber nada de mí —contestó, y al instante se arrepintió de haber sido tan sincera.

La mayoría de adultos responderían que seguro que tenía otras amigas y que aquel grupo no tenía importancia, pero Sarah no. Ni siquiera pareció sorprenderse.

—¿Por qué no son amigas tuyas?

Aurora se encogió de hombros.

—A ver si lo adivino: las que tú querrías que fuesen tus amigas te ignoran y las que quieren ser amigas tuyas son demasiado friquis.

—Más o menos —admitió Aurora, preguntándose cómo podía saberlo.

—Es un asco.

Aurora suspiró aliviada. Menos mal que no había dicho algo del estilo «yo seré tu amiga». Demasiados adultos decían cosas así, en particular las mujeres con las que salía su padre, y era una táctica que les explotaba en la cara porque Aurora se sentía utilizada, tanto como cuando Mandy copiaba sus deberes.

—Ten cuidado donde pisas —dijo Sarah—. Franny tiene la manía de estar siempre en medio.

Aurora miró a la perra que se había tumbado bajo la mesa y dudó al recordar que le había gruñido.

—¿Qué tal se porta?

—Sorprendentemente bien, teniendo en cuenta que es la primera vez que tengo perro.

—¿Y cómo es que te has decidido a tenerla?

—No es que haya sido yo quien ha tomado la decisión —le explicó—. Simplemente he… acabado quedándomela.

Aquel concepto le resultaba extremadamente familiar, pero no dijo nada. Empezó a sentirse incómoda al recordar la mentira que le había contado la otra ocasión en que se vieron. Su padre y ella se iban a mudar a Las Vegas con su madre. Sí, ya.

—Se llama Franny por el personaje de un libro —le explicó.

—*Franny y Zooey* —dijo Aurora. Menos mal que no le había preguntado por lo de Las Vegas.

—¿Conoces el libro?

—Claro. He leído *Nueve cuentos* y *El guardián entre el centeno*.

—Estoy impresionada.

Aurora volvió a encogerse de hombros. Leer cualquier libro

escrito, fácil; hacerse amiga de Mandy Jacobson y su pandilla, imposible.

—¿Quieres sentarte?

Aurora dudó un instante. El turno de su padre no terminaba hasta por la noche, así que tenía que ir a casa de los abuelos. Estaba a punto de declinar educadamente el ofrecimiento cuando un chico salió de la cafetería. Era Zane Parker, el ojito derecho de Glenmuir. Llevaba una camiseta de Magic Bean, gorra de béisbol y un delantal negro atado a la altura de las caderas, y la saludó con una sonrisa.

Aurora se sentó de inmediato.

—Hola. ¿Te traigo algo?

—Sí, por favor —respondió, pero se dio cuenta de que no tenía ni idea de qué pedir. Ni siquiera era capaz de recordar su propio nombre—. Una Coca-Cola, por favor.

Después de verle entrar de nuevo en la cafetería recordó que en realidad la Coca-Cola le gustaba más bien poco.

—¿Qué tal un helado? —le ofreció Sarah.

—No, gracias.

Sarah metió la cuchara en su taza de aluminio.

—Normalmente a mí no me gusta el helado, pero últimamente no puedo pensar en otra cosa. Empecé probando sabores raros, como por ejemplo moca y pistacho juntos. Y a veces pienso que... roquefort, ¿por qué no?

—¿Helado de queso roquefort?

—A veces soy un poco rara.

Zane apareció justo en el instante en que Aurora ponía cara de asco.

—¿Todo bien? —le preguntó él.

«Quiero morirme ahora mismo», pensó Aurora.

—Sí —contestó, borrando las arrugas de su cara.

Le colocó la Coca-Cola delante y se marchó tan deprisa que apenas tuvo tiempo de darle las gracias. Mierda. Debería haber pedido algo que necesitara de su presencia.

—Es muy mono —dijo Sarah.

—Eh... sí.
—¿Es amigo tuyo?
—Ojalá. Zane está en noveno curso y yo en séptimo. Soy más o menos amiga de su hermano, Ethan, que está en mi curso.

Ethan no era ni mono ni molaba como su hermano, pero vivían en la misma casa.

Aurora suspiró.

—¿Cómo se puede conseguir que un chico se fije en ti?

Sarah sonrió y lamió la parte de atrás de su cuchara.

—Dejando de importarte si se fija o no.

Aurora metió la pajita en la botella.

—Vale. A partir de ahora, ya no me importará.

—Bien.

—Hablando del rey de Roma...

Señaló a un muchacho flacucho que llevaba unos vaqueros flojos y una camiseta negra, y que avanzaba hacia ellas en un monopatín de dos ruedas en línea.

—Es Ethan.

Montaba en monopatín, vestía de negro, llevaba gafas y le gustaba demasiado el colegio, pero aun así había algo en él, algo serio y maduro que le gustaba. Ojalá siguiera siendo así cuando tuvieran dieciséis años y su padre le dejase salir con chicos. Mientras, Zane seguiría siendo el chico de sus sueños.

Ethan bajó de un salto en la curva, pisó el monopatín y lo paró con una sola mano.

—Qué hay —le dijo a Aurora.

—Qué hay —contestó ella.

Zane salió.

—¿Has comprado lo de esta noche?

Ethan abrió una pequeña bolsa de papel que llevaba. En su interior había una lata de queroseno.

—Hoguera esta noche en la playa —le dijo a Aurora—. ¿Vienes?

Sintió que Zane, que estaba de pie a su espalda, le hacía gestos a Ethan para que se callara.

—Paso —respondió, y deliberadamente miró hacia otro sitio. Se sentía mal por él, pero sería peor presentarse si no querían que estuviera.

Ethan le lanzó la bolsa a Zane, puso la tabla en el suelo y se alejó.

Sarah parecía algo pálida y distraída aquella tarde. Aurora señaló el cuaderno de dibujo y le preguntó:

—¿En qué estás trabajando hoy?

—Un poco de aquí y otro poco de allá.

Abrió el cuaderno y se lo mostró por una página en la que había rostros.

Aurora tuvo la sensación de que Sarah y ella tenían más en común que su amor por el dibujo. Sarah era una inadaptada también, y sin embargo estaba claro que había abrazado a su friqui interior. Quizás eso le habría hecho la vida más fácil. Sus dibujos ofrecían una visión de los pensamientos íntimos de otra persona, algo que Aurora encontraba genial. Los trabajos esquemáticos se parecían a su tira cómica, pero los otros eran artísticos. El señor Chopin, su profesor de arte, los calificaría de impresionistas. Eran más grandes, más intensos, dibujados rápidamente y con mano firme.

—Estaba en mi propia tormenta de ideas —le explicó—. Suelo dibujar hasta que algo me llega.

Aurora fue pasando las páginas despacio. Reconoció caricaturas de varias personas del pueblo: el encargado de mantenimiento del club náutico, el encargado del centro de día, el empleado de la cafetería, un chico en el muelle de pesca. Había un montón de estudios de Franny, ovillada para dormir o mirando a través de una puerta de persiana.

—Estos son increíbles —exclamó, deteniéndose en una página de estudios para la tira cómica. El personaje llamado Shirl era siempre aguda en sus comentarios y su madre todavía más. Lulu siempre le decía cosas como: *Si tuvieras una mente tan rápida como tu boca, te llamaríamos Einstein.*

La madre siempre tenía algo optimista que decir, y mientras contemplaba aquellos dibujos sintió una punzada de añoranza.

—¿Este personaje se basa en tu madre?

—Sí, en mi madre y en mis propias fantasías —la sonrisa de Sarah fue un poco triste—. Lo bueno de esta clase de trabajo es que puedes planear todo lo que tus personajes van a hacer y a decir. Tienes pensado qué errores van a cometer y las cosas que les van a salir bien. Las madres de verdad no siempre tienen en la punta de la lengua el comentario más acertado como le pasa a Lulu.

Aurora se detuvo en una ilustración en la que aparecía Lulu contemplando depilarse la línea del bikini y se echó a reír.

—Esto no se publicará nunca, al menos en un periódico.

—¿Por qué no? Es divertido —comentó Aurora.

—Los periódicos más importantes tienen sus normas: nada de sexo, religión, tortura o muerte entre otras. Nada de mujeres de más de cincuenta que se hagan la cera. No puedes ofender a los lectores porque se quejan al editor y tiene que pasarles la mano por el lomo. La versión oficial es que ya hay suficiente violencia y sexo en las demás secciones del periódico —suspiró y cerró el cuaderno—. La próxima vez que te preguntes por qué algunas tiras cómicas son tan sosas, ya conocerás la respuesta.

La muchacha la miró frunciendo el ceño.

—¿Te encuentras... bien?

Sarah había palidecido y había un brillo de sudor en su frente que antes no estaba ahí.

—No hace demasiado calor —contestó con un hilo de voz. Guardó la caja de lápices y el cuaderno de dibujo en su bolsa de lona—. Ha debido de ser una subida de azúcar por el helado. Se me pasará caminando de vuelta a casa. Vivo un poco más arriba de la carretera, en May's Cottage.

—Sé exactamente dónde está. Te acompaño... vamos, si te parece bien.

No podía soportar la idea de quedarse allí sola sentada, con una Coca-Cola que no quería y con Zane Parker contemplando su torpeza. Se puso en pie casi de un salto y abrió la mochila para sacar dinero.

—Pago yo —dijo Sarah, dejando el dinero sobre la mesa—. Gracias —le dijo a Zane alzando la voz.

—Ya nos veremos —contestó el muchacho desde dentro.

Aurora casi se ahoga. «Ya nos veremos». Dios, estaba enamorada. Sin duda.

—Vamos, Franny —dijo Sarah, acariciando el lomo de la perra, que se lanzó hacia delante tensando la correa. Dejaron atrás la calle principal y tomaron la carretera sombreada que seguía las formas de la bahía. Aurora había pasado por delante de aquella casa en muchas ocasiones. No quedaba lejos. A lo mejor Sarah la invitaba a entrar y le enseñaba más dibujos.

La miró a hurtadillas y se asustó: estaba más pálida que antes. La piel se le había vuelto tan transparente que podía ver el delicado trazado de sus venas en la sien. Sintió miedo. Aquella mujer no estaba bien, y apenas la conocía.

¿Y si le estaba dando un ataque? ¿Y si era drogadicta o algo así? Aurora miró a su alrededor, pero estaban completamente solas en aquel tramo de carretera bordeada de árboles.

—No tienes buen aspecto —le dijo—. No te ofendas, pero no estás bien.

—Sí, bueno, creo que puede haber una explicación.

—¿Qué explicación?

—Pues que me siento como si me hubiera comido un bollo en mal estado —empezó a temblar y el sudor le humedeció las sienes—. Necesito sentarme.

—Aquí no hay... ¡Oh!

Aurora la vio sentarse en la hierba del margen de la carretera, pero no como lo haría una persona normal sino hecha un ovillo, aplastando las flores silvestres con su peso.

—Ay, Dios mío... —exclamó Aurora, muy asustada. La perrita gimió como si la hubieran regañado. Arrodillándose, zarandeó a Sarah con cuidado, y estuvo a punto de desmayarse de alivio cuando la vio parpadear.

—¿Qué ha pasado?

—Creo que te has desmayado.

—Pues es la primera vez que me pasa.

Seguía estando muy pálida y tenía las manos húmedas y heladas.

—¿Y si... y si pones la cabeza entre las piernas? —sugirió, dejando a un lado la mochila. Abrió un bolsillo y sacó un teléfono.

—Vamos, Aurora, que no creo que sea como para llamar a emergencias.

—Voy a llamar a mi padre.

Sarah frunció el ceño y se secó la frente con la manga.

—¿Y quién es tu padre?

Aurora buscó el número.

—Pues casi el 112.

CAPÍTULO 18

Aurora casi nunca llamaba a su padre al trabajo, de modo que cuando el teléfono sonó con el timbre que le había puesto a ella, Will descolgó de inmediato.

—Aurora, ¿pasa algo?

—Sí. Bueno a mí no, pero estoy con una persona que necesita ayuda.

Will miró a Gloria, que estaba ocupada con papeleo. Ella lo vio y de inmediato se levantó y fue hacia la puerta.

—¿Qué está pasando? —le preguntó, ya con la chaqueta en la mano.

—¿Conoces a Sarah Moon?

—No exactamente, pero...

—No importa. Íbamos andando por la carretera y se ha desmayado.

Will oyó a alguien hablar junto a su hija y, aunque no entendió las palabras, el tono era de protesta. Contuvo las ganas de decirle a Aurora que no debía hablar con desconocidos.

—¿Está consciente? ¿Sangra?

—Se ha mareado, creo. Está pálida y sudorosa.

El equipo sanitario estaba atendiendo otro aviso en aquel momento. Un barco había pedido socorro en alta mar. El puesto de socorro del siguiente pueblo podría enviar un equipo, pero tardarían al menos veinte minutos más en llegar.

—¿Dónde estáis?

Señaló a Gloria diciéndole que él se ocupaba y se encaminó a la camioneta.

Cinco minutos después las encontró: a su hija, a Sarah Moon y a una perra grande. Debía de ser Sarah, porque tenía el pelo rubio y corto todo alborotado y pegado del sudor y la piel pálida como la cera. Su cara no le resultaba conocida.

Bajó de la camioneta y se acercó a ellas a medio camino entre la preocupación y la sospecha. ¿Qué demonios hacía aquella desconocida con su hija?

La vio alzar la mirada. Tenía los ojos vidriosos. «Drogas», pensó y sus sospechas aumentaron. Había visto suficientes personas en ese estado para reconocerlo. Recordó los parámetros iniciales de salvamento: peligro, respuesta, vías, respiración... Faltaba algo. Aunque había recibido formación en emergencias médicas no era precisamente su punto fuerte.

—¿Qué ha pasado aquí? ¿Estáis bien?

No parecía haberle reconocido, ni él lo esperaba, pero cuando sucedió dejó escapar un gemido de confusión.

—¿Will Bonner? —preguntó ella.

—Aurora dice que no estás bien. ¿Te has desmayado?

—No estoy segura. He empezado a marearme y he tenido que sentarme, pero no sé qué me ha pasado después. Con estarme sentada un rato bastará, seguro. ¿Eres sanitario?

—Soy capitán el cuerpo de bomberos. ¿Tomas alguna medicación?

Ya recordaba lo que le faltaba: circulación. Tomó su mano en busca de pulso.

—¿Eres diabética?

Parecía desorientada.

—No. Yo... no.

Con dos dedos empujó suavemente su barbilla para poder verle los ojos y comprobar si sus pupilas respondían a la luz. Tenía la piel pegajosa. Con la yema del pulgar le abrió un ojo y luego el otro. Las pupilas se contrajeron con la luz y sus ojos resultaron... de un azul rabioso. Buscó olor a alcohol o a drogas en el aliento, en su pelo o en la ropa, y experimentó sorpresa y quizás alivio al descubrir que no parecía estar tomando nada. Olía a hierba aplastada y flores silvestres.

—¿Puedes ayudarla, papá? —preguntó Aurora.

—¿Aurora es tu hija?

Parecía más confusa que antes.

La gente siempre se sorprendía al saberlo, y ya nunca contestaba a la pregunta. No era un experto, pero no le gustaba su pulso. Demasiado rápido e irregular. Algo no iba bien.

—Solo como medida de precaución voy a llevarte al hospital. Queda a quince minutos de aquí.

Aurora se acercó rápidamente a la camioneta y abrió la puerta del acompañante.

—Dame la mano —dijo él, ofreciéndosela a Sarah.

Ella miró su mano y después a Will.

—Solo necesito descansar, de verdad. Si pudieras llevarme a casa...

—No. O te llevo a tu médico o al Valley.

—No tengo médico.

—Entonces al Valley —se agachó un poco más para acercarle la mano—. Déjame ayudarte. Es mi trabajo.

Sarah lo miró entornando los ojos, y la agudeza de su mirada pareció despertar en él un vago recuerdo recuperado del pasado. No era que la recordase del instituto con claridad, pero en aquel momento su mirada sí le resultó conocida. Recordó a la criatura que apartada de todos lo había mirado de ese mismo modo hacía unos cuantos años, la hija del criador de ostras que iba al colegio con las manos agrietadas y actitud huraña.

Agarró su mano y le dejó ayudarla.

—Tengo tus cosas —dijo Aurora. Estaba junto a Sarah y entre su padre y ella la ayudaron a subir al coche. La perra se subió sin dudar. Will llamó a Gloria por radio para informarla.

Una vez se pusieron en marcha, miró por el retrovisor.

—¿Bien?

Sarah tenía los ojos cerrados, estaba pálida y sudaba.

—Esto no hacía falta.

—Piensa que vamos a dar una vuelta. Y así te doy la oportunidad de demostrarme que me equivoco.

—Genial.

Aurora iba callada, sentada junto a él y con la mochila a los pies. El bolso de Sarah lo llevaba sobre las piernas. Sus ojos se encontraron y Will asintió queriéndole decir que había hecho lo correcto.

A cada momento miraba por el retrovisor. El hecho de que no se hubiera resistido a que la llevara al hospital era revelador. Si una persona no estaba verdaderamente enferma, o si tenía algo que ocultar, nunca accedía a que la llevasen al médico.

El perro iba pendiente de todo. Menos mal que por fin alguien había adoptado a aquel chucho. Lo había visto deambulando por ahí y se temía que no durara mucho. Los perros perdidos o abandonados solían acabar en la cuneta de la carretera. Otros desaparecían por las noches, víctimas de coyotes, lobos o panteras.

Las mascotas solían provocar bastantes problemas, ya que no había protocolo establecido para ocuparse de ellas. En muchas ocasiones un perro extremadamente protector de su amo había dificultado las labores del equipo para rescatar a la víctima. Y a veces, se llegaba demasiado tarde para salvar al animal, o a más de uno, del escenario de un accidente. La vieja imagen de un bombero rescatando a un gatito de lo alto de un árbol era una leyenda urbana.

Miró por el retrovisor. Sarah Moon se había derrumbado contra la puerta.

—Sarah —dijo en voz alta—. ¿Me oyes?

Aurora se soltó el cinturón y se dio la vuelta.

—¡Sarah! Oye, Sarah. ¡Sarah! ¡Papá! —añadió mirando a su padre.

—Mira a ver si tiene pulso y asegúrate de que respira.

La muchacha saltó a la parte de atrás.

—Tiene pulso y respira, papá.

—Muévela un poco y háblale. Casi hemos llegado.

Y marcó el número del hospital. En el Valley no tenían un centro traumatológico de última generación, pero sus urgencias eran de primera.

—Soy el capitán Will Bonner de Glenmuir —dijo—. Estoy llegando con una mujer de veintitantos años. Estatura y complexión medias —aquella no era su especialidad, de modo que la información no le salía de modo automático. Rubia y con los ojos azules, estuvo a punto de decir, pero eso sería irrelevante—. Ha tenido un mareo y ha estado a punto de perder el conocimiento.

—¿Está alterada?

—Negativo. Dice no tomar medicación y no es diabética. Ahora parece haber perdido el conocimiento de nuevo, pero tiene pulso. Tardaremos unos tres minutos más en llegar. ¿Paro y revalúo?

—No. Siga hacia acá.

Los siguientes escasos kilómetros en aquella carretera de montaña le resultaron interminables. Ya había encendido las luces y la sirena, la aguja del velocímetro estaba casi al final de su recorrido, pero seguía pareciéndole que tardaban una eternidad. No le ayudaba oír a su hija llamando a Sarah una y otra vez y al perro, que parecía presentir el desastre, gemir.

Por fin llegaron a la entrada de urgencias del hospital. Un equipo les aguardaba en la puerta.

Unos segundos después, entraban.

—Quédate con el perro —le dijo Will a Aurora—. Tengo que asegurarme de que está bien y llamar a su padre.

—¿Y si no está bien?

—De todos modos, tengo que llamar a su padre —se quitó las gafas de sol—. ¿Qué hacías tú con ella, Aurora? Ni siquiera sabía que os conocierais.

—Eso demuestra lo que sabes de mí.

—Aurora...

—Hemos hablado un par de veces, eso es todo. Estábamos en el Magic Bean y me ha estado enseñando sus dibujos.

—¿Te ha parecido entonces que estaba enferma?

—En un principio no, pero al poco me di cuenta de que se quedaba pálida. Entonces empezó a sudar y a no tenerse en pie, y pensé que solo necesitaba irse a casa y descansar.

—Menos mal que estabas con ella.

Ojalá pudiera quedarse y disfrutar de la brillante sonrisa de su hija.

—Tengo que entrar. En cuanto pueda, salgo.

Un equipo médico compuesto por seis personas estaba arremolinado en torno a Sarah, a la que habían tumbado en una camilla.

Seguía estando pálida. Le habían puesto el brazalete del tensiómetro y una vía. Le tapaba la boca y la nariz una máscara de oxígeno. En un dedo de la mano derecha llevaba un capuchón del que salía un cable que se unía a un monitor.

—¿Cómo te encuentras?

—Bien —la máscara hacía que su voz sonara como dentro de un pozo—. ¿Y Franny?

Tardó un momento en darse cuenta de quién era Franny.

—Mi hija está con ella. La cuidaremos hasta que puedas volver a casa.

Una enfermera estaba colocando en una percha de metal una bolsa de fluido transparente.

—Voy a llamar a tu padre.

—Seguramente estará en el garaje de Mounger, trabajando en su coche.

—¿Tendrá móvil?

—Puedes probar.

Le dio el número.

Will marcó y se alejó un poco, pero antes de establecer comunicación sujetó el brazo de alguien con bata blanca.

—¿Qué le digo a su padre?

—Parece una deshidratación. Vamos a hacerle pruebas.
—Entonces no es para alarmarse.
—De momento, no.

Saltó un buzón de voz, lo cual no le sorprendió. La cobertura en aquella zona era casi inexistente. Will fue muy claro en el mensaje.

—Su hija está bien. La he traído al hospital Valley porque se ha mareado. Debería venir en cuanto escuche este mensaje.

Colgó y se guardó el teléfono en el bolsillo.

—Has hecho bien —dijo Sarah con un hilo de voz—. Hay que tener cuidado con cómo se les dan las noticias a las personas. Al menos ahora no le dará un ataque al corazón.

—Eso espero.

Will intentó imaginarse a sí mismo recibiendo ese mensaje y no pudo.

—¿Te quedas? —le preguntó Sarah con ansiedad.

—¿Qué?

Le sorprendió que quisiera que se quedara, pero seguramente le habría valido cualquiera en aquellas circunstancias.

—Claro. No hay problema.

No había pensado quedarse, pero ella se lo había pedido y eso bastaba. En su rostro había más preguntas, pero tuvo que apartarse para dejar trabajar a los médicos que tomaban muestras, hacían observaciones y la bombardeaban a preguntas sobre su historial médico.

De modo que aquella mujer era Sarah Moon de adulta.

Mientras el personal seguía revoloteando a su alrededor hablando en su jerga Will se guardó las manos en los bolsillos y la miró a los ojos para prestarle su apoyo. Hubiera querido poder decirle que se iba a poner bien, pero no podía estar seguro. Una persona joven y saludable no se venía abajo en una cuneta sin razón aparente.

Las urgencias del hospital tenían exactamente el mismo aspecto que la última vez que había estado allí con Marisol. Ojalá no recordase todos los detalles, pero no podía evitarlo. Se le había quedado grabada la forma cónica de las luces del techo y el resplandor verdoso que caía sobre la camilla. Conocía aquella voz sin nombre que sonaba por los altavoces y el ruido metálico del instrumental en la bandeja.

El personal médico se alejó y aprovechó para acercarse.

—¿Te encuentras mejor?

—No —respondió, apartando brevemente la mascarilla de oxígeno. Seguía teniendo los labios amoratados.— Pero no te agobies, que no es culpa tuya.

—Vuelve a ponértela —dijo, señalando la mascarilla.

—Tengo que ver a la perra. A Franny no le gusta separarse de mí.

—Aurora la está cuidando. Se le dan bien los animales.

Sarah volvió a recostarse.

—Hace muy poco que la tengo, pero desde el momento mismo en que se decidió a confiar en mí la he tenido constantemente pegada a mis talones. Casi da miedo ser consciente de lo que me he encariñado ya con ella. Se diría que hemos estado toda la vida juntas.

Se colocó la mascarilla.

—Los perros pueden ser así.

Por alguna razón aquellas palabras debieron parecerle divertidas porque Will la vio sonreír, aunque la máscara le tapaba la nariz y la boca. Pero no era una sonrisa, porque vio rodar una lágrima por su mejilla que fue a perderse en la goma de la máscara.

«Vaya por Dios», pensó. Por eso él no se dedicaba a la medicina, sino a los incendios. Prefería enfrentarse a un fuego descontrolado que a las lágrimas de dolor de una mujer.

—¿Quieres que busque al médico? ¿Tienes dolor?

Ella negó con la cabeza.

—Perdona —dijo y murmuró algo más que no pudo entender—. Tienes una hija encantadora —añadió.

—Gracias —era algo que le decían con frecuencia, pero que nunca se cansaba de oír—. Estoy muy orgulloso de ella.

—Es normal que lo estés.

Cerró los ojos y respiró hondo.

Will se sintió raro, lo cual no era normal en él. Debido a la naturaleza de su trabajo estaba acostumbrado a ver a la gente en todo tipo de circunstancias, a menudo las más terribles de su vida. Veía familias cuyas posesiones habían quedado reducidas a cenizas, granjeros cuyas cosechas o cuyos huertos habían sido destruidos, niños que habían perdido a su mascota. Su trabajo no era precisamente un paseo por el parque, pero era un buen profesional. A pesar de que prefería ocuparse directamente del fuego, sabía cómo conectar con una persona mirándola a los ojos. Había aprendido a no encogerse ante el dolor ajeno, y comprendía que sentir su agonía no servía de nada. Había que hacer algo.

Miró a su alrededor. ¿Por qué se habían ido todos? Parecía agotada, hundida en aquella almohada, el pelo rubio pegado al cráneo. Se mantuvo a su lado intentando no dejar traslucir su agitación para que no le afectase. Quizás debería darle la mano e intentar consolarla de algún modo, pero mejor no. Mejor dejarla tranquila y que descansara.

¡Qué chica tan rara había sido.! De adolescentes no podían ser más diferentes. Él, lleno de los sueños que solo un joven y engreído atleta podía tener. Ella, para él, había sido un enigma. Lo único que sabía de ella es que era un incordio. Y no le habría dedicado ni un minuto de su tiempo de no ser porque Sarah, por razones que ahora comprendía perfectamente bien, se había fijado en él para ponerlo en ridículo.

Recordaba bien la primera vez que alguien le enseñó la tira cómica que había titulado *El infierno en la tierra*. La publicación no contaba con el patrocinio del colegio y sin embargo era muy conocida, pasando de mano en mano de un estudiante a otro como un porro en una fiesta.

No había vuelto a pensar en ello desde hacía años, pero recordaba bien sus dibujos, algunos bastante crudos. Lo satirizaba todo, desde el desfile de alumnos de otoño, pasando por la comida de la cafetería hasta las chicas que se hacían la cirugía estética, entre las que se encontraba su propia hermana, Birdie. Pero donde más se cebaba su sarcasmo era en las personas que disfrutaban de los placeres de la vida sin haber tenido que esforzarse para conseguirlos. La gente que no tenía que sudar para ganarse una buena calificación o para que le asignaran un puesto en el equipo; personas que podían sentarse en cualquier sitio en la cafetería, que salían con quien querían y que eran capaces de encandilar a cualquier profesor de universidad.

Gentes como él.

A él lo había breado sin compasión. Sus dibujos de trazo firme y seguro lo reducían a una criatura de mirada perdida, mandíbula cuadrada y hombros tan anchos que no podía pasar por las puertas. Le ponía enfermo verse como un personaje cómico pagado de sí mismo, obsesionado con su físico, utilizando su talento y su encanto para manipular cualquier situación en su beneficio.

Fingía reírse de *El infierno en la tierra* con todos los demás, pero en el fondo su caricatura le escocía. Aunque nunca lo admitiría, tenía muy claro por qué detestaba sus dibujos.

Porque con él había dado en el blanco: su retrato era más que acertado.

Quizás no fuera tan besugo ni tan tonto como ella lo ponía, pero seguramente sí tan pagado de sí mismo y tan mezquino como ella lo retrataba. Le había puesto un espejo delante de la cara y no le gustaba lo que veía.

—¡Sarah!

Nathaniel Moon estaba entrando en la sala.

—¿Qué ha pasado?

—Hola, papá.

Se levantó la máscara e hizo un esfuerzo por sonreír.

Su padre parecía tan incómodo con ella como él, pero verle allí le hizo sentir una inesperada conexión con aquel hombre: los dos eran padres solteros.

Nathaniel le puso la mano torpemente en el hombro.

—¿Cómo estás? ¿Qué ha pasado?

Will le puso al corriente intentando que todo pareciera rutinario, pero la preocupación en el rostro de Nathaniel fue creciendo: no había nada de corriente en que una mujer perdiera el conocimiento.

Cuando el médico volvió unos minutos después, traía una expresión curiosa en la cara. No sonreía, pero parecía caminar aliviado. Will se sintió mejor.

—Me voy a marchar —le dijo a Sarah—. No te preocupes, que cuidaremos de tu perra hasta que puedas volver a casa.

—Gracias —contestó Nathaniel por ella.

Sarah tenía la mirada puesta en el médico. Traía unos documentos.

—Ya tenemos el resultado del análisis.

Cuarta parte

CAPÍTULO 19

—Gracias por venir —dijo Sarah aquella noche al abrirle la puerta a Will Bonner.

En cuanto entró en la casa, Sarah tuvo la sensación de que era demasiado grande para aquel lugar. Demasiado alto, demasiado corpulento, demasiado fuerte, demasiado... todo.

Franny se había puesto como loca al saber que volvía a casa. Había pasado todo el día con Will y Aurora. Will se había ofrecido a quedársela una noche más, dado que Sarah no iba a volver hasta al menos las nueve de la noche. Habría sido lo más práctico, mejor que pedirle que se la llevara, pero su estado de ánimo no era precisamente práctico.

—Will, te agradezco de verdad lo que has hecho —le dijo con toda tranquilidad.

—No hay problema.

Él la miraba con su gorra de béisbol en la mano, observándola. Esperando y preguntándose, sin duda.

Sarah lo miró a los ojos. Solo había un modo de decirlo: diciéndolo.

—Estoy embarazada.

Ya está. Ya lo había dicho. La noticia que le había dado el médico había quedado suspendida en el aire, creando una realidad invisible, pero inevitable. Un momento que lo cambiaba todo: su futuro, sus sueños, la vida que había creído que iba a tener. Un momento que se había imaginado muchas veces, pero que nunca habría creído que compartiría con un desconocido.

Will se tomó la noticia bastante bien. Tenía que reconocerlo.

—¿Tengo que darte la enhorabuena?

—Sí y no. A ver, es algo que yo deseaba, pero... no ahora.

Aún podía oír las palabras del médico: «está usted embarazada».

Inesperada, imposible, alucinantemente embarazada.

Era un sueño hecho realidad. Era su peor pesadilla. Aún estaba paralizada por la noticia. Estar embarazada era lo último que se esperaba. Si se ponía a pensar, los síntomas habían estado ahí durante las últimas semanas. La falta de periodo lo había achacado a dejar de tomar las dosis cíclicas de Clomid, y las náuseas y los antojos raros a los nervios. Pero ahora sabía que había una razón que no tenía nada que ver con que su matrimonio se hubiera acabado y que estuviese comenzando de nuevo. Un bebé.

—No sé cómo daros las gracias a Aurora y a ti por lo que me habéis ayudado hoy —dijo. Aquel momento era completamente surrealista. Allí estaba con un hombre al que una vez adoró y detestó con cada fibra de su ser adolescente—. Por favor, siéntate. Bueno, si tienes tiempo.

Hubo un instante de duda que habló por sí solo. Eran desconocidos. Por mucho tiempo que hubiera pasado desde que dejaran el instituto, ella seguía siendo la rara y él un semidios atleta.

—Gracias —contestó él, y se acomodó en el sofá de chenilla—. Acabo de salir de trabajar.

—¿Puedo ofrecerte algo de beber?

—Estoy bien.

—No tengo cerveza, pero sí una botella de Pinot...

—Sarah...

Respiró hondo.

—Estoy nerviosa.

—Siéntate —tomó su mano y la hizo sentarse a su lado—. Mira, quiero decirte algo para que no tengas dudas: quiero que sepas que respeto tu intimidad al cien por cien.

—Quieres decir sobre… eh… —la boca se le había quedado seca. Casi no podía pensar en ello, y mucho menos decirlo—. Sobre lo de estar embarazada.

—Es solo asunto tuyo.

Muy diplomático. Seguramente conocía todos los escándalos de aquella población de primera mano. En su posición, tendría que dar órdenes a todo el mundo para rescatar a las víctimas. Sabría a quién le gustaba coleccionar juguetes sexuales en el dormitorio, quién no limpiaba nunca la cocina o quien no devolvía los libros a la biblioteca.

—Debería contárselo a tu hermana. Seguramente ya lo sabes, pero soy cliente suya.

—¿Sois amigas?

—No. Es decir, que tu hermana me parece una chica encantadora, pero no es una relación social.

—Estoy pensando que en este momento necesitas más a una amiga que a una abogada. ¿Seguro que te encuentras bien?

—Un poco desbordada, pero bien —respondió, mirándolo con curiosidad y un poco de desconfianza.

—¿Qué?

—Pues que en otro tiempo habrías corrido con un espray en la mano a pintarlo en el muro más cercano.

—De eso hace años —no negó que el Will de entonces lo habría hecho—. La gente cambia. Yo he cambiado. Y lo que decidas hacer con tu situación es solo asunto tuyo.

Su comentario la sobresaltó y rápidamente negó con la cabeza.

—Ah, no; pienso tener el niño y quedármelo. En eso no tengo dudas.

Y de verdad no las tenía. Llevaba demasiado tiempo deseándolo y había invertido demasiado esfuerzo.

—En ese caso, enhorabuena —la felicitó con una sonrisa tan auténtica que Sarah parpadeó varias veces.

—Gracias. Después del médico, eres la primera persona que me felicita de verdad —calló un instante—. Mi padre no lo ha hecho.

—Estoy seguro de que estaba muy preocupado con el hecho de que hubieran tenido que llevarte a urgencias.

—No lo entiendo. Estás consiguiendo que me sienta mejor, y es algo que no me esperaba de ti.

Will se echó a reír.

—Me lo tomaré como un cumplido, aunque no estoy seguro de que esa fuera tu intención —replicó, acomodándose en el sofá casi como si llevara en aquella casa toda la vida—. Pero, si quieres hablar, o quieres contar algo para desahogarte un poco..

Sarah se preguntó si su mandíbula inferior estaría en realidad rozando el suelo o si sería solo impresión suya. ¿Will Bonner ofreciéndole una mano amiga? ¿Qué es lo que no funcionaba bien en esa imagen?

Tal vez formase parte de su trabajo ocuparse de que las embarazadas histéricas no perdieran del todo los nervios.

La miraba atentamente y se dio cuenta de que no le había contestado.

—¿Por qué?

—¿Por qué, qué?

—¿Por qué me animas a que me desahogue contigo?

Aunque no quería, sentía que la mirada se le iba a él. Sus hombros de atleta parecían capaces de soportar el peso del mundo.

—Estás sola, y acabas de recibir una noticia importante.

—Eres una persona extremadamente amable —contestó, estudiándolo. «Mismo exterior», pensó con voz de anuncio de la tele. «Nuevo y mejorado interior»—. ¿Cuándo te ha ocurrido? ¿Cuándo has dejado de ser el Will Bonner que me llamaba Chica Ostra?

Will contestó abriendo los brazos con las palmas de las manos hacia arriba.

«Corrección», pensó. Su físico no era el mismo que en el instituto, sino mejor. Estaba más formado y su sonrisa era auténtica. Le salía de dentro. Sus ojos castaños tenían arruguitas en el rabillo lo que añadía carácter a un físico que había sido demasiado perfecto.

—¿De verdad te llamaba Chica Ostra?

—Tú y todo el equipo de baloncesto.

—Teníamos motes para todas las chicas, y créeme si te digo que podría haberte ido mucho peor. Pero tienes razón: en el instituto no era un tío precisamente agradable. Supongo que era más el que tú sacabas en tu tira.

—Si sirve de algo, te diré que me siento mal por aquello.

—Pues no. A lo mejor verme reflejado en tu tira me ayudó a convertirme en una persona mejor.

—El mérito de eso lo tienen tus padres, no mis dibujos.

—¿Tú escuchabas mucho a los tuyos cuando estabas en el instituto?

—Ni siquiera recuerdo haber mantenido una conversación con ellos.

—Lo mismo digo.

Charlando. Ella, Sara Moon, estaba charlando tranquilamente con Will Booner. En el instituto era la clase de persona a la que mirabas y pensabas que tenía un futuro brillante por delante. Tenía fantasías con él. Ella y las demás chicas del instituto.

—Quiero que sepas que no pasa nada si se lo cuentas a Aurora. Seguramente se lo estará preguntando.

—Sí, quería venir conmigo, pero la he obligado a quedarse en casa. Mañana tiene clase. Pero no me corresponde a mí darle la noticia.

Sintió que las mejillas se le coloreaban como el mercurio sube en el termómetro ante la presencia de fiebre.

—Aurora es una chica estupenda. Debes de estar muy orgulloso de ella.

Se preguntó cuántas veces habría mirado la foto de Will y Aurora que Birdie tenía en su despacho; nunca habría relacionado al angelito que aparecía en ella con la hija casi adulta de Will. La gente dejaba las instantáneas en su marco para siempre. ¿Por pereza o porque querían detener un momento en concreto?

—Lo estoy.

«Sigue hablando, le dijo sin palabras. «No me obligues a sacarte la historia con sacacorchos».

Pero no le contó más.

—Es tu hija adoptiva.

Él asintió.

—Me casé con su madre el verano del último curso del instituto y adopté legalmente a Aurora un par de años después. A veces tengo la sensación de que soy más su hermano mayor que su padre.

No le contó lo que había sido de su madre. «Tú tampoco se lo has preguntado», pensó.

—¿Por qué pones esa cara?

—¿Qué cara?

—Pues esa. ¿En qué estás pensando?

—En lo que acabas de decir sobre la madre de Aurora. Me voy a tirar horas dándole vueltas.

—¿Ah, sí? —se volvió de lado en el sofá y la miró a los ojos—. ¿Y en qué vas a pensar?

—Aurora me dijo que tú y tu... mujer estáis muy unidos, pero que ella vive ahora en Las Vegas.

Le vio quedarse muy quieto. Luego apoyó los codos en las piernas y entrelazó los dedos.

—Eso es cierto en parte. Marisol vive en Las Vegas.

—¿Y la otra parte?

—A Aurora le ha costado mucho trabajo aceptar que nos hemos separado.

Parecía un hombre distinto cuando hablaba de su hija. Había una hondura y una dulzura en él que Sarah nunca habría asociado con su persona.

—Lo siento —se disculpó—. No debería haber sacado ese tema.

Él siguió mirándose las manos.

—Se marchó. Son cosas que pasan.

Un nuevo tipo de silencio se instaló entre ellos. No era incómodo, sino suavizado por la mutua comprensión.

Sarah se sentía amparada hablando con él, y desde luego necesitaba hablar. Will había tenido razón al decir antes que necesitaba un amigo porque estaba sintiendo una irrefrenable necesidad de contarle cómo se sentía sabiendo que su matrimonio se había acabado en el momento exacto en que empezaba una nueva vida.

Aquella mañana, con su padre, ella estaba demasiado aturdida y él demasiado incómodo para analizar y especular. Con Will temía explotar si no ponía voz a sus pensamientos, y a él no parecía molestarle. Y es que tenía un modo de escuchar muy particular, con una concentración absoluta, y se preguntó si él estaría experimentando aquella misma sensación de conexión o si solo estaría siendo amable. Daba igual. Había cosas que no podía seguir callando.

—Jack y yo queríamos tener familia casi con desesperación —le contó—. Jack vamos a estar divorciados dentro de nada.

Will no dijo nada, y ella no necesitó que lo hiciera.

—¿Quieres saber una cosa rara?

—¿Tengo elección?

—No mientras sigas sentado en ese sofá.

—No voy a ir a ninguna parte. Cuéntame una cosa rara, Sarah Moon.

—Es tan rara que parece extraterrestre —añadió como lo habría hecho un pecador que no pudiera contener más el pecado.

Will se recostó en el sofá y entrelazó las manos.

—Ponme a prueba.

—No me he quedado embarazada acostándome con mi marido.

—Yo no estoy aquí para juzgarte.

Cambió de postura para quedar frente a ella. Tenía las mejillas ligeramente arreboladas, lo cual le resultó encantador.

—No, espera, que no es eso. No es que me haya acostado con otro hombre.

—Ahora sí que no te entiendo.

—Verás: estoy segura de que este bebé se concibió en el momento exacto en que mi matrimonio se estaba rompiendo. No sé si será una señal.

Él permaneció en silencio. Su única reacción fue una arruga en el entrecejo.

—Perdona, no debería estarte contando esto.

—Solo intento imaginarme la... mecánica del... asunto.

Y se puso todavía más colorado.

Verle sonrojarse le resultaba encantador.

—Estábamos sometiéndonos a tratamientos de fertilidad. Era el decimosegundo intento. La fecha de la concepción es la del día que me sometí a la inseminación artificial —tardó un poco en continuar—. ¿Es demasiada información?

—Seguramente, pero continúa.

—De modo que mientras yo estaba sometiéndome a... al proceso, Jack estaba con otra mujer.

Mimi Lighfoot. La condenada Mimi Lightfoot.

—No entiendo por qué estoy aireando toda esta ropa sucia.

—Yo no me sorprendo con facilidad —le aseguró él y, si era cierto o no, ella le creyó.

—Así que ahí estaba yo, con el sueño de toda una vida haciéndose realidad en el mismo momento en que... —movió la cabeza—. Tiene que estarte pareciendo una locura.

—¿Lo del sueño hecho realidad? Eso no pasa todos los días.

Sarah respiró hondo.

—Gracias. En fin, que si hay alguna decisión que tomar es cómo y cuándo decírselo a Jack, y si esto cambia algo entre nosotros. No sé si debería plantearme una reconciliación por el bien de mi hijo. Ha sido una de las primeras cosas que se me han pasado por la cabeza. ¿No crees que los niños tienen derecho a crecer con su padre y con su madre en la misma casa?

—¿Me lo estás preguntando o solo piensas en voz alta?

Ella se sonrojó.

—Más bien lo segundo. Y no tengo la respuesta. Aun no puedo pensar con claridad —agarró un cojín del sofá y se abrazó a él—. Esto es algo con lo que sueñas muchas veces: dar la noticia de que estás embarazada, decírselo a tu marido, imaginar la cara que se le va a poner. Siempre te lo imaginas como un momento tan entrañable y tan romántico.

Le sorprendió sentir una punzada de rabia hacia Jack. También le había robado eso.

—¿Quieres que te diga lo que pienso? —le preguntó y esperó a que decidiera—. No tomes una decisión precipitadamente, y mientras, disfruta de tu hijo.

—Es el peor momento posible. No tengo ni idea de qué va a ser de mí, haga lo que haga.

Él le ofreció una sonrisa tranquilizadora.

—Sea lo que sea, eres una mujer joven y sana que va a tener un hijo. ¿Cómo podría ser malo algo así?

Sus palabras la animaron lo indecible, hasta el punto de que le sorprendió descubrir que seguía sentada a su lado en el sofá en lugar de estar flotando en una nube.

—Gracias —susurró—. Al final estoy empezando a sentir que de verdad esta es la mejor noticia que se puede recibir en la vida.

—Voy a darte otro consejo. Nunca he estado en tu situación, pero sí sé lo que es una ruptura y te aconsejo que no te reprimas: enfádate, rompe platos, tira cosas.

—Estás de broma, ¿no?

—¿Te lo parece? Te sorprendería lo que romper cosas o tirarlas mejora tu estado de ánimo.

—Es que ahora mismo no estoy enfadada. Estoy feliz por mi hijo. Sé que va a ser un desafío brutal, pero también soy consciente de que es una bendición y me siento... feliz, no enfadada.

—Pero lo estarás, y será normal. Y cuando necesites sacarlo fuera y no quieras hacer daño a nadie, prueba con objetos inanimados. ¿Quieres que te traiga una caja de porcelana vieja de la tienda de empeño?

—Creo que me las arreglaré, pero gracias de todos modos.

Will permaneció un momento observándola.

—¿Qué?

—Que tienes una bonita sonrisa. No recordaba eso de ti,

—Es que no era precisamente agradable, y sonreía bastante poco.

—Lo dudo —se rio, y permaneció un instante más mirándola con una expresión que ella no pudo descifrar—. Entonces, ¿estás bien?

—¡Menuda preguntita! Esta noche espero estar bien. La verdad es que ha sido un día raro, y me alivia un montón tener a alguien con quien hablar. Voy a hacer todo lo posible por estar bien.

—Me alegro, Sarah. Estaré siempre a tu disposición para ayudarte en lo que necesites. No lo olvides.

Se acurrucó contra el grueso brazo del sofá.

—No lo olvidaré —se sentía cómoda con él y muy agradecida de saber que no estaba sola—. Yo también siento cierta curiosidad. Siempre había pensado que terminarías marchándote fuera, y sin embargo sigues en Glenmuir.

—Ese era el plan, pero los planes cambian. Bueno... tengo que irme.

«No te vayas», pensó Sarah, y Franny lo miró con añoranza.

—Claro.

Se acerco a la consola del rincón y escribió algo en un papel.

—Mis números. Del parque, de casa y del móvil.

—Gracias —contestó ella mientras lo acompañaba a su camioneta—. Y dale a Aurora las gracias de mi parte. Todo lo ha hecho bien hoy.

—Llama cuando quieras. Ni siquiera has de tener una razón para hacerlo —la miró con curiosidad y preguntó—: ¿he dicho algo gracioso.

—No —respondió, pero es que no podía evitarlo. Le hacía sonreír—. Es que… eres el mejor funcionario público que he conocido nunca.

CAPÍTULO 20

Cuando decidió entrevistar a Sarah Moon para su trabajo de Sociales, Aurora no se imaginaba que iba a acabar siendo algo tan dramático y se preguntó si su profe le daría algún punto extra por ello. O si lo sacaría en la web del colegio, como había hecho con la entrevista que Glynnis le había hecho a su padre. Por supuesto el profe querría conocer el resultado final y ella lo desconocía. Su padre le había dicho que eso era solo asunto de Sarah y que sería ella quien tendría que decidir si quería dar explicaciones o no.

Su padre sabía guardar bien los secretos. La gente pensaba que siendo el capitán del cuerpo de bomberos se pasaba todo el tiempo apagando incendios, pero también recibía llamadas en las que le pedían que recuperase una alianza que a alguien se le había caído por el desagüe, o para que sacara a críos de sitios en los que nunca deberían haberse metido. En una ocasión, Ethan Parker se subió al depósito del agua y luego le daba miedo bajar, así que su padre tuvo que subir a buscarlo. La madre de Edie llamó en otra ocasión para que le sacara a unos pájaros que se habían metido en la chimenea y, cuando su padre llamó a su puerta, salió a abrirle con un salto de cama de seda. Se lo contó Gloria.

—¿Nos echamos un uno contra uno?

Su padre tenía la puerta de atrás abierta y le pasó el balón de baloncesto.

—Mejor que hacer los deberes…

Salió al cemento y empezó a botar. Gracias a su padre se le daban bien los deportes. Era imposible ser su hija y no jugar bien al baloncesto, al béisbol, al fútbol y al lacrosse.

—Dejaremos un rato para los deberes —le aseguró él, y fue a robarle el balón.

Ella se giró para bloquearlo.

—Te va a costar toda la tarde ganarme.

Cuando era pequeña, él solía dejarse ganar, pero poco a poco fue poniéndoselo más difícil. Ser educada por un hombre tenía algo de bueno: que los tíos del colegio la aceptaban automáticamente. Y mientras jugaban, hablaban. Por alguna razón tenían conversaciones mejores mientras intentaban ganarse el uno al otro que sentados en el sofá.

—¿Cómo es que nunca me habías contado que conocías a Sarah Moon del instituto?

Entró en la zona y anotó.

Él atrapó el rebote.

—Yo no diría que la conocía. Sabía quién era y estábamos en el mismo curso.

—A ver si lo adivino —dijo, intentando defender aunque sabía que era inútil—. Tú eras un tío bueno y ella una friqui.

Su padre siguió botando, pero parecía pensativo.

—¿Qué te hace pensar que era una friqui?

Aurora ocultó una sonrisa.

—Pues que la gente que de mayor es artista o un genio de los ordenadores siempre eran friquis en el instituto. O empollones. Muchos artistas eran friquis. ¿Ella también?

—Supongo que sí —respondió haciéndose el chulito y botando el balón por detrás de la pierna—. Para no haber ido al instituto, pareces una eminencia en sus costumbres.

Aurora metió la mano.

—Anoche leíste su tira en Internet. Te dejaste la página abierta.

—Sentía curiosidad después de haberla llevado al hospital.

Se lanzó a por el balón, pero él la evitó.

—¿Por qué? ¿Por qué sentiste curiosidad?

Salió de la zona, lanzó y marcó con facilidad. Flop.

—La mayoría de la gente que era una friqui en el instituto luego han resultado ser adultos interesantes.

—¿Cómo era ella entonces?

—Se pasaba el día dibujando —contestó, dejándola ir a por el rebote.

—¿Para el periódico del insti?

Sarah no lo había mencionado en la entrevista.

—No. Eran cómics clandestinos.

—¿Por qué? ¿Es que eran pornográficos?

Se estaba pasando el balón de una mano a otra, aunque técnicamente ese movimiento era ilegal.

Las mejillas de su padre se colorearon.

—No, y no puedo creer que esa haya sido tu primera idea. Eran tiras satíricas y levantaban mucha controversia. Se reía de la administración del instituto y de otros estudiantes.

—¡Ja! Lo que quieres decir es que se reía de ti.

Tiró contra tablero, pero no consiguió anotar.

—Me hacía quedar como un imbécil con el coeficiente intelectual de un sapo. Tenía por costumbre pinchar a la gente que parecía demasiado satisfecha consigo misma.

Aurora recuperó el balón. Su preocupación por Sarah Moon disminuyó.

—¿Por qué nadie hizo que parara?

—Pues porque incluso entonces era divertida. Circulaban copias de sus dibujos entre la gente en cuanto salían.

—Así que, si resultas entretenida, puedes hacer lo que te dé la gana.

—Durante un tiempo.

—No lo olvidaré.

Lanzó de nuevo, pero el tiro le salió fatal y acabó en los rosales.

Su padre señaló tiempo con un gesto de las manos y fue a

por dos latas de zarzaparrilla a la nevera. Se sentaron en los escalones a disfrutar del fresco.

—He estado viendo en casa de la abuela los anuarios —le confesó—, y no había demasiada información sobre Sarah Moon. De ti no puedo decir lo mismo.

Su padre había sido un chico de oro, de esos que parecen demasiado buenos para ser real, tan guapo que casi le daba vergüenza.

—Debes de aburrirte mucho en casa de la abuela si te dedicas a ver anuarios.

—Mucho muchísimo —respondió y tomó un trago. No podía explicar por qué se sentía atraída por los enormes y viejos libros que había en el estudio de sus abuelos, o por qué las fotografías y los mensajes de los amigos la intrigaban. Seguramente porque a su padre no le gustaba demasiado hablar sobre sí mismo.

—¿Y te has enterado de algo? —le preguntó él—. Sobre Sarah, quiero decir.

—Nada interesante. Que se tiñó el pelo de negro.

—Creo que eso lo recuerdo.

—¿Y qué le dijiste?

—No me acuerdo. Seguramente me metí con ella. Me metía con todo el mundo entonces.

Tomó otro sorbo y dejó que el gas formase una bola en la garganta. Cuando le pareció el mejor momento, soltó un eructo prolongado.

Su padre se volvió a mirarla.

—No ha estado mal.

Bebió, tragó y respondió del mismo modo, pero más fuerte y durante más tiempo.

Aurora se preguntó si su padre estaría interesado en Sarah Moon. A lo mejor estaba pensando invitarla a salir, y la posibilidad le hizo fruncir el ceño. Se ponía enferma cuando salía con mujeres. No era que creyera que le debía lealtad a su madre. Esa idea, junto con la persona en sí, hacía mucho tiempo que había desaparecido. No quería que saliera porque le robaba tiempo a ella, aunque nunca se lo diría. No quería parecer una egoísta malcriada.

Porque no era una malcriada. Simplemente no quería compartir a su padre. Ya tenía que renunciar a él lo bastante. A cada poco, la dejaba sola. Sabía que su trabajo era así y que volvería a casa al final de cada turno, pero odiaba que se marchase.

Debería querer que fuera feliz. Y lo quería... pero con ella, no con otra mujer. Le había gustado descubrir que había estado buscando a Sarah en la red, pero ahora que se habían conocido tenía miedo. Afortunadamente las mujeres con las que salía nunca le duraban mucho. Casi todas se enamoraban de él. Cualquiera que tuviera un par de neuronas se daría cuenta de que estaba como un queso, además de ser divertido y buena persona. Pero él no se enamoraba nunca de ellas.

En un par de ocasiones había estado a punto. Una con una productora de té orgánico de Gualala, con aquellos tops de algodón que llevaba, sin sujetador y sin sentido del humor alguno. Él sí parecía estar por ella, pero daba la impresión de que Aurora la ponía nerviosa, así que lo suyo no duró. Ah, y aquella modelo de bañadores que vivía en San Francisco. Una revista había organizado una sesión fotográfica en Wildcat Beach, y tanto las modelos como el equipo se habían alojado en el Golden Eagle Inn. Su padre había salido con Mischa durante varios meses, que los había pasado yendo y viniendo a la ciudad.

La cosa iba ya en serio entre ellos y de pronto Aurora se cayó de las espalderas del gimnasio y se dislocó el hombro. Su padre canceló una cita que tenía con ella, por lo que se puso hecha una furia y rompió. Aurora aprendió algo aquel día: que tenía una gran influencia en su padre.

Mejor no pensar en todas las ocasiones en que había utilizado esa influencia. A veces se le ponía dolor de estómago cuando iba a salir con alguien, o necesitaba que la ayudara con los deberes. Cada vez que su padre empezaba a interesarse en alguna mujer, Aurora tenía algún tipo de crisis que exigía toda su atención.

La tía Birdie la caló enseguida y le pidió que dejase de hacer eso. Y era difícil torear a la tía Birdie.

Por suerte su padre no había conocido a nadie desde hacía mucho tiempo, al menos a nadie con quien conectara.

Will miró el reloj. Aurora y él iban a cenar a casa de sus padres. Su madre invitaba a toda la familia los viernes por la noche: a él, a Aurora, a su hermana y a su marido. Will asistía siempre que su turno de trabajo se lo permitía.

Su hija estaba tardando un montón en arreglarse, como siempre. No tenía ni idea de qué se podía hacer en un cuarto de baño durante cuarenta y cinco minutos cada vez que tenían que salir a alguna parte, y en el fondo tampoco quería saberlo.

—Vámonos, Aurora —le gritó desde la cocina.

—Cinco minutos —respondió ella.

Era la misma respuesta que le había dado cinco minutos antes.

—No, ya. Es tarde.

Con el gesto torcido por la impaciencia de su padre, bajó la escalera oliendo a algo afrutado, cada pelo en su sitio y un maquillaje aplicado con mano experta.

Maquillaje. En una chica de trece años.

—¿Qué pasa? —le preguntó ella mientras recogía su enorme y viejo bolso.

—¿Por qué lo preguntas?

—Tienes los dientes apretados, como cuando hay algo que te molesta.

Will aflojó la mandíbula y contuvo la respuesta. A veces se peleaban como si los dos fuesen críos, y una vez empezada la discusión era difícil ponerle punto final.

Un frío poco habitual a aquellas alturas del año se había instalado en la zona. Del asiento trasero del coche, recogió su vieja chaqueta del instituto, una prenda de lana roja con mangas de cuero y con letras bordadas en ella. La tenía de su primer año de instituto, cuando su práctica en tres deportes distintos le había valido la distinción de que le otorgasen tres letras que coser en su chaqueta, un honor casi desconocido hasta entonces. Había llevado la prenda durante los tres años restantes casi como si fuera un manto de armiño, y ahora era toda una reliquia, sin valor excepto como recordatorio: controla tu arrogancia, le decía. La llevaba en la camioneta y a veces la sacaba en las noches frías en que la humedad se le metía en los huesos.

Subieron a la camioneta y encendió la radio. *What Katie Did*, de The Libertines, salió por los altavoces.

—No me pasa nada.

—Claro que sí. Vamos papá, cuéntamelo.

—Olvídalo.

—¿Por qué? ¿Por qué no quieres contármelo?

—Porque te lo tomarías mal y te enfadarías conmigo.

—Prometo no hacerlo.

Respiró hondo y decidió subir el volumen de la radio. A veces era mejor cerrarse como una ostra.

Aurora bajó el volumen.

—He dicho que te lo prometo.

—He olvidado de qué estábamos hablando.

—En lo que a mí se refiere, te olvidas de todo.

—¿Lo ves? Ya te estás enfadando.

—Porque ya no me hablas.

—Hablamos constantemente.

—Sobre cuánta leche queda en la nevera, o sobre si me quedan suficientes cupones para la comida del insti, o si tengo muchos deberes. Eso no es hablar, papá. Eso es... hacer inventario.

Demonios... ¿de dónde sacaba todo aquello? ¿Le estaría dando clases Birdie, o sería el cromosoma X el que la habilitaba para hacer preguntas tan sagaces?

El único semáforo del pueblo estaba en rojo y esperaron en

la intersección del White Horse Café. Era el momento de la happy tour y el café estaba lleno de gente que disfrutaba de jarras de cerveza y ostras a la parrilla a mitad de precio. Tipos como él, que habían terminado su trabajo, jugaban al billar y pasaban un buen rato sin prisas. No pudo evitar sentir un poco de envidia porque en el fondo no había tíos como él. Tendrían su misma edad, sí, pero dudaba que tuviesen una hija adolescente a la que criar. A veces era difícil no lamentar lo que se estaba perdiendo.

Will miró a su hija. La luz del ocaso dibujaba su delicado perfil y se recordó que ella no había pedido aparecer en su vida. Y tampoco había sido culpa suya que su madre la abandonara y la dejara tirada con él, que la encontraba más misteriosa e incomprensible que el universo mismo.

—Está verde —dijo ella, señalando.

Pisó el acelerador y salieron del pueblo.

Aurora volvió a bajar el volumen de la radio.

—No me has contado qué pasa.

Estaban más o menos a un minuto de casa de sus padres, la granja donde había crecido y vivido hasta que a la edad de diecinueve años había adquirido mujer, hija, trabajo y una casa en el centro.

Menos mal. Así la pelea solo duraría un minuto.

—¿De verdad quieres saber lo que pienso?

—Sí, claro que quiero.

—Pues que eres la niña más bonita del mundo, y no lo digo solo por ser agradable.

—Eres mi padre. Es normal que lo pienses —su voz se suavizó—. Gracias, papá.

—Eso me hace preguntarme por qué sientes la necesidad de pintarte todos los días —no necesitó mirarla para saber que se ponía a la defensiva y alzó una mano para impedirle hablar—. Recuerda que has sido tú la que ha querido saber qué estaba pensando.

—Yo no me pinto. Me maquillo, que es distinto.

—No lo necesitas. Eres preciosa.
—Siempre me estás dando la tabarra con lo del maquillaje.
—¿Por qué no lo olvidamos y cierro la boca?
—Papá...
—Ya hemos llegado.

Fue un alivio oír el crepitar de la grava bajo las ruedas. No quería discutir con su hija. No quería herir sus sentimientos diciéndole que el maquillaje la hacía parecer mayor, demasiado mayor, la persona que él esperaba que no fuera nunca.

—Salvado por la campana, ¿eh?

De un salto se bajó de la camioneta, y su padre vio un trozo de piel entre la camiseta y los vaqueros.

—Aurora.

Ella sabía a qué se refería y tiró del borde de la camiseta, pero no pudo taparse.

—Vamos, papá...
—Tápate —le dijo—. Ya hemos hablado de ello antes.
—No he traído otra camiseta.
—Haz lo que te digo. No sé por qué demonios todo tienen que ser discusiones contigo —protestó mientras se quitaba la chaqueta.
—Acabo de acordarme —dijo ella rebuscando en el bolso—, que tengo un jersey.
—Chica lista. Ya venías preparada.

Ted y Nancy, los border collie de sus padres, acudieron a ellos ladrando para saludarlos. Apoyadas en la baranda del porche estaban las bicis de Birdie y Ellison. Su hermana y su marido iban en bici a todas partes, siempre preparándose para una carrera u otra.

Lonnie, la tía de Will, propietaria de una pequeña empresa de transporte aéreo, había pasado a saludar. Desde hacía al menos dos décadas estaba a cargo del transporte de flores desde la granja u otros productores locales al destino que fuese necesario.

—Me gustaría quedarme y saber de vuestras vidas —dijo—, pero tengo que llevar el pedido semanal al hotel de Las Vegas.

—¿Las Vegas? —Aurora había pillado rápidamente el hilo—. ¿Puedo ir contigo?

—Claro —contestó la tía Lonnie con una sonrisa—. Me encantaría ir acompañada.

Will intentó que aquellas palabras no le preocuparan. Aurora iba de vez en cuando en el avión de su tía abuela, *DeHavilland Beaver*. Nunca perdía la esperanza en todo lo relacionado con su madre, aunque Marisol no se molestara siquiera en llamarla el día de su cumpleaños.

Shannon Bonner salió al porche para saludarlos a ellos y despedirse de su hermana.

—¡Abuela! —exclamó Aurora y echó a correr. En una décima de segundo, había pasado de ser una adolescente conflictiva a una niña normal.

¡Ojalá fuera así siempre! Los niños eran sus seres humanos favoritos. Mientras Aurora hablaba animadamente con su abuela, Will se despidió de Lonnie y luego acarició a los perros. Nancy no era ya una jovencita con sus catorce años, y estaba muy delgada. Ted tenía la mitad de sus años y poseía la aparentemente inagotable energía de un border collie. Estuvo dando vueltas y saltando alrededor de Aurora hasta que la madre de Will le ordenó que se sentara.

Sus padres daban el perfil de los hippies ecologistas hasta un punto casi vergonzante. Ambos se habían conocido en Berkeley, se habían licenciado con honores y vuelto a Marin para vivir cerca de su amada tierra. Armados con sus títulos de ciencias políticas y sociología, se suscribieron a *Mother Earth News* y *Rolling Stone* y se hicieron granjeros.

No les fue demasiado bien, al menos al principio. Al negarse a emplear productos químicos en sus cultivos, sufrieron numerosos fracasos.

Al final, a punto de enfrentarse a la bancarrota, descubrieron un cultivo que era legal y rentable: las flores. El clima y el suelo resultaron ser perfectos para lilium, lirios, amarilis y un abanico multicolor de especialidades. Con el crecimiento desmedido de la zona de la Bahía, encontraron una enorme demanda y, aunque los Bonner nunca amasarían una fortuna con su negocio, consiguieron la mayor parte de las veces llegar a fin de mes, que era todo lo que pedían.

Birdie y Will crecieron en un entorno orgánico, tolerante y pleno de amor. Cada uno a su modo, pasaron con brillantez por el instituto y tenían ante sí un magnífico futuro.

Cuando en lugar de decidirse entre Stanford o Berkeley, Will decidió instalarse en Glenmuir con una esposa y un hijo, la gente movió la cabeza apesadumbrada. «Pobres Angus y Shannon», decían. Will tenía el mundo a sus pies y lo había echado a perder en un acto irreflexivo. Sus padres debían estar destrozados.

Pero la gente que pensaba así es que no conocía a los Bonner. No comprendían que tener un hijo estrella nunca había estado en su agenda. Agnus y Shannon no iban a fiestas a presumir de los logros de sus hijos, ya fueran académicos, deportivos o sociales.

Lo que querían para Will y Birdie era tan sencillo que resultaba casi incomprensible a los más ambiciosos padres del lugar: felicidad.

En lugar de ver a Aurora y a Marisol como una carga, los Bonner las vieron como una bendición. En opinión de Will, sus padres nunca pensaron con tristeza en lo que podría haber sido, ni le hablaron del futuro que podría haber tenido.

Habían sido los profesores, los consejeros y entrenadores del instituto los que nunca le perdonarían por haberle dado la espalda a becas, contratos deportivos, la oportunidad de competir con los mejores. Afortunadamente Will no sentía obligación ninguna para con nadie excepto con su familia.

Había tenido mucha suerte, se decía en aquel momento observando a su madre y a Aurora, quienes de la mano entraban en la casa más como amigas que como abuela y nieta. Su madre llevaba el pelo largo y vestía vaqueros y un jersey tejido a mano. Era una mujer menuda, no mucho más alta que Aurora. La gente siempre se preguntaba cómo una mujer como Shannon podía ser la madre de un fornido chicarrón de casi metro noventa de estatura… hasta que conocían a Angus. Entonces lo entendían.

—Eh, chavalote —lo llamó a voz en cuello Angus al verlo entrar—. ¿Dónde te has metido?

Y comenzaron a charlar sobre los asuntos de costumbre, el tiempo y la política, mientras cenaban lasaña y ensalada de hortalizas cultivadas en su propio huerto.

—Aurora se está aburriendo —dijo Birdie—. La oigo suspirar.

Aurora se sonrojó, pero no negó estarse aburriendo.

—Actualidad y el tiempo. Dos cosas que quedan completamente fuera de nuestro alcance.

—¿De qué querrías hablar? —le preguntó Shannon con agrado.

Aurora se encogió de hombros.

—Es un rollo ser la única niña.

—Ya sabes que puedes invitar a alguna amiga a venir siempre que quieras —dijo su abuela.

—No es lo mismo —y señalando a Birdie y Ellison con el tenedor, añadió—: vosotros deberíais tener un niño ya. La tía de mi amiga Edie ha tenido un bebé y es lo más bonito que he visto nunca. Edie lo cuida cada dos por tres.

—Yo estoy dispuesta —dijo Birdie.

—Esperaremos un poco —dijo Ellison al mismo tiempo.

Intercambiaron una mirada y Will se dio cuenta de que no era la primera vez que salía aquel tema.

—Yo creo que deberíais encargarlo ya.

Will se preguntó si sabría más de la situación de Sarah Moon de lo que dejaba entrever. A pesar de que tenía permiso de la interesada para desvelarle la noticia a Aurora, no le había hablado aún del embarazo a su hija, pero quizás ella se lo había imaginado de todos modos.

—Así que te gustan los bebés —dijo Shannon.

—Me gustan los primos. No me gustaría tener un bebé constantemente en casa.

—¿Pues sabes lo malo de los bebés? —preguntó Ellison—. Que una vez los tienes, están contigo todo el tiempo.

Después de la cena, Aurora y Birdie quitaron rápidamente la mesa para poder ver el episodio de *American Idol*. Will, sus padres y su cuñado no quisieron saber nada de la tele, ya que no entendían qué atractivo podía tener aquel programa que tenía al resto cautivado. Eran miembros de un club al que él nunca podría pertenecer, gracias a Dios.

Dejó a sus padres y a Ellison tomando café y charlando y entró en el estudio que quedaba junto al salón. El estudio, que hacía las veces de oficina de la empresa, contenía mil libros y estaba amueblado con piezas que había regalado la biblioteca de la ciudad después de su remodelación.

Era una estancia llena de recuerdos, dispuestos todos ellos en las baldas ocupadas por el *Compact Oxford English Dictionary* y todos los trabajos de Ewell Gibbons.

Crecer siendo hijo de intelectuales y activistas políticos no le había parecido a Will nada fuera de lo común. Se había pasado muchas horas en aquella mesa oblonga haciendo los deberes mientras sus padres se ocupaban de los libros de la empresa en otra mesa cercana. Aún recordaba la luz de la lámpara de cristal verde y el rasgueo del lápiz en el papel reciclado de su cuaderno.

Se sentía algo inquieto y de una estantería sacó un anuario del instituto: *Cosmos*. Era de su último año. Lo colocó sobre la mesa y fue pasando sus páginas. En la mayoría de ellas había firmas y dedicatorias de personas a las que apenas recordaba: ¿Sky Cameron? ¿Mike Rudolph? *No te olvides de Lala land*, colega, decía en un sitio alguien a quien no lograba recordar. *Amigos hasta el fin*, declaraba alguien llamado JimiZ, a quien no recordaba haber visto después de la graduación.

Había una foto que recordaba con claridad: una instantánea en la que aparecían él y cinco chicos más del equipo de baloncesto. La noche de la graduación los seis juntos habían hecho un viaje que alteraría los planes de Will para siempre. Entre risas y llenos de confianza en sí mismos, habían pasado la frontera para celebrar la graduación.

De vuelta de ese viaje sus amigos le habían dicho que estaba loco, que iba a arruinarse la vida por dos desconocidas.

Pero para él no eran desconocidas, sino su esposa y su hija.

Pasó las páginas hasta llegar a las fotos de último curso. La suya era una instantánea en la que solo se apreciaba su silueta en lo alto de una colina con el sol a la espalda. Tenía los brazos en alto como si lo estuviera sosteniendo en las manos. Qué pretencioso.

Siguió avanzando y encontró la página de Sarah Moon. Era curioso cómo el corazón se le había acelerado al leer su nombre, pero frunció el ceño al ver su foto: era la imagen de una chica desdichada, con el pelo de punta, mirada fiera y los brazos cruzados con determinación como un escudo ante el pecho.

Junto a su foto, en lugar de la lista de logros, había dibujado una ostra apenas abierta de la que solo se veían unos ojos mirando desde la oscuridad y un bocadillo en el que se leía: *No soy mucho, pero solo pienso en mí.*

Había sido la observadora silenciosa, acechando entre las sombras, catalogando los comportamientos humanos para exagerarlos después en su arte.

Desde la distancia del tiempo Will pensó que seguramente era la estudiante más interesante de todo el libro. Sin embargo, atrapada entre animadoras y payasos, había desaparecido casi por completo.

Ahora que Aurora se acercaba rápidamente a esa edad, se encontró planteándose qué tal le iría cuando llegase a noveno curso.

Desde que llevaron a Sarah al hospital a toda prisa, no se la había quitado de la cabeza. Por una razón que no podía identificar, no dejaba de pensar en ella. Seguramente la culpa la tenía

Gloria. Tanto comentario empalagoso sobre el amor se le había quedado en la cabeza, tan molesto como una hebra de carne metida entre los dientes.

Encontrar a alguien...

Un pirómano es lo que tenía que encontrar, y no dedicarse a pensar en si salir o no con una mujer embarazada.

Pero la idea ya había echado raíces y le estaba costando trabajo arrancársela. No dejaba de acordarse de aquella noche en su casa, de la conversación extraña y sincera que habían mantenido y del empuje del deseo que no había esperado sentir. Si no se conociera bien, diría que estaba acechando a Sarah Moon. Cuando salía de patrulla se encontraba con más frecuencia de la normal pasando por delante de May's Cottage y buscando con la mirada un Mini azul y plata por ver si su conductora estaba dentro cuando lo veía aparcado delante del supermercado o de correos.

Había vuelto a verla en más de una ocasión por el pueblo, siempre sola. Había llegado a reconocer de inmediato su chubasquero azul y su paso rápido, y el modo en que la brisa le alborotaba el pelo corto y rubio.

Le había pedido, bueno casi le había rogado, que lo llamase, pero no lo había hecho, lo cual no dejaba de tener su ironía, porque era precisamente lo contrario de lo que ocurría en su época del instituto en la que el resto del mundo no existía excepto Will Bonner.

Su madre entró en la biblioteca con su habitual taza de té en la mano. Casi sin pensar cerró el anuario.

—¿Todo bien? —preguntó.

—Claro.

Miró el libro que permanecía sobre la mesa.

—¿Estabas buscando a alguien?

—Sí.

A su madre siempre le decía la verdad. No tenía sentido hacerlo de otro modo porque parecía tener habilidades psíquicas especiales para detectar las mentiras o las evasivas.

—Sarah Moon.

—¿Ah, sí? —apoyada en el borde de la mesa, cruzó las piernas—. Aurora me ha dicho que la llevaste a urgencias el otro día. ¿Está bien?

—Sí, está bien.

—Cuando estabais en el instituto no erais amigos, ¿verdad?

Will se sonrió.

—Me reía de ella porque tenía que trabajar en el criadero de ostras. Me odiaba a muerte.

Su madre enarcó las cejas.

—¿Estás seguro de eso?

—Yo era uno de sus blancos en las tiras que dibujaba, ¿te acuerdas?

—Eso significa que estaba enamorada de ti.

—No te creas, que era la chica más rara de todo el instituto.

—Y ahora ha vuelto.

Will colocó el libro en su sitio.

—¿Alguna vez lo piensas, mamá? Me refiero a lo que se suponía que iba a hacer con mi vida comparado con lo que de verdad he hecho.

—Constantemente —respondió y tomó un sorbo de té—. La gente siempre se cuestiona si el camino que ha tomado en la vida es el correcto. Está en la naturaleza humana.

El día que llevó a Marisol y a Aurora a casa esperaba casi con desesperación que sus padres le dijeran lo que tenía que hacer, pero por supuesto no lo hicieron. Su madre se limitó a preguntarle:

—¿Qué te dice tu corazón que hagas?

—¿Es eso lo que te ha puesto tan nostálgico? —le preguntó—. ¿El hecho de que Sarah Moon esté aquí?

—Quizás. Eso y Aurora. Antes de que nos demos cuenta, estará en el instituto. Qué locura —movió la cabeza.

Hubo un momento de silencio en el que oyeron la melodía de *American Idol*. Por el hueco de la puerta pudo ver que su padre y Ellison habían quedado abducidos también por el programa y parecían tan concentrados como Aurora y Birdie.

—Está creciendo tan rápido —dijo su madre con una sonrisa.

—Demasiado rápidamente, diría yo.

—¿Va todo bien?

—Nos peleamos demasiado —admitió—. Siempre me pilla desprevenido. Todo va bien y de repente estamos discutiendo por algo.

—Tú eres el adulto. No debes dejar que te arrastre a esas situaciones.

—Eso es más fácil de decir que de hacer. No lo comprendo, la verdad. Aurora lo es todo para mí. Moriría por ella, mamá. Pero últimamente las cosas se están enrareciendo entre nosotros, lo cual me fastidia porque la he criado. Cuando era más pequeña entendía sus reacciones. Si sufría, la consolaba. Si estaba enfadada la hacía reír. Siempre estábamos en sintonía.

—Y ahora es como una desconocida con una forma de pensar autónoma.

—Está cambiando tan deprisa, y yo estoy tan solo...

—Hijo, cualquier hombre que tenga una hija pasa por lo que tú estás pasando, y lo estás haciendo bien. Pero no te olvides que las chicas de su edad necesitan a un padre más que nunca.

—El otro día volvió a sacar lo de su madre.

—¿Has pensado en ponerte en contacto con Marisol y...

—No —Will hizo un gesto enfático con la mano—. Sabe perfectamente dónde estamos. Ni nuestra dirección ni nuestro teléfono han cambiado desde que se marchó.

Bajó la cabeza y se preguntó si una evasiva era lo mismo que una mentira, porque lo que nunca podría decirle a su madre, ni a Aurora, era que Marisol se había puesto en contacto con él. Y que Dios le ayudara porque lo había mantenido en secreto. No tenía sentido decirle a Aurora que Marisol llamaba con regularidad pero no para preguntar por su hija sino para pedirle dinero.

Otra voz del *American Idol* se alzó en un agudo vibrato y se mantuvo allí temblando desesperadamente.

—¿Cómo está Gloria? —preguntó su madre.

—Peor que nunca.

—¿Sigue dándote la tabarra para que salgas con alguien?

—Por supuesto. Piensa que sería bueno para mí y para Aurora.

La mirada de su madre se desplazó al anuario durante un segundo. Shannon Bonner nunca hacía nada por casualidad y Will lo sabía.

—Venga, mamá. No empieces tú también.

—Yo no he dicho una palabra.

—Te he oído perfectamente.

—Tiene una familia maravillosa —puntualizó su madre.

—Se está divorciando. A mí eso no me parece precisamente maravilloso —y pensando en la situación de Sarah añadió—: Y no tienes idea de hasta qué punto es inadecuada para mí.

CAPÍTULO 21

—Tu hermano es increíble —le comentó Sarah a Birdie Shafter en su siguiente encuentro.

—Yo también lo creo.

Sarah estudió la foto de Aurora y él que debían haber sacado unos cinco años atrás. Will había cambiado muy poco. A su lado Aurora parecía pequeñita y frágil, y el contraste realzaba el aire protector de su padre.

Birdie carraspeó y Sarah se sonrojó.

—¿Te ha contado lo que me pasa?

—No —Birdie se inclinó hacia delante y apoyó los brazos en la mesa—. ¿Algo que yo deba saber?

Sarah asintió. Will era un hombre de palabra. Sin casi darse cuenta cruzó los brazos sobre el vientre. Aún no se notaba nada, pero ella se sentía como otra persona. Tierna y vulnerable, llena de expectativas.

—Estoy embarazada.

Su abogada dejó el cuaderno y se recostó en la silla.

—¿Es una buena noticia?

—Por supuesto. A ver, tengo miedo y sé que es una locura, pero es algo que llevaba tanto tiempo deseando… —le resumió brevemente las circunstancias de la concepción—. Por supuesto no me había imaginado estar en esta situación cuando por fin lo consiguiera…

—Va a ser maravilloso, estoy segura.

La sonrisa de Birdie le iluminaba la cara y de pronto se dio cuenta del parecido entre los dos hermanos.

—¿Y ahora qué? Supongo que tendré que decírselo a Jack.

Birdie asintió.

—La manutención del niño entra en juego.

Sarah respiró hondo y tomó un traguito de su botella de agua antes de hacerle la pregunta que llevaba toda la noche planteándose:

—¿Puede pedir la custodia?

—Nunca se la concederían, pero puede pedir derechos de visita.

—Temía que me lo dijeras.

—¿Crees que puedes tener problemas? ¿Puede ser una amenaza para el niño?

—Físicamente no, por supuesto, aunque sinceramente no sé qué esperar —admitió—. Me he equivocado tanto en tantas cosas que ahora ya... —se miró las manos. Tenía un dedo de la mano izquierda manchado de tinta. Llevaba toda la mañana dibujando—. ¿Cuándo debería decírselo?

—Pronto. Pediremos una ampliación de tu seguro sanitario. El embarazo siempre está cubierto, de modo que no tiene que haber problemas.

—Lo llamaré hoy.

—¿Te encuentras bien, Sarah?

—Sí. No sé qué habría sido de mí sin tu hermano y tu sobrina —miró la foto de la mesa—. Me sorprendió tanto ver a Will. ¿Por qué no me dijiste que estaba en Glenmuir?

—No se me ocurrió que te interesara saberlo.

—Estábamos en el mismo curso del instituto...

—Lo mismo que Vivian Pierde, que sigue aquí, Y Marco Montegna. Se alistó en los marines y volvió del Golfo con una invalidez permanente. Puedo seguir con la lista si quieres.

—Entiendo. Pero Will es distinto. Es tu hermano.

Hubiera querido preguntarle por la madre de Aurora, pero no se atrevió.

—Bueno... —respondió tomando notas—. Me alegro de que hayáis recuperado el contacto.

—No es que tuviéramos mucho antes. No éramos amigos. Birdie no levantó la mirada.

—A lo mejor lo sois ahora.

Sarah se encaminó a la marina del pueblo, al paseo donde los bancos dispuestos a lo largo del muelle miraban a la bahía, el lugar perfecto para sentarse y contemplar el horizonte cuando había que enfrentarse a asuntos difíciles. También era uno de los pocos lugares en que había cobertura para el móvil. Sabía que tenía que hacer aquella llamada, pero sentía frío y pesado el pequeño móvil plateado que llevaba en la mano.

Pasó junto a una madre y su hija que contemplaban un escaparate de bolsos hechos a mano y charlaban animadamente. No cabía duda de que eran madre e hija, y no por el parecido físico, sino porque se palpaba afinidad entre ellas. Habían adoptado la misma postura para examinar algo que había en la tienda, y ambas se habían vuelto la una hacia la otra al mismo tiempo.

Una inesperada oleada de nostalgia la asaltó. «Estoy embarazada, mamá», pensó. «Y nunca te he echado tanto de menos como en este momento».

Su abuela y la tía May habían aceptado la noticia sin reticencias; las dos habían sonreído felices y le habían dicho todo lo que cabía esperar, pero en el centro de tanta emoción no había podido evitar sentir un enorme y oscuro vacío. Estar embarazada era la clase de milagro que una mujer compartía con su marido y con su madre.

Sintió una especie de vértigo. Un bebé. Iba a tener un bebé y habría dado cualquier cosa por poder compartir la noticia con su madre. Pensó en el cobertizo abandonado en casa de su padre, aún con la lana en la tejedora, del color de las rosas nuevas en la primavera.

—Esta noche, mamá —musitó—. Esta noche te lo contaré en sueños.

Jack podía esperar, se dijo, y guardó el teléfono. Se levantó y fue al supermercado a por algunas cosas básicas: huevos, limones, naranjas, patatas, manzanas, brécol y comida de perros. Aunque aún sentía inclinación por cosas poco habituales en ella, estaba decidida a cuidarse.

—Mi nevera va a ser un monumento virtual a la todopoderosa pirámide alimenticia —se prometió.

Al salir se cruzó con tres mujeres más que ojalá no la hubieran oído hablar sola. Las tres eran tan atractivas y estilosas como para figurar en el reparto de *Sexo en Nueva York*. Tres amigas riendo y charlando. Amigas íntimas. «Estoy embarazada», hubiera querido decirles. «¿No es maravilloso?».

Pensó en llamar a un par de amigas de Chicago para contárselo, pero la mayoría de esos amigos eran personas que conocían a Jack de toda la vida, y en su mundo los lazos se formaban a una edad temprana y duraban para siempre.

«Excepto el matrimonio», se dijo. Era obvio que él lo había considerado prescindible.

«Ahora sí», pensó, sintiendo la rabia arder en el estómago. «Ahora estoy preparada para hacer esa llamada».

Mejor ir a algún lugar más íntimo. Conocía un sitio en el que había una buena señal de las torres instaladas cerca del faro de Point Reyes. Mientras conducía hacia allí se imaginó a su hijo creciendo allí, rodeado de la sobrecogedora belleza del mar, de las olas rompiendo contra los pétreos acantilados, de la misteriosa niebla que se agarraba a la línea de la costa y la sombra verde de los bosques. Era la primera vez que se permitía crear la imagen mental de un niño, descalzo y liviano como un hada, corriendo por un campo de flores silvestres o jugando en la playa caldeada por el sol. Sonrió aun sabiendo que era una imagen idealizada, pero ¿acaso no eran para eso las ensoñaciones?

Paró en una zona de gravilla habilitada como aparcamiento, cerca de una laguna festoneada de juncos que brillaba como un espejo. Mientras esperaba que sonara la llamada, atisbó la silueta de una garza azul sobre sus patas flacas como palos. Quieta como una estatua, pescaba en las aguas menos profundas, sabiendo por instinto que la táctica más eficaz para conseguir lo que se proponía era precisamente no hacer nada. Se diría que ni siquiera respiraba, pero se imaginó su corazón latiendo acelerado mientras sus ojos saltones escaneaban las aguas claras de la laguna en busca de presa. ¿Cuánto tiempo estaría dispuesta a esperar?

—Construcciones Daly.

La señora Brodski, secretaria ejecutiva de Jack, era otra de aquellos leales que conocían a la familia de toda la vida.

—Soy Sarah. Necesito hablar con Jack, por favor.

Sacó del bolso uno de los rotuladores Sharpie que siempre llevaba consigo.

—Veré si está disponible, Sarah.

Su voz sonaba tensa y cargada de desaprobación. Sin duda, ella y todos los demás creían que Jack era la víctima, abandonado por esa mujer tan rara de California.

Sin pensar sacó un limón de la bolsa del supermercado, le dibujó una cara redonda y agria que decía: *Veré si está disponible.*

Entonces sacó un huevo y dibujó la cara de Jack en él. El limón con cara de secretaria lo miraba a los ojos, preguntándole si deseaba hablar con su esposa. Hacía tiempo ya que no hablaban en persona, ya que sus últimas comunicaciones habían tenido lugar a través de los abogados. Apenas unos meses atrás algo así habría sido impensable, pero ahora...

—Sarah.

Jack había descolgado con brusquedad.

El rotulador rompió inesperadamente la cáscara en el centro. ¿Podría un huevo mancharse la cara de huevo?

—Tengo noticias —dijo, dibujando una cola a partir del

agujero. Ahora parecía un renacuajo. O un espermatozoide—. Es un poco raro.

—No me digas... todo ha sido bastante raro desde que te fuiste.

Sarah apretó los dientes. Con qué facilidad olvidaba las circunstancias de su marcha. Parecía herido, abandonado, la parte ultrajada.

Sacó una naranja y dibujó otro Jack, aquel con una expresión aturdida.

—Estoy embarazada. Acabo de enterarme.

Jack se quedó callado un momento.

—No es una broma, ¿verdad?

—Pues no —respondió, controlando el temblor de la voz. Una conversación de aquella naturaleza no debería ir así. ¿Dónde estaba la ternura, la felicidad, el asombro?—. Bromear con algo así sería de muy mal gusto.

—¿Por qué? En tu tira te reíste incluso de mi cáncer.

Un silencio dolido y aturdido cayó entre ellos. Por eso era preferible comunicarse estrictamente mediante abogados. Cada vez que hablaban eran capaces de encontrar un modo nuevo de herirse.

—¿Podríamos evitar centrarlo todo en ti aunque sea solo por una vez?

Seguía dibujando metódicamente, sin pensar. En cuestión de minutos cada huevo, cada pieza de fruta tenía una cara, cada una con una expresión distinta. Tan colocaditos en la huevera, los huevos parecían espectadores de un partido de béisbol. Miró la bolsa de patatas. «El señor patata», pensó.

—Bien. Que te quedaras embarazada nunca ha tenido que ver conmigo —su tono era burlón—. ¿Y es mío?

Se separó el teléfono de la oreja y lo miró con incredulidad. Seguía oyendo su voz, pero sin entender lo que decía. Cada fibra de su ser deseó lanzar el teléfono tan lejos como le fuera posible y dejar que se hundiera en el agua, pero ya había probado a lanzar otro teléfono mientras Jack hablaba y no había cambiado nada. Seguía necesitando tener teléfono y Jack seguía siendo un canalla.

Lo que hizo fue recostarse y seguir contemplando la garza. El animal lanzó la cabeza hacia abajo con la misma rapidez de una flecha saliendo del arco. Cuando la sacó del agua tenía un brillante pez atrapado en el pico, que engulló cuando aún no había dejado de moverse, y levantó el vuelo, cobrando velocidad con la fuerza de sus alas.

Con estudiada delicadeza, apagó el teléfono y lo guardó en el bolso. A continuación montó en el coche y condujo hasta que ya no pudo seguir. Point Reyes estaba al final de ninguna parte, centinela garboso del vasto Pacífico. Se detuvo en un punto en el que los acantilados caían a plomo sobre un mar embravecido y leyó los oxidados carteles que advertían del peligro de acercarse al borde. ACERCARSE CON PRECAUCIÓN, PARTICULARMENTE SI SOPLA EL VIENTO.

Aparcó y se bajó del coche, sintiendo de inmediato la fuerza del viento que ascendía, le levantaba el borde de la chaqueta y le tiraba del pelo. Caminó hasta el borde del acantilado y durante un rato permaneció allí, mirando como hipnotizada las olas blancas de espuma que se agrupaban como puños gigantescos que se prepararan para golpear y que acababan lanzándose contra las rocas más bajas, explotando en una catarata de diamantes. Algunas gotas quedaban tan pulverizadas que la luz las transformaba en arcoíris efímeros y borrosos, uno tras otro. El embate de las olas componía una música extraña e hipnótica que la empujó a ceder ante lo que estaba sintiendo.

Un cuervo negro atrapó una almeja con el pico y la dejó caer contra las rocas, repitiendo el proceso una y otra vez hasta que por fin el caparazón se partió y el pájaro obtuvo su recompensa. El pequeño bocado de comida parecía valerle la pena porque el pájaro se lanzó a por otra.

Colgada al borde del infinito se sentía poderosa y vulnerable. El viento la envolvía y zarandeaba las flores silvestres que tenía alrededor.

«¿Es mío?»

Las palabras de Jack parecían flotar en aquel viento, empezando en un susurro y creciendo hasta llegar a ser un aullido del que no podía escapar. Dios bendito, había tenido el valor de preguntárselo. Una rabia ácida le recorría el cuerpo, un veneno que podía anegarla y destruirla a ella y a la nueva vida que llevaba. Respiró hondo, llenando los pulmones de humedad y aire salado, y levantó los brazos como si fueran alas. Ya no se sentía frágil, sino sumamente poderosa.

Entonces recordó el consejo que le había dado Will Bonner. «Enfádate. Rompe platos, tira cosas».

Sacó del coche la bolsa de la compra, buscó un huevo con la cara de Jack y lo dejó volar. El huevo se alzó en una curva perfecta antes de caer en picado hacia las rocas. Las olas lo lavaron todo.

Escogió otro y lo lanzó. «Toma eso. Y eso». Uno tras otro fue lanzando los huevos y, cuando los consumió todos, pasó a los limones, las naranjas y las patatas. Con cada lanzamiento, el veneno iba abandonándola como si el mar la lavase por dentro.

Minutos después, la bolsa estaba vacía. Le dolían los hombros, tenía los brazos cansados y su cabeza estaba tranquila.

Tal y como Will le había dicho que ocurriría.

CAPÍTULO 22

—Lo primero que ha hecho Jack es preguntarme si era suyo —contó Sarah en el grupo de apoyo—. Y al final comprendí lo que algunos me habíais dicho sobre la ira. Hasta ese momento no había entendido hasta qué punto estaba enfadada. Lo había enterrado tan hondo que no era consciente de las raíces que había echado hasta que dijo esas palabras.

El grupo absorbió su declaración en silencio, que resultó ser como una nana, como un colchón de aire. Había llegado a contar con aquel grupo, una comunidad peculiar de almas dolientes que se ayudaban las unas a las otras a sobrevivir. Se los imaginaba a todos ellos apiñados en un bote salvavidas flotando a la deriva sobre un mar oscuro y tormentoso.

—Pensaba que estaba enfadada con él, pero ahora soy consciente de que esa rabia era la punta del iceberg.

—Algunos llevamos años viniendo a estas reuniones —dijo una mujer de nombre Mary B., una mujer de mediana edad con una dignidad gastada en su porte—, y puedo decirte que hay una razón poderosa para eso: que no hay modo de conocer la anchura o la hondura de tu rabia, y mucho menos cómo enfrentarte a ella. No hay modo de deshacerse de esa carga. Lo único que se puede hacer es explorarla. Para eso venimos aquí.

Sarah asintió.

—Lo cierto es que ni siquiera sé qué siento por el futuro que me espera, pero estoy esforzándome por ser feliz.

—Me alegro por ti. No permitas que lo que puedan decir otros te robe esa felicidad.

—Gracias. El momento no es ni mucho menos perfecto, pero es algo con lo que llevo mucho tiempo soñando.

Estaba entusiasmada, reflexionó, pero era un entusiasmo teñido de incertidumbre y a veces incluso pánico. Sin embargo, desde el día del acantilado, le era más fácil rendirse a las emociones, incluso a la ira. Quizás, pensó, el secreto de la felicidad consistiera en aprender a salir intacto de los periodos de infelicidad.

Tras aquella primera llamada, Jack había vuelto a llamarla en varias ocasiones pero no le había contestado, ni a él ni a Helen, su madre, ni a Megan, su hermana. Borró todos los mensajes que le había ido dejando en el buzón de voz sin escucharlos y bloqueó su dirección de correo en su buzón de entrada. Según Birdie, el abogado de Jack decía que su cliente lamentaba haber tenido aquella reacción y deseaba retractarse de aquella acusación infundada. La noticia le había pillado desprevenido y quería hablar con ella del asunto.

Pero Sarah no quería hablar de nada con él. Estaba empezando a descubrir un patrón en sus disculpas, que parecían tener lugar cuando había un precio que pagar. A Birdie le dijo que le pidiera gastos de manutención para el niño.

Gastos de manutención. La idea misma era difícil de asimilar, como lo eran también las ideas de custodia y derechos de visita. Todo en aquella situación era difícil de asimilar. Desde el momento mismo en que había recibido la noticia del embarazo, su mundo había sufrido un vuelco paradigmático. Ahora tenía que tomar cada decisión teniendo en cuenta el bienestar de su hijo. Antes se estaba planteando trasladarse a San Francisco, quizás dedicarse a la vida bohemia y vagar durante un tiempo por Bernal Heights, pero el embarazo lo hacía inviable. Al menos durante el futuro más inmediato tendría que quedarse allí, cerca de la familia, sabiendo que tanto el bebé como ella iban a necesitarlos.

El bebé. Podía cerrar los ojos e imaginarse a su hijo aún por nacer en todos los estadios de desarrollo. No haberse dado cuenta antes de que estaba embarazada le provocaba cierta dosis de culpabilidad, a pesar del hecho de que después de la cantidad de inseminaciones a las que se había sometido se consideraba una experta. Siempre había creído que cuando ocurriera lo sabría. Cientos de veces se había imaginado el grupo de células ancladas en su vientre, un secreto más pequeño que la cabeza de un alfiler. Para cuando se enteró su hijo era ya algo más. «Ojalá lo hubiera sabido antes», le decía a su hijo. «Ojalá no me hubiera perdido un solo segundo de tu existencia».

Podía imaginarse el peso y el calor de su bebé teniéndolo en los brazos, su olor y la suavidad de su piel. Niño o niña, le daba igual. Cualquiera sería precioso para ella. Pongo o Perdita. Rhett o Scarlett. Zeus o Hera. La Mujer Fantástica o el Capitán América. Permanecía despierta por las noches confeccionando una larga lista de nombres, un proceso que encontró enteramente delicioso.

Según Birdie, y según las leyes del sentido común, tenía que decidir cuál iba a ser el papel de Jack. Era fácil dejarse arrastrar por la furia, pero no podía olvidar que había otra persona involucrada: un hijo que tendría padre y madre y que se merecía la mejor vida posible que pudiera ofrecerle. Nadie tenía que decirle que alimentar el odio y la ira contra el padre de su hijo no era buena idea.

Tras la reunión, Gloria Martínez fue a darle un abrazo.

—¡Cuánto me alegro por ti!

—Gracias. Aún estoy digiriendo la noticia.

—Tienes todo el tiempo del mundo.

Sarah asintió.

—Cuando estaba casada, deseaba tanto tener un hijo que a veces se me nublaba el entendimiento. Estaba segura de que era lo que me faltaba en la vida, y que una vez me quedase embarazada todo volvería a su ser.

—¿Y ahora?

Sarah sonrió por fin.

—Ahora que voy a volver a quedarme soltera no necesito un bebé para que pegue los pedazos de mi matrimonio —se pasó una mano por el vientre, un gesto que se estaba convirtiendo rápidamente en una costumbre—. Pero sigo deseando tener este bebé más que el aire que respiro.

—Eso es bueno, porque para un bebé tiene que ser muy duro recomponer el matrimonio de sus padres. A los niños les va mejor cuando solo tienen que ser niños.

Sarah asintió mientras observaba a dos de los nuevos que se iban ya, un hombre y una mujer. Él sostuvo abierta la puerta para que ella pasara.

—¿Qué opinas de salir con otras personas?

—Hay quien encuentra a alguien en el grupo, pero no es lo normal.

Sarah se sonrojó.

—No me refería a personas del grupo. Hablaba en general.

—Entonces, ¿no tienes a nadie en concreto en la cabeza?

—No, por Dios, qué va.

Pero a pesar de todo se le formó una imagen bien nítida en la cabeza.

Gloria se acercó a la mesa en la que tenían la cafetera y recogió una bolsa de lona con las iniciales GFD.

—¿Trabajas en el parque de bomberos?

—Sí. Soy bombera. Ingeniera, en realidad.

—¿Conoces a Will Bonner?

—Sí.

Gloria se puso la chaqueta y se sacó el pelo.

—Fue él quien me llevó al hospital el día que me enteré de que estaba embarazada. No sé qué habría hecho sin él.

Gloria se colgó el bolso de un hombro y sonrió.

—Mucha gente siente lo mismo que tú.

Aurora evitaba a Sarah. Había empezado a hacerlo sin pensar, pero más tarde se dio cuenta de que de verdad estaba molesta. No le hacía gracia el hecho de que su padre y ella se hubieran acabado conociendo.

«Es mi amiga», hubiera querido decirle a su padre. «Yo la conocí antes». Pero sabía que eso no podía decirlo. La haría quedar como una cría de cinco años.

Cuando recibió un mensaje en el móvil sugiriéndole que se vieran a la salida del colegio, estuvo a punto de no hacerle caso. Pero el problema era que le caía bien Sarah y le gustaría seguir siendo su amiga.

Se colgó la mochila al hombro y bajó del autobús sin esperar a que Mandy y las demás la invitasen, por una vez, a ir con ellas. Por lo menos no tendría que andar merodeando a su alrededor esperando formar parte del grupo.

Sarah estaba exactamente donde había dicho que estaría, con Franny sujeta por la correa, olisqueando una mata de salvia. Aurora no pudo evitar mirar a Sarah con cierta preocupación.

—¿Qué tal estás?

Sonrió.

—Prometo no desmayarme como la última vez.

—Gracias. Fue demasiado dramático para mí.

—Entonces debo suponer que tu padre no te ha contado por qué no me encontraba bien aquel día.

—Me dijo que era algo entre el médico y tú.

—Pues no estoy de acuerdo. Te mereces saberlo y además no es un secreto.

Aurora se preparó mentalmente, ¿Y si se trataba de alguna enfermedad rara? Vagamente recordaba haber oído decir que la madre de Sarah había muerto joven de algo terrible. ¿Habría heredado su enfermedad?

—Vale. Cuéntamelo.

—Resulta que estoy embarazada.

Como una idiota, no se le ocurrió qué decir. En parte sentía un enorme alivio ahora que sabía que había sido una verdadera paranoia temer que su padre y Sarah salieran. Además, estando en trámites de divorcio y embarazada, no tendría cabeza para andar pensando en hombres.

¿O sí?

Tenía que dejar de ser tan pesimista. Bajó la mirada sin saber aún qué decir.

—Es una buena noticia —dijo Sarah, agobiada seguramente por su silencio—. El médico me ha dicho que todo va bien, siempre y cuando me cuide.

—Genial... supongo.

No sabía mucho de bebés. No había tenido ocasión de estar con ninguno.

—¿Por qué me da la sensación de que no te parece una buena noticia?

«Pues porque no tienes marido, para empezar. Porque seguramente lo peor que hay después de ser madre soltera es ser el hijo de una madre soltera. La madre de Glynnis no deja de decirlo. Incluso lo he leído en un libro».

—Los niños dan muchos problemas.

—Un padre te diría que vale la pena.

—No todos los padres —murmuró.

«Demonios... ¿por qué he dicho eso?»

Sarah la miró fijamente y ladeó un poco la cabeza.

—No estarás hablando sobre tu propia situación, ¿verdad?

—Es la única que conozco —sintió deseos de hablar de su madre, pero no lo hizo—. Cuando llega un niño tienes que cambiarlo todo. Tienes que olvidar todos tus planes.

—El cambio puede ser para mejor.

—O no —insistió y, antes de poder morderse la lengua, soltó—: Yo le destrocé el futuro a mi padre.

—¿Cómo? ¿Qué quieres decir?

—Antes de que apareciese yo, tenía un montón de planes: iba a ir a la universidad, incluso podía haber hecho carrera profesional en el deporte y llegar a ser toda una celebridad. Y todo el mundo se habría sentido orgulloso de él. Pero acabó cargando con mi madre y conmigo y no pudo salir de aquí.

—Un cambio de planes no es lo mismo que destrozarse la vida. ¿De dónde has sacado semejante idea? ¿Es que tu padre te ha dicho algo?

—No, jamás. Mi padre actúa como si fuese lo mejor del mundo para él. La verdad me la tuvo que decir un profesor del colegio, el señor Kearns, que da clase de Educación Física y es entrenador de béisbol. Se llevó una gran desilusión cuando mi padre acabó quedándose aquí para cuidar de mí.

Sarah se acordaba bien de Kearns, un profesor mediocre y agresivo. Menudo cerdo, decirle algo así a la niña.

—¿Y tú crees más a un profesor cualquiera que a tu propio padre?

—Creo que mi padre haría cualquier cosa con tal de que nadie me dijera algo así, pero lo he oído de todos modos.

—Un hijo es lo más grande que puede ocurrirle a una persona. Es algo que estoy empezando a comprender ahora.

—Porque estás embarazada.

—No, porque es así. Antes de saber que estaba embrazada, había pensado irme a San Francisco y buscarme uno de esos estupendos apartamentos de soltera. Me imaginaba a mí misma viviendo sola, como una especie de Bridget Jones de la Costa Oeste, y tenía un montón de planes para mi vida de bohemia. Hasta que de pronto... ¡zas! Descubro que estoy embarazada, y la noticia lo cambia todo. ¿He arruinado mi futuro? ¿Estoy desilusionada? Ni mucho menos. Me siento como seguramente se sintió tu padre cuando llegaste tú: es una bendición, un golpe de suerte, una maravilla. Y soy más feliz, creo yo, que nunca antes en mi vida.

—¿Quieres decir que vas a volver con tu marido?

—Eso no va a ocurrir —respondió y tardó unos segundos en preguntar—: ¿Crees que eso podría pasar con tus padres?

—No —admitió, y sintió dolor por dentro. Dolor y vergüenza, porque una vez le había dicho a Sarah que su padre y ella se iban a trasladar a Las Vegas para estar con su madre, pero a aquellas alturas ya debía haberse dado cuenta de que no era verdad—. Antes lo deseaba, pero ahora sé que es una estupidez y que nunca va a pasar. No te ofendas —añadió—, pero cuando los niños son pequeños siempre quieren que sus padres vuelvan a estar juntos.

—Eres muy lista para tu edad.

—Solo para algunas cosas.

Antes su padre y ella también eran felices, incluso cuando estaban ya los dos solos, pero últimamente algo había cambiado. Que ella ya no era una niña. Ya no esperaba que la llevara en brazos o que se acurrucara con ella en la cama. Aun así su padre parecía muy distraído últimamente, hasta el punto de que casi tenía que gritar ¡fuego! para captar su atención.

CAPÍTULO 23

Sarah se detuvo en el vestíbulo del edificio Esperson, buscó a toda prisa el lavabo de señoras y llegó al retrete justo a tiempo de vomitar. Aquello empezaba a formar parte de su rutina matutina. «Náuseas matinales», le había dicho el doctor Faulk, su ginecólogo, sin darle importancia.

Pero aquella mañana las náuseas persistían, acompañándola en el tráfico que cruzaba el puente Golden Gate, al aparcar su coche en el aparcamiento bajo el edificio de oficinas y en el trayecto del ascensor hasta el piso veintitrés donde se encontraba la Asociación de Dibujantes.

El desayuno había sido muy suave: té y unas galletitas. La mayoría de días conseguía no vomitar, pero aquella mañana los nervios lo estaban exacerbando todo.

«Olvídalo», se dijo. Tenía que concentrarse para poder proveer a su hijo de un salario. Una cosa era dejarse envolver por la tristeza acurrucada en posición fetal bajo el edredón, pero otra darse cuenta de que ya no iba a vivir rodeada por el lujo. Ya no. Cuando se tiene un hijo se tiene otra persona por la que vivir… y por la que ganarse la vida.

Un golpe de suerte fue descubrir que tenía todo el lavabo para ella sola. Ya era bastante desagradable encontrarse mareada como para encima tener que vomitar en presencia de alguna desconocida.

Había llegado quince minutos antes de la hora de su cita, de modo que intentó respirar hondo y recuperar la compostura. Se lavó la cara, se pasó las manos por el pelo, rehizo su maquillaje y se metió en la boca un par de caramelitos. Ni la mejor base de maquillaje podía disimular su palidez, pero a lo mejor una persona que no la conociera podía pensar que era su tono natural, el de una especie de heroína de Charlotte Bronte.

—Soy Sarah Moon —le dijo al recepcionista—. Tengo una cita con Fritz Prendergast.

«Confianza», pensó. Tenía que mostrar confianza en que su material iba a gustar. «Olvídate de que el editor es el tipo más soso y más seco que conoces, y que este es el sindicato más competitivo que se conoce. No lo pienses».

Estuvo a punto de arrugarse cuando el recepcionista la acompañó a una sala de conferencias iluminada por la luz que entraba por toda una pared de altos ventanales que daban a la zona de los muelles. Al fondo había una fila de caballetes dispuestos junto a la pared. La mesa de caoba, tan larga y brillante como una pista de bolos, estaba rodeada de cómodas sillas con ruedas.

Había un equipo para presentaciones de PowerPoint, y un momento antes de que Fritz y sus tres asociados llegaran, tuvo tiempo de cargar el programa. Le presentaron al asistente del editor, un director editorial y una becaria que cursaba su último año en la estatal de San Francisco.

—Gracias por recibirme —dijo Sarah—. Les agradezco la oportunidad que me brindan.

Aquel proceso le estaba generando una tensión enorme; se estaba sometiendo a juicio, pidiéndoles que estimasen su valía, que fijaran un valor específico a algo que había creado. No era de extrañar que no hubiera pretendido sindicarse hasta antes.

—Los nuevos talentos siempre nos interesan — dijo Fritz, en un tono a medio camino entre aburrido y comatoso.

La presentación transcurrió como si hubieran seguido un guión. Todo el mundo dijo lo que se esperaba que dijese e hizo los ruidos apropiados, de modo que Sarah comprendió de inmediato que la reunión estaba yendo mal. *Just Breathe* estaba muerto.

Una vez lo hubo admitido, se relajó. Ya que era un cadáver, no corría peligro si se pegaba un tiro en el pie.

—Sé lo que están pensando —espetó sin más.

Fritz miró a su ayudante y alzó las cejas.

—Está bien. Voy a seguirle el juego. ¿Qué estoy pensando?

—Pues que mi tira no es lo suficientemente original.

—Ah. Veo que al menos ha hecho sus deberes. Según la Guía de Marketing para Cómics, esa es la primera razón para el rechazo.

—Eso quiere decir que habría oído todas las respuestas posibles a esa objeción.

El hombre levantó la mano y empezó a sacar dedos:

—No nos está ofreciendo originalidad, sino frescura de visión. Su tira presenta personajes y situaciones con los que los lectores pueden identificarse. Quiere crear una relación a largo plazo entre la audiencia y el material.

Sarah no pudo suprimir una sonrisa triste.

—Usted también ha hecho sus deberes.

Fritz consultó el reloj.

—Es usted una buena artista. Su tira tiene potencial y ha sido bien recibida en algunos mercados, pero aún no me ha dado una buena razón por la que deba apostar por usted, Sarah.

Buena artista, potencial, bien recibida... ¿No eran esas razones suficientes? ¿Qué más podía querer?

—¿Mi valoración? —le ofreció, aunque ella no se la había pedido—. La tira está bien dibujada, es aguda y sincera. Sin embargo, como hemos dicho antes, no es única y tampoco es divertida en exceso.

Ella respiró hondo.

—No soy divertida. En eso estoy de acuerdo.

—Entonces, ¿por qué debería ponerla en las páginas de humor?

—Porque *Just Breathe* trata del dolor y de la verdad.

—Entonces debería ir en los obituarios.

—Como muchas comedias —respondió, buscando una tira de Shirl en la clínica de fertilidad—. Mis lectores no se ríen de ella, pero tampoco pasan la página sin leerla.

Nancy, la becaria, estudiaba todas las imágenes y cada vez parecía más inquieta. Al menos era como Sarah se sentía.

Fritz tomó el control remoto y fue pasando algunas páginas.

—Me está ofreciendo dolor y verdad sobre una mujer joven que está intentando salvar a su matrimonio del fracaso teniendo un hijo, ¿no es así?

—No —Sarah se sorprendió—. Lo ha comprendido mal. Hasta el último momento Shirl estaba convencida de que nada iba mal en su matrimonio. Y no era tan inocente como para pensar que un bebé podía arreglar nada. No sé cómo la tira ha podido darle esa impresión. El matrimonio de Shirl funcionaba.

Fritz pasó a una serie de cuatro semanas en la que Shirl y Richie estaban remodelando la cocina.

—Pues aquí no puede decirse que se llevaran de maravilla.

—Todas las parejas discuten cuando hacen una obra.

—Pero yo creía que la regla de esta historia era que la mujer siempre ganaba —intervino Nancy—, y aquí Shirl no consigue absolutamente nada de lo que quiere.

—Y no le importa, porque se ha dado cuenta de lo que de verdad es importante, y desde luego no tiene que ver con el espacio de encimera.

—Todo es culpa de la manipulación y de la capacidad de su marido para trastocar sus deseos. A Richie se le da de maravilla.

—Eso no es cierto. Richie no manipula a Shirl. Ella es la que lleva el timón en su relación.

—Entonces, ¿por qué demonios ha terminado yéndose a vivir a casa de la loca de su madre?

Nancy avanzó a tiras más recientes.

—Lulu no está loca. Es el personaje más realizado de cuantos aparecen en la tira.

—¿Cómo? ¡Pero si tiene cincuenta años y ni siquiera es capaz de decidirse por el color que quiere llevar en el pelo! Shirl y ella se van a volver locas la una a la otra.

—Como el perro y el gato —corroboró Sarah—. Sobre todo cuando Lulu sepa qué le está pasando de verdad a su hija.

—¿Y qué es?

Sarah la tenía enganchada y lo sabía. Con una sonrisa avanzó a las tiras más recientes, las que aún no habían sido publicadas.

—Shirl está embarazada.

Nancy la miró boquiabierta.

—¡Venga ya!

Fritz y los otros las miraban como espectadores de un partido de ping pong. Al final alguien mencionó que la reunión había terminado.

Sarah se quedó callada e intentó no parecer demasiado alicaída mientras recogía.

—Le enviaremos el contrato a primera hora de la mañana por FedEx —dijo Fritz mientras escribía algo en un papel.

Parpadeó varias veces. Tenía que haber oído mal.

—No comprendo... creía que la tira no le gustaba.

—No me ha escuchado. He dicho que no es original y que tampoco es divertida. También le he dicho que está bien dibujada y es sincera. Pero eso no es lo que me ha convencido.

—¿Entonces?

—Si quiere que le sea sincero, tenemos tres tiras que van a cancelar y hay sitio para algo nuevo, y además... —señaló a Nancy, la becaria—, cuando alguien empieza a discutir apasionadamente sobre un personaje de ficción, es que tenemos algo bueno entre las manos.

CAPÍTULO 24

Hacía demasiado calor para pensar. Afortunadamente para Will en ese caso, un bombero podía escoger entre un variado número de tareas que no requerían pensar. Por ejemplo, podía dedicarse a pulir los cromados del camión, pero se decidió por lavarlo. El agua que salía de la manguera proporcionaba un respiro en aquella feroz ola de calor.

Se había quedado solo con las botas de goma y los pantalones caqui de trabajo, aunque dejando los tirantes colgando hacia abajo, la camisa olvidada sobre un arbusto de laurel. En cuestión de minutos estaba empapado y de mucho mejor humor. Estaba acabando con los estribos y silbando sin ton ni son una melodía cuando sintió que alguien le observaba.

Cortó el chorro del agua haciendo girar la palanca y miró a su alrededor. Allí estaba Sarah Moon, observándolo con una expresión indescifrable. Llevaba un vestido de fino algodón azul, un sombrero de paja y una carpeta bajo el brazo.

Will se sentía distinto cuando la tenía cerca, y aunque le amenazasen con arrancarle las orejas no podría decir por qué. Lo que de verdad debería hacer era salir corriendo en la dirección opuesta a ella. Aquella mujer había abandonado a su marido y estaba embarazada... lo cual no era precisamente la viva imagen de la estabilidad, pero... qué demonios...

—¿Todo va bien? —le preguntó.

—Sí, perfectamente. He pasado para traerte una cosa —dijo, ofreciéndole la carpeta.

—Estoy empapado.

—Ya lo veo.

Parecía distraída de un modo que a él le resultaba halagador. Tenía las mejillas arreboladas e intentaba por todos los medios no mirarle el pecho, pero no podía negar que lo que había visto le había gustado.

—Es un detalle de agradecimiento. He hecho un dibujo de Aurora y tuyo.

Él sonrió.

—Ay Dios... la última vez que me dibujaste no resultó precisamente halagador.

—Piensa que este es mi modo de compensarte por aquello.

Sacó un dibujo de la carpeta y se lo tendió.

Estaba firmado y enmarcado. En él aparecían Aurora y él sentados en uno de los muelles, los pies metidos en el agua.

—Me he basado en una foto que le pedí prestada a tu hermana.

—¡Vaya! Es fantástico. Gracias.

Sarah sonrió.

—¿De verdad te gusta?

En el dibujo se apreciaba su barba de las cinco de la tarde, las arrugas de sus vaqueros y la camisa, y sin embargo resultaba extrañamente favorecido. Y lo que era aún mejor: Sarah había sabido captar la belleza de Aurora y el momento en el que se encontraba, a medio camino entre niña y mujer.

—Sí, me gusta de verdad.

Estuvo a punto de preguntarle si querría salir a cenar cuando acabase su turno, pero le pareció que era demasiado... parecido a una cita.

La miró con atención intentando distinguir si su embarazo era patente ya. Su sonrisa era misteriosa y ciertamente femenina, pero había cierta melancolía en su mirada. Seguramente podría adivinar por qué. Tener un hijo era algo que una pareja enamorada debía saborear con felicidad, anticipación y cierta inquietud. Y no es que él fuera un experto porque Aurora ya tenía cinco años cuando apareció en su vida y desde un principio Marisol le dejó bien claro que no tenía interés alguno por tener más hijos.

—Me estás mirando fijamente.

Él parpadeó varias veces.

—¿Qué? Ah... perdona.

—¿Por qué me mirabas así? —le preguntó. No parecía dispuesta a permitir que se le escapara del anzuelo.

—Pues supongo que porque... estás muy guapa —contestó. «Mentiroso. Dile lo que piensas de verdad».

—Oye, que yo no venía aquí en busca de halagos.

—No era un halago. Lo pienso de verdad.

Se puso la camisa, preparó un té y se sentaron juntos en un par de sillas plegables de madera bajo los frondosos brazos de un enorme roble de California. Observó su cuello mientras bebía un trago. Era curioso pensar que se conocían de toda la vida y que solo en aquel momento estaba empezando a sentirse atraído por ella.

Sarah dejó el vaso.

—¿Estás flirteando conmigo?

—Podría ser.

—Pues flirtear con una mujer embarazada y además amargada no es buena idea.

—Seguramente.

—En el instituto eras tan ligón que daba asco.

—Una opinión que dejaste muy clara en tus dibujos.

—Sí, bueno... estaba resentida.

—¿Por qué?

—Porque flirteabas con todo el mundo menos conmigo.

—¿Cómo iba a flirtear contigo? Me dabas miedo.

—Halagarme descaradamente no te va a llevar a ninguna parte.

—Yo creía que iba en la dirección correcta antes cuando te he dicho que estabas muy guapa.

—No puedo creer que estemos teniendo esta conversación.

—La verdad es que yo no salgo mucho últimamente. Mis dotes de seducción están muy oxidadas.

—Pues no se te da mal.

«Menuda pareja hacemos», pensó Will mientras la veía ponerse el vaso de té helado en la frente para refrescarse. Aunque no eran pareja de ningún tipo, por supuesto. Solo dos personas cuyos caminos se habían cruzado inesperadamente. Sin embargo, y aquello tenía que ser una locura, tenía la sensación de estarse enamorando de ella.

«Imposible», pensó. Si algo había aprendido de Marisol era que entregarle el corazón a una mujer que tenía un hijo de otro hombre era una locura. ¿Por qué iba a correr ese riesgo una segunda vez?

Aurora fue al parque después de las clases. Su padre siempre tenía refrescos en la nevera y con aquella ola de calor se moría de sed. También tenía que hablar con él sobre los fuegos misteriosos que se venían declarando en la zona. O quizás no. Aún no lo había decidido.

El pavimento estaba mojado y el camión a medio lavar. Quizás hubiera entrado a ver algún capítulo de esa serie antigua que tanto le gustaba, *La caldera del diablo*. Gloria, él y los demás eran fieles seguidores. Siguió el sonido de las voces y vio a su padre y a Sarah Moon sentados ambos a la sombra. Los dos parecían ajenos al resto del mundo

«¡Es mi amiga!», hubiera querido gritar. «Yo la encontré primero».

Si su padre y Sarah empezaban a gustarse, todo se iría al garete. Había una ley no escrita que decía que a ella tenía que caerle mal, o al menos tenía que serle antipática la mujer con la que saliera su padre. Y el problema era que Sarah le gustaba y la respetaba. No iba a ser tan fácil desprenderse de esos sentimientos.

Permaneció observándolos cerca de un minuto, y reparó en que los ojos de Sarah brillaban cuando miraba a su padre.

«Corrección», pensó, alejándose a toda prisa del parque antes de que fuesen a verla. Iba a ser muy difícil.

—Hola, papá.

Aurora entró inesperadamente en la cocina y Will se sobresaltó.

Acababa de llegar a casa y se había abierto una cerveza. Pero la celebración se acababa ahí, porque estaba sentado a la mesa revisando facturas. Cuando Aurora se acercó a él por atrás, cubrió discretamente la chequera con un trozo de papel para que no pudiera ver a quién le estaba extendiendo un cheque.

—¿Qué tal?

Aurora contempló un instante el dibujo enmarcado que tenía sobre la mesa.

—¿Es de Sarah?

—Sí. ¿Te gusta?

Ella cruzó los brazos y frunció el ceño.

—Es bastante bueno. ¿Por qué te ha dado un dibujo suyo?

—Para darnos las gracias por ayudarla.

Aurora se echó atrás su hermosa melena.

—¿Estás saliendo con ella?

—No —su respuesta fue rápida y firme—. ¿Por qué se te ha ocurrido es pregunta?

—Hoy os he visto juntos en el parque.

—También estoy a veces sentado con Gloria, o con Judy deWitt que viene a verme, pero eso no significa que salga con ellas.

—Sarah es diferente.

Eso ya lo sabía él. Que no estuvieran saliendo no significaba que no lo deseara. Era una locura porque el momento no podía ser peor, y sin embargo no podía dejar de pensar en ella: una mujer aún casada, embarazada y temperamental.

Ya hacía tiempo que se había convencido de que no podía controlar su corazón. Más bien al contrario: su corazón lo controlaba a él.

—Somos amigos —dijo—. ¿Tienes algún problema con eso?

—No.

—Y si acabara saliendo con ella, ¿te supondría un problema?

—Seguramente.

Genial. Todos los libros del mundo que había leído sobre las muchachas de su edad advertían que solían mentir, pero, en cuanto a Sarah Moon, seguro que su hija estaba siendo escrupulosamente sincera.

—¿Por qué?

—Por un montón de razones. Si sales con ella, ¿en qué posición quedo yo? Sería muy raro.

—Entonces estás diciéndome que debo salir o no con una persona en función de si tú te sientes rara o no.

Ella volvió a contemplar el dibujo.

—Todo lo que tú haces me afecta.

—¿Ah, sí? No me digas... así son las cosas en una familia. Lo que hace uno afecta a los demás, y no es un mal sistema.

—¿Aun cuando una persona hace que otra se sienta rara?

—Yo no estoy haciendo nada para que te sientas así.

—Claro.

Estrujó en el puño un sobre vacío. «Mierda...»

CAPÍTULO 25

Debido a la naturaleza de su trabajo, Will solía despertarse por completo cuando sonaba un timbre, aunque no estuviera de servicio. Se incorporaba y descolgaba el auricular del teléfono en un solo movimiento cuando aún no había terminado de sonar por primera vez.

En aquella fracción de segundo, el tiempo entre que sonaba el timbre y él descolgaba, tuvo un único pensamiento: Marisol. Luego otro: Aurora. Se había quedado a dormir en casa de Edie.

—Bonner —dijo.

Su voz sonaba grave y tensa. Se frotó los ojos y miró el reloj. Las dos y catorce minutos de la madrugada.

—Siento despertarte, pero no sabía a quién más llamar.

—¿Quién...

—Soy Sarah Moon.

El ritmo de su corazón cambió, lo mismo que el de su respiración. Cuando una mujer embarazada llamaba en plena noche, no podía ser nada bueno.

—¿Estás bien?

Su padre y su hermano vivían cerca. ¿Por qué no habría llamado a uno de los dos?

—Sí, perfectamente. Me siento fatal llamándote a estas horas, pero... —dejó de oírla, como si se le hubiera caído el teléfono—. ¿Podrías venir?

Ya estaba metiendo las piernas en los vaqueros con el teléfono sujeto bajo la barbilla.
—¿De qué se trata?
—Es Franny.
—Franny —dejó el teléfono un segundo para meterse una vieja sudadera y volvió a ponérselo en la oreja.
—...están a punto —estaba diciendo Sarah—. Will, siento muchísimo molestarte, pero es que... no puedo hacerlo sola.
Por fin un rayo de claridad se abrió paso entre la niebla.
—Tu perra está de parto.
—He llamado al número de urgencias del veterinario, pero no quería que se le molestara a menos que hubiera problemas.
—¿Y los hay?
Sus manos habían tomado la decisión antes que su pensamiento. Se metió un par de botas de trabajo y ya estaba bajando la escalera sin atárselas siquiera.
—Solo el que yo tengo.
—Enseguida estoy ahí.
No tardó en llegar a su casa. La noche estaba tan tranquila y todo tan vacío como solo puede estarlo en mitad de ninguna parte, las carreteras envueltas en niebla y llenas de vida secreta. Sapos, ciervos y mapaches solo se hacían visibles en el último momento como en un videojuego. «¿Qué demonios haces, Bonner?» Aquella voz interior se negaba a callarse.
—Está en apuros —murmuró, al tiempo que su cuerpo registraba deseo de café—. Una damisela en apuros.
Sabía lo que la lista de su hermana diría al oírle decir eso:
—Así es como te gustan a ti, Will.
¿Tendría razón? A su hermana le gustaba psicoanalizarle. ¿De verdad se sentiría inexplicablemente atraído por las mujeres que tenían problemas? Basándose en las elecciones que había hecho en el pasado, ese parecía ser el caso. ¿Y qué era exactamente lo que le atraía? ¿Las mujeres o los problemas?
Se saltó el único semáforo de la ciudad. Si Franco estaba en la vecindad, seguramente estaría echándose una siesta en el

coche patrulla con la esperanza de que nadie lo llamase desde la centralita.

Aparcó en la entrada de Sarah y subió de un salto las escaleras de la entrada. Le estaba esperando en la puerta, pálida, despeinada y con un extraño atuendo compuesto por unos pantalones de chándal, la parte de arriba de un pijama y un delantal. Tenía el pelo revuelto y le resultó extraña e inesperadamente atractiva.

—¿Dónde está? —le preguntó al entrar.

—En el armario del pasillo. No quiere salir.

La puerta del armario estaba entreabierta. Había una linterna en el suelo y despacio, intentando no asustar al animal, Will se agachó.

—Eh, preciosa —le dijo—, ¿te acuerdas de mí?

Encendió la linterna, pero no enfocó a la perra para no asustarla.

La perra emitió un sonido mitad gruñido y mitad gemido. Otra damisela en apuros. Jadeando como un fuelle, estaba tumbada en un nido de chaquetas, jerseys, abrigos y al menos una toalla vieja. Había un olor peculiar, no solo a perro sino a humedad. ¿Los perros rompían aguas como las mujeres?

—Desde que estoy en este trabajo nunca he tenido que atender un parto. He leído sobre ello, y en la mayoría de casos la madre naturaleza hace todo el trabajo.

—¿Crees que estará cómoda? Hace unas semanas le preparé una cesta estupenda y parecía gustarle dormir en ella, pero hoy había desaparecido y la encontré aquí. Ha tirado algunos abrigos de las perchas —Sarah se arrodilló a su lado—. Tiene buen gusto. Ese abrigo es de cachemira.

—¿Quieres que intente quitarlo?

—No. Es... es de Chicago.

No lo había dicho, pero se imaginó que estaba relacionado con su ex.

—Pobre Franny. Debe dolerle.

—¿Cuándo la llevaste por última vez al veterinario?

—Hace una semana. Me dijo que la fecha de parto probable era este fin de semana.

—Así que es puntual.

—Eso parece. ¿Es normal que jadee así?

Will se encogió de hombros.

—Me temo que mi experiencia no me alcanza para esta situación.

Permanecieron en silencio un rato. La perra se levantó, hizo un par de círculos sobre sí misma, volvió a tumbarse y comenzó a lamerse lenta y metódicamente.

—¿Qué te parece si la dejamos un poco tranquila? —dijo Will, algo azorado por la intimidad extraña de aquel momento.

—Buena idea.

Se levantaron juntos.

—Me vendría bien un café —dijo. Se le había dormido una pierna.

—Voy a prepararlo.

Entraron en la cocina y Sarah cargó una vieja cafetera que debía pertenecer a su abuela.

—Ay, Dios mío —dijo de pronto, abriendo los ojos de par en par.

—¿Qué pasa?

—Aurora. ¿La has dejado sola para venir aquí?

—No habría hecho eso ni siquiera en un pueblo como este. Está pasando la noche en casa de una amiga.

Sarah se apoyó en la encimera.

—Esto de ser padre... tengo mucho que aprender.

—Lo aprenderás —dijo, tendiéndole una raza—. Los niños se las pintan solos para darte clases.

Volvieron a ver a la perra, que seguía lamiéndose, y se sentaron en el sofá.

—Bueno —dijo Will, ya completamente despierto e inexplicablemente contento de verla a pesar de las circunstancias—, aparte del hecho de que tu perra esté pariendo, ¿va todo bien?

Sarah olía a champú y a vainilla. Cuando le sonrió, la verdad se le apareció de frente: la atracción la ejercía la dama, no los apuros.

Tiró del delantal para mostrarle la curvatura del estómago.

—El miércoles tengo cita con el médico. Creo que todo va bien.

Will se atragantó con el café. Pues sí que tenía tripa desde el último día.

Ella malinterpretó su reacción.

—Perdona. Seguramente no querías saber algo así. La verdad es que aparte de las náuseas de la mañana, me sienta bien el embarazo. Mi médico dice que, si hubiera una olimpiada para gestantes, tendría asegurada la plaza.

—Eh... qué bien.

No sabía qué decir.

Ella se rio.

—Me parece que te vas a arrepentir de haber venido. Te estoy dando demasiada información, ¿verdad?

—No pasa nada.

Lo miró ladeando la cabeza antes de preguntarle:

—¿Por qué eres tan amable conmigo?

—Es que soy un tío amable en general. Me lo he trabajado mucho, ¿sabes? Desde que acabé el instituto —añadió. Mejor cambiar de tema—. ¿Y qué más me cuentas?

—Pues que he contactado con una distribuidora editorial que va a encargarse de colocar mi tira. Dicen que tienen grandes planes para mí, así que estoy contenta.

—Enhorabuena —dijo, chocando su taza con la de ella.

—Lo único malo es que tengo mucho trabajo, y estoy empezando a retrasarme con todo lo que está pasando.

Señaló con un gesto la mesa de dibujo colocada en un rincón del salón.

—¿Puedo echar un vistazo?

—Claro.

Le sorprendió ver la cantidad de dibujos que había hecho, variando la posición de un personaje o escribiendo varias versiones del diálogo. Aunque en la tira impresa no se percibiera, el arte y la atención al detalle se veía con claridad en los originales. La verdad era que le intrigaba su trabajo. Se había dado cuenta que, entretejida con el humor, estaban sus esperanzas, sus temores, sus sueños y sus aspiraciones. Y sus desilusiones.

—Aurora ha leído todos los episodios de *Just Breathe* en la red y está entusiasmada. Su personaje favorito es Lulu.

—Lulu tiene su propio club de fans —bajó la mirada—. A veces me pregunto si es la persona que habría sido mi madre de no haber fallecido tan pronto.

Sintió compasión por ella. Jeanie Moon había muerto hacía unos años, mientras Sarah estudiaba aún.

—Estaba bastante unida a Helen, la madre de mi ex —confesó—. He estado retrasando el momento de llamarla para contarle lo del embarazo, pero tendré que hacerlo y pronto.

—¿Por qué?

—Pues porque me parece lo correcto. Habría sido una abuela estupenda. Dios, qué lío va a ser todo esto.

—Lo solucionarás, no te preocupes —dijo y movió la cabeza—. Sé que suena a frase hecha, pero todo saldrá bien.

Sarah había sido completamente sincera con él sobre su marido: su ambición, su enfermedad, su infidelidad. Si había podido sobrevivir a eso, podría criar a un niño sin él.

—Serás una buena madre. Lo veo. A mí me preocupaba mucho lo de tener una hija, pero no hay secretos, de verdad. El niño suele ir diciéndote todo lo que necesitas saber.

Se quedó callada tanto tiempo que temió que se hubiera quedado dormida hasta que de pronto la oyó peguntar:

—¿Cuál es la historia de la madre de Aurora? No hablas mucho de ella.

«Vaya por Dios...»

—Es cierto. No hablo mucho de ella.

—¿En general o solo a mí?

—Se marchó hace mucho tiempo ya. ¿Qué necesitas saber?

—No hay nada que necesite saber.

«Bien», pensó. «Dejémoslo así».

Hubo otro silencio y luego Sarah continuó:

—Estadísticamente hablando, un hombre divorciado tarda dos años en volver a casarse.

—Yo no soy muy de estadísticas.

—Lo sé.

Esperaba que dejase el tema, pero comento:

—Eres muy reservado en lo que a ella se refiere.

Will sonrió.

—Y tú muy persistente.

—Si quieres me callo.

—No quiero que te calles.

—Entonces háblame de la madre de Aurora. ¿No se mantiene en contacto con ella?

—No es... su estilo. Aurora no sabe de ella con regularidad.

—¿Te estoy haciendo preguntas demasiado personales?

—Aún no, pero vas encaminada.

—¿Y es un problema para ti?

—Depende.

—¿De qué?

—De si mis respuestas van a terminar apareciendo en las páginas de humor.

—Todo vale para las páginas de humor.

No era la respuesta que esperaba.

—¿Quiere eso decir que siempre hay una parte divertida en todo?

—Si no creyera eso, dudo que pudiera salir adelante en mi situación. Puede que acuda a ti para que me des consejos de como criar a un niño sola.

Él se rio.

—Pues estarías llamando a la puerta equivocada. No soy un experto en la materia.

—Con Aurora has hecho un magnífico trabajo.

—Hasta hace poco habría estado de acuerdo.

—¿Y qué ha pasado hace poco?
—Pubertad creo que se llama.
—Ah.
—Me siento como si... —hizo un pausa para ordenar sus pensamientos. Qué fácil era hablar con Sarah—. Como si nos estuviéramos separando. Antes éramos los mejores amigos y ahora no dejamos de pelearnos. Tan pronto quiere que me siente en su cama a leerle un cuento, como me da con la puerta en las narices.
—Pues a mí me parece que es un comportamiento bastante típico.
—Me cuesta trabajo asimilar los cambios físicos que está experimentando—. Ya está. Ya lo había dicho. Le preocupaba... no, le intimidaba la floreciente madurez de Aurora, y se sentía profundamente incómodo con la nueva dinámica—. La mayor parte de las chicas recurren a sus madres cuando las hormonas...

Sarah esperó un instante y luego sugirió:
—Empiezan a estar fuera de control.
—Exacto.
—Tengo la sensación de que está en una edad que es difícil en general para los padres, y mucho más difícil para un padre adoptivo. ¿Pero qué era lo que tanto le gustaba decir a mi servidor público favorito? Lo solucionarás. No te preocupes.

Will contuvo el deseo de abrazarla.
—*Touché*.

Franny emitió un gemido que creció hasta el aullido. Corrieron a verla y ambos se quedaron sin palabras. Había parido al primer cachorrito, una bola resbaladiza de tejido oscuro que apenas resultaba reconocible. Con serena eficacia la perra cortó con los dientes el cordón umbilical y lamió al cachorro hasta romper el saco. Una boquita pequeña y sin dientes se abrió para tomar su primera bocanada de aire. Franny lo empujó con el hocico a la curva protectora de su cuerpo y el perrito no se equivocó. La perra volvió a gemir, preparada para el siguiente asalto.

—Dios mío —musitó Sarah—. Nunca he... esto es...

La voz se le quebró mientras contemplaba al cachorrito recién nacido.

Will bajó la mirada y se encontró con que se habían dado la mano. No recordaba haberlo hecho.

—¿Crees que está bien? —preguntó ella, soltándose de él.

—A mí me parece que sabe exactamente lo que tiene que hacer.

La perra no parecía necesitar nada de ellos excepto un poco de paz y tranquilidad. En algún momento entre el cuarto y el quinto cachorro, Will y Sarah se quedaron dormidos el uno junto al otro en el sofá. Él se despertó al rato porque se le había dormido un brazo. La rodeaba a ella y Sarah había apoyado la cabeza en él.

Durante treinta segundos no movió un músculo. Simplemente se quedó como estaba e intentó sentirlo todo. El peso de su cuerpo y el calor donde sus cuerpos se encontraban. El olor a vainilla de su champú. El ritmo tranquilo de su respiración. En un momento así no había sitio para el engaño, así que no se molestó en intentarlo. Le gustaba estar cerca de ella cuando dormía, eso era todo: tan sencillo y tan complicado como eso.

Empezaba a amanecer. Un tímido rayo de luz gris se asomaba a la bahía y Will pensó en Aurora. No se había levantado aún. Era sábado.

—Hola —le dijo suavemente, empujándola para sacar el brazo dormido.

Ella gimió y se estiró lenta y lujuriosamente en un movimiento que le recordó el tiempo que hacía que no tenía a una mujer en los brazos.

—Ay, Dios —protestó—. Me he quedado dormida. No me lo puedo creer.

—Los dos nos hemos dormido.

Esperó a que el brazo le volviera a la vida y se preguntó si su peso le habría molestado. Mejor no preguntar.

Fue a ver a la perra. Los cachorros estaban todos en fila, mamando o descansando. Will los contó dos veces para estar seguro.

—Seis —le dijo a Sarah.

Ella sonrió adormilada.

—¿Están bien?

—Eso creo. Franny está dormida.

Sarah apuró el té que le quedaba en la taza y con una mueca se acercó a su perra.

—Buena chica —dijo, y le acarició suavemente la cabeza—. Tengo varias familias que están interesadas en adoptar a los perritos. Por ahora cuatro están ya apalabrados. Gracias, Will.

—No hay problema.

—¿De verdad? ¿Tenías que trabajar?

—No. Y que yo sepa, nadie ha necesitado que lo rescaten esta noche.

Le ofreció la mano para ayudarla a levantarse.

Ella lo estudió un momento y luego soltó su mano.

—Yo sí.

CAPÍTULO 26

A veces, cuando estaba sola, Aurora ponía la radio en alguna emisora de habla hispana y dejaba que aquellas voces y ritmos familiares la acunaran. Entonces su cabeza se llenaba de sueños y recuerdos que después no era capaz de distinguir.

Recordaba la sensación de una mano de mujer acariciándole la frente. Su lengua nativa tenía una cadencia alegre, así que incluso una oración religiosa podía parecer una canción de saltar a la comba. Antes de llegar a Glenmuir, ¿de verdad había tenido un patio lleno de primos con los que jugar, o era otra cosa más que había soñado?

Su pasado era como otro país distante e ignoto, reverberando en el horizonte, fuera de su alcance. Seguramente si se esforzaba mucho podría llegar allí y averiguar cómo era en realidad. Con la cantidad suficiente de concentración conseguiría separar sueños de recuerdos y deseos, e identificar cómo era la vida que había llevando antes de que Will apareciera.

Pero la pregunta era: ¿de verdad quería saberlo?

Con un suspiro de descontento, apagó la radio. Era tan absurdo, pensó, una pérdida de tiempo andarse preguntando y preocupándose por alguien que se había largado y nunca había vuelto a mirar atrás.

Como todo el mundo se esforzaba por repetirle, tenía una familia devota que la apoyaba incondicionalmente, pero el problema era que por mucho que intentase negarlo, seguía queriendo a su madre. Una parte de ella deseaba cambiar ese apoyo incondicional por cinco minutos del amor imperfecto de su madre.

El timbre de la puerta la sobresaltó, pero lo que vio al abrir todavía la sorprendió más: era Zane Parker. Durante unos segundos solo fue capaz de mirar. Era tan guapo que casi la intimidaba. No era allí donde debía estar, sino en una serie de la tele haciendo de macizorro. Todas las chicas que conocía estaban locas por él. Si estando loca por un tío una se volviera loca de verdad, no darían abasto los manicomios de la zona.

Era como algo sacado de un cuento de hadas: Zane Parker yendo a su casa, como si ella misma lo hubiera convocado. Tenía miedo de hablar no fuera a romper el hechizo.

—Estamos vendiendo bulbos para el proyecto de Mount Vision —dijo, cegándola con su sonrisa perfecta. Tardó un momento en darse cuenta de que a su sombra estaba también su hermano menor, Ethan.

—¿Bulbos?

—Sí, flores; ya sabes, genio.

Y se rio como si hubiera hecho un chiste. Pero no, pensó ella. Estaba siendo una idiota de verdad. Cuando estaba con chicos tan guapos, las neuronas se le secaban.

Llevarle flores a un Bonner era como venderle hielo a los esquimales, pero a Aurora no le importó.

—Eh... claro. Pasa —les invitó, y a punto estuvo de tropezarse consigo misma al abrir la puerta. Oyó música en los oídos y se dio cuenta de que era el latido de su propio corazón. Estaba tan excitada que estuvo a punto de olvidarse de Ethan—. Perdona —dijo, haciéndose a un lado—. Hola, Ethan.

—Hola.

Ethan era el opuesto a su hermano en todos los sentidos. Llevaba unos vaqueros negros que le colgaban de la cadera y camiseta negra. El pelo lo llevaba demasiado largo y casi le tapaba las cejas. Pero lo cierto era que su actitud no encajaba con su físico. Había demasiada dulzura en su mirada y su sonrisa era demasiado rápida, demasiado dulce también.

Acarreaba una caja que parecía pesar bastante.

—¿Puedo dejarla en la mesa? —le preguntó.

Viéndolos juntos, Aurora pensó lo horrible que debía de ser tener un hermano como Zane. Sin embargo Ethan no parecía agobiado.

—Claro.

Los condujo a la cocina y apartó rápidamente libros y periódicos para hacerle sitio.

Zane dio unos golpecitos con el boli en la carpeta que llevaba.

—¿No está tu padre?

—Ha salido a hacer unos recados.

Como siempre su padre la había invitado a acompañarlo. Cuando era pequeña le encantaban los días en que no estaba trabajando y los dos hacían cosas corrientes, como por ejemplo ir a la biblioteca o hacer la compra. En parte deseaba poder seguir haciéndolo así, pero le parecía tan infantil ya con su edad que ahora nunca solía aceptar sus invitaciones.

Vio a los hermanos intercambiar una mirada y se apresuró a añadir:

—Os compro algunos. Es por una buena causa y todo eso…

Tenía su propio dinero de los días que había trabajado como canguro, y lo había ingresado en una cuenta. Pretendía ahorrar para comprarse unos lápices Pantone como los de Sarah, pero aquello le pareció más importante.

Zane volvió a deslumbrarla con su sonrisa.

—Excelente —contestó e hizo un gesto a su hermana—. Enséñale lo que tenemos.

Deseó que fuera él quien se lo enseñara, pero parecía más interesado en examinar la cocina. De pronto tuvo una idea brillante.

—¿Queréis beber algo?

Abrió la nevera y les mostró lo que había.

—Gracias —contestó Ethan, eligiendo una zarzaparrilla.
—Ah, Budweiser —dijo Zane, sacando una lata.
Aurora se rio.
—Sí, claro. Sírvete.
—No te importa, ¿verdad?
Tiró de la anilla y se oyó el sonido del líquido.
—¡Eh, que era una broma! —exclamó Aurora—. No puedes beber cerveza.
—Demasiado tarde.
Zane tomó un buen trago.
Ethan suspiró.
—Idiota... —murmuró.
Zane soltó un prolongado eructo y sacó un folleto de la carpeta.
—¿Quieres oír el discurso, o vas a comprar?
Aurora sintió cierto malestar en la boca del estómago.
—Me lo debes por esa cerveza.
—Vale. Como quieras.
Comenzó a leer de un papel en el que se describía el fuego que había devorado ochocientas hectáreas de bosque.

Ethan tomó un trago de su zarzaparrilla mientras hojeaba un ejemplar del Bay Beacon. Estaba abierto por las páginas de humor, que Aurora ya no se perdía desde que la tira de Sarah Moon, *Just Breathe*, se publicaba en él. Shirl y Lulu se estaban volviendo locas la una a la otra y Shirl acababa de soltar una bomba: estaba embarazada. Resultaba peculiar saber que la tira cómica reflejaba lo que estaba pasando en la vida de Sarah.

Un momento después, se dio cuenta de que había desconectado y no estaba escuchando el discurso de Zane.

—...fundada en 1997 para contribuir a la renovación de los espacios naturales —estaba diciendo—. Oye, ¿de verdad te interesa esto?

«El que me interesa eres tú», pensó, y la idea la hizo sonrojarse.

—Claro.

Sacó dinero de su cartera mientras Zane se acababa la cerveza bebiendo casi de un tirón.

Aurora hizo su propia elección de bulbos y tuvieron que abrir los paquetes uno a uno. Así estarían más tiempo. Fingió no darse cuenta de ello, aunque sabía un montón sobre flores gracias a sus abuelos. Gran parte de su niñez la había pasado en el mundo en tecnicolor de su granja entre lirios y dalias, y sabía identificar familias enteras de flores por su aroma y su aspecto.

En cuanto le dio el dinero, Zane se lo guardó en un bolso, registró la venta y se encaminó a la puerta.

—Siento no poder quedarme —dijo apresuradamente—. Tengo que entregar esto antes de las seis. Ethan se quedará para ayudarte a plantarlos.

Aurora contuvo el impulso de decirle que ella quería que fuese él quien la ayudara, y no Ethan, pero respiró hondo y se volvió hacia el hermano menor, que no parecía tener prisa alguna. Quizás, pensó, aquel crío podría resultarle útil. Quizás podría ganarse puntos con Zane a través de él.

—Es genial que tu hermano y tú estéis haciendo algo así. Es una buena causa.

—Zane lo hace para conseguir los puntos de servicio a la comunidad que le piden en el instituto.

—¿Y tú por qué ayudas?

—Porque... no me importa.

Tomó un trago de su lata.

Pensó que era tierno, en cierto modo, que fingiera no preocuparse por el medioambiente cuando ella sabía que no era así.

—Oye, vamos a ir unos cuantos el sábado a desbrozar el bosque —le dijo—. ¿Quieres venir?

—¿Zane va también?

—¿Eso importa?

—No, no —respondió rápidamente—. Era por curiosidad.

Ethan se volvió a estudiar los títulos de los libros que había en las estanterías como si contuvieran el secreto mismo de la vida.

—Tenéis un buen montón de libros —comentó, examinando la librería que iba del suelo al techo—. ¿Va tu padre a la escuela nocturna o algo así?

—No, pero le gusta mucho estudiar.

Ethan hojeó un manido ejemplar de cómo educar en la adolescencia.

—Todos estos libros son sobre educación. A lo mejor eres un misterio para él.

—Es que lo soy.

—Ja. De eso nada. Tú no eres misteriosa.

—Así que me tienes calada, ¿no es eso?

—No es tan difícil.

—Demuéstramelo.

—Pues sé que estás por mi hermano, por ejemplo.

Aurora se puso como un tomate.

—¡Qué tontería! No sé de dónde has sacado eso.

—Está aquí, en este libro —dijo, abriendo una página al azar—. Es un hecho consabido que las jóvenes adolescentes se cuelgan de chicos mayores que ellas que se visten a la última y que son tíos enrollados.

Intentó no reírse al ir a quitarle el libro de la mano.

—Mentiroso. Déjame ver lo que pone.

Pero él no se lo permitió.

—Hay una nota al pie también —añadió—. Dice que los sentimientos de las chicas por los chicos mayores son totalmente falsos y que en el fondo están por los hermanos menores.

—Eres idiota.

—Los insultos son una forma de afecto —continuó como si estuviera leyendo—. Es bueno saberlo —concluyó, y cerró de golpe el libro.

No pudo evitar echarse a reír, aunque estaba un poco molesta. Ethan era un chico con el que resultaba fácil estar y la hacía reír. Le gustaba de verdad... pero como amigo.

—Anda y déjalo donde estaba, listillo.

Ethan lo colocó en la estantería.

—¿Has leído alguno de todos estos?

Dudó si contestar, pero decidió compartir algo con él.

—¿Sabes lo que hago a veces? Busco enfermedades en estos libros, como la bulimia o un trastorno obsesivo compulsivo, y finjo tener los síntomas solo para ver si mi padre se da cuenta.

—¿Y no te parece mal preocuparle?

—Bueno, ahí está la gracia: que hasta ahora no he conseguido convencerlo de que me pase nada.

—¿Y por qué ibas a querer hacer eso?

—Pues porque a veces tengo la impresión de que es el único modo de llegar hasta él... bueno, qué más da.

No debería haberle dicho nada. Puesta en palabras aquella idea sonaba totalmente absurda. Mejor cambiar de tema.

—¿Qué hace una patrulla de restauración de hábitats?

—Eliminamos las plantas no nativas para que las propias del entorno puedan crecer —contestó mientras iba sacando los bulbos que le había pedido—. Deberías venirte alguna vez. Es mejor que leer libros de padres o que inventarte problemas.

Como se lo dijo sonriendo Aurora no se ofendió.

La verdad es que pasarse tres horas arrancando hierbas no le resultaba nada atractivo, pero la idea de trabajar junto a Zane Parker sí.

—¿Dónde nos reunimos?

La puerta de atrás se abrió y su padre entró con cuatro bolsas del supermercado en los brazos.

Aurora e Ethan se miraron y simultáneamente giraron la cabeza para mirar la lata de cerveza vacía que había sobre la mesa. «Mierda», pensó.

—Hola, papá —corrió hasta él para cortarle el paso—. Déjame ayudarte.

—No es necesario.

—Pero...

La esquivó y dejó las bolsas sobre la mesa. Aurora estaba a

punto de echarse a temblar, pero se dio cuenta de que la lata había desaparecido.

—Papá, te presento a Ethan Parker —dijo—. Somos compañeros de clase.

—Ethan...

Will le ofreció la mano. No era su intención intimidar a nadie en situaciones como aquella, pero tampoco podía evitar ser diez veces más grande que todo el mundo. Cuando la gente no lo conocía, daba la impresión de que pretendía asustarlos y proteger en exceso a su hija cuando en realidad no era esa su intención.

—Ethan y su hermano están recaudando dinero para el proyecto de renovación de Mount Vision. Venden bulbos.

Era perfecto, ¿no?

—¿Dónde está tu hermano?

—Ha tenido que irse a entregar el dinero que hemos recaudado. Y yo también tengo que irme. Gracias, Aurora.

—No ha sido nada.

El muchacho recogió la caja de los bulbos.

—Entonces, ¿te esperamos el sábado?

Aurora miró a su padre.

—Lo hablamos —se adelantó él.

«Genial», pensó ella, elevando la mirada al cielo mientras acompañaba a Ethan hasta la puerta. No podía dar un sencillo sí hasta que la hubiera frito a preguntas.

—Ya te contaré en el instituto.

—Vale —él la miró un instante y ella sintió una curiosa sensación de nervios—. Adiós, señor Bonner.

—Justo lo que necesitábamos —dijo Aurora cuando volvió a la cocina—. Más flores.

—Es por una buena causa, ¿no?

«Sí. Poder hablar con Zane Parker».

—Parecías muy contenta —observo su padre—. No sabía que te preocuparan estas cosas.

Estaba enrojeciendo tanto que temía tener colorada hasta la raíz del pelo.

—Puede que sí.
—Bien —contestó él son una sonrisita—. ¿Me echas una mano a colocar la compra? Luego me ocupo de los bulbos.

Aurora se dio cuenta del instante en que su padre vio la lata de cerveza.

—¿Qué demonios hace esto aquí? —preguntó. La cara le había cambiado.

Aurora decidió ponerse a la defensiva.

—No tengo ni idea. Seguramente tú mismo te la dejaste ahí. Seguro que lleva siglos.

—Aún está fría de la nevera. ¿Te la has tomado tú o tu amigo?

—No sé de qué me hablas.

Le dio la vuelta y un chorrito de cerveza cayó al suelo.

—¿Ves estos números? En los paquetes de seis, todas tienen el mismo. Si la comparo con otra de las que hay en la nevera, ¿qué encontraré?

Mierda. ¿Quién iba a saber lo de los números de serie?

Will descolgó el teléfono.

—¿Te sabes el número de los Parker o tengo que llamar a información?

«Dios mío...», pensó. «Estoy muerta». Había tenido una mínima ocasión con Zane y su padre estaba a punto de cargársela.

—Me la he bebido yo —espetó con la esperanza de que no quisiera olerle el aliento—. Solo quería saber... cómo era.

—Estás castigada sin posibilidad de fianza —contestó su padre mientras colgaba—. A ver cómo es eso también.

CAPÍTULO 27

Cuando Sarah volvió a instalarse en Glenmuir, adoptó de inmediato el papel de inadaptada que había desempeñado en el instituto. No podía dejar de tener presente que era la esposa burlada, así que volvió al viejo hábito de encerrarse en sí misma. Pedía la compra por Internet. Era una mujer virtual viviendo una vida virtual.

Quedarse embarazada fue como una monstruosa llamada de atención. Aquel lugar iba a ser donde naciera su hijo, y no quería que creciera con una madre que fuese una excluida social. Iba a tener que hacer lo que no había hecho como adolescente desgraciada y esposa de Jack: dejaría de ser una solitaria y crearía una red mayor de familia y amigos.

Deshacerse de las viejas costumbres no era tan fácil, y por otro lado había una dificultad más que añadir: estar divorciada no era tan raro, pero estar divorciada y embarazada cobraba tintes penosos. La noticia debía de haber corrido como la pólvora.

«Tienes que sobreponerte», se dijo con la voz de Lulu. «La gente tiene mejores cosas que hacer que dedicarse a chismorrear sobre tu vida».

Pero empezó a tener sus dudas cuando acudió a la tienda de materiales artísticos y todo el mundo se quedó callado al verla entrar. «Tengo que dejar de ser tan paranoica», se dijo mientras se acercaba a la dependienta.

—¿Judy? —dijo al reconocerla—. Soy yo, Sarah Moon.

—¡Sarah! Me habían dicho que estabas aquí.

Judy deWitt llevaba trabajando en aquella tienda desde que estaban las dos en el instituto. Además de ser una de las chicas más raras del colegio, también era una de las más dotadas. Era capaz de crear fantásticas esculturas con cables y maderas, que embellecía con conchas y objetos que encontraba.

A diferencia de Sarah, Judy siempre se había sentido bien consigo misma: era Judy la siniestra, con tanto metal en el cuerpo y en la cara que los detectores de metales de la entrada se volvían locos al verla pasar. En el fondo siempre la había envidiado porque a Judy le gustaba ser quien era: única, segura y con talento. Nunca parecía sentirse asediada por la vergüenza de pertenecer a una familia sin dinero, y nunca se había enamorado de un chico fuera de su alcance.

Judy se había desprendido de unos cuantos piercings, aunque aún llevaba uno en el centro de la barbilla que resultaba extremadamente incómodo a la vista. Aparte de eso, apenas había cambiado.

—Me alegro de verte —la saludó.

—Yo también. Tendríamos que charlar un rato algún día.

—Estaría bien, sí.

Qué rara se sentía.

—¿Puedo ayudarte en algo?

—Voy a echar un vistazo

No estaba mal. A lo mejor Judy y ella podían volver a entrar en contacto. A lo mejor, imitando a su abuela y a la tía May, podrían salir, charlar y dedicarse a su arte. Ojalá hubiera mantenido el contacto con las personas que conocía.

—Sarah Moon —oyó que alguien decía—. Ya me habían dicho que habías vuelto.

Aun sin darse la vuelta supo de quién se trataba. Era la misma voz del instituto azuzando a las animadoras.

—Hola, Vivian. ¿Cómo estás? —la saludó, arreglándoselas para sonreír.

Vivian Pierce le devolvió la sonrisa. Estaba aún más guapa que en el instituto, si es que eso era posible. La misma cascada de cabello rubio recogida en una cola de caballo. La misma deslumbrante sonrisa. El mismo estilo impecable... con una sutil diferencia: un fabuloso diamante en el dedo anular de la mano izquierda. Sarah declaró como se esperaba de ella lo mucho que se alegraba de volver a verla y lo estupenda que estaba, y a continuación hizo la pregunta que obviamente Vivian estaba esperando:

—¿Qué tal te van las cosas?

—Pues estoy entusiasmada —confió mostrándole los artículos de limpieza y las brochas que llevaba—. Acabamos de comprarnos una casa.

—Enhorabuena.

—Es una casita encantadora en Point Reyes —dijo—. Pero necesita algunas reformas.

—Lo que imagino que no necesitarás es un cachorro —se le ocurrió decirle señalando a Franny, que aguardaba sujeta con la correa fuera de la tienda—. Mi perra ha parido.

Pensó que iba a rechazar la idea de pleno, pero le sorprendió al ver que le ofrecía una tarjeta.

—Llámame cuando estén listos para ser adoptados.

—Si quieres, yo puedo poner un anuncio en el escaparate —se ofreció Judy.

Las dos estaban siendo tan... amables que Sarah no se lo esperaba.

Vivian le mostró a Judy algunas de las muestras de color en el catálogo de pintura.

—Ya me he decidido: color apio para las paredes y rojo cadmio para los adornos de madera.

Judy se llevó la muestra al mezclador de pinturas.

—Temía que fueses a elegir rosa y blanco.

—¿En serio?

Sarah ocultó la sorpresa que le provocaba su camaradería. Judy y Viv habían estado en extremos de la galaxia durante su paso por el instituto y ahora se comportaban como si fueran las mejores amigas, en particular cuando Judy le prometió a Vivian que se pasaría esa tarde por su casa para echarle una mano con la pintura. «¿Y tú qué sabes?», se reprendió.

Mientras recogían todos los aparejos de pintura, Sarah aprovechó para estudiarlas a ambas. No solo Vivian estaba más guapa que nunca, sino que su aspecto era próspero: vestía vaqueros de diseño, jersey de cachemira y botas de vaquero, y llevaba un impecable corte de pelo.

—No te olvides de seguir las instrucciones —le recordó Judy—. Este ingrediente es particularmente volátil. Mantén el área ventilada y no lo utilices cerca de ninguna llama.

Vivian le guiñó un ojo.

—A lo mejor si provoco un incendio, Will Bonner acudirá a rescatarme.

Al oír pronunciar el nombre de Will, Sarah prestó más atención.

—Yo creía que eras una mujer felizmente casada —la reprendió Judy de broma.

—Una mujer felizmente casada con una imaginación activa —replicó Vivian—. Admitámoslo: la mitad de las mujeres de este pueblo se prenderían a lo bonzo si con ello consiguieran llamar la atención de Will.

—¿Y la otra mitad?

—La otra mitad, le prendería fuego a sus maridos.

Sarah quiso imaginarse al marido de Vivian y le acudió al pensamiento la imagen de un abogado distinguido que trabajase en la ciudad. ¿De verdad sabían lo que era estar felizmente casada? ¿Lo sabrían de verdad, o simplemente se engañaban? En un mundo perfecto, Will sería el esposo de Vivian. Ambos habían sido rey y reina del baile en el instituto, la pareja perfecta. Ahora recordaba que había tenido lugar un pequeño drama por aquel entonces: la novia de Will lo había plantado justo antes del baile y él y sus amigos se largaron a hacer un viaje por carretera hacia el sur.

Sarah añadió algunos rotuladores de tinta imborrable a su cesta.

—Te ayudo a llevar todo esto al coche, Viv —se ofreció Judy.

—No te preocupes, que para eso he traído a mi chico.

Sarah se quedó petrificada. Daría una mano por ver a su chico, y para ganar tiempo se detuvo ante unos lápices Monolith Woodless.

—Ha tenido que pasar por la ferretería. Enseguida viene.

Mientras esperaban Vivian y Judy charlaban como viejas amigas y Sarah sintió una punzada de envidia. La soledad la golpeó como si fuera una bofetada en plena cara. Tener a alguien con quien charlar, o con quien ir a comer, o con quien hablar de los colores de la pintura... de pronto todo ello le pareció tan importante como el pan y la sal.

La campanilla de la puerta sonó y entró otra persona conocida.

—¡Señor Chopin! —exclamó—. Soy Sarah Moon, ¿me recuerda?

Víctor Chopin le dedicó una deslumbrante sonrisa. Había sido su profesor de Arte y mentor durante todo el instituto. Él era el único profesor que había considerado su talento, lo que le había proporcionado una sensación de valía. Con el físico sorprendente de la Europa del Este y el tinte exótico de su acento, había conseguido que los corazones de sus estudiantes femeninas latieran desbocados, y el paso del tiempo le había sentado a las mil maravillas.

—Por supuesto que sí, señorita Moon —le contestó, dirigiéndose a ella con su misma formalidad—. ¿Ha venido de visita o piensa quedarse con nosotros?

Sus ojos eran hondos pozos de chocolate en los que una muchacha podía ahogarse y no volver a ganar la orilla.

—He venido... para quedarme.

—Sigue siendo una artista, por lo que veo —dijo él, señalando la cesta en la que inexplicablemente llevaba una cuadrícula de Durero, algo que no había vuelto a utilizar desde su primera clase de Arte—. ¡Cuánto me alegro!

—Gracias, señor Chopin.

Le dedicó otra sonrisa cordial y se acercó al mostrador.

—Ya estamos, guapo —Vivian se puso de puntillas para besarlo en la mejilla—. Veinte litros de la mejor pintura de Judy.

Sarah contempló con la mandíbula desencajada de puro abierta cómo su profesor favorito sacaba los suministros de pintura de Vivian. El señor Chopin se había casado con la reina del baile.

—Pareces sorprendida —dijo July mientras pasaba por el lector sus compras.

—No debería haberme quedado mirando así —se arrepintió.

Judy sonrió.

—Es curioso cómo acaban siendo las cosas, ¿eh?

Mientras Sarah metía sus compras en el coche vio a Franny trotando tan tranquila sobre el asfalto que separaba la tienda del almacén. La perra seguía siendo una artista del escapismo y se las había arreglado para quitarse el collar.

—Franny —la llamó—, vuelve aquí, maldita sea.

Pero con el hocico pegado al suelo, la perra se escabulló hacia la parte trasera de la tienda seguida por Sarah, que cada vez se sentía más frustrada.

—No te lo tomes como algo personal.

Sarah se volvió. Judy había salido del a tienda y fumaba un cigarrillo apoyada en la esquina.

—¿El qué? ¿Qué mi perra se me siga escapando cada dos por tres?

Franny dio la vuelta y Sarah contuvo el deseo de lanzarse sobre ella para ponerle el collar y la correa. Sería iniciar una lucha en la que seguro que no ganaría. Lo que hizo fue ignorarla.

—¿Y qué tal te ha ido? —le preguntó a Judy sin perder de vista a la perra.

—Bien —contestó la aludida, dejando escapar una nube de humo.

—¿Y el señor Madsen? —preguntó Sarah, refiriéndose al anterior propietario de la tienda.

—Falleció hace cuatro años y yo compré la tienda. Pensé que era mejor comprarla que tener que seguir viniendo a por materiales aquí.

Judy la Gótica, dueña de un negocio. Tardó un momento en procesarlo.

—Pues tengo pensado ser una de tus clientas habituales.

Judy le hizo un gesto para que se dirigiera a unas puertas altas que daban acceso al almacén de chapa. La mayoría del espacio estaba ocupado por suministros apilados en palés, pero en un rincón había un estudio de escultura de metal. Había quemadores de todos los tamaños, sopletes, restos de metal y frascos de material de soldadura.

Sarah reconoció el aire tan peculiar de las esculturas abstractas. El metal trabajado parecía carecer de peso, como si unas plumas invisibles lo mantuvieran en el aire.

—Tú hiciste el montaje de Waterfront Park.

—Así es —contestó Judy antes de mostrarle la obra que tenía en proceso, encargada por una bodega de Hopland. Se dio cuenta de que Sarah le miraba las manos—. Marcas de quemaduras —le explicó, mostrándoselas—. Gajes del oficio.

Salieron juntas y Judy tiró el cigarrillo a un bidón con arena.

—Mejor me voy a ocuparme del negocio.

Sarah asintió.

—Ya nos veremos —hizo una pausa—. Oye, ¿te gustaría que nos tomásemos un café alguna vez?

—Claro que sí. Vivian y yo solemos reunirnos en el White Horse. Café a las nueve de la mañana los días laborables para charlar un rato.

A ella misma le sorprendió lo que le apeteciera la idea.

—Gracias. Me encantaría.

CAPÍTULO 28

Los recuerdos más tempranos de Sarah estaban bañados por el aire marino del criadero de ostras. De niña aquel había sido todo su mundo. Solía pararse al borde del agua con los brazos extendidos intentando asir el aire que la rodeaba. Pero de adolescente aquello pasó a ser una especie de trampa de la que ansiaba liberarse. Y ahora sentía algo parecido al equilibrio allí. Le gustaba llevarse a Franny a pasear por los caminos pavimentados con restos de conchas y que conducían a los largos y estrechos artilugios elevados sobre pilotes por encima de los cañaverales. Cada ostra que vendía la empresa empezaba su vida siendo un bivalvo con el tamaño de la cabeza de un alfiler. En uno de sus frecuentes paseos le iba contando esas cosas a Will quien, a pesar de ser un residente de toda la vida en Glenmuir, desconocía el trabajo de un criadero de ostras.

—Cuando era pequeña, creía que todos los padres salían cada noche como el mío, a oscuras, cuando la marea se retiraba. A medida que me fui haciendo mayor me di cuenta de que no solo era poco corriente, sino totalmente inusual.

—Quizás por eso saliste tan rara tú.

Ella le dio una palmada en el brazo y siguieron andando en un agradable silencio. Will y ella no salían. Sería una locura y ambos lo sabían. Pero sí se veían para dar largos paseos por la playa al atardecer. Cenaban juntos y a veces hasta llegaban a hacerlo en mesas con velas. Pero desde luego no salían.

—¿Lo echabas de menos cuando estaba fuera trabajando?

—No —comprendía perfectamente la pregunta—. Estaba ganando dinero para mantener a la familia y yo sabía que volvería.

—Espero que Aurora piense lo mismo de mí. Con el horario tan caótico que tengo, lo mismo me paso tres días seguidos en casa que otros tres sin aparecer.

—¿Y por qué no se lo preguntas?

—Casi ni me habla. Sigue enfadada conmigo por haberla castigado. Incluso le ha preguntado a Birdie si no podría denunciarme por arresto —suspiró.

—Yo no era mucho mayor que Aurora cuando me escapé de casa para beber cerveza con los trabajadores del criadero. Me pillaron, claro está, y también me castigaron. Pero tú estás haciendo algo más que castigarla: estás apagando una vela a manguerazos. ¿Por qué?

—Que alguien beba y mienta es algo que no puedo soportar.

—¿Por qué?

No respondió, y Sarah supo que estaba caminando en la cuerda floja entre la preocupación y el fisgoneo.

—Tu hija significa mucho para mí, Will, y me gustaría entenderlo.

—Es que se parece mucho a su madre —admitió al fin—. Cuando actúa como ella, me pone los pelos de punta.

Franny olfateaba frenética alrededor del viejo muelle que se adentraba en el mar. Sarah intentó imaginarse a Marisol, tan guapa como su hija. ¿Qué clase de mujer echaba a perder su matrimonio mintiendo y bebiendo?

—Es lo que tiene ser padre —continuó Will—. Que la puedes liar de un montón de formas distintas en un solo día.

—Vamos, Bonner, que es una buena chica. ¿Por qué no pensar en todas las cosas que funcionan bien entre vosotros?

—Eso es difícil de conseguir cuando me está haciendo el vacío —metió los pulgares en los bolsillos traseros—. Antes lo entendía todo sobre ella. O al menos eso creía yo. Pero de alguna manera ha pasado de ser una niña buena a... no sé. A una adolescente problemática.

—Quiere hablar —le aseguró—. Créeme, que yo sé bien cómo piensa una adolescente complicada.

—¿Ah, sí? ¿Tú fuiste de esas?

—Bah.

No se podía creer que tuviera que preguntárselo.

—¿Y tú crees que Aurora es una adolescente complicada?

—El hecho de que tengas que preguntarlo podría significar por sí solo que está yendo en esa dirección —no tenía sentido andarse por las ramas con él—. Así que escúchame: yo no sé nada sobre cómo ser un buen padre, y mucho menos de una chica de trece años, pero tal y como lo veo ya ha recibido suficiente castigo. Ahora toca que la perdones.

—Para tu información estoy a punto de levantarle el castigo, pero hace ya mucho que la perdoné.

—¿Y ella lo sabe?

—Supongo que sí.

Sarah pensó en su propio padre. ¿Habría habido algún momento en su infancia en el que hubiera podido acercarse a ella y borrar sus dudas e inseguridades?

—No lo supongas. Asegúrate de que sabe que la has perdonado.

—Sigo enfadado con ella.

—Y ella contigo —respondió, entendiendo de pronto la situación.

—¿Qué demonios quieres decir?

—No es más que una intuición, pero ¿qué está pasando de verdad, Will?

Se apoyó en la vieja barandilla y contempló el agua a sus pies.

—Me mintió. Me dijo que se había bebido ella la cerveza y

yo sé bien que no fue así. Como antes has dicho tú, cualquier crío puede tomarse una cerveza de vez en cuando, pero yo estoy enfadado porque me mintió.

—A riesgo de parecer un disco rayado, ¿eso lo sabe Aurora?

Él sonrió y movió la cabeza.

—Ya lo pillo. Hablaré con ella.

—Buena idea —Sarah le tocó un brazo—. He estado pensando...

—Oh, oh.

—Dado que le vas a levantar pronto el castigo, creo que deberías regalarle uno de los cachorros.

—Sí, claro. Recompensarla con un cachorro después de cómo se ha portado.

—No estoy hablando de recompensarla. Un cachorro es un compromiso a largo plazo y creo que Aurora está preparada para ello.

Vio a Franny correr entre los pilotes, agarrar un palo y sacudirlo.

—No puede ser. Mis horarios son demasiado caóticos y no hay sitio para un perro en nuestras vidas.

—Mi abuela dice que las cosas que importan llegan cuando ellas lo deciden y no cuando tú estás preparado.

—Estamos hablando de un perro.

—Estamos hablando de las cosas que importan.

—No, Sarah. Y ni se te ocurra hablarle de ello a Aurora.

—Sigo castigada —informó a Ethan Parker cuando sacaban las bicis del aparcamiento de Bear Valley—. No puedo ir al concierto de Waterfront Park esta noche.

Estando castigada, el trabajo de servicio comunal era el único sitio donde su padre le dejaba ir. Todos los sábados ella y un grupo de voluntarios se reunían para hacer controles de erosión y eliminar las plantas no nativas.

—Qué mierda. No deberías estar castigada —contestó Ethan, lanzándose cuesta abajo.

Aurora comenzó a descender a su misma velocidad, disfrutando del viento fresco en la cara. El trabajo era duro y no le gustaba demasiado, sobre todo los días en que Zane no se presentaba, como había pasado aquella mañana.

—¿Por qué dices eso? ¿Qué iba a hacer? ¿Decirle a mi padre que tu hermano se había bebido la cerveza?

—Por lo menos habría sido la verdad.

—Y mi padre habría llamado a los tuyos, y al final todos habríamos acabado metidos en un lío. O sea, que seguiría estando castigada. Así por lo menos Zane y tú os habéis librado.

—También hay otra posibilidad: que Zane hubiera dado la cara.

Él cambió de plato y aceleró.

Lo peor de estar castigada, pensó Aurora, no era la pérdida de libertad, de tele y de internet, sino lo que le costaba seguir estando enfadada con su padre. Para mantener aquel muro necesitaba más tiempo y energía de lo que se había imaginado. Era un peso que llevaba en el pecho y que crecía día tras día, lo que la hacía tener que esforzarse por no pedirle que la liberara y así poder dejar de estar enfadada.

A veces pensaba en escaparse e ir en busca de su madre. No sería tan difícil. Sería sencillo convencer a la tía Lonnie para que la llevase en una de sus entregas de ostras a Las Vegas. Incluso podía colarse entre la carga del avión. Pero una vez hubiera encontrado a su madre, ¿qué?

De camino a casa fue imaginándose posibles escenarios: un reencuentro lacrimoso, amargas recriminaciones, la sensación de familia. Ninguno de ellos le parecía posible del todo y sabía por qué: porque no conocía lo suficiente a su madre para comprender la situación. Sus recuerdos eran solo fragmentos congelados en el tiempo, aunque creía tener una imagen exacta del día de su partida. Tenía siete años, y no se dio cuenta desde un primer momento de que su madre se había ido para no volver. Su padre la encontró sola en casa después del colegio un buen día, tomándose un cuenco de cereales y viendo en la tele Nickelodeon con el volumen muy alto. Recordaba estar sentada en un cojín verde en el centro de la habitación, fingiendo ser la superviviente de un naufragio encaramada a la más pequeña de las embarcaciones.

—¿Dónde está tu madre? —le había preguntado él, besándola en lo alto de la cabeza.

Ella se encogió de hombros y le sonrió, mostrándole su dentadura mellada.

—Me alegro de que estés en casa, papá.

Sabía que le gustaba que lo llamase «papá» porque cuando se lo oía sonreía y se erguía orgulloso.

Siempre había prestado mucha atención a su modo de hablar porque quería hacerlo exactamente igual que los niños de su clase.

Su padre había mantenido la sonrisa mientras metía el cartón de la leche en la nevera, pero ella había sabido que no estaba contento por algo. Parecía moverse con rigidez. Descolgó el teléfono con demasiada fuerza y salió a hablar a la parte de atrás.

Aunque estaba segura de que no estaba enfadado con ella sintió cierta inquietud, así que prestó atención a su conversación.

—...demonios estaba pensando Marisol para dejar a una niña de siete años sola en casa? —decía su padre a alguien.

Por su forma de hablar, supo que era con la abuela Shannon. Hubo muchas otras conversaciones aquella noche y mucha preocupación. Aquella noche su padre la tomó en brazos y le dijo que su madre se había ido a vivir a un sitio llamado Las Vegas y que ya nunca volvería a vivir en su misma casa.

—¿Y por qué no nos vamos nosotros a Las Vegas? —le había preguntado.

—Porque no podemos hacerlo, tesoro.

Le pareció que era imposible que su padre estuviera más triste.

—¿Por qué no? Yo me portaré bien. Te lo prometo.
—Estoy seguro, cariño, pero tu mamá… tiene otros planes, y no puede tenernos con ella. Es mejor para todos que nosotros dos nos quedemos aquí.

Desde entonces no había sabido mucho más, y su padre nunca hablaba de ello.

Cuando llegó a su casa vio la camioneta aparcada en la entrada. Genial. Ahora tendría que volver a fingir estar enfadada.

Entró por la cocina. En la encimera había unas bolsas grandes de Bay Hay and Feed.

—Hola.
—Hola, hija.

Su padre empezó a vaciar las bolsas y le sorprendió ver un par de cuencos de metal y un saco de comida de perro.

—¿Qué está pasando? —le preguntó con el ceño fruncido.

Sacó un collar y una correa rojos.

—¿Tienes algo que hacer esta noche?
—Depende —el corazón le latía desenfrenado. «Por favor… ¡por favor!»—. ¿Qué tienes pensado?
—He pensado que a lo mejor quieres venir a elegir a nuestro nuevo perrito.
—¡Papá!

Olvidándose de la promesa de seguir enfadada, echó a correr hacia él y se echó en sus brazos.

—¿De verdad? ¿Vamos a quedarnos con uno de los cachorros de Sarah?
—Tienen ya ocho semanas —dijo, separándose suavemente de ella—. Están listos.
—¿Nos vamos ahora?
—En cuanto estés preparada.

Aurora salió disparada a la puerta.

—Un momento, jovencita.

«El precio», pensó. «Siempre hay que pagar un precio». Desilusionada, se volvió hacia él.

—¿Sí?

—Un cachorro da un montón de trabajo.
—Eso ya lo sé, papá.
—Si nos lo traemos, tendrás que sacarlo a pasear y ocuparte de todas sus necesidades. Y no sé cómo ibas a poder hacerlo estando castigada.

No se molestó en contener la sonrisa que se le dibujó en la cara. «Por fin...»

—Yo tampoco, papá.

CAPÍTULO 29

Cuando Sarah abrió la puerta y los saludó con una sonrisa, Will supo que estaba metido en un lío. Por mucho que intentase negarlo, se había encaprichado con aquella mujer y lo había hecho desde el día mismo que la llevó al hospital sin saber aún que estaba embarazada.

Un embarazo, se decía una y otra vez. Y un matrimonio fallido. También podrías haberte enamorado de Angelina Jolie. Tendría el mismo sentido.

Pero cuando Sarah le sonreía de ese modo, se le olvidaba todo. Se quitó la gorra de béisbol y dejó que Aurora entrase antes.

—¡Nos vamos a quedar un cachorro! —anunció la niña—. No me puedo creer que no me lo hayas dicho.

Verlas juntas le hizo sentir una extraña emoción. Sarah trataba a la niña como a una igual, una amiga. Desde el principio habían tenido una conexión que le había confirmado lo mucho que Aurora añoraba tener la figura de una madre.

—Ven, vamos atrás y eliges.

Aurora salió corriendo hacia la puerta y Will la siguió más despacio. Los cachorros estaban en el porche, metidos en una gran caja de madera que el padre de Sarah había construido expresamente para ellos. La cama de Franny estaba al lado.

La perra movió la cola a modo de saludo y Sarah se agachó a rascarle las orejas.

—Hola, preciosa. Pareces cansada —le dijo y se incorporó echándose mano a la espalda—. ¿Tú la ves cansada?

—Lleva ocho semanas dando de mamar a los cachorros. Eso cansaría al más pintado.

Aurora se metió en la caja con ellos y los cachorrillos se le subieron encima, estirándose para lamerle la cara. El padre era desconocido, pero Will creyó ver rasgos de golden retriever, a juzgar por el color de la capa y la costumbre que Búster, el perro de George Dundee, tenía de escaparse para deambular a su antojo.

Aurora se echó a reír viendo cómo los perrillos competían por llamar su atención.

—Deberías haberte traído la cámara —le dijo Sarah.

—Es verdad.

—Voy a hacerle un dibujo.

—Eso sería genial —contestó, aunque sabía que ni fotografías ni dibujos podrían capturar la risa de Aurora o la alegría que expresaba su cara. Tendría que recordarlo.

—Papá, no sé cómo voy a elegir —le dijo—. Son todos perfectos.

—Te entiendo.

—A lo mejor uno de ellos te elige a ti —respondió Sarah.

—¿Qué quieres decir?

—No estoy segura. Vamos a sacarlos al jardín y te tomas tu tiempo.

Will y Sarah se sentaron en el balancín del porche que miraba al pequeño jardín delimitado por la valla y al mar que se extendía más allá. El aire olía a madreselvas y la voz de Aurora parecía flotar por todas partes. Sacó al primer cachorro y salió disparado hacia las rosas.

—Espero que encuentre el modo de decidirse —dijo Will—. No me puedo llevar a toda la camada.

Sarah lo miró con una expresión que él no pudo descifrar. Cuando le sonreía, sentía como si hubiera ganado un premio o pasado alguna prueba. El problema era que Sarah tenía sonrisas distintas para diversas situaciones, y era todo un desafío llegar a interpretarlas.

—De verdad que no —insistió.

—¿Crees que no podrías manejar a dos de ellos?

—Eso no es lo que firmé en el contrato.

—A veces se consigue el premio especial.

—No lo creo —las cadenas de las que colgaba el balancín tintinearon al cambiar él de posición—. Creía que ya estaban los seis apalabrados. ¿Alguien ha cambiado de opinión?

—No, tranquilo. Solo vas a llevarte uno. Te estaba asustando.

—Te hace falta mucho más que eso para asustarme.

Aurora estaba con el perrito número tres, que parecía concentrado en intentar escarbar en la tierra y echarse una siesta.

—Me gusta esa respuesta —respondió, reflexiva.

Tenía un aire distinto aquel día, y la tensión entre ellos era también más intensa. Siempre había tensión, pero ninguno de los dos la había reconocido.

—¿Estás bien? —le preguntó.

—Sí. Sí, estoy bien.

En el jardín, Aurora chistó al perrito número cuatro.

—Hablando del premio especial… tengo una noticia —dijo.

—¿Ah sí?

Se llevó la mano a la tripa.

—Gemelos —dijo sin más.

Will se encontró con la mirada clavada en sus pechos hasta que lo que acababa de decirle le llegó al cerebro.

—¿Estás de broma? ¡Madre mía!

—Es lo mismo que me digo yo.

Y le dedicó una sonrisa mezcla de miedo, desesperación y alegría.

—Es genial, Sarah. De verdad.

—Gracias —puso el balancín en movimiento—. En la última visita al médico me lo han confirmado. Me estaba creciendo tan deprisa la tripa y tengo tantas náuseas… además en mi familia hay antecedentes de partos múltiples, y el medicamento que estaba tomando ha hecho que esa posibilidad aumente. En la ecografía me he quedado sin palabras, Will. Ojalá los hubieras visto…

Se detuvo y cerró brevemente los ojos.

Se la imaginó sola en la consulta, maravillándose al ver a sus hijos. «A mí también me habría gustado verlos».

—Ha sido increíble verlos a los dos. Dos contra uno —añadió—. Eso es lo que me asusta.

En eso tenía razón.

—Todo irá bien, ya lo verás. Yo a veces desearía que Aurora tuviese algún hermano.

—Lo de los hermanos está sobrevalorado.

—¿No te llevas bien con el tuyo?

—Cuando éramos pequeños, a veces pensaba que lo habían puesto en este mundo solo para realzar mis defectos.

No conocía bien a Kyle Moon. A diferencia de Sarah, él se había volcado en el negocio de la familia. Su método era sencillo pero ingenioso: seguía criando las mismas ostras que su familia había venido criando desde hacía generaciones, pero había conseguido cambiar la percepción que el público tenía de ellas. Había contratado a una agencia de publicidad que gracias a una inteligente campaña había conseguido transmitir la idea de que las ostras de Moon Bay eran las más raras y exquisitas de todo el Pacífico. También firmó acuerdos con los mejores restaurantes de la zona y consiguió que el festival anual de la ostra que se celebraba en octubre se convirtiera en todo un evento cultural. Pero no sabía cómo podía traducirse todo eso en ser un buen hermano.

—Cada familia es diferente —dijo—. Seguro que tus niños se volverán locos el uno al otro a veces, y otras serán los mejores amigos.

La sonrisa que iluminó su rostro fue increíble.

—Me gusta que nos hayas llamado familia.

Will le miró la tripa que tensaba un vestido de flores que podría pertenecer a su abuela.

—No hay duda de que esos niños son tuyos.

Sarah se echó a reír y Aurora se volvió a mirarlos. Luego frunció el ceño. Ella se había hecho amiga de Sarah antes y no quería tener que competir con Will. Verlos reír y charlar en el balancín le hizo tener la impresión de que su padre estaba interesado en Sarah de un modo, digamos, romántico.

Y desde luego no se equivocaba.

—No tengo ni idea de por qué me ha hecho tanta gracia. Al principio no me lo podía creer, aunque los estaba viendo en la pantalla. No hacía más que decirle al médico que tenía que ser un error, que no podía tener dos hijos.

—De verdad que me alegro por ti, Sarah —insistió, aunque casi se estaba esforzando demasiado en convencerla de ello.

Lo cierto era que la complejidad de haberse enamorado de una mujer embarazada de otro hombre se le estaba atragantando, y el hecho de que además fueran gemelos era el colmo. Si por alguna clase de milagro las cosas salían bien entre ellos, se encontraría siendo el padre de tres criaturas que no había concebido él. A veces se quedaba despierto en la cama por la noche preguntándose si alguna vez tendría hijos propios. No estaba seguro de desearlo,. Era la clase de cosa que se hablaba con la mujer de la que se estaba enamorando, y por supuesto con Sarah no podía hablarlo porque ni siquiera habían reconocido sentirse atraídos el uno por el otro. Ni siquiera estaba seguro de que ella sintiera interés alguno. ¿Qué vería en él al mirarlo?

—Supongo que la gente del pueblo se lo va a pasar de maravilla con esto. Estar soltera y embarazada ya es patético, pero estarlo con gemelos... eso sí que da que hablar.

—Veo que la vida de un pueblo pequeño no te merece gran estima.

—Es posible. Detestaba ser la chica del criadero de ostras, aunque desde que he vuelto he descubierto que la vida aquí también tiene su lado dulce. He hecho algunas amigas... Vivian Pierce y Judy deWitt.

—Eso está bien, Sarah.

Era un signo prometedor. Le gustaba la idea de que se estuviera asentando allí.

Volvió a mirar a Aurora, que había vuelto a los cachorros.

—¿Por qué cambiaste de opinión en cuanto a dejarla tener un cachorro?

Hubiera querido sincerarse y decirle que era porque Aurora había perdido a su mejor amigo, él, y necesitaba uno nuevo. Y que lo había perdido porque era un gallina que no se atrevía a estar junto a ella ahora que se había hecho mayor, más difícil y reservada. Aún le aterraba recordar el día en que Aurora había tenido su primera menstruación. Creía estar preparado para ello. Birdie y su madre hacía tiempo que habían hablado con ella y le habían proporcionado lectura abundante al respecto. Además, le habían comprado toda la parafernalia necesaria y cada noche él rezaba —menudo cobarde— para que no ocurriera estando él con ella.

Por supuesto ocurrió estando él en casa y Aurora lo hizo genial. Incluso la vio feliz. O peor aún, comunicativa. Quería hablar de ello.

Pero él la cortó y fingió tener algo que hacer. Algo que no podía esperar. Le dio un billete de veinte dólares y le dijo que se fuera al cine.

En resumen: hizo todo lo contrario de lo que se decía en los libros de cómo ser padres que tanto leía. Lo último que se suponía que se debía hacer era rechazar, restar importancia o negar la sexualidad de un hijo, y en particular el momento que marcaba su paso a la madurez. Se suponía que debía aceptarlo e incluso alegrarse de ello.

Pero algo faltaba en todos aquellos libros: no había encontrado un manual en el que se dijera cómo se debía educar a una hija adoptiva siendo un padre soltero. Había momentos en que la diferencia entre sus edades los separaba como una brecha insalvable. Sabía que formaba parte de un pequeño grupo, el de padres solteros que criaban a una hija adolescente, y que algunos de los miembros de ese club eran tipos como Lucas Cross de *La caldera del diablo*. ¿Es que nunca había padres adoptivos como Dios manda en las series de la tele?

—Pues porque pensé que estaba preparada para tenerlo —le contestó a Sarah, poniendo de nuevo en movimiento el balancín—. Ya lleva demasiado tiempo siendo hija única y solitaria.

—Hay otra solución —respondió, sonriendo—. Cásate con una mujer que tenga hijos y así tendrás una familia al instante.

Él también se sonrió.

—Muy americano.

—No seas tan cínico. A la gente le funciona.

—Señorita Moon, no me estará tirando los tejos.

—Ni lo sueñes. Hablo solo hipotéticamente.

Él alzó las manos rindiéndose.

—Era solo una posibilidad.

—La mitad del pueblo piensa que deberíamos emparejarnos. ¿Lo has notado?

—Sería difícil no notarlo.

—¿Crees que sería posible que fuésemos amigos?

—Sería muy triste que no pudiéramos. Tengo entendido que no estás en el mercado para una relación de otro tipo.

Sarah le puso la mano en el brazo.

—Por eso estamos tan a gusto juntos.

Aurora decidió cambiar de estrategia y los sacó a todos a la vez de la caja. A continuación se tumbó sobre la hierba y dejó que se le subieran encima mientras ella se moría de risa.

—Seguro que te habría gustado tener al menos diez Auroras.

—Puede que diez no. Tenemos también nuestros altibajos.

—Pues a mí me parece una niña estupenda. ¿Cómo lo has hecho? ¿Cómo se educa a una niña como ella?

Will se echó a reír.

—¿En serio me lo estás preguntando?

—Se lo pregunto a todo el mundo. Necesito toda la ayuda que pueda encontrar.

—Pásate por casa cuando quieras. Tengo algunos libros muy buenos.

—Aurora me ha hablado de ello. Dice que la última vez que hicisteis recuento había más de cien.

—Por eso puedo prescindir de unos cuantos. Pero no tengo nada sobre gemelos.

Sarah se colocó ambas manos sobre la tripa y Will sintió un irrefrenable deseo de hacerlo. Era casi una fascinación lo que sentía por su cuerpo, no solo por la tripa cada vez más redonda, sino por los pechos inflamados y aquel inefable aire de misterio. La encontraba increíblemente sexy. ¿Sería un pervertido?

—Le he pedido a Birdie que se lo comunique a mi ex —le contó Sarah—. Jack y yo nos comunicamos única y exclusivamente a través de nuestros abogados. La verdad es que me aterraba pensar en su reacción. Me imaginaba la batalla por la custodia como una versión de *Tú a Londres y yo a California*. ¿La conoces?

—Birdie os protegerá, a ti y a los niños.

Permanecieron un rato en silencio mientras las sombras se iban oscureciendo en los pliegues de la colinas que acababan desplomándose en el mar. Aurora no tenía prisa en decidirse por un cachorro.

—Eso está bien —continuó Sarah—. Sentirse segura es la prioridad número uno para una madre soltera. Lo han dicho varias veces en el grupo de divorciados al que voy en Fairfax.

—¿Te ayuda?

—Todo lo que he hecho desde que me marché de Chicago me ha ayudado —estiró las piernas y suspiró—. Me alegro de haber vuelto. Siento como que puedo volver a respirar.

—Eso es bueno.

—Cuando era niña, no veía llegado el momento de marcharme. Quería vivir en una gran ciudad, ver el mundo. ¿Te he contado que me pasé el primer año de universidad en Praga?

—No. ¿Y cómo fue?

—Se parece mucho a Chicago, pero con edificios más antiguos y un río más contaminado.

Sonrió y se volvió hacia ella. ¡A la mierda con lo de ser solo amigos! Ya no se comunicaba con su ex.

—Yo también me alegro de que hayas vuelto.

Ella bajó la mirada y sonrió.

—¿Ah, sí?

—Sarah...

—¡Papá! —lo llamó Aurora—. Ya lo sé.

Will dudó primero, pero luego se levantó del balancín y le ofreció la mano con la palma hacia arriba a Sarah.

—¿Ayudando a la embarazada a levantarse?

—Vete acostumbrando.

—¡Vamos, papá!

La voz de Aurora estaba cargada de impaciencia.

—¿Y qué es lo que sabes? —preguntó él, intentando no pisar a los cachorros diseminados por la hierba.

—Cuál es el cachorro perfecto.

—Genial, cariño.

Aurora tenía una sonrisa que no le había visto antes. Creía conocer todas sus sonrisas, pero aquella era nueva y tenía una hondura peculiar.

—Mira, este es el que más me quiere —dijo, señalando a un cachorro que seguía queriendo lamerle la cara, y luego se refirió a otros dos—. Esos son los más guapos, ¿no te parece? Y aquellos dos que están juntos, los más juguetones —se levantó y fue a por el último de los cachorros, que intentaba subir al porche para volver junto a su madre—. Y este —continuó apretándolo contra su pecho hasta que dejó de lloriquear— es el que más me necesita, así que es el que he elegido.

CAPÍTULO 30

Jack volvió a intentar llamar a Sarah. Estaba entusiasmado con lo de los gemelos, aunque tuviera que doblar por ello la cantidad de pensión que debía enviarle. Estaba claro que lamentaba haber dicho lo que había dicho sobre su paternidad. Sarah lo sabía no solo porque había vuelto a llamarla, llamadas a las que ella seguía sin contestar, sino porque Helen, su madre y su hermana, Megan, también empezaron a llamarla.

No tenía nada contra Helen y Megan. Dado que había perdido a su madre, le había gustado tener a Helen en su vida. Y ahora que llevaba en su seno a los herederos de la familia, su peso entre las mujeres Daly había crecido. Aun así, ellas no eran quienes habían tenido una aventura con Mimi Lighfoot y Dios sabía con quién más. Nunca le habían hecho nada, excepto alinearse con Jack inquebrantablemente. Por pura cortesía, aceptaba sus llamadas, que se duplicaron en cuanto supieron de su embarazo, lo cual en su opinión tenía sentido.

—Lo está pasando fatal —le confesó Megan.

Sarah tenía puesto el manos libres mientras trabajaba en un ordenador portátil en la cama. Su especialista le había recomendado que pasara cuantas más horas pudiera en la cama a medida que iba avanzando la gestación.

—No es culpa mía —respondió tranquilamente, negándose a sentirse culpable. Cuando estaba enfermo, era su misión contribuir a que se sintiera mejor y la costumbre que tenía de hacerlo era sorprendentemente fuerte, pero se resistió a ello.

—Yo no digo que lo sea. Solo te lo cuento.

—Tampoco es mi problema.

—Has estado casada con él. Estuviste a su lado cuando el cáncer lo llevó a las puertas de la muerte.

—No necesito que me lo recuerdes, Megan.

Había tenido mucho tiempo para pensar y analizar qué había ido mal, para sopesar las razones por las que dos personas que se habían querido habían terminado rompiendo y sufriendo. Era muy fácil señalar a Jack con un dedo acusador, pero había aprendido que, para encontrar su paz interior y empezar a sanar, iba a tener que hacerse preguntas duras de contestar y reconocer que ella también había jugado un papel en su ruptura, no solo Jack.

—Tengo entendido que sigue con Mimi Lightfoot.

—Rompería con ella en cuanto tú le dijeras que estás dispuesta a intentarlo de nuevo. ¿No crees que podrías darle una segunda oportunidad, en nombre de las promesas que os hicisteis?

«Promesas», pensó Sarah. Había jurado ser su esposa en la salud y en la enfermedad, y había cumplido, lo mismo que Jack. Era la parte de la salud la que les resultaba imposible. Algo se había roto entre ellos y le gustase o no, también ella era responsable.

—...no puedes perdonarle y volver a intentarlo? —estaba diciendo Megan.

—No.

Fue un alivio para sí misma oírse contestar con tanta resolución. No se estaba engañando. No quería volver con él, ni por sí misma ni por los niños. Lo conocía demasiado bien y sabía que la novedad de ser padre se le pasaría pronto y volverían a separarse.

—¿Eso es todo lo que tienes que decir... no?

Megan parecía incrédula.

—¿No, gracias?
—No tiene gracia, Sarah.
Por lo menos estaban de acuerdo en algo.
—Traicionó mi confianza de tal modo que no tiene arreglo posible. No pienso criar a mis hijos en un hogar así.
Terminó con aquella desagradable conversación telefónica y se fue para el White Horse Café para tomar café con Judy y Vivian. Aquel encuentro había pasado a formar parte de su rutina y había llegado a apreciar de verdad el tiempo que pasaban juntas. Su preocupación por ella parecía genuina y daba la impresión de que su capacidad para escuchar era ilimitada.
—Llevé demasiadas expectativas a mi matrimonio con Jack —confesó mientras daba cuenta de un descafeinado y un pastelito de crema de coco—. Creía que era un príncipe azul que venía a rescatarme de mi insoportable vida en un criadero de ostras, pero en realidad era yo la que se negaba a ver que él no era ese hombre y que mi vida no eran tan insoportable.
—Eso no le excusa por lo que ha hecho —puntualizó Vivian—. No hay excusa para la infidelidad.
—Es el padre de estos niños —dijo, acariciándose el vientre—, y siempre tendremos este lazo. No puedo escapar de ello.
—Vas a tener que perdonarlo para no estar enfadada de continuo —dijo Judy.
—Eso son tonterías de psicólogo barato —replicó Viv—. Sarah se merece poder estar enfadada.
—Lo cierto es que se supone que debo evitar el estrés —confesó Sarah—. ¿Queréis que os diga una cosa? Pues que cuando estaba con Jack y tenía esa vida supuestamente perfecta, estaba más estresada de lo que lo estoy ahora, embarazada de gemelos y sola.
—Ahí está la clave: que no estás sola —le dijo Viv—. Aquí, no. Ya no.
—Y menos aún teniendo a Will Bonner a tu disposición.
Sarah se sonrojó.
—No está a mi disposición —protestó.

—Fíjate cómo se nos ha puesto colorada —bromeó Judy—. ¡Te gusta!

—¿Qué es esto? ¿Es que hemos vuelto al instituto o qué? Somos amigos. Eso es todo.

—Mentirosa —se burló Viv—. Es más: creo que voy a llamar a nuestro jefe de bomberos ahora mismo. A alguien se le han prendido los mofletes.

Megan era el miembro más joven y volátil de la familia Daly, pero su madre, Helen, era todo un icono de logros femeninos. Se había graduado en la universidad y había llegado a ser una superwoman antes de que el concepto se inventara. Había conseguido sacar adelante una carrera en finanzas, cuatro hijos, un marido y una casa siempre llena de gente.

—Haces que parezca tan fácil —le dijo Sarah en una ocasión poco después de que Jack y ella se casaran—. ¿Cuál es tu secreto?

—Mi secreto se vende en una pequeña botella de plástico marrón —contestó riendo y Sarah no pudo dilucidar si era de broma o no.

Lo único que había arrugado a su suegra había sido la enfermedad de Jack. Helen había conquistado la Cámara de Comercio de Chicago, pero la batalla de su hijo contra el cáncer había estado a punto de destruirla. De hecho Sarah se la había encontrado en una ocasión en la capilla del hospital gritándole a Dios. No rogándole la curación de su hijo, sino exigiéndosela, ordenándosela, negándose a tomar un no por respuesta.

Sarah sabía que no podía compararse con la madre de Jack. Nunca lo había hecho. Los gemelos serían sus primeros nietos. Cuando Helen dictaba el menú para el día de Acción de Gracias o repartía la lista de regalos de Navidad, Sarah se limitaba a obedecer porque sabía que toda resistencia sería inútil. Sabía que Helen lucharía a brazo partido para estar en sus vidas.

Cuando llamó, no le importó pronunciar las palabras.

—Me desilusioné cuando abandonaste a Jack —dijo—, pero me mordí la lengua. Sin embargo los bebés lo cambian todo, estoy segura de que eres consciente de ello. Jack y tú habéis tenido todo el tiempo del mundo para tranquilizaros y ahora ha llegado el momento de que os reconciliéis.

Sarah esbozó el dibujo de una mujer mordiéndose la lengua.

—Siempre te he admirado, Helen, y sospecho que eso nunca cambiará. Mientras estuvimos casados, siempre hice como me dijisteis que hiciera, pero eso ha cambiado. Voy a hacer lo que sea mejor para los niños.

—Gracias a Dios —exclamó—. Ningún niño debería estar separado de su padre.

—Mi abogada está dispuesta a hablar de los derechos de visita.

Hubo una pausa mientras asimilaba lo que le había dicho.

—Un régimen de visitas no puede sustituir a la familia. Sarah, los hombres son infieles por naturaleza. No pueden evitarlo.

Sarah percibió una dureza en la voz de Helen que la hizo estremecerse. Entonces lo supo: John Henry la había engañado. Ahora le parecía tan obvio... su suegro con el pelo plateado al que Jack tanto se parecía...

—Los más listos vuelven siempre. Sé que Jack es un buen hombre.

«Como su padre», pensó.

—¿No piensas que los niños se merecen crecer con su padre y su madre juntos, en un hogar decente?

Sarah se mordió el labio para no decirle a su madre que su adorado hijo estaba haciendo todo lo posible por reducir la pensión alimenticia de sus niños.

—Una casa construida sobre mentiras y traición no es precisamente un hogar decente. Jack me engañó, ¿y sabes qué? Pues que creo entender por qué lo hizo. Incluso es posible que pueda llegar a perdonarlo.

—Ay, Sarah, querida, no sabes qué alivio es oírte hablar así.
—No he terminado aún. Estoy intentando decirte que puedo llegar a entender por qué me engañó. Incluso puedo perdonarlo, pero lo único que no puedo hacer es volver a quererlo.
—Sarah, no puedes estar hablando en serio.
—No pienso criar a mis hijos en un hogar sin amor.
—Los niños sentirán la necesidad básica de conocer a su padre, y estás permitiendo que tu amargura hacia Jack te nuble el entendimiento. Tiene derecho a formar parte de sus vidas.
—Renunció a ese derecho al romper una promesa que hizo en la iglesia que le vio nacer.
—Ahora te estás poniendo dramática.
—Deben de ser las hormonas, Helen —le espetó, pero se arrepintió de hacerlo. Helen no tenía culpa de nada—. No te culpo por intentar defender los intereses de tu hijo. Cualquier madre lo haría. Si no, ¿qué clase de madres seríamos?

Le parecía extraño a Sarah que, a pesar de haberse ido uniendo cada vez más a Aurora y Will en los últimos meses, nunca hubiera ido a verlos a su casa, así que cuando la invitaron a comer algo llamado «Truesdale Specials» aceptó encantada.
Aurora salió a recibirla a la puerta seguida por un cachorrillo desgarbado al que su dueña había puesto el nombre de Zooey. La casa era del más puro estilo Craftsman típico en la zona, construida en los años cuarenta como lugar de vacaciones cercano a San Francisco. Le gustó ver que su dibujo ocupaba un lugar prominente en la pared. Aurora le enseñó la casa encantada.
—¿Es tu madre? —preguntó Sarah, señalando una foto enmarcada que había sobre la cómoda. En ella aparecía una mujer sonriendo y que miraba directamente a la cámara. Tenía un parecido con Aurora, pero había una diferencia sutil aunque discernible: una dureza en la mirada y en la línea de la mandíbula. O quizás fuera tristeza.

—Es mamá.

—Seguro que la echas de menos.

Sarah se llevó la mano a la tripa. Aún no había tenido a sus hijos en brazos y sin embargo sentía ya una comunicación intensa y básica con ellos, tanto que le costaba imaginarse a sí misma haciendo lo que Marisol había hecho: separarse de sus hijos.

Aurora se encogió de hombros y Sarah sintió todo un mundo de emociones contenidas en aquel gesto.

—Yo echo de menos a la mía todos los días—, dijo, pero no quiso ponerse sentimental—. ¿Adónde vamos ahora?

—Por aquí.

Estaba claro que no quería seguir con aquella conversación. La visita concluyó con un paseo por una estancia larga y abarrotada del piso de arriba que conectaba con la habitación de Aurora a través del baño. Había una cajonera grande, dos ventanas altas que dejaban entrar la luz a raudales, muebles pequeños y dispares abandonados y varias pilas de cajas.

—Esto iba a ser una habitación de costura —le dijo—. Mamá quería ser modista, y mi padre le preparó esta habitación, pero nunca hizo nada. ¿Tú sabes coser?

—No sé ni enhebrar la aguja —admitió. Intentó imaginarse a la hermosa y triste Marisol sentada junto a la ventana cosiendo un vestido. Antes de salir se detuvo a contemplar otra foto que había junto a la puerta y pensó: «¿En qué estabas pensando, Marisol? Les partiste el corazón a los dos».

En aquel instante se juró a sí misma que nunca olvidaría que ser madre significaba proteger a tus seres queridos del dolor, no infligírselo.

—Papá está atrás —dijo Aurora cuando bajaban las escaleras—. Acaba de encender la barbacoa.

Cuando Sarah vio a Will supo que se estaba engañando. Fue verlo allí, en el patio, con una camiseta blanca y unos viejos vaqueros, y sentir un halo cálido recorrerle el cuerpo. En un momento lo comparó con Jack. Su ex siempre andaba con prisas, sin tiempo para ponerse a hacer hamburguesas. Will sabía cómo encontrar el momento.

«Me he estado engañando», se dijo. Le había estado diciendo a él, a Aurora y a sí misma que no estaba en el mercado para una relación. Todo mentira. Le había bastado con mirarlo para desear abrazarlo. Quería sentir la textura de su pelo y el sabor de sus labios y cada vez que lo veía lo deseaba más. Pero tenía que resistirse a esa atracción con todo su ser porque solo podía conducir al desastre. No podía enamorarse de nadie en aquel momento.

Con la resolución bien presente lo saludó a través de la ventana de la cocina mientras Aurora y ella preparaban una ensalada. Y no dejó de repetírselo cuando él les sirvió la cena con una reverencia y una sonrisa que le paró el corazón.

—No pasa nada si no te gusta la hamburguesa —dijo Aurora—. No tiene muchos fans.

—Te sorprenderías de lo que me gusta últimamente —respondió inspeccionando la comida que tenía delante. La verdad era que tenía un aspecto un poco raro, lo mismo que su nombre: una especie de mezcla de carne enlatada con cebolla y queso.

—Está mejor si la mojas en tomate —le aconsejó Aurora, haciéndole una demostración.

Sarah hizo lo mismo y tomó un bocado. Los dos la miraban atentamente. Aquello era una especie de prueba.

—Deliciosa.

—¿De verdad?

—De verdad —y añadió tocándose la tripa—. Nos ha encantado a todos.

Después de la cena, sonó el teléfono y Aurora desapareció en su habitación.

—Habla con sus amigas horas —dijo Will—, y no sé de qué.

—De chicos y ropa. ¿Te ayudo con los platos?

—No. Eres la invitada.

Sarah se recostó en su silla y subió los pies en la que tenía al lado.

—Insisto.

Él se rio y se puso manos a la obra.

Empezó a quitar la mesa y recoger la cocina con movimientos seguros. De vez en cuando la miraba de reojo, una forma casi palpable de intimidad. En algunos momentos, su presencia casi la hacía desfallecer. Aquello no tenía que estar ocurriendo. No allí. No en aquel momento. Y no con él.

Pero hacía tanto tiempo que no se sentía cerca de alguien. Había una especie de soledad que se acomodaba en los huesos y se volvía de hielo y, cuando ese frío empezaba a morder, cada nervio parecía cobrar vida. Y lo peor era que la suya no era una soledad en general. Era una soledad que solo lo añoraba a él.

Había sido una velada muy agradable y podía echarla a perder con la pregunta que le rondaba. «No lo hagas», se advirtió. Respiró hondo y se lanzó:

—Creo que es hora de que me cuentes la historia completa de la madre de Aurora.

—Ya te la conté la noche de los cachorros.

—Me soltaste unos cuantos hechos, pero no las razones que los provocaron.

Lo estaba observando con atención: parecía rígido y había apretado la mandíbula. Respiró hondo de nuevo.

—¿Qué pasó, Will?

El corazón se le había acelerado incluso antes de darse la vuelta para mirarla. Se quedó de pie contra el borde de la encimera, clavándosele el ángulo en las palmas, preparándose. Había cosas sobre Marisol que no le había contado a nadie, y ahora allí estaba aquella mujer, pidiéndole que se abriera.

—¿Por qué quieres saberlo? —le preguntó con una mezcla de desconfianza y alivio.

—Porque me importa. Porque Aurora me importa y tú también.

Llevaban ya un tiempo preparándose para aquel momento,

y se dio cuenta de que, si quería estar más cerca de ella… y desde luego era lo que quería, iba a tener que ponerse a su mismo nivel. En cierto modo iba a ser un alivio compartir aquella vieja y pesada carga.

—Vamos fuera —dijo.

Miró hacia las escaleras. Se oía a Aurora riendo, aún hablando por teléfono.

Zooey los siguió al jardín en el ocaso e inmediatamente comenzó a olisquear el perímetro. Will le señaló una tumbona y esperó a que se acomodara, algo que hizo con cierta torpeza. Entonces se sentó a su lado y clavó la mirada en la distancia, intentando organizar una explicación. Sarah se la merecía. Se preocupaba por Aurora, eso era cierto, pero debía ser cauto. Había cosas del pasado que no quería que su hija llegase a saber, cosas que no le había dicho a nadie.

Al final del instituto, todo el mundo esperaba que Will Bonner despegase como un cohete. Incluso él mismo lo esperaba. Durante su último año, estuvo recibiendo ofertas de universidades de primera división. Incluso la liga de béisbol le había ofrecido un puesto si decidía posponer su ingreso en la universidad o incluso si había pensado conjugar ambas cosas.

Él lo quería todo. A punto había estado de lograrlo, de no ser porque el destino le había preparado una trampa.

Por aquel entonces era el típico adolescente impulsivo en el más amplio sentido de la palabra. Cuando sus amigos y él decidieron celebrar la graduación del instituto yéndose a San Diego, tomar allí un autobús e irse hasta Tijuana para emborracharse, nada se salía de lo común. Era algo que los críos más estúpidos venían haciendo desde tiempo inmemorial. El peregrinaje de los jóvenes a la frontera mexicana era casi un ritual de iniciación. Sus padres lo habían hecho antes que ellos. Sus abuelos también, y los padres de sus abuelos antes aún, trayéndose luego botellas de tequila barato y recuerdos. Había quien decía que la historia de esos fines de semana en la frontera empezó con la época de la prohibición, cuando era la forma menos arriesgada de encontrar algo de beber más fuerte que la limonada. Otros fijaban su comienzo más atrás, en la época victoriana, cuando el cebo de las mujeres fáciles tentaba a los jóvenes. Los chicos de California crecieron oyendo hablar de la Avenida de las Mujeres, la legendaria calle de fachadas sombreadas por la buganvilla, muros de adobe pintados con brillantes colores y mujeres fáciles apoyadas en el quicio de la puerta.

—El verano que acabó el instituto me fui a México con un grupo de amigos. Fuimos conduciendo por turnos hasta llegar a San Diego. Alguien, creo que fue Trent Lowery, compró los billetes del autobús para ir desde allí a Tijuana. Aparcas en la parte norteamericana y el autobús te cruza la frontera.

—Me hago una idea.

Entrelazó los dedos y le fue contando lo ocurrido, que había empezado como una juerga. Había cruzado la frontera para pasar una noche de borrachera, pero ese viaje acabó cambiándole la vida. No se dio cuenta de nada. Lo único que tenía en mente era beber tequila y reírse.

Por pura carambola o, según sus amigos, por un error de juicio, Will había pasado por el instituto con su virginidad intacta. No era que ello diera prueba de su virtud, sino que había salido con una chica que insistía en preservarse hasta el matrimonio. Aunque le había costado tener que soportar un montón de bromas y algunas cosas peores, la situación se mantuvo así hasta el fin de semana posterior a su graduación. La chica que había sido su novia durante dos años rompió con él, y Will tomó la determinación de disfrutar de su libertad. Ya era hora de poner punto final a su celibato.

La parte vieja de la ciudad fronteriza se había adaptado a recibir con los brazos abiertos a los chicos de la bahía, chavales ruidosos con demasiado dinero para gastar y poco juicio. Las mujeres eran embriagadoras, con su carne suave y olorosa, el pelo oscuro y la boca madura. En un principio Will quedó deslumbrado, pero ni todo el tequila de aquella ciudad podía cegarle por completo a aquellos labios pintados y a aquellos vestidos baratos y coloridos. Aquellas mujeres, algunas terriblemente jóvenes, eran prácticamente esclavas de sórdidos y ruines chulos o madamas de mirada implacable que se movían como hidras por las calles, dirigiéndose a los turistas con voz insinuante.

—Y eso es lo que hicimos —resumió—. En Tijuana empezamos en las carreras de caballos, y casi inmediatamente un golpe de suerte me proporcionó once mil dólares.

—Dios mío. Tenías el toque de Midas.

Hasta aquel momento, su vida entera había sido así. La suerte en estado puro estaba de su lado. No tenía ni idea de que en cuestión de horas esa suerte estaba a punto de cambiar.

—Seguramente lo habría perdido en la siguiente carrera de no ser porque había llegado el momento de empezar la fiesta. Encontramos bares al aire libre, bandas tocando en cada esquina, gente vendiendo recuerdos y chucherías sobre una sábana tendida en la acera.

Inconscientemente se pasó una mano por el dragón tatuado en el brazo, recuerdo también de aquel viaje loco.

Will y sus amigos, ya cargaditos de tequila, fueron invitados a Casa Luna, al final de la avenida.

—Estábamos en un club de baile.

Las fachadas coloristas y adornadas con flores ocultaban habitaciones diminutas que apestaban a lejía, sudor y orines, y en sus patios traseros abarrotados de basura y cabras se hacinaban niños que jugaban solos. El negocio se llevaba en compartimentos semi privados separados por cortinas comidas por las polillas. Junto a la puerta de cada cubículo había una pileta con agua en la que se invitaba a lavarse a los clientes antes de entrar y al salir.

—Iba bastante cargado de tequila —dijo.

La historia empezaba a complicarse a partir de aquel momento. Perdió su virginidad con una muchacha de ojos oscuros cuyos párpados ocultaban mucho aburrimiento y mucha desesperación. Aún no sabía que se llamaba Marisol. La experiencia había sido estimulante, sórdida y desagradable al mismo tiempo. La chica le invitó a quedarse un rato después... por un poco de dinero extra. Y debido al abotargamiento producido por el tequila, sintió la tentación de hacerlo porque por aquel entonces se había convencido de que estaba medio enamorado de la chica, aunque ella se echó a reír en su cara y lo despidió.

Se solía pensar que un joven daba el paso hacia la madurez con su primera experiencia sexual, pero Will sabía que no era cierto. Conseguir que una chica practicase con él sexo oral o que incluso llegara hasta el final no significaba absolutamente nada. En su caso la transformación de muchacho a hombre había ocurrido de repente, eso era cierto, pero no tenía nada que ver con el sexo. Se había convertido en un hombre gracias a la necesidad desesperada de una muchacha.

Poco antes de la medianoche decidió volver a casa. Su plan era tomar de nuevo el autobús y dormir la borrachera de tequila soñando con la chica de ojos profundos mientras esperaba a que se presentaran sus amigos.

—Estaba a punto de marcharme cuando me di cuenta de que olía a algo que se estaba quemando. Resultó ser un incendio y todo el mundo tuvo que salir a la calle —nunca le había contado a nadie qué clase de casa era, cómo se había iniciado el fuego o que él se había visto envuelto en todo ello—. Se concentró bastante gente fuera, pero nadie parecía demasiado preocupado. Había cabras y perros en el patio y se estaban volviendo locos. Los bomberos tardaron una eternidad en llegar y para cuando se presentaron el edificio ya era irrecuperable.

Sarah se había quedado pálida.

—Aurora estaba en la casa, ¿verdad?

Él asintió.

—Se había subido al tejado. Tenía cuatro años y estaba muerta de miedo.

—¿Y su madre?

—Aquello era un caos y se habían separado.

—¿Por el fuego?

No contestó a esa pregunta. Ojalá no se diera cuenta.

—La escalera del camión de bomberos no podía llegar donde hacía falta. La calle era muy estrecha, y los bomberos no podían acceder al tejado por el interior de la casa. No había modo de escapar.

—¿Y cómo la bajaste?

—¿Por qué has sabido que la bajé yo?

—Vamos, Will —sonrió—. Que ya nos conocemos.

En aquel momento, desaparecida la borrachera por el shock, descubrió algo sobre sí mismo: su vocación era salvar gente.

—Me subí al tejado de la casa de al lado.

Podía oírla gritar y rezar como si fuese ayer. Sin el entrenamiento adecuado, trabajando solo gracias a la adrenalina y el instinto, no tuvo tiempo de dudar o de sopesar sus posibilidades de éxito mientras pasaba sobre un desagüe que unía ambos tejados. El material del que estaba construido el tejado se había vuelto blando y las suelas de los zapatos se le pegaban.

La pequeña lloraba y gritaba angustiada mientras con las manitas intentaba despejar el humo. Él mismo debió asustarla, un chico tan grande corriendo hacia ella, alzándola en el aire y cargándola como si fuera un balón de fútbol americano. Recordaba lo ligera que le había parecido que era, como un pequeño juguete de madera. Los bomberos utilizaron la escalera para formar un puente entre los dos edificios, más estable para cruzar que un desagüe oxidado.

No miró hacia abajo y no soltó a la niña.

—Ahí fue donde la situación se complicó.

Estaba bajando por una escalera de hierro bajo una lluvia de agua de las mangueras cuando oyó un ruido parecido al que haría una caja de cartón al caer al suelo. En el callejón que había detrás del patio vio a la joven prostituta con la que había estado, espectacularmente hermosa a pesar de estar empapada, recibiendo una paliza de su chulo.

—¡Mamá! —gritó la niña.

Will la depositó en el suelo y cargó contra el tipo como un tren de mercancías. Seguramente ni siquiera supo qué le había pasado. La mujer estaba histérica, y no por la paliza, ni siquiera por el peligro que había corrido su hija, que en aquel momento había corrido para agarrarse a sus faldas, sino porque, cuando el tío Félix recuperase el sentido, sería castigada. Sería peor que recibir otra paliza, le explicó en una tortuosa mezcla de español de frontera e inglés deslavazado. La expulsaría. La echaría a la calle, y tendría que sobrevivir con los restos de comida que arrojaran a la basura, como si fuera un perro callejero. Tendría que vender a su hija solo para sobrevivir. Terminaría vendiéndosela a un hombre como Félix, así que ¿qué bien le había hecho atacándolo?

En su precario castellano Will le dijo que tenía que haber otra opción, pero le bastó reparar en el terror que desdibujaba las facciones de la joven prostituta y a la niña con los ojos abiertos como platos, magulladuras y arañazos por todas partes, para darse cuenta de que le estaba diciendo la verdad. No tenían futuro ninguna de las dos. A menos que a él se le ocurriera algo.

Dudó. Había intuido que la decisión que tomara podía cambiar el rumbo de su vida. Entonces les dio la mano. La mujer tropezó y aulló de dolor por la paliza. Will la tomó en brazos mientras la chiquilla caminaba a su lado aún agarrada a la falda de su madre.

—¿Cómo te llamas? —le preguntó.

—Marisol Molina. Y mi hija se llama Aurora.

Marisol le contó que su tío la había puesto a trabajar a los trece años, que había tenido a su hija a los catorce y que le había puesto el nombre de su personaje favorito de Disney.

Will buscó refugio para pasar lo que quedaba de la noche. Las iglesias deberían habérselo proporcionado, pero tenían las puertas cerradas para evitar a los intrusos. Al final encontró una clínica que llevaba un médico ya mayor y una enfermera cuyo aire de compasión y hastío se mezclaba con un resignado sentido de la inutilidad. Trataron las heridas de Marisol, la peor de las cuales era un hombro dislocado, y le dieron a Aurora una medicación para la tos y pomada para las magulladuras. La enfermera tuvo una larga conversación en privado con Marisol que la hizo enrojecer de vergüenza, y los tres salieron de allí juntos.

Estaba amaneciendo en la calle y la luz le devolvió a Will la confianza perdida, pero no debería haber sido así. La policía lo detuvo. Félix García, el chulo, estaba buscando a su sobrina. Estaba muy preocupado por ella. Temía que la hubieran raptado. Will le ofreció a la policía las explicaciones que pretendían: un buen pellizco de lo que había ganado en las carreras. Con los bolsillos llenos, la policía perdió interés en la detención de Will, pero seguían pretendiendo devolver a Marisol a su dueño.

Marisol les había dado una larga y desesperada explicación que a Will le costó seguir, pero que creyó comprender.

—¿Acabas de decirles que nos vamos a casar?

—Hoy mismo —respondió—. Ahora. Es el único modo de evitar que me devuelvan a Casa Luna. Pero tendrás que volver a sobornarlos.

Fue entonces cuando Will descubrió que haría cualquier cosa para salvar a una persona.

Atontada por la fiebre y la medicación que le habían dado en la clínica, Aurora se durmió durante la ceremonia de la boda, que se celebró gracias a más sobornos en el ayuntamiento de la ciudad. Salieron de allí con toda la documentación.

—¿Y ya está? —preguntó Sarah con los ojos muy abiertos—. ¿No os hicieron ninguna prueba, o...? No sé, ¿no os hicieron esperar?

Los guardias de la parte norteamericana de la frontera también se quedaron sorprendidos. Se llevaron a Will a un aparte y le dijeron de una docena de formas distintas que no se metiera en semejante situación, que ellos ya lo habían presenciado muchas otras veces: chicos americanos de buena familia que quedaban atrapados en las redes de putas mexicanas. Le aseguraron que podían arreglarlo. En cuestión de horas sería libre para olvidarse de aquella mujer y de su hija, dejándolas en México como si fueran un equipaje olvidado.

—Gracias —les dijo—, pero no se trata de ningún error.

No quería recuperar su libertad si ello significaba echar a aquella mujer a los lobos. Además, estaba convencido de que sus sentimientos por Marisol acabarían siendo amor.

—Quería casarme con ella. Queremos estar juntos.

No resultó tan fácil. El proceso tardó semanas y requirió la intervención de un compasivo abogado de inmigración, uno de los profesores de Birdie en la estatal de San Diego.

Movió apesadumbrado la cabeza.

—Si conoces a la gente adecuada y puedes pagar su precio, algo que yo pude hacer gracias a lo que había ganado en las carreras, cualquier cosa es posible. Once mil dólares era una pequeña fortuna en México.

Sarah lo miraba como si de pronto fuese un desconocido.

—No sé qué decir.

Will se encogió de hombros.

—Me gustaría poder contar que vivimos felices y comimos perdices, pero todo se complicó.

Lo primero que había que hacer era llevar a Marisol y a Aurora a que les hicieran una revisión médica. Aurora resultó estar en un estado bastante bueno para haber padecido semejante abandono. Marisol, para sorpresa solo de Will, tenía una enfermedad de transmisión sexual.

Afortunadamente era tratable, y Will no se había contagiado. Al final, después de llevar varias semanas casados, tuvieron su noche de bodas. Conocido por fin el placer de la mano de una mujer hermosa y experimentada, Will Bonner se enamoró como solo un muchacho con diecinueve años y limitada experiencia puede hacerlo.

Las gentes de Glenmuir estaban atónitas. ¿Dónde había quedado el futuro que le aguardaba?

Will nunca contestó a esa pregunta porque algo había cambiado en él aquella noche en México mientras avanzaba por el tejado de un edificio en llamas. Por primera vez en su vida tenía un claro sentido de lo que debía ser su vida. Había venido al mundo con una misión, y esa misión no era anotar puntos, ganar premios o firmar contratos.

—Yo no elegí esta vida —concluyó—. Fue ella la que me eligió a mí.

En el jardín que olía a flores había caído la noche y habían aparecido las primeras estrellas. Will se sentía agitado y vacío, como si acabase de correr una maratón. No había sido fácil desnudar su alma. Nunca lo había hecho antes. Jamás había corrido ese riesgo. Pero se trataba de Sarah. Confiaba en ella. Incluso le sorprendía que pudiese tener una relación tan íntima con una mujer a la que nunca había tenido en brazos. No conocía su sabor, ni sabía si sus labios eran tan suaves como parecían, o si encajaría entre sus brazos como si fuera el lugar que le estaba destinado. Quizás debería...

—¿Qué sabe Aurora de todo esto? —le preguntó mientras se levantaba con esfuerzo.

—Casi nada —respondió—. Su madre nunca le contó nada.

—¿Y por qué Marisol le dio la espalda a un hombre como tú?

—¿Por qué te la dio a ti Jack? —respondió—. El amor es algo curioso, ¿no crees?

Entraron y Sarah le pidió una taza de té. Will fue a buscarla. En el corto pasillo entre la puerta de atrás y la despensa había fotografías y trabajos de arte que Aurora debía haber hecho de niña desde el día que Will las llevó a ella y a Marisol a Glenmuir. Su madre, que había recibido clases de dibujo terapia en Berkeley, le había dicho que debía animar a Aurora a dibujar. Sus primeras figuras hechas de palotes se semejaban a las pinturas rupestres, retazos de alguien que ya no existía. Ni siquiera Aurora era capaz de arrancar el sentido a aquellas figuras oscuras y simples. Habían quedado encerradas en algún lugar de la memoria junto a los recuerdos de aquella terrible noche en México, cuando empezó a formar parte de la vida de su padre.

Uno de los dones de la infancia era la resiliencia del espíritu humano. Aquellas figuras pronto dejaron paso a dibujos más sofisticados y alegres que llevaba orgullosa a casa; en ellos aparecía flanqueada por él y por su madre y ella sonreía. El rabioso colorido del vivero de flores de sus abuelos. La belleza natural del entorno, desde Alamere Falls pasando por los bosques sombreados hasta el magnífico faro de Point Reyes.

—¿Nunca te ha preguntado nada?

Sarah parecía no poder dar crédito.

—Muchas veces —admitió mientras esperaba que el agua hirviera—, pero yo nunca he tenido las respuestas.

El dibujo más reciente era de séptimo curso. Era casi una imagen fotográfica de una cabaña de piedra abandonada, quemada en el incendio de Mount Vision, sus paredes hundidas, rodeadas por el verde resurgir del paisaje.

—Creo que sabe más de lo que te imaginas.

Will asintió. A veces eso era lo que más le asustaba.

Quinta parte

CAPÍTULO 31

A medida que iban pasando las semanas, Sarah iba dependiendo cada vez más de Will. Su amistad había llegado a significar mucho para ella, y esa amistad estaba en peligro porque seguía deseando poder convertirla en algo más.

Mientras se vestía para acudir a la fiesta que iba a celebrarse en honor de sus futuros hijos, oyó una explosión. Al principio no le hizo caso porque pensó que se trataba del ruido de un avión, pero el sonido de una sirena que se acercaba le provocó un escalofrío. De inmediato pensó en Will. ¿Qué habría ocurrido? ¿Estaría herido?

Moviéndose con tanta rapidez como su barrigón le permitía, acabó de vestirse, recogió el bolso y las llaves y se encaminó al pueblo. Un humo negro salía de una estructura junto al mar. Nunca podría acostumbrarse a algo así, a la idea de que cada vez que hubiera un desastre la vida de un bombero se vería puesta en peligro. Siempre había dado por sentada la existencia de aquellos hombres y mujeres... hasta conocer a Will Bonner.

Era su trabajo. Su rutina. La vocación que había descubierto aquella noche en México. Aun así, imaginárselo en peligro le ponía los pelos de punta.

Cuando llegó al lugar del incendio, no lo encontró por ninguna parte y le daba un poco de vergüenza preguntar por él, pero al final lo hizo.

—El capitán Bonner hoy no está de servicio —le dijo uno de los voluntarios—. Se ha llevado a su hija a Mount Vision.

El alivio que experimentó fue tremendo. El sentimiento que albergaba hacia él era muy intenso, y cada vez le costaba más mantener el corazón cerrado como un capullo de flor que pretende resistirse al calor del sol. Pero sabía que sería aún más difícil dejar que Will y Aurora entrasen en su vida estando como estaba convaleciente aún del dolor y la devastación del fracaso de su matrimonio.

—¿Ha ocurrido algo grave? —preguntó.

—No hay heridos. Era un cobertizo para barcos que llevaba años sin usarse. Los técnicos llegarán enseguida para la investigación —hizo un gesto—. Su compañera está allí, si quiere hablar con ella. Está doblando para cubrir a un compañero que falta.

Gloria Martínez estaba casi irreconocible con el equipo puesto. Estaba apoyada en el camión, gritándole algo a alguien por la radio.

—Más tarde quizás.

Volvió a subir al coche y mientras conducía hacia el principio de la bahía miró el reloj en la consola del coche. Tenía tiempo suficiente para subir a Mount Vision y llegar a la fiesta sin retraso. No cuestionó su repentino y loco deseo de ver a Will. Solo lo obedeció.

Tomó la carretera de curvas que conducía al aparcamiento de aquel hermoso parque desde el que se divisaba toda la bahía. Allí vio la camioneta de Will y un grupo de personas que se embadurnaban de crema solar y llenaban botellas de agua. Aparcó y bajó la ventanilla.

Aurora enseguida se acercó.

—Hola, Sarah.

—Hola.

Detuvo el motor y abrió la puerta. Bajar del Mini con todos aquellos kilos de más empezaba a ser todo un desafío. «Qué vergüenza», pensó al ver que se atascaba.

—Déjame ayudarte —dijo Will, acercándose.

Puso la mano en la suya y con un suave tirón la sacó.

—Gracias —dijo, sonrojándosele las mejillas como siempre que andaba cerca de él. A medida que había ido pasando el tiempo, la atracción era mayor, aunque se dijera que era ridículo—. Pronto voy a necesitar una grúa para salir del coche.

Aurora le miró el cabello alborotado, los pechos crecidos, la tripa y las piernas hinchadas.

—Qué pasada.

—Gracias —respondió Sarah.

—Tienes buen aspecto.

—Parezco una autocaravana humana, pero qué se le va a hacer. Solo me queda esperar y satisfacer el ansia que siento por helado de roquefort y pasta rellena de verduras. Si mi carrera de dibujante fracasa, siempre podré sobresalir como diosa de la fertilidad.

—En el canal del *National Geographic* siempre salen desnudas —apuntó Aurora,

—Por eso nunca veo el *National Geographic*.

Los bebés iban siendo más reales para ella día a día. Estaba empezando a reconocer sus movimientos, cuando estiraban las piernas o tenían hipo. Gracias al equipo de especialistas que monitorizaban el embarazo, se estaba convirtiendo en una enciclopedia andante. Sin embargo más que desmitificar el proceso de gestación, cuanto más sabía más se acrecentaba la magia de lo que le estaba ocurriendo.

—Te has puesto muy guapa —comentó Aurora.

—Es que April Cornell diseña ahora tiendas de campaña —contestó, señalándose la barriga—. Mi abuela y mi tía abuela han organizado una pequeña fiesta para los bebés en su casa.

La idea de reunirse con un grupo de amigas para celebrar su embarazo le resultaba tremendamente gratificante.

—Genial —dijo Aurora.

Will se disculpó para ir a revisar un plano topográfico con los líderes de los grupos de trabajo.

Algo en su mirada debió traicionarla al verle alejarse porque Aurora dijo:

—¿Y has venido hasta aquí arriba para decirnos que te vas a una fiesta?

—Te invito a venir si te apetece, pero seguramente te aburrirías —flexionó una pierna hinchada y luego la otra—. Es que ha habido un incendio en la bahía. Está bajo control y no hay nadie herido.

—Eso está bien. Si lo hubieran necesitado, le habrían avisado por radio. Estamos bien —añadió con aspereza—. ¿Por qué no íbamos a estarlo? Mi padre libra hoy y, aunque no fuera así, no le pasaría nada. Es bombero profesional.

Sarah se mordió un labio, consciente de que Aurora conocía los riesgos que entrañaba su profesión y sabiendo también que estaba notando la corriente que había entre ellos dos.

—Tengo que irme —dijo al ver que sus compañeros se disponían a salir.

—¿A recuperar el monte?

—Exacto.

—Te recogeré aquí a las cuatro —dijo Will al volver junto a ellas—. Ponte protección solar y ten cuidado con el roble venenoso y el zumaque.

—Vale, papá. Hasta luego, Sarah. Pásatelo bien.

Y se alejó corriendo para unirse a su grupo.

—Tu hija se merece una medalla. Sus amigos estarán jugando en el ordenador mientras ella está aquí salvando los bosques.

—No estoy seguro de que sus motivos sean tan puros.

Sarah vio a Aurora hablando con dos chicos cuando echaban a andar por la senda. Reconoció al mayor de los dos de la tienda de helados.

—Zane Parker. Por el que está colada hasta las trancas.

—¿Te lo ha contado ella?

—Lo de hasta las trancas me lo dijo ella. ¿Quién es el otro?

—El hermano menor de Zane, Ethan.

Incluso desde la distancia pudo adivinar la subyugación del

bueno de Ethan mientras caminaba junto a Sarah. «Bienvenido al club, chaval», pensó.

—Está creciendo demasiado deprisa —dijo Will—. No está preparada aún para andar por ahí con chicos.

—Lo que quieres decir es que tú no estás preparado.

—No, ella. No es más que una niña.

Sarah le puso una mano en el brazo.

—Es un grupo supervisado.

Will se apoyó en el coche mientras veía cómo el grupo se iba diseminando por el monte. En cuestión de minutos solo Sarah y él habían quedado en el aparcamiento.

Ella lo miró y el pulso se le aceleró.

—¿Qué miras? —le preguntó Will.

—A ti.

Estaba oyendo el zumbido de las abejas en las flores silvestres, el rozar del viento en los arbustos y los pájaros yendo y viniendo entre las hierbas de la pradera.

—¿Por qué?

—Porque estoy intentando decidir algo.

—¿El qué?

Nada, porque cuando tu vientre es del tamaño de un país del tercer mundo, puedes decir lo que sea.

—Si estoy colada por ti o si son solo las hormonas.

Will se echó a reír.

—¿No puedes distinguirlo?

—El otro día me encontré el despertador metido en la nevera y no he sido capaz de recordar cuándo lo puse ahí. Últimamente no sé si estoy en mis cabales.

—Pues yo sí que lo estoy, y puedo decirte que estoy colado por ti.

—Mierda.

—Sí, mierda —sonrió.

—¿Y qué vamos a hacer?

—Pues no lo sé, Sarah. De verdad que no lo sé.

—El momento no podía ser peor.

—Sí que podría. Por lo menos los dos estamos solteros.

—Casi —puntualizó—. ¿Qué pensará Aurora?

—Pues no le hará la más mínima gracia... si hacemos algo al respecto, claro.

—No le gusta que salgas con nadie, y a la gente puede parecerle raro.

Will le pasó los nudillos por la mejilla y Sarah contuvo el aliento. Le ardía la piel.

—Yo nunca he tomado decisiones en función de lo que haya podido pensar la gente, Sarah.

«Yo sí». Ya no sabía si podía confiar en sí misma o qué tenía que ofrecer. Aún estaba sumida en el caos de su ruptura intentando averiguar quién era ella estando sola. Según los expertos, la gente del grupo de ayuda y todos los libros que había consultado al respecto, aquel era el peor momento posible.

—¿Ni siquiera te ha importado lo que pudiera pensar tu hija?

—Tampoco.

Se apoyó en el lateral del coche.

Qué ganas de pegarse a él y saber cuál era su sabor. ¿Qué tacto tendría el vello rizado de su pecho? Entonces se dio cuenta de que él la estaba mirando con una expresión que le veía por primera vez. Su mirada se había detenido en sus labios, y se encontró midiendo la distancia que los separaba en latidos. Uno... dos... menos de tres.

Fue como si le hubieran quitado el ancla que la retenía siendo quién era y ocupando un lugar determinado en la vida. Se movió quizás empujada por la brisa marina y se acercó a él con su nombre en los labios. El momento brilló con una claridad peculiar, como si la luz del mar inundara la tarde.

Las cosas estaban a punto de cambiar entre ellos, permanente e irrevocablemente, siempre que él sintiera lo mismo que ella. Había llegado el momento. Había que tomar una decisión, hacer una elección. En parte deseaba casi desesperadamente no tener que hacerlo. Will era el mejor amigo que había tenido en la vida. Lo compartían todo. ¿Debía arriesgarse a perderlo?

—Will... —pronunció de nuevo, con algo más de fuerza aquella vez. El aire fresco la empujaba.

Entonces, justo en el instante en que él parecía estar tan obnubilado como ella, los gemelos se removieron y patearon por dentro, recordándole que tenía que estar en algún otro lugar. El cabo del ancla se tensó.

—Tengo que irme —dijo, y el momento se desvaneció.

Él dudó, y hubo un instante en el que Sarah deseó que se comportara como un cavernícola y la arrastrara para satisfacer todos los deseos que se apelotonaban en su cuerpo ahíto de hormonas. Pero lo que hizo fue abrirle la puerta del coche.

—Ten cuidado.

No arrancó aún. Algo estaba pasando entre ellos, y mentirían si lo negaran.

—¿Crees que podemos seguir siendo solo amigos?

Él la miró fijamente y se quedó callado tanto tiempo que Sarah comenzó a sentirse incómoda.

—Will...

—No —dijo al fin—. No creo que eso sea posible, Sarah.

El pulso se le aceleró. Era la respuesta que se había temido. Y la que deseaba.

—Entonces, ¿qué vamos a hacer?

—Supongo que lo que estamos haciendo.

Volvió a ofrecerle la mano y ella la aceptó, dejándose ayudar para sentarse tras el volante.

Durante el trayecto hasta casa de su abuela se sintió completamente desubicada. Necesitaba aprender a vivir sola por una vez en la vida. No tenía que enamorarse ni de Will Bonner ni de ningún otro. Iba a tener que dejarlo marchar antes incluso de haber llegado a tenerlo.

La abuela y tía May habían echado el resto para la fiesta de los bebés, que iba a celebrarse en el porche que rodeaba su casa y desde el que se dominaba la bahía. Las mesas estaban adornadas con flores, y de los aleros del tejado colgaban unas lucecitas con forma de zapatitos de bebé. Había un pastel decorado con dos cunas y tal variedad de comida que a Sarah le hizo desear tener más sitio en la barriga.

Pero la mayor sorpresa y el placer más grande fue encontrarse con aquel grupo de mujeres: Birdie, Vivian, Judy, LaNelle, la abuela, tía May y sus amigas del club de jardinería. Gloria y su compañera, Ruby, llegaron tarde, una vez Gloria hubo terminado su turno. Los regalos fueron maravillosos, pero lo que más afectó a Sarah fue el torrente de buenos deseos que le llegó de aquellas mujeres. Cuando la abuela propuso un brindis con zumo de manzana, Sarah aprovechó la oportunidad para hablar.

—He vuelto a casa con el rabo entre las piernas. Creía tener una vida perfecta y me consideré una fracasada cuando se desmoronó. Ahora, gracias a la tía May, tengo una casa, voy cada mañana al White Horse a tomar café, por las noches al grupo de Fairfax, soy casi una divorciada gracias a Birdie, mi abogada —dijo, poniéndole la mano en un hombro—. ¡Parece que estuviera dando el discurso del Óscar!

—Y la luz de los treinta segundos empieza a parpadear —respondió la tía May guiñándole un ojo.

—Solo quiero asegurarme de que todo el mundo sabe lo agradecida que os estoy. Creo que nunca volveré a gafar mi vida diciendo que es perfecta, pero ahora sé que me voy a sentir bien —se tocó la tripa—. Que vamos a estar bien.

—Vamos, a brindar —dijo su abuela y todo el mundo hizo chocar la copa antes de acomodarse en el mobiliario de mimbre blanco a ver cómo Sarah abría los regalos. El médico se había ofrecido a decirle el sexo de los niños, pero ella no quería saberlo, así que sus amigas se habían vuelto locas. Recibió desde el regalo más práctico, tres meses de pañales, hasta el más caprichoso, dos pares de diminutas deportivas que su abuela había pintado a mano.

Le conmovió darse cuenta de lo especial que era todo para

ella. El día mismo le pareció rebosante de posibilidades. Allí se habló de todo: desde la comisión que Judy esperaba que aprobase su escultura para los viñedos de Napa, pasando por la carrera ciclista en la que iba a participar Birdie hasta el último proyecto de Viv para mejorar su casa. Como siempre, su abuela y tía May estaban ocupadas en un proyecto comunitario que consistía en vender mantas tricotadas por ellas y ayudar con el dinero recaudado al centro de mayores. Gloria y Ruby anunciaron que iban a celebrar una ceremonia de compromiso, y todos brindaron por ellas.

—¿Tan pronto? —preguntó Vivian. Era amiga de Dean, del que hacía menos de un año que se había separado Gloria—. ¿Estáis seguras?

—Llevo esperando a esta mujer toda mi vida —declaró Gloria.

—Entonces, bien por ti.

Sarah miró a su alrededor contemplando sorprendida su charla y sus risas. Eran sus amigas. Los buenos deseos la rodeaban como un abrazo cálido. Al final de la tarde encontró a la abuela y a tía May en la cocina, fregando a mano la porcelana familiar.

—Os debo una disculpa —les dijo—. Antes pensaba que vuestras reuniones no servían para nada, pero hoy me he dado cuenta de que estaba equivocada. Ahora lo comprendo.

—Eres un encanto por decírnoslo, querida —contestó su abuela mientras secaba un plato decorado con limones—. Ha sido una suerte para nosotras que hayas vuelto. Tus hijos van a ser una verdadera bendición para nosotras.

—Cuento con vosotras para que les deis lecciones de cómo ser buenos hermanos.

—Empezaremos nada más conocerlos.

Sara se llevó la mano a la tripa.

—El doctor Murray dice que cada día que pase de las treinta y seis semanas es un día más para un parto sin complicaciones. Y es su objetivo que aguantemos lo máximo posible.

Oyó el sonido de una puerta de coche al cerrarse.
Las dos hermanas se miraron.
—¿Por qué no vas a ver quién es? —sugirió tía May.
Sarah salió al porche. Los regalos ya habían sido guardados en las cajas y cargados en el maletero del Mini, y ella estaba deseando ya volver a casa y poder poner las piernas en alto.
—Hola, papá. Te has perdido la fiesta —lo recibió con una sonrisa—. Ha sido deliberado, ¿eh? —añadió al ver su expresión.
—Culpable.
—¿Quieres un trozo de tarta?
—Luego quizás. Tienes un regalo más —dijo, y le entregó una caja grande y plana.
—¿Me has comprado un regalo?
—Yo no he dicho que haya comprado nada.
Sarah se sentó en un sillón de mimbre, desató el lazo, abrió la tapa y contuvo el aliento. No sabía qué decir. Ni siquiera podía moverse. Se trataba de un hermoso chal, tejido a mano por su madre. Lo supo nada más verlo. Tenía la suavidad y la resistencia que era su marca, y el más hermoso color de las peonías recién abiertas.
—He imaginado que todo el mundo te regalaría cosas para los bebés, pero esto es para ti. De mi parte... y de la de tu madre.
—Papá...
A Sarah le temblaron las manos al hundirlas en la caja y tocar la lana de cachemira más suave que había tejido su madre. Se llevó el pañuelo a la cara y respiró hondo imaginándose que podría percibir el sutil aroma de su madre impregnando la lana.
—Estaba en su taller, ¿verdad? —le preguntó a su padre con la voz ronca.
—Sí. He pasado años sin ser capaz de tocarlo. A lo mejor es que estaba esperando a tener la motivación adecuada. Florence, del taller de costura, me ha ayudado a rematarlo. Se nota dónde cambia el tejido.

—Me gusta así. De este modo se ve dónde se detuvo ella y dónde has continuado tú.

Se echó el chal sobre los hombros y respiró hondo. «Es un abrazo de mamá».

Llevaría por siempre el dolor de haberla perdido. Eso no cambiaría nunca. Pero sabía ahora que el amor de su madre ardería en su interior, una llama que jamás se extinguiría.

—Gracias —le dijo a su padre, contemplando su rostro arrugado y castigado por el sol de las horas pasadas trabajando al aire libre. Supo entonces que aquel hombre, aquel entrañable y dedicado ser humano, había estado a su lado siempre, queriéndola desde la distancia porque no sabía cómo estar más cerca.

—Papá, ojalá no hubiera sido una adolescente tan insoportable. No supe ver lo que ofrecía la vida aquí, ni…

—Eres igual que ella —la interrumpió su padre, colocándole mejor el chal—. Hablas como ella. Hasta me duele mirarte —añadió con la voz ronca por la emoción—. Cada vez que te veo, se me rompe el corazón.

Sarah sintió una punzada de dolor por su padre, y al mismo tiempo experimentó una comprensión íntima. Por terrible que hubiera sido para ella perder a su marido, la pérdida de su padre era infinitamente peor. Había perdido a su esposa, a su mejor amiga, a su compañera.

—Lo siento, papá. Ojalá me lo hubieras dicho antes.

—Te lo digo ahora. De todos modos, estaba equivocado porque tú eres tú, no ella, y necesito que estés en mi vida. Le pido a Dios que no te alejes.

Su padre se sentó a su lado y ella apoyó la mejilla en su brazo.

—Eres un buen hombre, papá —le susurró.

Él le acarició el pelo.

—Es cosa de familia.

Permanecieron sentados juntos mirando al agua, donde el mar y el cielo se reunían por encima de las bateas. Un balandro se mecía suavemente al empuje de la brisa.

—Necesito preguntarte algo —dijo.

—Lo que sea.

—¿Qué te parecería acompañarme durante las clases de preparación al parto?

Se quedó inmóvil y luego suspiró.

—Que me moriría de miedo.

El corazón se le cayó a los pies.

—Lo que quiero decir es que necesito que alguien me acompañe a las clases. No tienes que estar en el parto si no quieres, pero me gustaría estudiar contigo y hacer las prácticas...

—No me has dejado terminar, hija. He dicho que me moriría de miedo, pero al mismo tiempo me sentiría muy orgulloso. Por ti haría lo que me pidieras, hija, ya lo sabes.

CAPÍTULO 32

Sarah no podía dormir. No era que eso fuese nuevo, porque la mayoría de noches no pegaba ojo. En la última cita con el médico, los bebés pesaban ya dos kilos setecientos gramos y seguían creciendo, con lo que no quedaba sitio apenas para nada más. Permanecía tumbada entre las sábanas, bañada en sudor, con la piel del vientre picándole horrores. La vejiga también parecía a punto de estallar. Se sentía irritable e inquieta, deseando que aquella odisea acabase de una vez. Aquel pensamiento trajo consigo el inevitable temor y, si no le costara tanto estar de pie, se habría levantado para pasearse por la habitación.

Aunque su obstetra, Becky Murray, le aseguraba que todo iba de maravilla, las estadísticas y la lista de posibles complicaciones la tenían muy angustiada y tener que pasar cada vez más tiempo en la cama le proporcionaba demasiado tiempo para pensar. No hacía más que darle vueltas a las posibles complicaciones del parto, a la preeclampsia o a las dificultades con el cordón umbilical. No dejaba de pensar en los factores que podían provocar sufrimiento fetal. Incluso soñaba con el síndrome del gemelo perdido, en el cual uno de los bebés quedaba reabsorbido en el organismo de la madre sin dejar ni rastro. El doctor Murray le había prometido que a aquellas alturas del embarazo era físicamente imposible que ocurriera algo así, pero Sarah no podía dejar de preocuparse. Todo le inquietaba: la salud de los niños, las complicaciones, los posibles problemas del parto, si se despertaría o no cuando llorasen. Dónde acabarían viviendo. Las coberturas del seguro médico.

Gracias a Birdie, la pensión que Jack tenía que pasarle era generosa, pero al fin y al cabo ella tendría que ser la principal base de la familia, y ser dibujante empezó a parecerle una profesión tan disparatada como le había parecido siempre a Jack.

La cuarta vez que se levantó para ir al baño reparó en que en el horizonte ya asomaba la primera claridad y decidió quedarse levantada. Franny se mostró encantada de poder empezar a patrullar por el jardín tan temprano. Sarah le abrió la puerta y salió con la perra para respirar aquel aire inmóvil. La niebla oscurecía la visión y creaba un mundo de sombras, en el que se abría paso siguiendo la punta del rabo de la perra.

Pero se había equivocado: no era el alba lo que asomaba sino que la luz venía de la luna y eran las dos de la madrugada. La luna no estaba completamente llena, pero le faltaba muy poco; parecía un fantasma blanco que la mirara desde la altura y las cuencas vacías de sus ojos.

—Ojalá estuvieras conmigo —le dijo a su madre, arrebujándose en el chal rosa. Su lana ligera le arropó los hombros como un abrazo, y volvió a agradecerle a su padre el gesto de terminar el proyecto final de su madre para regalárselo. Su madre no estaba junto a ella pero al final, tras años de su muerte, había logrado acercarlos a ambos—. De verdad, mamá. Cuánto me gustaría que estuvieses aquí.

Llamó a la perra para que volviera a entrar y sintió una profunda ola de melancolía. Esperar un nacimiento debía ser el momento más satisfactorio y pleno de la vida de una mujer, y la mayor parte de los días era capaz de convencerse de que se sentía plena y satisfecha, pero en momentos como aquel, en plena noche, cuando incluso las ranas guardaban silencio, la realidad se adueñaba de todo y se daba cuenta de que estaba en aquello sola. A pesar del apoyo de amigos y familia, no tenía compañía de verdad en aquel viaje.

A lo largo del embarazo todos habían hecho lo posible por mitigar ese hecho. Su padre y ella habían asistido diligentemente a las clases preparatorias. Al día siguiente, su aislamiento terminaría. Para evitar el riesgo que suponía el tráfico que solía colapsar el puente Golden Gate, iban a trasladarse a un apartamento amueblado enfrente del Mercy Heights, donde nacerían los niños.

Tenía que deshacerse de aquella melancolía. Tenía mucha suerte de estar donde estaba, y antes de volver a la cama se preparó una taza de té de jazmín y se llevó todo al dormitorio junto al portátil, que era su compañero constante aquellos últimos días. La semana anterior había vivido una especie de frenesí creativo. Tenía docenas de episodios de Lulu y Shirl. Montones de tiras se amontonaban en la mesilla. Algunas eran bastante buenas, pero aún no tenía decidido cómo iba a plasmar el evento clave que llevaba meses preparando: el hijo de Shirl.

El argumento estaba funcionando mejor de lo que se podía haber imaginado. Desde luego iba mucho mejor que su propio embarazo, se dijo mirándose las piernas de elefante. La historia de Shirl estaba recibiendo una magnífica respuesta de los lectores y, aunque los editores estaban un poco nerviosos, habían seguido apoyándola. Varios periódicos habían pasado su tira a la mitad superior de la página.

El problema era que no sabía cuándo o cómo iba a dar a luz Shirl. Muchas veces bastaba con permanecer tranquila y no forzar nada para que la idea adecuada le llegase. Cerró los ojos y respiró hondo con la esperanza de despejarle el camino a la respuesta.

Pero desgraciadamente su cabeza no parecía querer cooperar. No parecía capaz de estar tranquila. Quizás fuera la cena. Su padre le había llevado un menú completo del Dolphin Inn que incluía postre. Era casi un milagro que en aquella tripa de ballena hubiese sitio para algo más, pero se las había arreglado para zamparse el halibut de Alaska con patatas.

Por cierto, la nevera necesitaba una limpieza y decidió ponerse manos a la obra aunque fuesen las tres de la mañana. Qué demonios... se había pasado prácticamente dieciocho horas al día en la cama, así que bien podía levantarse y moverse un poquito.

Seleccionó una emisora de éxitos de los ochenta en la radio y metódicamente fue sacando todas las baldas para poder limpiar todas las superficies. Aquella era una de las ventajas de vivir sola. Podías hacer lo que te diera la gana sin que nadie te dijera lo raro que era que te pusieras a limpiar el frigorífico en plena noche estando embarazada de gemelos.

Durante la enfermedad de Jack le había ocurrido a veces que era incapaz de conciliar el sueño, pero entonces lo único que podía hacer era ponerse los cascos y escuchar música con la luz apagada porque a él la medicación le provocaba fotosensibilidad. Ahora solo tenía que preocuparse de sus propias necesidades y comodidades, y si tenía ganas de pasarse la noche levantada y con todas las luces de la casa encendidas podía hacerlo.

El divorcio iba a firmarse en unas semanas. Quería tenerlo antes de que naciesen los niños, pero Birdie le había advertido que era poco probable. Cada vez que Sarah creía que ya estaba todo acordado, el abogado de Jack encontraba algo nuevo que incluir en su acuerdo detallado al extremo y que por supuesto reducía los ingresos de su cliente. Su último truco había consistido en aducir que Sarah había amenazado a Jack con abandonarlo en el peor momento de su enfermedad.

Las sorpresas seguían apareciendo, se dijo mientras contemplaba un tarro de pepinillos en dudoso estado. La mayor sorpresa de todas había sido, qué duda cabía, Will. ¿Qué posibilidades había de que conectara con alguien como él en un momento como aquel? No podía ser más distinto de Jack. Su marido cubría todas sus bases y ese era su modo de asumir las responsabilidades, mientras que Will era un rescatador. Protegía a la gente que le importaba hasta con la última fibra de su enorme corazón. Eso sí que era ser responsable.

Echó mano a una jarra de zumo de uvas, pero al levantar el brazo un intenso dolor la atravesó de parte a parte dejándola sin respiración. Tuvo que agarrarse a la puerta de la nevera y se sintió bañada en sudor.

Las contracciones de Braxton Hicks que había experimentado hasta el momento no eran nada con la agonía que estaba sintiendo en aquel instante, pero se negó a reconocer que pasase algo. Se había empapado de los detalles del alumbramiento. El objetivo de la comadrona sería, por supuesto, un parto vaginal, pero Sarah entendía que, tratándose de gemelos, la cesárea sería lo más probable. Incluso contaban con un día probable de parto basándose en el rápido crecimiento de los niños y de su colocación. Si uno de los bebés se colocaba de nalgas no habría cuestión que dilucidar: ambos nacerían por cesárea y lo tenía asumido. Trabajando con su padre había escrito un plan detallado del nacimiento en el que cubría cualquier eventualidad. Franny se quedaría con la abuela y su padre la llevaría a la ciudad. Todo estaba dispuesto para el día siguiente.

Pero, al parecer y por desgracia, a los mellizos no les había llegado el informe.

Consiguió cerrar la puerta de la nevera antes de que un segundo dolor la dejase de rodillas. Franny debió percibir que algo no iba bien porque se levantó y corrió junto a Sarah con las uñas de sus pezuñas haciendo clic clic en el suelo. Sarah se había tumbado de costado en el suelo de la cocina con las piernas dobladas cuanto la barriga se lo permitía y la perra la empujó con el morro, a continuación se sentó y comenzó a aullar. Sintió náuseas y recordó una información importante que le habían dado en las clases de preparación al parto: cuando una mujer se ponía de parto, las demás funciones biológicas se ralentizaban o se detenían del todo, incluida la digestión.

Agarrándose a la manilla de la puerta de la nevera consiguió ponerse en pie y medio mareada corrió hasta el baño, donde vomitó.

Usó una toalla para limpiarse y se miró en el espejo. ¿No se suponía que aquel momento debía ser algo mágico y memorable en la vida de una mujer? ¿No debería darle unas palmaditas a su esposo en el hombro y anunciarle: «querido, ya es la hora»? ¿No debería lucir su rostro un aura de misterio y contento? Lo que estaba claro era que su aspecto no debía ser el que el espejo le devolvía: sudorosa y pálida, con manchas de salpicaduras en el camisón y los ojos abiertos como platos del susto.

Volvió como pudo al dormitorio, agarró el inalámbrico y se dejó caer en la cama. Del lado izquierdo, recordó. Así llegaba más sangre al útero. «Estoy asustada. Muy asustada. Toma un sorbo de agua y un poco de zumo de manzana».

Casi no podía llegar al vaso de agua que tenía en la mesilla. Debía quedar a un kilómetro de distancia, y una sensación de aislamiento absoluto la sepultó. Seguía agarrada al teléfono, la vista nublada por el dolor, marcando a ciegas el número. Si llamase al 112, ¿acudiría Will?

Con la cantidad de cosas en las que debía pensar en aquel momento, ¿por qué se entretenía pensando en Will Bonner?

No estaba preparada para responder a su propia pregunta. «Céntrate», se dijo.

Marcó con determinación. Una vida entera pasó en aquellos cuatro timbrazos. «Contesta», se dijo. «Contesta, contesta, contesta». A lo mejor tendría que haber llamado al 112.

—¿Diga?

Aquella voz áspera de sueño no le dejó colgar.

—Estoy de parto. ¿Puedes venir?

—Salgo ahora mismo —contestó su padre—. Relájate, cariño. Y sigue respirando.

CAPÍTULO 33

—Ahora eres tú el fenómeno de la familia —le dijo su hermano, agachándose a besarla en la frente—. Enhorabuena.

Flotando en una especie de niebla color pastel de agotamiento y éxtasis, le sonrió desde la cama del hospital.

—¿Los has visto?

—Sí —respondió LaNelle—. Son perfectos. Qué ganas tenemos de que vengáis a casa.

Sarah se creía preparada para querer a sus hijos, pero lo que había sentido primero durante el parto y después sosteniéndolos junto al corazón era una emoción tan intensa que le quemaba por dentro. ¿Podía servir la palabra «amor» para describir pálidamente el sentimiento que la embargaba? ¿Habría palabra para ello? Se esperaba un lazo intenso y fuerte pero no de aquella magnitud, ni remotamente parecido a aquel sentimiento de protección y ternura que la tenía en un puño de hierro. El amor maternal no era todo dulzura, sino fiero e incontenible, más una fuerza de la naturaleza que un sentimiento.

Cerró los ojos brevemente para contener una inexplicable avalancha de lágrimas. La odisea había concluido. Los gemelos estaban sanos y los llevarían a la habitación en cuanto sus niveles de bilirrubina estuviesen bien y ambos hubieran comido. Los pediatras así se lo habían prometido.

—Suena bien lo de volver a casa.

—Entonces, ¿por qué las lágrimas? —le preguntó LaNelle, acariciándole un hombro.

Ni en sus sueños más salvajes se habría imaginado así a su cuñada. Pero lo cierto era que nunca se había molestado en conocerla. Abrió los ojos y vio a una mujer que era su amiga.

—Tía LaNelle —susurró—. ¿O te gusta más tita?

—Aún no tenemos que decidirlo. Hay cosas más importantes por decidir.

—Sí, como por ejemplo el nombre de tus hijos —dijo Kyle—. Hablando de fenómenos, la lista de nombres es casi tan larga como mi brazo.

—Quiero asegurarme de elegir los adecuados.

—Estoy con Sarah —se sumó su mujer—. No hay prisa. Tiene que elegir un nombre compuesto para cada uno que funcione bien con el apellido.

Sarah cerró los ojos y recordó una conversación que había tenido con Jack mientras ella estaba de reposo en la cama.

—Los niños deberían llevar mi apellido —insistía él.

Debía de estar de broma.

—Ni siquiera estuviste presente en su concepción. Tendría más sentido ponerles el apellido de la comadrona.

—Estás cometiendo un error —le advirtió—. Se merecen llevar el apellido de su padre como cualquier otro niño americano.

—Se merecen a un padre que asuma la responsabilidad de su existencia.

No había podido evitar hacer referencia a los esfuerzos que Jack había hecho por reducir su pensión todo lo posible.

—¿Quieres decir que su apellido está en venta? ¿Quieres que pague por el privilegio?

Apartó el recuerdo y abrió los ojos justo en el momento en que entraba su padre.

—Hola, papá.

—Hola, hija. ¿A qué viene esa cara? Acabo de pasar por neonatos y están estupendamente.

Su rostro resplandecía de orgullo.

—Es que se me acaba de ocurrir que habría que decírselo a Jack.

—Lo llamo yo si quieres.

Dios, cómo le gustaría. Le encantaría que lo hiciera él. Qué agradecida le estaba. Contra toda expectativa había estado a su lado y en aquel momento, a pesar del orgullo que irradiaba, tenía un aspecto tan agotado como ella, con la piel mortecina y los ojos rojos.

El recorrido hasta el hospital se le había hecho eterno, con las luces color ámbar pasando sobre su cabeza en forma de largos haces luminosos mientras ella practicaba la respiración.

—Respira, cariño —le decía su padre con voz temblorosa—. Tú sigue respirando, ¿vale? Ya estamos llegando.

El dolor lo envolvía todo, le provocaba la sensación de estar como en un sueño. Era un dolor todopoderoso que apagaba todo lo demás, lo ahogaba todo, la hacía sentirse completamente sola en el universo. Recodaba vagamente el momento en que habían llegado a las urgencias del hospital, aunque no había habido un solo momento en que su padre se apartara de su lado. Incluso dejó que un desconocido le aparcase el coche.

Tuvo a los niños en el quirófano, el cirujano con el bisturí en la mano como si fuese la hoja de una guillotina a punto de caer. Pero ella se resistió, aliada con el doctor Murray, segura de que el parto aún era posible. Ambos niños estaban en la posición correcta, conectados al mundo exterior por los cables del monitor fetal conectados a través de su vagina. A veces la habitación parecía ser un vagón del metro en hora punta. Los goteros y los cables de los monitores la ataban a la cama como si fuera Gulliver en el país de los liliputienses. Cada niño tenía un equipo pediátrico, Sarah tenía a su especialista y dado que el Mercy Heights era un hospital universitario había también estudiantes de Medicina. Perdió la cuenta de cuántas personas le reconocieron la tripa y midieron los centímetros de dilatación.

Al final, después de que el segundo estudiante se informara sobre lo que eran siete centímetros de dilatación, dijo entre dientes:

—Estoy empezando a sentirme como un cajero automático.

Su padre dio un paso al frente. No se había dado cuenta de que estaba apoyado en la pared de su cabecero.

—Ya basta —dijo, y los exámenes cesaron. A aquellas alturas estaba como en una especie de limbo de dolor y agotamiento, las manos sudorosas ya de agarrarse a la barandilla. Se oían una especie de aullidos de mujer en alguna otra habitación, y a una tercera gritando oraciones en castellano. Su propio dolor tenía sonido también, un gemido que provenía de un lugar en su interior que desconocía. Y entonces, apenas unos minutos antes de que fuera a rendirse a una cesárea, dilató por completo y empezó a empujar. Un espejo convexo colocado en una esquina le mostró al primer bebé coronando y emergiendo después como un animalillo salvaje antes de que un equipo pediátrico compuesto de cinco personas se hiciera cargo de él. No hubiera querido volver a mirar al espejo, porque lo que vio fue a un residente con el brazo metido casi hasta el codo dentro de ella para ayudar a bajar al segundo bebé. El test de Apgar, un sorprendente nueve para el primer niño y un menos llamativo seis para el segundo, se anotó en el informe. Entonces los envolvieron y se los entregaron un instante antes de volver a llevárselos.

Aquellos minutos con sus recién nacidos fueron preciosos. La odisea del parto, primitivo, violento y lleno de agonía, desapareció como la marea que se retira. El dolor se esfumó a algún otro lugar olvidado, como si hubiera sido un mal sueño que se disuelve al despertar. Sentir el peso de sus hijos sobre el pecho

despertó la felicidad de su ser hasta en la última de sus células. Se sintió transformada, madre ya, con un alma tan honda e infinita como el tiempo.
—Gracias por todo lo que has hecho —le dijo a su padre.
—No ha sido nada.
—Ha sido exactamente lo que necesitábamos.

CAPÍTULO 34

Will se imaginaba que Sarah tendría flores más que suficientes en la habitación del hospital, de modo que cuando iba a verla decidió pararse en una tienda y comprarle una sencilla cámara digital, que pudiera manejarse habiendo luz o sin haberla, con una sola mano y una batería que durase toda la vida. Decidió preguntárselo a su abuela y ella le confirmó que era precisamente lo que necesitaba.

Una buena cámara era algo que él recordaba haber deseado tener cuando Aurora llegó a casa. Fue como volver a enamorarse; no del modo en que se había enamorado de Marisol, sino de un modo totalmente limpio y claro. Allí estaba aquella personita de ojos enormes en mitad de su vida. Se despertaba cada mañana ansioso por verla, por oírla hablar, por ver cómo su miedo se transformaba en curiosidad y sin tardar mucho en auténtica felicidad. Cuánto le habría gustado haber visto a Aurora de bebé. Nada más nacer, en el momento de tomar su primer aliento. ¿Habría sido más fuerte el lazo entre ellos? ¿La comprendería mejor?

Marisol no tenía fotos de su hija recién nacida, pero él se la imaginaba como una niña de cuento, con su piel blanca y perfecta, el pelo negro como la tinta y la boquita roja. En aquel momento sus hadas madrinas deberían haberse presentado para ofrecerle los dones que harían de ella una muchacha feliz de por vida, pero lo que había ocurrido en realidad era que Aurora se había visto arrojada a una vida de pobreza y corrupción tan dura que a él se le encogía el corazón aún muchos años después.

¿Qué aspecto tendrían los hijos de Sarah? ¿Tendrían sus mismos ojos claros y su cabello rubio, o se parecerían a su ex? En realidad desconocía el aspecto que tenía él. Intentaba no pensar en ello, pero en aquel momento, enfrentado con la realidad de su ADN, no pudo evitar preguntárselo.

La vendedora metió la cámara en una bolsa brillante dentro de un nido de papel protector, y tuvo que contenerse para no echar a correr por llegar cuanto antes al hospital.

Durante el embarazo de Sarah, la amistad había ido haciéndose más honda, lo mismo que la innegable atracción que palpitaba entre ellos, pero seguían manteniendo las distancias. Ella tenía tanto por delante… debía poner fin a su matrimonio casi al mismo tiempo que iba a ser madre de dos criaturas. Y él también tenía sus preocupaciones, Aurora entre ellas. Todos los libros que había consultado parecían estar de acuerdo en que el hecho de que un padre soltero tuviese una rica vida emocional era beneficioso para una joven de su edad. Por desgracia ninguno de aquellos autores había podido ver la mirada de resentimiento de Aurora, como tampoco se habían enfrentado a la responsabilidad de salvaguardar su frágil corazón de más dolor.

Aun con todo eso no era capaz de dejar de preocuparse por Sarah Moon. Cuando le dijo que iba a marcharse a la ciudad a tener los bebés, la preocupación no le dejaba dormir, acompañada por la indecisión. Su posición con ella no estaba clara y era una sensación muy desagradable. Odiaba no poder dejarlo todo e irse con ella. Odiaba tener que esperar a que su hermana lo llamase para saber que todo había ido bien.

Pues iba a terminar con todo eso de inmediato. Sentía el corazón arder por ella y, como el movimiento de un incendio en el que las llamas se extienden describiendo la forma de una uve, avanzaba por el camino en el que encontraba una menor resistencia.

Llamó con suavidad a la puerta de la habitación. Una mujer con guantes rosa le abrió. En la chapa que llevaba prendida en la chaqueta se identificaba como miembro de La Leche League.

—Sarah, ¿estás lista para una visita?

—Claro —contestó una voz desde la cama, y la mujer se hizo a un lado y salió. Will se quedó casi junto a la puerta, mirando a su alrededor, a la estancia débilmente iluminada y de pocos muebles antes de mirarla a ella. Barras de luz que entraban por las venecianas de la ventana caían sobre su cama. El aire olía a flores, desinfectante y algo... indefinible. Era un aroma rico y fecundo, tal vez a vida nueva, si es que eso existía.

Allí de pie, con su bolsa en la mano y rodeado por el brillo de objetos desconocidos, no estaba preparado para el golpe que le propinó la felicidad de verla, ni para contener la curiosidad de aquellos dos extraños acurrucados en cunitas transparentes y con ruedas. Había una mesa con ruedas también en la que se acumulaban varios vasos de plástico y una bandeja de la cafetería con un plato en el que no quedaban ni migas. La encimera y el alféizar de la ventana estaban atestados de flores y globos y una pequeña pila de libros había ido a parar a la mesilla.

En el centro de todo aquel brillante caos estaba Sarah, sentada en la cama, serena y resplandeciente como el sol a través de la niebla. Y él debía parecer un completo idiota con aquella sonrisa en la cara, pero no lo podía evitar.

—Hola, Sarah. Enhorabuena.

—Hola. Ven a conocer a los gemelos.

—Son preciosos.

Era demasiado tarde ya cuando cayó en la cuenta de que había pronunciado la frase mirándole los pechos y carraspeó. Se sentía inseguro, intimidado, fuera de su elemento e inadecuadamente excitado.

—Tú también estás preciosa.

—¿Ah, sí? —preguntó ella, atusándose el pelo.

—Como una Madonna, quiero decir.

—Mentiroso. Me mirabas las tetas.

No contestó. Le había pillado. Y es que era imposible no verlas, del tamaño de elefante que tenían. «No vuelvas a bajar la mirada», se dijo. «¡No mires!»

—Tengo que reconocer que yo soy la primera sorprendida —admitió.

Will se obligó a darse la vuelta y se acercó a las cunas.

—Por fin nos conocemos —les dijo a aquellos dos bultitos. No eran bonitos. De hecho no se parecían nada a los bebés que salían en el tarro de mermelada. Tenían la cara de un color rojo oscuro y sus puños no eran más grandes que el dedo pulgar de un hombre. Aun teniendo los ojos cerrados se notaba que los tenían hinchados, lo mismo que los labios. Eran exactamente iguales, imposibles de distinguir, y verlos le puso en llamas. No se esperaba semejante asalto de emociones, una singular mezcla de ternura, alivio y sentimiento de protección.

—Te has quedado muy callado —comentó Sarah.

—Es que no sé qué decir —respondió con una peculiar tensión en el pecho—. Dos niños. Dos bebés. Demonios, Sarah...

—Yo tampoco puedo asimilarlo aún. Mientras estaba embarazada no he querido saber el sexo. Me habían hecho tantas pruebas que quería que al menos eso fuera una sorpresa.

—¿Y te han sorprendido?

—Todo en ellos me sorprende —respondió con voz temblorosa, y en la cara le brilló todo el amor del mundo.

Uno de los bebés hizo una mueca y emitió un sonido quejumbroso. La sensación en el pecho de Will creció. «No puede estarme pasando», se dijo. «No puede ser». Pero era. Se estaba volviendo loco... por Sarah y por aquellos diminutos seres.

—¿Cómo se llaman? —preguntó, sin apartar la vista de ellos.

—Aún no lo he decidido y, por favor, no me presiones.

—No pensaba hacerlo.

—Es que a mi hermano se le está agotando la paciencia. Los

llama «cosa uno» y «cosa dos», como en el libro del doctor Seuss. Si no me ando con cuidado, se van a quedar así.

—No hay prisa. Y además no parece importarles demasiado —le enseñó la bolsa que llevaba—. Esto es para ti. Es de Aurora y mío.

Ella sonrió de oreja a oreja al sacar la pequeña cámara y Will de pronto se sintió estúpido. Quizás se había equivocado. A lo mejor debería...

—Es el regalo perfecto, Will. Es exactamente lo que me faltaba en el arsenal de cosas de madres —sonrió—. Muchísimas gracias.

—De nada.

—Te daría un abrazo, pero...

«Pero sería insoportable», pensó él.

Hizo un gesto de impotencia con las manos.

—Me temo que voy a tener que quedarme un par de días más. Quieren que me lo tome con calma y asegurarse de que los bebés maman correctamente.

—Es un buen consejo —respondió, y sin pensar puso la mano bajo su barbilla y la besó el los labios. Pretendía que fuera solo un roce, pero despertó otra cosa completamente distinta.

Ella también lo sintió, a juzgar porque se quedó sin aliento y por la desesperación con la que se aferró a su camisa.

Seguramente debería haberse pensado mejor el momento y el lugar de su primer beso, pero no tenía precisamente el don de la oportunidad. La encontraba tan dulce y suave como una nube de algodón tostada, y no quería dejar de besarla, pero se obligó a hacerlo porque tenía una erección de camello. Ojalá no se diera cuenta.

—Bueno... —dijo ella con las mejillas ardiendo—, ¿es este tu modo de decir «de nada»?

—Es mi modo de decir que me estoy enamorando de ti, Sarah. Hace tiempo que lo estoy.

El color abandonó su cara de inmediato, una reacción que no era precisamente la que se había imaginado. ¿Y qué esperaba? ¿Que estuviese preparada para dar a luz a gemelos y para enamorarse la misma semana?

La mirada de Sarah le pareció la de un animalillo atrapado.

—Desde luego hay que reconocer que tienes valor, Will Bonner.

—Sí, ya sé que no es el mejor momento del mundo, pero lo he pensado mucho y necesitaba decírtelo.

—¿Por qué? —su voz sonaba dolida—. Estábamos bien así.

Comprendía su situación tras un divorcio que aún era una herida abierta para ella y con unos bebés recién nacidos, así que era imposible que estuviera preparada para una relación. Aun así el corazón le decía que por Sarah valía la pena arriesgarse.

—No estábamos bien. Éramos amigos.

—Exacto. Tú has resultado ser mi mejor amigo, pero cuando empiezas a decir cosas como esta... todo cambia.

—No voy a hacerte daño, Sarah —le dijo, pero pudo ver por su expresión que no se lo creía.

—Ya lo has hecho —contestó con los ojos húmedos.

—Vamos, que eso no es...

—Me parece que esta visita ha terminado —dijo una voz desde la puerta.

Will se dio la vuelta. Había un tipo vestido con pantalones de lino, zapatos que debían de costar una fortuna y una camisa de vestir sin corbata. Se había remangado y sostenía la chaqueta con un solo dedo, colgada de un hombro. En la otra mano llevaba una caja azul de Tiffany. Will supo inmediatamente de quién se trataba, pero se volvió a Sarah para confirmarlo.

Todo el color que había abandonado antes sus mejillas volvió, y los ojos se le iluminaron.

—Jack —dijo.

Sarah tenía el papel del regalo de Will contra el pecho cuando él salió de la habitación. No tuvo prisa, pero se limitó a decir:

—Te llamaré.

Y salió con paso decidido.

Aun estaba un poco aturdida de las cosas que le había dicho Will, pero tuvo que recomponerse para mirar a Jack. Dios bendito, allí estaba. Un fiero instinto de protección le creció en el interior. No quería compartir a sus hijos con aquel hombre, aunque sobre el papel había aceptado derechos de visita.

—Jack —dijo de nuevo—. No te esperaba.

—Lo sé —se hizo a un lado y entró su madre, Helen Daly—. Hemos tomado un avión en cuanto nos hemos enterado.

—Hola, Helen —dijo, e inconscientemente se tocó el pelo. De pronto se dio cuenta de que siempre se había sentido así ante la familia de Jack: descuidada, ajena a la moda. Aunque en aquel momento tenía la mejor excusa del mundo, deseó haberse puesto un poco de brillo en los labios.

—Sarah, cuánto nos alegramos por ti —dijo Helen—. ¿Cómo te encuentras?

«Estoy de los nervios», pensó. Pero no tuvo necesidad de contestar porque Helen ya estaba mirando las cunitas.

—Jack, ven —dijo en un susurro—. Dios bendito, míralos. Fíjate.

Los niños seguían dormidos, perfectamente arropados por la mano experta de las enfermeras. Ojalá siguieran así porque sus pechos parecían géiseres en cuanto oían el llanto de los bebés.

Jack se acercó y se asomó a las cunas. Sarah intentó leer su expresión, pero no lo consiguió. Le resultaba extraño no ser capaz de interpretar sus expresiones. No se lo esperaba. Estaba tan guapo como siempre, pensó, con su ropa a la última moda. Y tenía buen aspecto. Saludable, gracias a Dios.

Su reacción ante los bebés estaba siendo completamente distinta a la de Will. Se mostraba orgulloso y posesivo, mientras que Will se había emocionado. Recordaba perfectamente su expresión, sofocada de ternura, su postura, claramente protectora.

—¿Cómo se llaman? —preguntó Jack.
—Aún no lo he decidido.
Frunció el ceño.
—¿No lo decidiste mientras estabas embarazada?
—Antes quería verlos.
No tenía que ponerse a la defensiva.
—Son maravillosos —dijo Helen—. Estoy segura de que encontrarás los nombres perfectos para ellos.

Inesperadamente la presencia de Helen era la que más la conmovía. Iba a ser una abuela de primera categoría. Había algo en su rostro, en las profundas arrugas que enmarcaban su boca cuando sonreía que le hacían pensar en su propia madre. Qué tristeza tan honda saber que su madre se estaba perdiendo aquel momento. Y allí estaba Helen Daly, desesperada por ser abuela. No iba a poder negárselo. Todo era tan nuevo... todos allí, como actores cuyos papeles aún no se hubieran escrito. No sabían qué decir.

—Te hemos traído esto —dijo Jack, entregándole la bolsa de Tiffany. Contenía un par de marcos de plata—. Llevan la fecha de nacimiento grabada, pero tendrás que poner tú los nombres.

—Gracias, Jack. Lo haré.

Se miraron a los ojos un instante y Sarah se sintió momentáneamente desorientada. A pesar de la urgencia con que había tramitado el divorcio, las cosas avanzaban a paso lento. Sabía que la puerta seguía abierta, solo entreabierta, a una reconciliación. Se imaginó a sí misma rehaciendo la vida con él y sus hijos. Aún era posible. Podría funcionar. En algunos sentidos, podía funcionar estupendamente. Financieramente, por supuesto... pero el precio a pagar sería una locura.

No obstante, podía darle algo. Tenía dos hijos perfectos, y él no tendría nada más que un pago mensual.

—Llevarán el apellido Daly también —dijo—. Espero que te parezca bien.

Él se rio con amargura.

—¿Bien? Ni mucho menos. Pero eso a ti te da igual. Desde que te marchaste has hecho lo que te ha dado la gana.

Sarah miró a Helen. «¿Lo estás oyendo?» Pero su madre parecía totalmente hipnotizada por los bebés. Había sacado a uno de su cuna y sentándose con él junto a la ventana lo veía dormir totalmente absorta en él. Estaba sola.

Miró a Jack y sintió un enorme alivio. La ira había desaparecido. No podría decir cuándo se había deshecho de ella o cómo había ocurrido, pero ya no llevaba esa bola dura de furia en el pecho que la había acompañado desde el día en que lo dejó en brazos de Mimi. En su lugar había tristeza, una pena que tiñó su voz al decir:

—Jack, hubo un tiempo en el que lo único que yo quería era ser la madre de tus hijos, y en la que no hacía falta decir que iban a llevar tu apellido. Tú lo cambiaste todo el día mismo de su concepción.

—Eso es un golpe bajo, Sarah.

La tristeza se hizo más honda.

—Sí, sé cómo se siente uno cuando lo recibe.

CAPÍTULO 35

Durante los últimos diez días Aurora había visto gente entrando y saliendo de casa de Sarah a diario. La tía y la abuela iban cada día. Llegaban por la mañana y se pasaban allí prácticamente todo el día. Judy deWitt, la dueña de la tienda de arte, y la señora Chopin acudían con fuentes de comida y salían con bolsas llenas de papel de regalo y ramos de flores marchitos para tirar a la basura. Gloria y Ruby, la madre de Glynnis, estuvieron también, lo que seguramente no había dejado de molestar a su amiga. Ya resultaba malo que tu madre saliera con alguien, cuanto más si era otra mujer. ¿Y cuando se presentaban en público juntas? Como diría la abuela Shannon, «apaga y vámonos».

Su tía Birdie ya había ido a ver a los niños y les había regalado unas deliciosas mantitas de algodón color crema. Le contó que Sarah había preguntado por ella y que había dicho que le gustaría que fuese a verla. Ella quería ir, y mucho, incluso tenía un regalo preparado para los niños: un dibujo del faro de Point Reyes que había hecho para que pudieran ponerlo en su habitación. A los niños por supuesto les importaría un comino, pero a Sarah le gustaría. Había invertido en él dos meses de lo que había ganado cuidando niños para que lo enmarcaran. El faro era su lugar favorito. No era que hubiese estado en muchos más sitios, pero estaba convencida de que era uno de los lugares más hermosos del mundo. En una ocasión se fue con la tía Lonnie en su avión y desde él había visto el Golden Gate y San Luis Obispo, el cañón Bryce y Yosemite. Ninguno de aquellos lugares sobrepasaba el dramático esplendor de Point Reyes.

Pero le daba vergüenza presentarse en casa de Sarah. Por un lado quería ser su amiga, pero por otro le preocupaba que terminara liándose con su padre.

Al final la oportunidad se le presentó una tarde de niebla. Había sido uno de esos días en los que la niebla no se había disipado en todo el día, lo cual te dejaba desorientada e incapaz de saber la hora que era. La casa de Sarah estaba cercada por aquella nube blanca: desde la puerta de entrada hasta los lechos de flores, todo parecía envuelto en un río de bruma. Su abuela y su tía abuela se habían marchado ya y no había llegado nadie más.

Fue hasta la puerta y llamó. Dentro de la casa Franny ladró una vez y luego pasó a gimotear al reconocerla. La espera la puso inexplicablemente tensa. Sarah y ella eran amigas, se recordó. Quería estar allí, quería conocer a los niños.

Al abrirse la puerta Sarah disipó todos sus temores con una sonrisa. Estaba estupenda, a pesar de llevar un pantalón de pijama y una sudadera con cremallera y capucha. Sin aquella tripa gigante, parecía más joven y más ágil.

—Hola, guapa —la saludó al tiempo que la abrazaba—. Te he echado de menos.

Aurora sonrió sin mucha convicción.

—¿Qué tal estás?

—Muy distinta de la última vez que nos vimos. ¿Quieres ver a los bebés?

—Pues claro.

La casa tenía el mismo aspecto y sin embargo parecía distinta. Había una especie de silencio expectante, como si alguien estuviera conteniendo el aliento, y un olor peculiar. Los niños estaban en sus cunas y tenían la cabecita cubierta de una pelusa clara.

—Están dormidos —dijo Sarah—. Duermen mucho.

Aurora ladeó la cabeza.

—Qué monada —dijo, sintiendo una inesperada emoción en el pecho—. Es increíble... qué bonitos son.

—A mí también me lo parece —respondió Sarah, y su rostro se llenó de amor y orgullo.

A Aurora le resultaba increíble que todos los seres humanos empezasen así, indefensos y sin saber absolutamente nada, y en aquel momento ver a dos a la vez, idénticos el uno al otro, realzaba esa impresión. «Nunca los abandones», hubiera querido decir.

—¿Cómo se llaman?

—Aún no lo sé. Cuando salí del hospital en el informe escribieron Bebé A y Bebé B. Elegir los nombres adecuados está siendo más difícil de lo que me imaginaba.

—Ya ha pasado una semana y media. ¿A qué estás esperando?

No pensaría dejar que su ex los eligiera o algo así...

—No quiero tomar la decisión con prisas.

—Son exactamente iguales.

—Sí, pero no son gemelos idénticos, son mellizos, como mi abuela y su hermana.

—¿Y cómo los distingues?

—Pensé que siendo su madre los distinguiría, pero no he querido correr riesgos.

Levantó una esquina de la sábana y le enseñó un piececito que parecía el de una muñeca con el brazalete del hospital en el que decía Bebé A Moon.

—Tendrías que ponerles nombre ya —susurró—. ¿Qué te parecería...

Bebé A empezó a llorar. Era un sonido débil y parecido al maullido de un gato que sobresaltó a Aurora y despertó a su hermano. En cuestión de segundos lo del maullido quedó olvidado. Parecían un par de cabras berreando y el ruido tuvo un efecto curioso en ella, como si alguien estuviera rechinando los dientes.

Sarah miró el reloj de la pared.

—Es hora de comer. Se despiertan cada dos horas.

—¿Todo el día?

La rítmica insistencia del llanto la estaba poniendo de los nervios.

—Y toda la noche.

Sarah se inclinó sobre una cuna y comprobó el pañal de un bebé, que parecía estar seco. El otro aceptó el chupete, y el volumen del llanto bajó un poco, pero solo un par de segundos. Lo que tardó en escupirlo y volver a empezar.

—¿Puedo hacer algo?

—Les gusta estar en brazos —contestó Sarah.

El Bebé A se calló en cuanto lo sacó de la cuna.

Aurora entró en el baño y se lavó las manos con jabón, un gesto que su abuela le había dicho que era necesario estando con recién nacidos.

—Sujétale la cabeza —la animó Sarah cuando apartaba la ropita de la cuna.

Le resultó más difícil de lo que se imaginaba porque aquel comino no dejaba de retorcerse y de temblar, pero en cuanto se lo colocó en el hueco del brazo, se calmó un poco. No dejaba de volver la cabeza hacia ella y abrir la boca, algo que la avergonzaba un poco. Le dio el chupete y se calmó un poco, aunque seguía protestando.

Sarah se había acomodado en un sillón.

—Tengo que darlos de mamar. No te importa, ¿verdad?

—Claro que no.

Aurora descubrió que la protesta se apagaba si se movía suavemente con el bebé en los brazos.

Sarah se bajó la cremallera de la sudadera. Llevaba un sujetador horrible con unas copas enormes que se abrían por arriba. Aurora contemplaba fascinada la escena. Sarah acercó al bebé al pecho y el niño comenzó a mamar.

—No pasa nada porque mires —le dijo a Aurora—. Cuando yo tenía tu edad, sentía la misma curiosidad que tú.

Aurora se sonrojó y bajó la cabeza. Se sentía como una intrusa y ahora estaba atrapada, teniendo que mecer a aquel niño.

—Se llama la bajada de la leche, y es una reacción al llanto de los niños —sonrió—. Me alegro de que hayas venido. Esto es siempre más fácil con ayuda.

—¿Cómo te las arreglas cuando estás sola?

—Tienen que comer por turnos, y a veces acabo llorando con ellos. Pero estoy bien, no te preocupes —añadió rápidamente—. Mi familia me está cuidando mucho. Y Franny también —señaló a la perra, que se había sentado tranquilamente a su lado, alerta a cualquier movimiento—. No estaba segura de cómo se iba a tomar la llegada de los niños, pero los ha aceptado de maravilla.

—No me sorprende. Ella también ha sido una buena madre.

—Me alegro de que encontrásemos casa a todos los cachorros antes de que nacieran estos dos.

En el silencio de la habitación se oía tragar al bebé. En cuestión de minutos, el ritmo decreció y soltó un sonoro eructo. A continuación, se quedó dormido. Sara lo dejó en la cuna y lo tapó.

—Siguiente —dijo, ofreciéndole el otro pecho.

Menos mal, porque el bebé B ya se había dado cuenta de que el chupete era solo una artimaña y empezaba a revolverse y a protestar. Autora se lo colocó a la madre en los brazos. Ya se sentía menos incómoda. Desde luego seguía resultándole raro ver aquel pecho inflamado como si fuera un balón de color carne, la boquita que buscaba, pero también era hermoso en cierto sentido. Vio cómo Sarah se relajaba y el modo protector en que todo su cuerpo parecía inclinarse para rodear el pequeño. ¿Alguna vez la habría tenido así su madre, brillando toda de amor? Seguramente no. Una vez, cuando era pequeña, le preguntó:

—Mamá, cuéntame algo de cuando era un bebé.

—No dejabas de llorar y de ponerte enferma —le contestó.

—¿Qué te parecería Adam para el bebé A? Adam Moon. Y Bradley para el B.

—No está mal.

A Aurora le gustaban los nombres del estilo de Cody y Travis. Y Zane. Zane era precioso.

—¿Solo no esta mal? Quiero que sus nombres estén mejor que eso. Adam es el segundo nombre de mi padre, y Bradley era el apellido de soltera de mi madre. Me gusta la idea de mantener la «a» y la «b».

Aurora contempló la cabecita redonda y pequeña, las manos en forma de estrella. ¿Bradley? ¿Tenía cara de Bradley? La verdad es que para ella solo tenía cara de bebé, pero intentó imaginárselo creciendo, caminando, riendo, y un día abriéndose al mundo.

—Me gusta Bradley —dijo—. Y Adam también. Me gustan los dos.

—¿De verdad? —el bebé se había quedado dormido y Sarah lo dejó en su cuna con una sonrisa—. Dos horas más y volveremos a empezar.

—Cuando se hagan mayores, no les digas que lloraban.

Sarah seguía sonriendo.

—No, si no me quejo. Ni siquiera me molesta. Es más, me encanta. Es raro, ¿verdad?

—Qué va —respondió, y fue a por el regalo que les había llevado—. Te he hecho esto —dijo, un poco avergonzada—. Para tu familia y para ti.

Sarah arrancó el papel con los ojos brillantes y se quedó con la boca abierta.

—¡Aurora, es precioso! Eres una artista magnífica.

Estudió el dibujo como solo lo haría otra artista, haciendo comentarios sobre el tipo de papel que había escogido, la precisión de los trazos, la calidad de la luz e incluso el enmarcado. Luego lo colocó sobre la repisa de la chimenea.

—Es un tesoro. Pensaré en ti siempre que lo vea.

—Bueno, ¿y qué pasa contigo y con mi padre? —le plantó sin más.

No había podido evitarlo. Tenía aquella pregunta en la punta de la lengua cada vez que la veía.

Y ahora que la había hecho, observó con atención el efecto que había tenido en Sarah. Le habían salido una especie de manchitas rojas en la piel y parecía haber empezado a sudar.

—¿Qué crees tú que pasa?

—No lo sé. Actuáis como si os gustarais.

—Somos amigos. No puedo explicarlo.

Sarah se rozó los labios con la punta de los dedos en un gesto que seguramente era inconsciente, y cuando vio que Aurora la observaba bajó la mano.

—¿Solo amigos?

—¿Le has hecho esta pregunta a tu padre?

—Me dio la misma respuesta que tú.

—¿Te dijo que somos amigos?

—No le gusta hablar de estas cosas. Por eso te lo he preguntado a ti, pero tampoco me dices nada.

—Porque no tengo la respuesta. Ni siquiera sé qué hora es o si me he lavado los dientes, así que analizar en este momento mi relación con tu padre no es la mejor idea, ¿de acuerdo?

Pues no. No estaba de acuerdo, pero sabía que no conseguiría que le diera otra respuesta, al menos por el momento.

Sexta parte

CAPÍTULO 36

Los gemelos pasaron su revisión de los tres meses maravillosamente bien. De hecho le parecía toda una crueldad recompensar su crecimiento y rápido desarrollo con una tanda de inyecciones en el muslo, pero eso fue exactamente lo que consiguieron.

—Bueno, allá vamos —dijo el pediatra. Ya le había dado a cada uno una gotita de paracetamol como medida de precaución—. ¿Estás lista, mamá?

Sarah sujetó la cabecita de Adam, y mordiéndose un labio, asintió. El pobre no sabía nada, de modo que gorjeaba y emitía ruiditos, la viva imagen de la salud. Entonces llegó la pasada fría del algodón con alcohol y el pinchazo.

Durante un instante solo hubo silencio. Los preciosos ojos azules de Adam se abrieron de par en par y su boquita formó una o perfecta. A continuación tomó aire para lanzar un aullido de dolor tan hondo que hasta la lengüecilla le tembló. Su dolor estuvo a punto de poner a Sarah de rodillas.

—Lo siento —le dijo—. Lo siento, hijo.

Bradley se unió al coro porque era lo que siempre hacían. Cuando uno lloraba, el otro también. Pero cuando le llegó a él el turno con la inyección de la vacuna, pulverizó el récord de su hermano con un llanto estremecedor. Cuando todo terminó, a Sarah le habría ido de miedo un valium. Pero tan repentinamente como se había iniciado, el llanto cesó. Los chiquillos estaban en su cochecito, con las caritas húmedas de lágrimas y con los chupetes moviéndose arriba y abajo.

—Así es siempre con los niños —dijo el doctor—. En cuanto se acaba el dolor, se acaban las lágrimas. Si todos fuéramos así, el mundo sería un lugar más feliz.

La ayudante del pediatra le recordó que debería volver a llevarlos para las dosis de recuerdo al menos tres veces, así que cuando llegara a casa tendría que poner tres notas en tres sitios distintos: en el calendario, en la puerta y en la nevera. Aun así no las tenía todas consigo.

Últimamente se le olvidaba todo, pensó mientras pasaba a los niños a sus asientos del coche para volver a casa. No se acordaba de qué día era, ni de los ingredientes de una tortilla Denver, ni de su número de la seguridad social. ¿Por qué entonces no era capaz de olvidarse del día en que Will fue a verla al hospital? Era capaz de verlo una y otra vez en la imaginación como si fuera una película, fotograma a fotograma, deteniéndose a examinar cada momento. El beso que le había quemado, y las palabras que él había pronunciado: «me estoy enamorando de ti, Sarah».

Era una locura y él tenía que ser consciente. Tenía que saber que ella no podía permitírselo. No se desenamoraba una de un hombre y en pleno divorcio se enamoraba de otro. No debería haberle contestado, y mucho menos haber admitido que sentía también algo por él. Seguramente había sido el miedo y la soledad los que habían hablado en su nombre, ¿verdad?

El curso del amor verdadero no seguía un patrón predecible. No era como una gestación, en la que el siguiente paso seguía con exactitud el plan trazado por la naturaleza, y ni siquiera eso se libraba de las sorpresas.

Apretó el volante. La primera vez que se quitó la alianza y el anillo de pedida con su diamante amarillo, su fantasma permaneció junto a ella durante meses. Tenía el dedo blanco y más delgado donde había llevado aquellos anillos, y tuvo que pasar todo el embarazo, edema incluido, para borrar aquel rastro. ¿Cómo podía saber entonces cuánto tardaría en sanar la lesión que llevaba en el corazón, y si sería capaz o no alguna vez de volver a entregarse por completo?

Seguía encontrándose con Will: en el mercadillo, en la cafetería, en la Playa de los Niños, una estrecha franja de arena cercana a la bahía rodeada por los altos árboles del parque. En una ciudad del tamaño de aquella no se podía evitar y, aunque su proximidad le dolía, estar junto a él, su amistad, lo significaba todo para ella. Hablaban de Aurora, del trabajo y de los bebés, de la vida, la risa, el dolor y todo lo que había en sus corazones.

Pero no volvieron a hablar de amor ni del futuro. El momento de enamorarse era cuando se estaba emocionalmente disponible y despreocupado, cuando no importaba la hora a la que llegaras a casa o si te levantabas tarde al día siguiente. Cuando se disponía de horas sin fin para mirar a los ojos a la persona amada y para hacer el amor sin interrupciones.

«Si esperas a que llegue el momento perfecto para enamorarte», le dijo una vocecilla interior que se parecía sospechosamente a la de Lulu, «nunca lo harás».

A veces, cuando Sarah reflexionaba sobre la vida, llegaba a desear no haber conocido nunca a Jack. Había sido demasiado doloroso. Pero si no se hubiera casado con él nunca habría tenido a sus hijos. Jack le había regalado un milagro, algo por lo que siempre le estaría agradecida. Ya era incapaz de recordar la vida sin ellos. Aunque todo el mundo decía que era imposible distinguirlos, ella podía hacerlo con los ojos cerrados. Bradley era muy emotivo y dulce, y tenía un modo especial de recostarse contra ella como si fuera una fragante prenda de lana. A Adam le encantaba contemplar el mundo, sus ojos más redondeados brillaban al hacerlo y su boquita no dejaba de moverse mientras se chupaba el pulgar. Incluso siendo un bebé parecía atento a todas las palabras.

Llegó a casa, pero no se bajó del coche. No quería que se le despertaran los niños. Estaba un poco baja de moral, seguramente por el trauma de las inyecciones y porque al revisar aquella mañana su cuenta bancaria había visto que la pensión de Jack había llegado puntualmente, como siempre. No debería haberle resultado deprimente, pero así había sido. Sus hijos tenían una cantidad mensual en lugar de un padre.

Pero no iba a permitir que ese sentimiento la dominase. Todo el mundo admiraba lo bien que lo estaba haciendo, lo perfectamente que se había adaptado a su nueva vida. Había escapado de un mal matrimonio, había sobrevivido a un embarazo duro y a un parto que aún lo fue más, y criaba a sus hijos sola mientras sacaba un trabajo adelante. Era como esas mujeres sobre las que se leía en la prensa o en libros, que conseguían hacerlo todo. Pero lo que no decían los libros era que había un coste personal altísimo. El sueño, la cordura, la autoestima. Las primeras semanas, la abuela y la tía May se habían turnado para pasar el día con ella. LaNelle, Viv y Judy le llevaban guisos y productos de sus huertas. Su padre había organizado con una granja local un servicio diario de reparto de leche a domicilio. Se había visto rodeada de amigos, mimada y protegida.

Pero al final había tenido que apañárselas para hacerlo todo por sí misma. Algo que había aprendido era que con bebés gemelos no se podía tener prisa. Incluso ir desde el coche hasta la casa podía ser un viaje prolongado. Los días de salir corriendo con el bolso en la mano, las llaves y una bolsa con compra no la habían preparado para aquella realidad. Pero ahora se había acostumbrado a hacer varios viajes para llevar a los niños, la bolsa de la compra, la de los bebés y el bolso. Repetía ya siempre los mismos movimientos: dejaba a los niños en sus sillitas, sacaba cuantas bolsas y accesorios le cupieran entre los brazos, abría la puerta, le gritaba a Franny que no saliera no se le fuera a meter bajo las piernas y volvía para desatar con cuidado a los niños y con toda la delicadeza del mundo pasarlos a sus cochecitos, donde dormirían quizás media hora más. Y si tenía mucha, mucha suerte, le daría tiempo a colocar lo que había comprado y tal vez incluso a revisar el correo. Lo cierto era que le asombraba su propia capacidad de llegar a todo. Parecía uno de los artistas del Circo del Sol.

Pero, si algo inesperado surgía, el flujo quedaba interrumpido. Y cuando lo inesperado se multiplicaba, el caos estaba servido. En aquel día en concreto, el teléfono empezó a sonar cuando estaba desatando a Adam. Hacía tiempo que se había adiestrado a sí misma a no correr en pos de ese timbre. Si se trataba de algo importante, volverían a llamar o dejarían un mensaje. Aun así, su insistencia la puso lo suficientemente nerviosa como para apresurarse en soltar la sillita de Adam y sacarla del Mini. En el proceso zarandeó más de la cuenta al niño, que se despertó con un grito.

El lugar en el que le habían pinchado y que iba cubierto con una tirita de Bob Esponja, estaba inflamado y rojo. «Dios mío», pensó. «Está haciéndole reacción». Todo lo terrible que había leído sobre las vacunas se le agolpó en la cabeza. Tenía que entrar en casa y llamar al médico de inmediato.

Agarró la sillita, se dio la vuelta y cerró la puerta del coche. Estaba a punto de echar a correr hacia la casa cuando se dio cuenta.

Un nanosegundo transcurrió, quizás, entre cerrar la puerta y darse cuenta de que tenía las llaves en el contacto. Y que las puertas se cerraban solas, una protección antirrobo que seguía olvidándose de desconectar.

«Ja», pensó. «Estoy preparada para esto». Guardaba un segundo juego de llaves en un armario de la cocina precisamente con aquel fin. Entró rápidamente, dejó la sillita de Adam, buscó la llave y salió hacia la puerta, deteniéndose para decirle al niño que se calmara, lo cual le enfadó todavía más. Afuera, en el coche, Bradley debía haber presentido el desastre, porque también había empezado a llorar. No supo cómo, pero el segundo juego de llaves se le cayó de las manos y fue a colarse por un agujero que había en la madera de los escalones del porche.

Sus hijos iban a crecer oyendo más tacos de boca de su

madre que si los hubiera criado un marinero. Se puso de rodillas para recuperarlas, pero enseguida se dio cuenta de que no había modo de meter el brazo. Corrió al coche e intentó abrir las puertas y el maletero, por si acaso. Bradley tenía la cara roja de furia. Sintió ganas de tirar algo contra el cristal, lo que fuera. No. Seguro que no se podía romper.

El pánico se desató en su interior en cuanto se dio cuenta de que no tenía modo de llegar hasta su hijo. Antes de ser consciente de lo que debía hacer, ya había llamado al 112.

Doce interminables minutos después Will Bonner, que a ella le pareció el Capitán América, abrió la puerta con un objeto que parecía un medidor de tensión que una vez inflado creó el hueco suficiente para poder abrir el seguro. Cuando se volvió a ella con su hijo sano y salvo en los brazos, las rodillas le temblaban.

—Vamos dentro y te sientas —le sugirió él.

Sarah asintió y le siguió dentro. Adam se había quedado dormido.

—A mí no me parece que esté más inflamado de la cuenta —dijo Will tras mirar la zona de la inyección.

—Lo que debe estar inflamado es mi imaginación —respondió Sarah, respirando hondo.

Bradley se mostraba muy cómodo en brazos de Will, y Will parecía muy satisfecho de llevarlo.

Verlos juntos le produjo un acceso de llanto. Era un poco sorprendente hasta qué punto las emociones podían dominarla. Y humillante también.

—Perdona —se disculpó mientras se secaba con un pañuelo de papel.

—No tienes por qué disculparte. A cualquiera le pondría nervioso lo que ha pasado.

Colocó a Bradley en su cunita con movimientos algo torpes pero cuidadosos.

De pie en la puerta, Sarah esperó oír un grito de protesta, pero el bebé se acomodó, parpadeó lentamente varias veces y cerró los ojos.

—Se te dan bien los niños.

—¿Tú crees? —sonrió—. No tengo mucha experiencia, pero no parecen muy complicados. Eso llega más tarde, cuando están en séptimo —tomó la mano de Sarah y la llevó al sofá, donde permanecieron unos minutos en silencio. Luego dijo—: Sarah, ¿qué estamos haciendo?

—No sé a qué te refieres —respondió, pero no era cierto. Sabía perfectamente lo que le estaba preguntando, y se merecía una explicación—. Estoy aprendiendo a valerme por mí misma por primera vez en mi vida. Hasta ahora siempre me han cuidado, primero mi familia y luego Jack y la suya. No es que estuviera indefensa, pero nunca he aprendido a hacer las cosas yo sola y ya era hora de que lo hiciera.

—¿Y qué estás intentando demostrar?

—Necesito saber que puedo hacerlo. Es duro, y quizás por eso necesito demostrármelo a mí misma. La vida no es fácil, pero eso no me parece malo. Cuando no era consciente de ello, vivía como si caminase dormida, convencida de que todo estaba bien, y cuando por fin me desperté me di con la realidad de bruces, pero al final eso fue lo que me salvó.

Will absorbió sus palabras con un largo silencio. Luego la miró.

—Te quiero, Sarah —dijo sin alegría en la voz—. No sé cuándo ha ocurrido, pero creo que empezó la noche de los cachorritos de Franny.

Ella lo miró sin saber qué decir y temiendo incluso respirar.

—Así que hace un tiempo que lo sé —continuó—, pero me he mantenido al margen para darte espacio y que pudieras asimilar todo esto.

Hizo un gesto que abarcó toda la habitación.

Sarah estuvo a punto de contestarle: «yo también te quiero, Will».

—Yo... Will, nunca he querido darte a entender algo que no fuera verdad, o hacerte pensar que...

Se detuvo, intentó rehacerse, pero había demasiado dolor y confusión aún en sus entrañas. Aquello era exactamente lo que se temía: que no iba a poder tenerlo de los dos modos.

—Te necesito como amigo, Will...

—Siento desilusionarte, pero no podemos pararnos aquí. Yo ya estoy más allá del punto de retorno.

Estaba siendo sincero y sus palabras rezumaban pasión.

—No es una desilusión.

—Sarah, he estado esperando mucho tiempo a que me llamaras. No esperes a que haya un problema para hacerlo. Llámame.

—No creo que deba hacerlo.

«¿Hola? ¿Estás rechazando a Will Bonner?», le decía la voz de Shirl en la cabeza. «¿Has perdido el juicio?».

—Mira —continuó rápidamente—, si esto solo tuviera que ver contigo y conmigo, las cosas serían distintas. Los dos somos mayorcitos ya para saber lo que hacemos. Para sobrevivir aunque nos rompan el corazón. Pero piensa en los niños, en Aurora. Si nos equivocamos, tú y yo no seremos los únicos en sufrir.

—¿Por qué estás tan convencida de que va a salir mal?

—Solo digo que no es justo para los niños que corramos ese riesgo. O al menos que lo corramos ahora.

Eso era. Ya había dejado la puerta abierta.

—¿Cuándo entonces? —insistió—. ¿La semana que viene? ¿El mes que viene? Podrás encontrar alguna otra excusa para entonces.

—No son excusas, Will.

—Ya. Cuando se te acaben, me llamas.

—Will, yo... eres un hombre increíble y me siento halagada, pero mi vida ahora mismo es una locura.

—¿Y cuándo no es la vida una locura? Dime.

Touché.

CAPÍTULO 37

No estaba segura de por qué había accedido a asistir a la Feria de las Ostras el domingo. Últimamente a duras penas conseguía llegar a las ocho de la tarde sin que el agotamiento la derrotara. Los niños ya no se despertaban por la noche para mamar, un pequeño milagro que llegó en el momento oportuno, justo antes de que perdiera por completo la cabeza. Aun así, la rutina le estaba haciendo pagar un alto precio.

Pero su hermano parecía querer que se involucrara. Kyle le había explicado que aquella feria anual era un evento clave para compradores y restauradores. Él y su padre se habían pasado por su casa y, como siempre, su padre se había tirado en la alfombra con los niños. Se estaba entregando al máximo en su tarea de ser abuelo y, aunque todavía eran muy pequeños, los gemelos parecían reconocer que había alguien especial en sus vidas, demostrándoselo con gorgoritos, pataleos y sonrisas desdentadas.

Sarah no se engañaba: sabía que la tarea de criar a dos niños sin un padre iba a ser titánica, y ser consciente de que su hermano y su padre estarían a su lado era un regalo maravilloso.

Kyle le mostró un catálogo.

—A todo el mundo le encanta la idea de que se trate de una explotación familiar. Todo el pueblo se vuelca. Incluso le han puesto nombre: Feria de las Ostras de Moon Bay.

—Si todo el pueblo participa, no me necesitas a mí.

—Claro que sí. Bastará con que te pongas preciosa y seas encantadora. Podrías ser la Reina de la Ostra.

Sarah exageró un escalofrío.

—Yo creía que venían por las ostras.

—Vienen por la experiencia en su conjunto —explicó su padre.

—Tú te encargarás de regalar llaveros, camisetas y delantales y yo andaré por ahí. ¿O es que aún te preocupa lo que piense la gente?

Sarah miró brevemente a su padre. Estaba centrado en los niños y su cara no mostraba nada.

—¿Perdón?

—Vamos, Sarah. Cuando éramos críos, detestabas trabajar para el negocio de la familia, pero ahora eres adulta.

—No lo detestaba —replicó, pero sintió que se le encogía el estómago. Nunca habían hablado de ello y sin embargo su padre y su hermano parecían saberlo.

—Basta, Kyle —dijo su padre.

Sarah los miró a ambos. Se parecían tanto... los dos eran honrados y trabajadores, y parecían conocer sus preocupaciones mucho mejor de lo que ella se había imaginado.

—Tiene razón —respondió Sarah—. Fui una niña estúpida.

—No. Eras muy lista, y ojalá no te hubiera obligado a trabajar en el criadero —respondió su padre, jugueteando con los piececillos de Adam—. Ni tu hermano ni tú trabajaréis en el criadero, os lo prometo —y mirando a su madre con una sonrisa, añadió—: ser abuelo es mucho más fácil que ser padre.

—Podría decir lo mismo de ser hija, ahora que soy madre. Pero en serio, me gustaría haber hecho más. El negocio de la familia pagó la mejor educación que podría desear, y nunca os lo reconocí —sentía un tremendo dolor en la garganta—. Lo siento mucho, papá.

Su padre se levantó para abrazarla, y la tensión que llevaba dentro fue cediendo gradualmente. El perdón era algo tan sencillo, una vez te entregabas a él. Sonriendo entre las lágrimas, se abrazó a su hermano.

—Ya no tengo piojos —le dijo, y Kyle se dejó abrazar.
—¿Significa que estás con nosotros?
—¡Pero, por favor, no me hagas ser la Reina de la Ostra!

La mañana de la Feria su padre le pidió que se reuniera con él en el garaje de Glenn Mounger.
—Tengo una sorpresa para ti —fue cuanto le dijo.
De camino al garaje dejó a los gemelos en casa de la abuela y tía May. Habían insistido en que querían cuidar de ellos hasta el día siguiente. Según ellas, ya era hora de que se quedaran a pasar la noche con ellas y no pudo objetar nada, ya que cuidaban de ellos con sobrada competencia. Últimamente cada vez que alguien se ofrecía a cuidárselos un rato aceptaba encantada y agradecida.

Ser madre afectaba a su vida entera. Estaba tan sumergida en la tarea que a veces se olvidaba de salir a la superficie a respirar. Su médico, preocupado por verla tan agotada, había insistido en que pasara a los biberones, y ahora ya tomaban cereales. Al salir de casa de su abuela se obligó a no mirar atrás. «Están perfectamente», se dijo.

Y por supuesto que lo estaban. Incluso había una cierta simetría ver que dos ancianas iguales se ocupaban de dos bebés también iguales.

Era la primera vez que estaba sola desde la llegada de sus hijos y se sentía extraña y ligera, con la sensación constante de haber olvidado algo. Cuando aparcó frente al garaje de Mounger y bajó del coche, se quedó junto al Mini un instante porque se sentía casi desnuda sin la habitual carga de bolsas de los bebés y sus hijos en sí. Respiró hondo y entró a buscar a su padre.

Aquel taller de reparaciones llevaba en Glenmuir desde que ella tenía memoria. Era la clase de sitio que atraía más a los hombres que a las mujeres, razón por la que su padre se pasaba tanto tiempo allí. El edificio tenía forma de granero y en él se alquilaban plataformas elevadoras para reparaciones, junto con un variopinto abanico de herramientas y equipo. De una vieja máquina Wurlitzer salía música surfera. En las paredes colgaban carteles de aceites de motor y neumáticos, relojes de neón y calendarios, y en vitrinas iluminadas se podían contemplar los premios que Glenn había ganado en exhibiciones de coches por todo el país.

En busca de su padre pasó por delante de varios coches en distintos estados de reparación, algunos con los motores desmantelados, otros a los que les faltaba parte de la carrocería o la tapicería de los asientos. Al fondo de la nave, bañado por el sol que entraba por una puerta abierta, estaba su padre junto al Mustang. Su rostro brillaba con amor y orgullo.

—Sorpresa —dijo él.

—¡Has terminado el coche! —exclamó Sarah, que no podía creer lo que estaba viendo. La última vez que había visto el Mustang era poco más que un esqueleto corroído y una colección de partes inconexas—. Ha quedado precioso, papá.

El coche resplandecía gracias a las muchas capas de pintura rojo bermellón que llevaba. Hasta el último de sus cromados brillaba como si fuera de espejo y llevaba bajada la capota. Ver el coche y la expresión de su padre le trajo multitud de recuerdos de su infancia: salidas al pueblo con su madre, espléndida con su fular de seda y sus gafas oscuras, su padre cantando con la radio y Kyle en el asiento de atrás junto a ella.

—Cuánto me alegro de haber vuelto —le dijo a su padre.

—Es como tenía que ser —respondió, abriéndole la puerta—. Vamos a recoger a tu hermano y a LaNelle.

Avanzando a la velocidad de la realeza en sus desfiles, tomaron la calle principal del pueblo con el Mustang. Sarah y LaNelle, descalzas para no dañar la tapicería, se sentaron en el asiento trasero del descapotable, saludando como si fueran las reinas de aquellos pagos al pasar junto a la gente que se congregaba para asistir a la feria. Sarah echó la cabeza hacia atrás y dejó que el sol le calentase la cara. «¿Lo ves, mamá? No hay de qué preocuparse. Ya no. Todos estamos bien».

Aunque en sus comienzos se creó como una feria que mejorase las relaciones entre vendedores y compradores, al final había llegado a involucrar a todo el pueblo. En un pabellón colocado por una empresa de catering, la Moon Bay Oyster Company mostraba las ostras de otoño, kumamotos que los invitados degustaban con salsa de limón y rábano picante, ostras de la bahía de Tomales a la plancha, ostras de Mad River asadas y a la parrilla. Una pequeña cervecería local ofrecía una cerveza negra que acompañaba perfectamente aquellas cremosas ostras y el pan oscuro y de miga contundente. Unos viñedos de Napa servían un muscadet seco, otro maridaje perfecto para las ostras. El vivero de flores Bonner aportaba los arreglos florales.

Había un picnic en Town Park, carreras en la Playa de los Niños y regatas en aguas de la bahía. La flota pesquera había adornado la borda de todas sus embarcaciones con luces y bandas de música tocaban por turnos a todas las horas del día y de la noche.

La feria era tan divertida y agotadora como su padre y su hermano le habían prometido. Las horas pasaron sin sentir, y la muchacha que Sarah fue tiempo atrás, la que se avergonzaba de ser la hija del criador de ostras, que escondía las manos maltratadas por el trabajo, fue desvaneciéndose hasta desaparecer por completo, sin que nadie la echara en falta. En su lugar quedó una persona mejor, hija y hermana orgullosa de su familia.

Pero el día no fue perfecto porque Will no se presentó. No era que estuviese obligado a hacerlo, claro. Su relación, tal y como era, había ido avanzando a paso de tortuga, y ni siquiera podía estar completamente segura de que evolucionara hacia ninguna parte. Alguien le dijo que había acompañado a Aurora a las regatas y que estuvo animándola incansablemente, pero ella no lo vio.

Era mejor así. Siempre que estaba cerca de él sentía la tensión de una añoranza insoportable, tan fuerte que le dolía. Le hacía desear cometer locuras; pero ahora era madre, con dos criaturas dependiendo de ella, y no podía cometer errores.

Al atardecer el centro del pabellón se transformó en una pista de baile, llegó una banda nueva y los músicos comenzaron a afinar los instrumentos. Sarah se sentía inexplicablemente nerviosa, pero por lo menos se había vestido estupendamente para la velada. Llevaba un vestido de chifón azul pálido con escote halter atado al cuello y una falda de vuelo que semejaba los pétalos de una flor. Como remate llevaba unos zapatos forrados de la misma tela que la hacían sentirse casi como Cenicienta.

Cuando vivía en Chicago se sentía atrapada con aquellas ropas tan exclusivas, pero en aquel momento se dio cuenta de que no era la ropa lo que le provocaba esa sensación, sino su propia persona, una mujer que creía saber cómo era su vida. En cierto modo perder a Jack había sido lo mejor que le podía haber ocurrido porque de no ser por ello nunca habría sufrido aquel cambio en su persona.

Su padre le pidió el primer baile. A pesar del vestido se sentía torpe y desaliñada, pero, cuando miró a Kyle y LaNelle, perdidos el uno en brazos del otro, se dio cuenta de que el estilo y la gracia no importaban.

—¿Qué estás viendo que te hace tanta gracia? —le preguntó su padre al verla sonreír.

—Que a la gente le da igual qué pinta tengan los demás mientras bailan.

—¿Y eso es gracioso?

—Lo que es gracioso es que no me había dado cuenta hasta ahora.

—¿Qué tal tienes el cuello?

—¿El cuello?

—Sí. A lo mejor te duele de tanto mirar a ver si llega Will Bonner.

—Qué tontería, papá.

—¿Sí, eh? Pues cuéntaselo a él.

Su padre giró con ella y se encontró frente a Will. Estaba increíble con aquellos vaqueros gastados y una camisa blanca recién planchada, el pelo aún húmedo de la ducha y una sonrisa en la cara.

—Ah… —musitó, sonrojándose.

—Hola —saludó—. Baila conmigo.

Su padre se la entregó y desapareció, y Sarah se encontró girando entre el resto de la gente.

—Estás preciosa —le dijo Will al oído, con la mano puesta en su espalda desnuda.

Estuvo a punto de derretirse. Había pasado tanto tiempo desde que alguien le decía algo así teniéndola en los brazos.

—Gracias. Desde luego es un cambio radical para mí, que ya me estaba acostumbrando a lo de ir siempre con camisetas salpicadas de biberón.

—Pues cuando te arreglas estás estupenda.

—¿Por qué estás siendo tan amable conmigo?

—No dirías eso si supieras en lo que estoy pensando.

Y al oído le hizo una sugerencia que la hizo enrojecer hasta la raíz del pelo.

Apoyó la frente en su hombro y la banda comenzó con los acordes de *Dock of the Bay*. Había algo que resultaba relajante y erótico al mismo tiempo en su forma de moverse junto a ella y que la hizo olvidarse del mundo entero al rendirse a aquella sensación con los ojos cerrados. Su primer baile. Él se inclinó y rozó con los labios su cuello. Exquisito.

—Bailas muy bien —dijo.

—Todo el mundo lo dice —sonrió.

Ese comentario la devolvió a la tierra y abrió de golpe los ojos. La gente los miraba a hurtadillas.

—Vamos a por algo de beber —dijo con intención de separarse de él.

Pero él siguió sosteniendo su mano.

—Tengo una idea mejor. Déjame llevarte a casa.

«Ay, Dios».

Pensó en lo que le había susurrado al oído y el corazón se le paró en seco. Su última conversación había versado sobre lo mismo, y la disputa seguía abierta porque no había modo de resolverla.

—¿Y Aurora? —preguntó, aunque fue la primera excusa que se le ocurrió.

—Esta viendo los fuegos artificiales y luego se queda a dormir en casa de una amiga. Y ya sé que tu abuela va a quedarse con los niños esta noche.

Sarah respiró hondo.

—Enseguida vuelvo —le dijo, y se alejó. De camino al baño buscó a Vivian y se la llevó consigo.

—¡Quiere llevarme a casa! —dijo, casi hiperventilando—. ¿Qué voy a hacer?

—Bueno, podéis llevaros los dos coches o dejar uno aquí y recogerlo por la mañana...

—¡No es eso lo que te pregunto y lo sabes!

Tenía los ojos llenos de lágrimas y se los secó con un pañuelo de papel.

—Cariño, muchas chicas han llorado por Will Bonner, pero no porque quisiera llevarlas a casa.

—Viv, tú sabes por qué estoy asustada. No puedo tomármelo como algo de una noche porque me importa demasiado, y mi fracaso con Jack fue tan terrible que no puedo estar segura de si...

—Claro que no puedes estar segura —cortó Vivian, empujándola hacia la puerta.— Nadie puede, pero ¿por qué demonios permites que eso se interponga en tu camino?

Los fuegos artificiales se veían desde el porche de su casa, los estallidos de luz se reflejaban en las aguas quietas de la bahía. Música de jazz sonaba en la radio y Will abrió una botella de champán. Había ido preparado, con la botella puesta a enfriar en hielo. Por si acaso, le había dicho.
«En caso de incendio, pensó ella, romper el cristal». Una tira cómica se le materializó en la cabeza.
Brindaron.
—Bueno —dijo él, atrapándola con delicadeza entre su cuerpo y la barandilla del porche—, aquí estamos.
Enmarcado por las rosas trepadoras y el ribete de madera blanca que adornaba el porche, parecía un sueño.
—Eso me temo —dejó escapar, anonadada por lo que estaba sintiendo al tener sus muslos pegados a los de ella.
—Yo también. Termínate el champán.
Vaciaron las copas y él las apartó primero y la besó después. Fue el beso que había estado esperando, temiendo y deseando desde aquel día en el hospital, y le pareció que duraba toda una eternidad. Al final se sentía como borracha, y no por el champán, sino por la emoción. La tomó de la mano y entraron directos al dormitorio.
«No te saltes el semáforo en rojo. No pagues doscientos dólares de multa», se oyó pensar con la voz de Shirl.
Las sombras y la luz blanca de la luna se proyectaban en el suelo, creando un dibujo azulado. Las cortinas de encaje susurraban al aire de las ventanas abiertas y en la distancia pudo ver los últimos fuegos artificiales reflejándose en el agua. Will se detuvo y volvió a besarla, y ella apenas se dio cuenta de cuándo le soltaba el broche del vestido y lo dejaba caer al suelo.
Había dado a luz a gemelos, a un par de rollizos gemelos, y había estado dándoles de mamar durante casi seis meses, algo

de lo que su cuerpo daba contada prueba y por un instante la aprensión dio paso al terror más absoluto. Sin embargo el modo en que Will la estaba mirando, las cosas que le susurraba al oído y el contacto suave de sus manos en los senos y en las caderas la hizo sentirse hermosa y deseable. A menos que detuviera aquella locura en aquel mismo instante su relación iba a cambiar para siempre y no habría marcha atrás. ¿Estaba preparada? ¿De verdad estaban haciendo lo que creía que estaban haciendo, allí, en aquel mismo instante?

La respuesta a su pregunta llegó en forma de un largo y hondo beso. Will no tenía prisa, ni la presionó con su deseo cuando la tumbó en aquella cama que olía a lavanda, sino que la tomó con un erotismo lento que la envolvió en su hechizo.

Había olvidado, o quizás nunca había sabido, lo que era hacer el amor con un hombre que la amaba, que no consideraba el sexo como un deber marital, que no le ocultaba secretos. La necesidad y la pasión ahogaron las precauciones y Sarah exploró su cuerpo hambrienta de conocer sus detalles. Era casi embarazoso lo mucho que lo deseaba.

—Debes de estar pensando que soy una maníaca.

—Estaba deseando comprobarlo.

Apoyó la mejilla en su pecho desnudo y absorbió el latido suave de su corazón al tiempo que se sentía desbordar de felicidad y ternura. Y de alivio. Porque eso también entró a formar parte de la situación. Después de tanto tiempo no estaba segura de ser aún esa clase de mujer, y en sus brazos se sintió renacer, como si él hubiera sabido cómo prender su llama interior. No obstante los viejos demonios acechaban.

—Es que... ha pasado tanto tiempo, Will, y nunca he sido muy buena en el sexo.

—¿De dónde demonios has sacado esa idea? —le preguntó indignado—. No importa. Mejor no contestes. Y no vuelvas a decir una cosa así. El sexo no tiene nada que ver con la habilidad ni con la experiencia.

—Sí, pero...

Le puso un dedo sobre los labios.

—Fin de la discusión. El sexo se te da bien. No tienes ni idea de hasta qué punto.

Los pájaros la despertaron temprano. Lo de la noche pasada podía haber sido solo un sueño, pero su cuerpo entero vibraba y además había un hombre dormido a su lado. Sintió deseos de despertarlo y respirar el olor de su piel, y de recorrerlo con las manos, pero si lo hacía no saldrían jamás de aquella cama.

Lo cual no era quizás tan mala idea. Pero el mundo los estaba esperando: familias y complicaciones intentando entrar como si fueran polillas que chocasen una y otra vez contra los cristales buscando la luz. Se levantó con cuidado y abrió a Franny para que saliera y, a continuación, con una sonrisa, preparó la cafetera.

El olor despertó a Will, que apareció en la cocina. Solo se había puesto sus Levi's, y llevaba el botón de la cinturilla sin abrochar.

—Quedémonos un rato más en la cama —le dijo, colocándose tras ella y besándole el cuello.

Sarah contuvo el aliento un momento y a continuación le dio una taza con el café.

—Tengo que ir a por los niños.

Will suspiró hondo y tomó un sorbo de café mientras recorría con la vista la cocina. Luego abrió el libro de invitados y estuvo hojeando los comentarios que habían ido dejando los huéspedes de la casa. Cuando Sarah se trasladó a vivir allí, las entradas alegres y románticas de aquel libro la habían puesto de los nervios. Tantas parejas felices, tantas familias tan encantadas con sus vacaciones en la cosa. Pero ahora que llevaba ya un tiempo viviendo allí con los niños, lo comprendía mejor. Había una especie de desesperación en algunas de ellas... «¿lo ves? También nosotros somos una familia feliz».

Observando a Will recordó de pronto lo que ella misma

había escrito al final y no supo si quería que lo viese. Jamás había podido resistirse a una página en blanco. Había un autorretrato suyo con los gemelos junto al que se leía: *ahora somos tres*. Había dibujado algunas cosas más: la primera sonrisa de los niños, sus primeros dientes, el primer intento de gatear y, como era de esperar, vio que Will se detenía en la intervención de Lulu: *Casarse es como ponerse una ortodoncia: si lo haces bien, no tendrás que volver a pasar por ello en la vida.*

Se echó a reír y se salió al porche con la taza de café en la mano, casi como si llevara toda la vida en aquella casa. Esa era una característica de su personalidad: Will Bonner parecía sentirse cómodo en todas partes, en su vida, bajo su propia piel. Sí, había renunciado a mucho para quedarse en Glenmuir pero no había resentimiento en él. Se había integrado por completo en aquel lugar, con sus rarezas de pueblo pequeño y sus viejas tradiciones. En lugar de andar dándole vueltas a las oportunidades perdidas del pasado, se involucraba en la vida de aquella comunidad proporcionándole un servicio vital y disfrutando con las cosas pequeñas. Lo había sentido en él durante aquella noche, por su maravillosa forma de hacer el amor lentamente, sin prisas.

—Si sigues mirándome así —dijo él—, esos niños van a estar ya en la guardería la próxima vez que vayas a por ellos.

Sarah se sonrojó, pero sentir ese calor en la piel le resultó muy agradable.

—Será mejor que me vaya —dijo, obligándose a separarse de él.

—Te llevo.

—No, gracias. Es una lata quitar las sillitas del coche. Y antes de eso, tenemos que hablar de si vamos a empezar a comportarnos como una pareja.

—Yo diría que esa pregunta se ha contestado sola esta noche.

Entró y dejó la taza en la encimera.

—Entonces será mejor que te vayas a casa y hables con Aurora antes de que vaya a enterarse por radio macuto. Y no, no pienso estar presente cuando hables con ella.

—Gallina.

—Lo admito —dijo, y lo besó una última vez—. Ahora vete.

Will gruñó, pero estaba de acuerdo con ella en que tenía que irse. Mientras lo veía alejarse, apoyada contra el marco de la puerta, suspiró con la clase de felicidad que hacía mucho mucho tiempo que no sentía. Esa felicidad que te hace caminar por el aire y sonreír por nada, y que hace de la vida algo muy hermoso. Se rozó los labios con la yema de los dedos y recordó su sabor, cómo lo había sentido dentro de su cuerpo, y no pudo dejar de lamentar haber permitido que se marchara.

CAPÍTULO 38

Aurora estaba preparando su bolsa para irse a casa de los abuelos, una rutina que a base de repetirla a lo largo de todo el año le resultaba tan familiar como cepillarse los dientes. Una bolsa de lona en la que metía cuatro mudas y algo con lo que dormir. La mochila del colegio. Y últimamente, comida de perro y la cama hinchable de Zooey. Cuando era pequeña, lloraba cada vez que su padre entraba de guardia porque sabía que tardaría días en volver a verlo, pero ahora ya no se entristecía. Sus abuelos eran geniales y desde su casa podía ir caminando a las de sus amigas, y un poco más allá estaba la de los Parker.

Bueno, lo de ir andando era un tanto exagerado. En realidad se trataba de un buen paseo. Y si la pillaban pasando por delante de la casa de Zane, él sabría que había sido deliberado.

A menos... tormenta de ideas. A menos que dispusiera de la excusa perfecta.

—Ahora tengo un perro, ¿verdad, Zooey? ¿A que sí, chico?
El perro movió la cola a modo de respuesta.
—Pues nos iremos a dar un largo paseo, y puede que incluso necesitemos parar en casa de los Parker para... veamos. ¡Sí! Para pedirle un libro a Ethan.

Añadió la correa del perro a la bolsa y fue a por el móvil. Estaba cargándose donde siempre, sobre la mesa de su padre en el estudio.

Zooey la siguió escaleras arriba. Normalmente Aurora se habría detenido a jugar con él, pero su abuelo iba a ir a recogerla en unos minutos.

—Quieto —le dijo en voz baja, al ver que se había encontrado un calcetín y lo sacudía␣sosteniéndolo con la boca. El escritorio era el lugar donde su padre dejaba teléfonos, llaves, lo que fuera que llevase en los bolsillo, una caja de cerillas, algún clip, tarjetas de visita y su Rolodex. Había una tarjeta de alguien que trabajaba con los bomberos; la miró y volvió a dejarla donde estaba. El cajón de arriba estaba parcialmente abierto y se asomó, pero retrocedió rápidamente al toparse con una caja de preservativos.

Con un estremecimiento lo cerró de golpe.

—Me está bien empleado por cotilla.

Zooey emitió un gemido de protesta y estiró las patas delanteras adoptando su postura de jugar. Al instante se alejó trotando y volvió con una deportiva que depositó a los pies de Aurora. Riendo agradecida por la distracción, hizo botar una pelota de tenis y el perro la atrapó en el aire. Era capaz de saltar casi hasta el techo. Volvió a lanzársela y el perro volvió a atraparla, y así hasta que Aurora hizo un mal lanzamiento y la pelota fue a parar bajo la cama. Zooey se lanzó a por ella, pero debía haberse quedado atascada en algo porque le oía rascar el suelo y gimotear. Como no conseguía atraparla, Aurora tuvo casi que tumbarse en el suelo para palpar debajo de la cama. Había muchas pelusas rodando por allí y el polvo la hizo estornudar, y el estornudo la hizo darse un golpe en la cabeza. Entonces tocó algo duro y hueco. ¿Una caja?

La sacó de debajo de la cama, lo cual liberó la pelota de Zooey, y estaba a punto de volver a guardarla cuando algo la hizo dudar. Se trataba de una pequeña caja fuerte cerrada con uno de esos cierres de cuatro dígitos. «Guárdala», se dijo. «No es buena idea andar curioseando así. ¡Déjala!».

Pero no lo hizo. Compuso varias posibles combinaciones. Su padre utilizaba el mismo PIN para todo: 9344, que equivalía a las letras WILL del teléfono. Lo intentó, y no pudo evitar sentirse un poco culpable cuando la tapa se abrió.

El perro revoloteaba a su alrededor intentando conseguir que volviera a jugar, pero lo apartó. La caja contenía papeles y documentos que no le parecieron demasiado interesantes en un principio, hasta que algo le llamó la atención: un comprobante de la joyería Gilded Lily. En él se decía: *solitario de oro con un diamante de 1 quilate.*

La mano le tembló y el papel cayó al suelo. Miró la fecha. Desde la Feria de la Ostra su padre había estado saliendo con Sarah Moon. Pero saliendo de verdad, con cenas y largas llamadas telefónicas a media voz. Si aquel comprobante significaba lo que ella creía que significaba, tendría pronto una madrastra, lo que supondría la muerte de la esperanza que había albergado de que su madre verdadera acabase volviendo con ellos. No era que lo hubiera admitido en voz alta, pero después de todo el tiempo que había transcurrido seguía soñando con ello. Y estando ahora Sarah, ni siquiera podría soñarlo.

Rebuscó un poco más y lo que vio la dejó atónita. Comprobantes de envío de dinero a su madre. Las fechas mostraban que se había tratado de envíos regulares durante los últimos cinco años. ¿Por qué había seguido enviándole dinero? ¿Estaría pagándole para que no volviera?

Siguió sacando documentos, algunos amarillentos ya. Había una carpeta en la que estaban guardados los papeles de la llegada de su madre, entre ellos una breve descripción de las circunstancias en las que su padre había encontrado a Marisol Molina y su hija.

Lo leyó absorbiendo cada palabra. Por fin la historia real. El misterio se desvelaba. La verdad. Empezó a temblar por dentro y luego ese temblor se extendió hacia afuera, con lo que sus manos y su barbilla no podían estarse quitas. Empezó a sentir náuseas, porque su pasado no se parecía en nada a lo que ella se había imaginado. Nunca habría podido suponer el horror, la crueldad, el hecho de que su padre las había rescatado a su madre y a ella de una verdadera pesadilla. Mientras leía aquellas palabras, imágenes inconexas le volvieron a la memoria. No podría decir si eran recuerdos o fruto de su imaginación, pero había llamas y gritos, carreras y alaridos. Una escalera que conducía arriba, cada vez más arriba, un pasillo lleno de humo que le hizo toser y llorar.

Allí sentada en el suelo, los ojos volvieron a llenársele de lágrimas. No tenía ni idea de que su madre se había prostituido o que ella había jugado en un patio trasero lleno de excrementos de cabra y escombros, o que su madre había sido víctima de frecuentes palizas. Todo estaba allí, descrito con sumo detalle en un informe oficial redactado para los Servicios de Inmigración.

Su padre la había dejado creer que se había hecho cargo de ella y de su madre por amor, pero ahora sabía que simplemente las había rescatado a ellas como lo habría hecho con cualquier otra persona, como lo habría hecho con un gato perdido.

En el despacho del parque de bomberos, Will escribió la entrada acostumbrada: fecha y hora, además de: *Capitán Bonner entra de guardia relevando al capitán McCabe. Todo en orden.*

Se recostó en la silla y sonrió como un idiota. Sarah y él estaban juntos al fin. Se sentía como si hubiese ganado a la lotería. No, más que eso. Había ganado el futuro que nunca se había permitido imaginar... hasta entonces. Ya había terminado la espera. Sí, Sarah tenía muchas cosas entre manos, pero no había por qué seguir aguardando. Él la quería, e iría queriéndola cada vez más a medida que pasara el tiempo. Esperar solo servía para volverse loco.

Incluso le había comprado un anillo. ¿Se estaba precipitando? Seguramente ¿Le preocupaba si era oportuno? Ya no.

Se guardó la cartera y sacó el coche patrulla para ir al supermercado y comprar algunas cosas para el próximo turno. Aún llevaba aquella estúpida sonrisa cuando había atravesado ya medio pueblo. Hubo un tiempo en que creyó que Glenmuir lo mataría de aburrimiento, un pequeño pueblo junto al mar en el que nunca pasaba nada. Pero ahora sabía que allí pasaba todo, que allí estaba su futuro.

Sus ensoñaciones se vieron interrumpidas cuando sonó su radio. Les había llegado una alerta: un fuego en la Moon Bay Oyster Company.

—Fuego estructural, granero o cobertizo totalmente comprometido.

—Estoy al lado —dijo, dejando atrás el supermercado. Iba unos minutos por delante del camión y el equipo. Un latigazo de urgencia le encogió por dentro. Estaba cerca. Ojalá el edificio estuviera vacío.

Fue le primero en llegar y dejó el coche cerca de una boca de riego. Con la radio en la mano, corrió para valorar la situación. El edificio estaba aislado y no se veía a nadie por allí. Lo malo era que la estructura se había convertido ya un infierno, y su emplazamiento era precario, en la base de un cerro cubierto de pasto seco y pinos resinosos sedientos tras la sequía.

Kyle Moon estaba allí y le informó mientras Will desenrollaba la manguera de la parte trasera de la camioneta.

—... era un cobertizo para los trabajadores estacionales —le gritaba para hacerse oír por encima del rugido del fuego—. Ahora nos servía de almacén para toda clase de cosas. Esta semana hemos estado trabajando en él, y se han dejado una pila de palés junto al edificio. Sé que contraviene las normas de seguridad...

«No, mierda», pensó Will.

—¿Alguna clase de disolventes? ¿Pinturas? ¿Resinas marinas, barnices, sustancias a presión?

Una cadena de explosiones retumbaron en el interior.

—De todo. Y hay un tanque de propano, pero es viejo. Ya ni recuerdo la última vez que lo llenamos.

«Un tanque de propano. Genial». Comenzó a diseñar el plan de ataque a pesar de que el equipo aún tardaría unos minutos en llegar. Incluso a la distancia que estaba de las llamas, el calor casi le quemaba los ojos.

Hubo más explosiones. Un nuevo golpe de llamas iluminó brevemente la zona como si fuera un relámpago, dibujando todos los contornos. Una pila de palés de madera ardía con colores brillantes muy cerca. Allí, rodeado por las llamas en tres de sus cuatro lados, estaba el tanque de propano que debía tener una capacidad de casi cuatro mil litros, y de él salía el amenazador siseo del gas.

—Mierda...

La temporada había sido muy seca y aquella noche el viento soplaba con fuerza. La colina podía prenderse transformando a cada pino en una antorcha de resina. Sería como el incendio de Mount Vision, pero aquella zona estaba todavía más poblada.

—Necesito mojar ese tanque —le dijo a Kyle—. No sé si llegaré desde aquí. Y tienes que salir de aquí ahora mismo. Te quiero como mínimo a siete kilómetros de aquí.

El riesgo de una BLEVE, explosión de vapores que se expanden al hervir el líquido, crecía exponencialmente a cada minuto que pasaba, y si el tanque explotaba lo haría como una bomba, escupiendo fuego en todas direcciones.

Kyle palideció.

—Puedo quedarme y ayudar.

—No, no puedes —espetó—. Vete.

Kyle debió percibir algo en su voz porque echó a correr por el camino. Dado que el equipo aún no había llegado, Will informó por radio al jefe del batallón que iba a conectar una tobera automática sobre el tanque para prevenir una BLEVE. Esperaba tener la presión suficiente para que el chorro llegase hasta el tanque. Una fuente de agua salió disparada de la boca de la manguera... y un instante después, la manguera quedó fláccida en sus manos.

—Hijo de perra... —murmuró. Echó mano a la radio para hablar con el equipo, pero el canal debía estar saturado. Lo intentó varias veces, pero no consiguió respuesta. Demonios...

Intentó abrir la manguera de nuevo y sintió que la presión volvía. Sí. Avanzó con la manguera metida bajo el brazo para acercarse al tanque. Humo, llamas y restos que volaban por los aires lo cegaban. Durante unos segundos solo pudo murmurar una palabra entre ataques de tos:

—Mierda... mierda... mierda.

En cualquier momento alguno de aquellos restos que volaban acabaría impactando contra él. A su alrededor se oía el zumbido que hacía la resina al prenderse. Sintió más presión en la manguera.

—¡Vamos, vamos! —la animó, y se vio recompensado por un chorro pequeño pero bien dirigido que alcanzó directamente las llamas que lamían el tanque de propano. Al poco tuvo que cerrar la llave y esperar a que la presión se restableciera de nuevo. El zumbido creció y sus nervios se pusieron aún más de punta. Solo tenía segundos para instalar la tobera automática.

Echó a correr para alejarse cuanto pudiera del tanque cuando una vibración desconocida palpitó en torno a él. Un segundo después, un sonido como no lo había oído nunca le sacudió de pies a cabeza. El calor, la luz y el aire desaparecieron y entonces el dragón rugió.

Aurora le escribió a su amiga Edie un mensaje de texto:
Q acs sta noche?
Edie respondió:
Toy okupada. Sorry.

A continuación escribió a su otra amiga, Glynnis, pero no obtuvo respuesta, lo cual era un poco raro porque Glynnis vivía pegada al teléfono y los mensajes. No era que le angustiara el que sus dos mejores amigas estuviesen ocupadas porque en realidad estaba ganando tiempo para encontrar el valor necesario para hacer lo que de verdad quería, que era encontrarse con Zane Parker.

Respiró hondo y le puso la correa al perro.

—Voy a darle una vuelta al perro —le dijo a su abuela.

—Llévate una linterna —contestó su abuela desde el salón—, y el teléfono.

—Claro.

Con las piernas dobladas y los pies metidos debajo y su larga melena suelta, la abuela Shannon parecía más una muchacha que una abuela. ¿Qué sabría ella de lo de México? Seguramente todo. Y la tía Birdie también, dado que había trabajado en el caso, y se preguntó si se sentirían culpables por haberla mantenido al margen, o si quizás tenían la impresión de estarla protegiendo de algo.

La abuela alzó la mirada.

—¿Todo bien?

—Claro —repitió. Ella podía mentir como la que más—. Vuelvo en un rato.

Se sentía como la inadaptada de la familia. Bueno de la vida en general. Tampoco encajaba en el colegio. No pertenecer a ninguna parte era lo peor del mundo.

Al salir de la casa en dirección a la de los Parker, repasó lo que había pensado decirle:

—Hola, Ethan. Me he olvidado en casa el libro de geometría. ¿Podrías prestarme el tuyo? Y ya que nos ponemos, ¿podrías prestarme también a tu hermano?

—Solo si prometes devolvérmelo cuando hayas terminado con él —contestó una voz desde las sombras de la casa.

Zooey dio un ladrido de bienvenida y tiró de la correa. Aurora se quedó muda por la humillación. Dios bendito, ¿aún podría empeorar aquel día?

Ethan Parker se acercó a ella con su monopatín bajo el brazo.

—Estás fastidiada.

—¡Cállate! —la cara le ardía—. ¿Y qué tiene de malo que me parezca que es mono?

—Pues que pierdes el tiempo. Y no es tan majo como parece, créeme.

—Normal que a ti no te lo parezca. Eres un tío —respondió, acomodándose en las escaleras del porche.

—Y yo también soy muy mono, por si no te habías dado cuenta.

Desde luego tenía que reconocer que Ethan sabía cómo hacerla sonreír cuando estaba mal. A veces.

—¿Está?

—No. Me dijo que tenía algo que hacer, así que no te queda más remedio que cargar conmigo.

Zane tenía dieciséis años e iba todas partes con su viejo Duster. Aurora se imaginó a sí misma en el coche, saliendo con él. Su padre decía que aún no podía salir sola con un chico y tenía totalmente prohibido subirse en el coche de nadie. Pero ahora, después de lo que acababa de saber de su madre, se preguntó si sería esa la razón de que su padre fuera tan cauto. ¿Acaso pensaría que iba a salir como su madre?

—Oye, Ethan... ¿y si averiguaras algo que se supone que no debes saber? ¿Qué harías con la información?

—Publicarla en Facebook.

—Es serio.

—Pues claro que en serio. Me dejaría de secretismos y se lo contaría a alguien sin más. Simple.

—Simple para ti —respondió. Sentía una fuerte necesidad de confiar en él, pero él no era la persona adecuada para ayudarla a encontrarle sentido a todo aquello. Solo su padre podía hacerlo, así que no insistió más. Los dos permanecieron sentados en las escaleras del porche lanzándole la pelota al perro para que fuera a buscarla. Estando con Ethan no tenía que comportarse de un modo particular. Podía ser simplemente ella. Punto.

Después de un rato, llegó Zane al volante de su viejo Duster con la música a todo volumen. Las luces barrieron el jardín y se apagaron.

—Hola —dijo al salir.

—Hola, Zane.

Aurora sintió que la cabeza se le quedaba vacía. Sí, era tan mono que el pensamiento se le cortocircuitaba.

Zooey bailoteaba y saltaba a su alrededor, invitándolo a jugar con la pelota.

—Me gusta tu perro.

—Se llama Zooey. Lleva con nosotros desde que era un cachorrito.

Zane miró a su hermano.

—¿Están papá y mamá en casa?

—No.

Sus padres eran propietarios de un restaurante en Point Reyes, y la mayoría de noches trabajaban los dos.

—Genial —Zane sacó un paquete de cigarrillos y encendió uno con total parsimonia—. ¿Quieres? —le preguntó a Aurora.

—Pues claro que no quiere, idiota —contestó Ethan.

Aurora lo miró agradecida.

—No me puedo creer que fumes —continuó Ethan—. Es una estupidez.

—Cualquier día lo dejo —respondió, encogiéndose de hombros.

Sacó un mechero de plástico del bolsillo y empezó a encenderlo y apagarlo, encenderlo y apagarlo.

Un coche tomó la curva que había frente a la casa. Era el de sus abuelos. La ventanilla se bajó y asomó su abuela.

—¡Sube la coche, Aurora!

—Pero...

Mierda. Zane acababa de llegar y para una vez que hablaba con ella...

—¡Ya! Ha habido un incendio.

—Tierra llamando a Sarah —dijo Judy, moviendo una mano delante de su cara—. ¿Hola?

Las dos estaban pasando la tarde en casa de Sarah jugando a

Intelect. Judy acababa de anotarse una buena cantidad de puntos con una palabra de seis letras mientras Sarah contemplaba sus letras con la cabeza a miles de kilómetros de allí. Durante la última hora las sirenas no habían dejado de sonar en la distancia y oírlas siempre la ponía nerviosa.

—Perdona —respondió frunciendo el ceño.

Judy se recostó en la silla.

—Teniendo en cuenta que acabas de recuperar tu vida sexual, pareces bastante triste.

—Es complicado —respondió, enlazando su palabra con la de Judy.

—Complicado es mejor que aburrido —replicó su amiga riendo—. Por ejemplo, mi vida sexual no es complicada. Una noche a la semana Wayne aparece, se queda a pasar la noche y a la mañana siguiente se vuelve a marchar. Eso sí que es un poco aburrido, la verdad.

Su novio, Wayne, era vendedor de sistemas de seguridad y se pasaba la mayor parte del tiempo en la carretera. Mordió uno de los brownies que Viv había llevado.

—Estos brownies son más apetecibles que mi vida sexual.

Sarah tomó otro.

—Los brownies de Viv son mejores que la vida sexual de cualquiera.

Viv se había convertido en una magnífica cocinera.

Cuando volvieron a oírse las sirenas, Sarah perdió de golpe el apetito.

—Creo que nunca me acostumbraré a esto.

Judy anotó la puntuación y colocó sus letras. Como siempre tenía los dedos salpicados de pequeñas quemaduras provocadas por sus esculturas de metal.

—¿Alguna vez os he contado cuando mi estudio se incendió? Will Bonner se puso como una fiera porque había dejado un rollo de espuma de embalar al lado de mi zona de trabajo. Por entonces estaba aprendiendo y trabajaba mucho.

—¿Cómo era su mujer? —espetó Sarah—. Me ha hablado de ella, pero ¿qué pensabais vosotras?

Judy se terminó su brownie.

—La verdad es que yo no la conocía. Solo nos decíamos hola. Trabajaba como ama de llaves para la señora Dundee.

—Will lo pasó mal cuando se marchó —dijo Sarah—. Eso es lo increíble de lo nuestro: que los dos hemos salido escaldados de nuestros respectivos matrimonios.

—Y ahora sois los dos mucho más listos. Deja de pensar que lo vas a fastidiar todo, haz el favor.

Miró el tablero y leyó las palabras… hasta que el teléfono sonó. Sarah se levantó y vio el número de Kyle en la pantalla. Era su cuñada la que llamaba.

—Será mejor que vengas —le dijo en tono cortante—. Se ha incendiado un almacén en el criadero.

—¿Hay algún herido?

Tardó un instante en responder. Solo una décima de segundo, un matiz cambiado en su voz.

—No lo sé. Ha habido varias explosiones.

—Voy para allá —Sarah se volvió con las rodillas temblándole—. ¿Puedes quedarte con los niños?

Las estrellas brillaban mucho aquella noche, girando lenta y suavemente mientras él las contemplaba tumbado boca arriba en la cubierta de un barco en movimiento. Se podía navegar guiándose por las estrellas, utilizándolas como mapa en lo desconocido. En la antigüedad, los cartógrafos designaron los lugares que no conocían con el terrible aviso de «tierra de dragones».

Había pasado mucho tiempo ya desde que había visitado la morada de los dragones, el vasto territorio desconocido de lo peligroso y lo incompresible. El fuego no entrañaba peligro porque lo entendía bien. Para él el verdadero peligro radicaba en los asuntos del corazón. Se había acostumbrado a la seguridad de un mundo poblado por amigos y familia, pero ahora una maravilla de las más peligrosas había aparecido en su vida: Sarah Moon. Durante mucho tiempo se había contenido para no descubrir lo maravillosa que podía ser la vida con esa mujer, prohibiéndose desearlo. Todo en vano. Quería estar con ella tanto como quería tomar la siguiente bocanada de aire. Era capaz de adentrarse en un edificio en llamas sin dudar, y sin embargo con Sarah se había obligado a esperar. ¿Por qué? Porque Aurora no quería que saliera con nadie. ¿Debería haber esperado a que su hija creciera y se marchara de casa? No. Posponer las cosas no tenía sentido cuando se tenía un trabajo como el suyo.

No podría decir cuánto tiempo llevaba allí tumbado en la oscuridad, oyéndolo todo a lo lejos, ahogado por una sordera que esperaba que fuese temporal. Se había quedado sin aliento tras la explosión, y tal vez hubiera perdido la consciencia, o que estuviera soñando. El pecho le ardía, pero estaba vivo. Todos sus miembros funcionaban, así que no tenía nada roto. A lo mejor un par de costillas. No tenía sensación de haberse quemado.

Gloria, pensó. El equipo. ¿Por qué nadie lo había encontrado? Intentó levantarse, pero no parecían funcionarle los brazos. Al final consiguió apoyarse en las manos e incorporarse.

Un punto de luz brillaba entre los árboles. Bien. Lo estaban buscando. Llevaban la garrocha para rebuscar entre los arbustos. Pavesas ardiendo caían del cielo, trozos del edificio y sus contenidos, partes de árboles y arbustos. Agua también, no de lluvia, sino de las mangueras.

Se levantó como pudo y entonces sintió los golpes. Una punzada le laceró el costado cuando volvió a llenar de aire los pulmones, un aire que la explosión le había robado. Había salido despedido de donde estaba. Comenzó a caminar levantando los pies por encima de la vegetación y los escombros. Seguían lloviendo trozos ardientes a su alrededor, pero él continuó caminando.

Hubo de dar al menos veinte pasos para volver a ser Will Bonner.

—Ay Dios —murmuró—. Mi equipo...

Echó a correr. Los pulmones le ardían pero continuó corriendo.

Tenían la explosión bajo control. A través del humo vio a Gloria y quiso llamarla, pero no tenía voz.

Aurora saltó del coche de sus abuelos y corrió a la ambulancia aparcada en el camino de gravilla. Apenas recordaba el trayecto hasta Moon Bay. Había dejado al perro con Ethan, que le dijo que cuidaría de él el tiempo que fuera necesario. Su padre estaba bien. Había llamado por teléfono cuando se dirigían hacia allí. Aunque le había asegurado que solo tenía rasguños y algún golpe, estaba aterrorizada pensando que se hubiera hecho algo que no pudiera arreglarse.

Lo vio apoyado en el portón trasero de la ambulancia, todo tiznado de negro. Le habían puesto una máscara de oxígeno que le tapaba la boca y la nariz, pero sus ojos, rodeados de piel blanca por la protección de las gafas, sonreían.

Sarah ya estaba allí, agarrada a él como si ella misma lo hubiera salvado. No le hizo ninguna gracia que hubiera llegado antes que ella. Sabía que aquel lugar era propiedad de la familia Moon, aunque a Sarah no parecía preocuparle demasiado la propiedad, sino más bien su padre.

Aurora lo llamó. Sarah tuvo al menos la decencia de separarse.

Corrió a su padre y se echó en sus brazos sin importarle estar poniéndose tan negra como él. Will hizo una mueca de dolor.

—¡Estás herido!

—Puede que me haya fisurado alguna costilla —le explicó, abrazándola con cariño.

Aunque olía a mil demonios sintió la fuerza de sus brazos y estuvo a punto de echarse a llorar, lo cual habría sido una estupidez, puesto que estaba bien. Él le dijo su nombre al oído,

Aurora-Dora, que era como siempre la llamaba, y ella respiró hondo para contener las lágrimas.

—Estás todo negro —le dijo—. Y lleno de cortes.

—En cuanto me haya limpiado, quedaré como nuevo.

Aquella vez tal vez sí, pero ¿y la próxima? ¿Sabía él, lo sabía alguien cómo era tener solo a uno de tus padres y saber que podía volar por los aires cada vez que se iba a trabajar? ¿Acaso le importaba a él cómo se sentía ella por ese hecho?

Fue entonces cuando se dio cuenta de lo muy enfadada que estaba por aquella situación. Y ahora que había descubierto que estaba bien, se moría de ganas de hablar con él sobre la caja de secretos que había encontrado bajo la cama. Y sobre el anillo. Dios, ¿se lo habría dado ya? Miró la mano de Sarah. No, menos mal.

—Tengo ocuparme de algunas cosas —estaba diciendo su padre—. Espérame aquí con Sarah, ¿vale?

No, no valía, pero sabía que quedaría como un bebé si le montaba una escenita, de modo que asintió y lo soltó. No se había dado cuenta de que se había aferrado a su mano con todas sus fuerzas.

Su padre había tenido que ir a dictar el informe a una grabadora digital. Desde el otro lado de la cinta amarilla y negra que acotaba la zona, vio que una columna de humo aún ascendía hacia el cielo, azul y gris contra el negro. Resultaba hermoso aunque de un modo perverso, y no podía apartar la mirada. Su fascinación despertó el recuerdo, o quizás algo que ella creía que era su recuerdo: gritos en español. Maldiciones y rezos. Calor y humo. Una figura entrevista con un vestido rojo que corría hacia el lado opuesto tan rápidamente que ella no podía seguirla.

Mamá.

—Hola, guapetona —Gloria le dio una botella de agua—. ¿Tienes sed?

Aurora aceptó la botella y le dio las gracias.

—¿Estás bien? —le preguntó la niña.

—Sí, pero no gracias a quien quiera que haya provocado este fuego. Tengo que irme.

Gloria le tocó un hombro antes de reunirse con un grupo de hombres vestidos con ropa de trabajo. El fuego había consumido un edificio de almacenaje y había arrasado con todo, dejando solo un montón de restos de tarros rotos, básculas antiguas calcinadas, cabos abrasados y tubos de cultivo. En el suelo había un cartel ennegrecido que antes colgaba sobre la puerta: MOON BAY OYSTER COMPANY. FUNDADA EN 1924.

Lo empujó con un pie. Debajo había una pieza de plástico amarillo medio derretida. Se agachó a recogerla.

Un escalofrío la recorrió de pies a cabeza al recordar de pronto. Aquello se parecía a sus recuerdos de México, algo que sabía pero que no terminaba de recordar, un rincón en la cabeza al que no quería volver. ¿Qué había dicho Ethan antes? Algo sobre dejar de andarse con tapujos y ser sincero. Qué concepto. «La verdad os hará libres», le gustaba decir a la gente, pero eso era una chorrada. La verdad podía meterla en problemas hasta tal punto que no volvería a encontrar la salida. Bastaba con fijarse en su padre, que tanto se ocultaba de ella. Él también creía que a veces decir la verdad no era buena idea.

—Cuánto me alegro de que no le haya pasado nada a tu padre —dijo Sarah, acercándose a ella. Llevaba unas botas de lluvia de goma y un chal rosa sobre los vaqueros y la sudadera. Envuelta así se la veía pálida y asustada, aunque el peligro ya hubiese pasado. No le faltaba razón para estarlo. Había estado planeando el futuro con un tío que aquella noche había estado a punto de morir.

Aurora soltó el brazalete amarillo y no quiso responder, aunque hubiera querido confesar lo mucho que se preocupaba por su padre cada vez que estaba en el parque de bomberos. No podía refugiarse en Sarah, y era un asco, pero confraternizar con el enemigo era impensable. Y eso era ella ahora: su enemigo, así que se guardó en el pecho sus preocupaciones.

—Ojalá averigüen pronto quién ha hecho esto —continuó hablando Sarah con la mirada puesta en los restos del incendio—. Ese pirómano tiene que parar. Hasta ahora no ha habido heridos, pero ha sido cosa de suerte, y en la suerte no se puede confiar.

Para cambiar de tema, Aurora le preguntó:

—¿Dónde están tus niños?

—Los he dejado con mi amiga Judy. Espero que estén dormidos —un grupo de voluntarios examinaba los restos de la estructura—. Mi abuelo construyó ese cobertizo. Cuando Kyle y yo éramos pequeños, jugábamos en él. A veces pinchaba una ostra cruda en un palo y me perseguía con ella. A veces los hermanos son un pestiño.

¿Seria cosa suya o había puesto especial énfasis en la palabra hermanos? ¿Estaría sugiriendo que sus hijos iban a acabar siendo sus hermanastros? Mejor ni pensarlo.

—Tu hermano debe de estar hecho polvo.

—Bueno... necesitaba más sitio para aparcar.

Un trueno retumbó en las colinas que cerraban la bahía, y unas gotas gordas empezaron a caer, pocas al principio, pero con la firme promesa de acabar siendo muchas más.

El golpe de la puerta de un coche al cerrarse sobresaltó a Aurora. Ella estaba en casa, pero su padre, a pesar de haber acortado su turno, se había quedado a terminar de redactar los informes.

Así era su padre: todo responsabilidad y deber, aun cuando había estado a punto de quedar despedazado en una explosión. Sí, así era él: incluso ella formaba parte también de su deber. Nunca había sido su padre porque la quisiera, porque deseara tener una hija, sino por su malsano concepto del deber.

Años atrás salía corriendo a saludarlo aunque estuviese lloviendo a mares, como en aquel momento, porque no podía soportar esperar otro minuto sin verlo. Pero aquel día seguía estando tan enfadada con él que no era capaz de pensar con serenidad. En cuanto lo tuviera delante, se lo soltaría todo.

Subió al piso de arriba y recogió los papeles y los comprobantes que había encontrado. La lluvia que había empezado a caer después del incendio resonaba en el tejado, y el viento rugía contra los cristales de las ventanas.

Bajó las escaleras con todo ello en la mano.

—Eh, Aurora-Dora —la saludo su padre sin darse cuenta de su malhumor. Tenía algunos arañazos en la cara y un golpe cerca del ojo. Era como si hubiera participado en una pelea y hubiera perdido, pero sonreía como si no hubiese sido lanzado a tomar vientos. ¿Era eso lo que la tenía tan enfadada? ¿El haber estado a punto de perderlo?

—Hola.

Su tono de voz llamó su atención.

—¿Qué pasa?

Dejó los papeles sobre la mesa.

—Pues pasa que has estado pagando a mi madre para que se mantuviera alejada de nosotros.

No se mostró sorprendido ni arrepentido por habérselo estado ocultando. Ni tampoco enfadado por que hubiera revuelto en sus cosas.

—Le he estado enviando dinero porque ella me lo ha pedido. Estar lejos de nosotros ha sido su decisión.

—¡Es mi madre! —la palabra le salió deformada por el dolor—. Sabes que llevo echándola de menos todos los días de mi vida, y sin embargo me dijiste que no había vuelto a llamar y que no sabías nada de ella.

—No quería que siguieras esperando que volviera. No quería que te desilusionaras.

Qué ganas tenía de gritar. Pero lo que hizo fue subir a su habitación, abrir la mochila e ir guardando metódicamente cosas en su interior. Su padre se quedó en la puerta.

—Lo siento —dijo.

—Ya.

Estaba a punto de llorar, pero metió un par de libros del colegio, cerró la cremallera y se puso el chubasquero. Pasó al lado de su padre y lo empujó sin consideración.

Él la siguió.

—Aurora, vamos a hablar de esto.

La lluvia fría le dio en la cara cuando se volvió a mirarlo.

—No hay nada de qué hablar. Me has estado mintiendo sobre mi madre. Me has mentido en todo. ¿Por qué nunca me has contado la verdad de lo que pasó en México?

Su padre había palidecido. En aquel momento sí que parecía venir de una pelea.

—He leído tu informe. No soy tonta.

—Simplemente porque creí que no te haría ningún bien saber qué pasó en Tijuana —respondió con voz áspera.

—Lo que no me ha hecho ningún bien es que me ocultaras la verdad —un trueno subrayó sus palabras con la fuerza de un desconocido que llamase con el puño a la puerta—. Tengo que irme a la biblioteca —dijo, y siguió avanzando bajo la lluvia helada, aunque no se dio ni cuenta.

Su padre la siguió, y él tampoco se percató del frío.

—Vamos, cariño, vuelve a entrar en casa y hablemos.

Se detuvo al final del camino y se dio la vuelta.

—¿Por qué? Hasta ahora nunca has querido hablar de ello.

Se estaba calando hasta los huesos, pero no se movió hacia la casa.

—Si pudiera reescribiría la historia de tu vida entera, pero no puedo. Lo único que está a mi alcance es darte una vida tan buena como me sea posible.

—¿Cómo? ¿Liándote con Sarah Moon? ¡Sé que estás enamorado de ella! —le gritó mientras el agua le resbalaba por la nariz y las mejillas.

—No puedo evitarlo —respondió levantando los brazos con las palmas hacia arriba—. Y no quiero.

Aurora dio la vuelta y echó de nuevo a andar, pero él siguió hablando:

—Escúchame, Aurora. Quiero a Sarah, y quiero a sus hijos también, pero tú… tú eres mi corazón. Mi vida cambió cuando tú llegaste. Me transformaste en un padre.

—¡Y una mierda! ¡Me rescataste porque no te quedó otro remedio!

Su padre no lo negó.

—Somos un equipo tú y yo. Y si crees que eso va a cambiar porque haya conocido a alguien, te equivocas.

—Todo ha cambiado ya —replicó, y siguió alejándose.

—¿Y eso qué tiene de malo?

—Antes todo iba bien.

Sabía que no era cierto. No era que su padre estuviera mal, pero tampoco bien, y ahora parecía decidido a hacer algo al respecto. Nada de lo que ella pudiera hacer le haría cambiar de opinión. No era lo bastante importante.

—Tengo que decirte una cosa —continuó su padre y se aclaró la garganta—. Voy a pedirle a Sarah que se case conmigo.

Ella se volvió.

—Lo sé. He visto la factura del anillo.

—Iba a contártelo, pero me has ganado por la mano —tenía una expresión en la cara que no le había visto antes. Una especie de luz—. Espero que me diga que sí, y espero que tú seas feliz con esa decisión.

—¿Feliz? Vamos a ver: dos bebés gemelos se van a venir a vivir a mi casa. Una mujer que no es mi madre se va a casar con mi padre. ¿Y todo eso se supone que va a hacerme feliz?

—Sarah te adora, Aurora, y tú lo sabes. Y tú podrás quererla a ella y a los niños si te lo permites. El cariño no se agota por más personas que haya en tu vida.

Aurora no podía creerse lo que estaba oyendo. Y tampoco pudo creerse lo que estaba pensando: ¿y si su padre hubiera muerto en ese incendio? Se vería cargando con Sarah y los niños hasta que tuviera dieciocho años.

—A lo mejor no soy como tú, papá. No puedo llamar familia a un grupo de desconocidos. Yo no funciono así.

—Pues voy a darte una noticia, hija —respondió. Empezaba a enfadarse—: el mundo no gira en torno a ti.

—Tienes razón. Gira entorno a ti, a Sarah y a esos bebés.

De pronto se sintió mareada. Su padre se merecía a Sarah, una mujer buena y dulce, que provenía de una buena familia. Su padre y ella hacían buena pareja, dos buenas personas viviendo la vida juntas, y no rescatándose la una a la otra. Seguramente por eso las cosas nunca habían podido funcionar con su verdadera madre. Su padre y ella nunca habían sido iguales, y que su madre hubiera acabado huyendo era prueba más que suficiente de ello.

—¿A dónde demonios vas? —le gritó.

—A la biblioteca, a hacer los deberes —le gritó ella, subiéndose la mochila y ajustándose la capucha.

Hubo una pausa. Aurora sabía que su padre estaba decidiendo si obligarla a quedarse en casa para gritarle un poco más.

—Cenamos en casa de la abuela hoy, y hay que recoger al perro en casa de tu amigo.

—Lo sé. Iré directamente a casa de la abuela.

Y entre dientes añadió:

—Como si a ti te importara mucho.

Mientras caminaba palpó el recibo que se había guardado en el bolsillo. Se lo había quedado porque en él había otra cosa que su padre también le había ocultado: la dirección de su madre.

CAPÍTULO 39

Primero se dio una ducha y luego llamó a sus padres para advertirles de que Aurora llegaría de un humor de perros. Le respondió el buzón de voz y le pidió a su madre que lo llamara.

Se vistió con vaqueros y camisa de franela, y antes de salir hizo unas cuantas cosas por la casa sin dejar de pensar que la pelea con Aurora le escocía mucho más que el montón de cortes y golpes que le había provocado el incendio. De pequeña había sido una niña alegre y sin complicaciones. Cada vez que él tenía que entrar a trabajar ejecutaban un pequeño ritual. Ella le tomaba la cara con sus manitas y decía:

—Adiós, papi. Hasta la vuelta.

Oír que lo llamaba papi, algo que ella había decidido por su cuenta, lo llenaba de un orgullo protector tan fuerte que hacía desaparecer cualquier resquemor que pudiese tener sobre las oportunidades desperdiciadas y los caminos que no había tomado.

Pero aquella tarde ni siquiera se había molestado en decirle adiós.

—Toc, toc.

Sarah estaba en la puerta, sonriéndole, y entró sin esperar a ser invitada.

—¿Tienes tiempo para un poco de compañía?

La luz parecía cambiar y el viento rolar cada vez que ella estaba cerca. La miraba y veía magia; era toda planos brillantes y sombras misteriosas.

—Claro —respondió, abrazándola. Olía como el mismo cielo, y aunque seguía preocupado por Aurora una honda felicidad le floreció en el corazón. Pasara lo que pasase con Aurora acabaría solucionándolo, y quizás Sarah podría ayudarle. La idea de tener ayuda para criar a su hija era nueva para él. «Gracias a Dios», pensó recordando la sensación de ser lanzado al vacío durante la explosión. Gracias a Dios que había sobrevivido. Necesitaba sentirse así, necesitaba a Sarah, necesitaba quererla. Así es como se suponía que debía ser el amor: sereno, no caótico.

Con Marisol todo era caótico, y una de las cosas que encontraba más inquietantes en Aurora era que a veces le recordaba tremendamente a su madre. Un rato antes, mientras le lanzaba todas aquellas acusaciones, lo que había visto en su mirada le asustó: el reflejo de Marisol.

—Cuánto me alegro de que estés aquí —susurró Sarah apoyando la mejilla en su pecho.

—No tienes que preocuparte por mí. Soy un profesional.

—Sí, eso díselo al tanque de propano.

—Estoy bien, Sarah. Te lo juro —respondió, abrazándola con más fuerza y moviéndose un poco al ritmo sin música de la intimidad. Le picaba la garganta y le ardían los ojos. «Demonios», pensó. Amar a aquella mujer le provocaba ganas de llorar...

—¿Qué? —preguntó ella, que debía haber sentido su estremecimiento.

—Que te quiero. Eso es todo.

Su beso fue largo y lleno de cosas imposibles de definir con palabras. De nuevo esa paz volvió a aposentarse en él y al mirarla se preguntó si ella también la sentiría. La dulce expresión de sus ojos parecía indicar que sí.

—Sarah...

—¿No me notas nada distinto? —le preguntó, girando despacio sobre sí misma.

Bien. Así que todavía no estaba preparada.

—Es una pregunta con trampa, ¿verdad? La puedo pifiar de cien maneras distintas. Vamos, dame una pista. ¿Tiene que ver con ropa nueva, con el pelo o con adelgazar?

—¿Me estás llamando gorda?

—Ya veo. Sí que tiene trampa.

—Lo que quería que notaras es que estoy sola. Los chicos están con mi abuela y la tía May.

—Si no tuviera que irme a cenar a casa de mis padres, me habría hecho mucha más ilusión —admitió. La deseaba de continuo, y no podía tenerla a solas ni la mitad de lo que querría.

—Solo quería verte —respondió sonriendo—. ¡Y no me mires así! No te olvides de que antes de empezar a acostarnos, éramos los mejores amigos.

—Y tuvimos que liarla.

—He visto a Aurora después del incendio. Pensé que querría hablar, pero no tenía mucho que decir. Está muy enfadada por lo nuestro, Will.

Él no intentó negarlo.

—No creo que esté tan enfadada contigo como lo está conmigo.

Respiró hondo y le contó que Aurora había descubierto que le había estado enviando dinero a su madre.

—Enviar una pensión a la mujer no es nada raro.

—Es que en este caso no es oficial ni obligatorio. Lo hago porque... yo qué sé por qué lo hago.

—Pues porque quieres. Tú rescatas gente. Es lo que haces.

—Ella me dio a Aurora y eso no tiene precio, pero Marisol... todavía me necesita —dichas en voz alta, aquellas palabras sonaban vacías—. Bueno, no es cierto. Nunca me necesitó a mí, sino lo que yo podía ofrecerle. Hay una diferencia.

Sarah lo miró en silencio.

—Ojalá pudiera entenderla, Will.

—Ya te lo he contado. Yo...

—No. No me lo has contado todo.

Iba a volver a evadirse de la cuestión pero decidió no hacerlo, lo cual le produjo una inesperada sensación de alivio. Quería a Sarah. Confiaba en ella. Ya sabía lo del viaje a México, su casamiento apresurado, el cambio dramático que había supuesto en su vida. Incluso sabía que se había enamorado locamente de Marisol y que había permanecido así durante mucho tiempo. Lo que no le había contado era el capítulo siguiente.

—Imagino que ella no era feliz, ni viviendo aquí ni conmigo.

Se había ocupado de que Marisol tuviese su tarjeta de residente y había iniciado el proceso de solicitud de ciudadanía. Mientras, trabajaba en todo cuanto se le ponía a tiro mientras se entrenaba para bombero y esperaba que se convocasen plazas.

Marisol empezaba a asfixiarse en los confines de Glenmuir. Inadvertidamente él mismo había puesto en marcha el fracaso de su matrimonio. Pensando que la animaría, dejó a Aurora con sus padres y se la llevó a Las Vegas de vacaciones. Quedó encantada, como una princesa de cuento que por fin descubre cuál es su reino. Las luces, el ruido, los casinos llenos de humo e incluso las glamurosas chicas de compañía de los hoteles... todo la cautivó. Después de ese viaje, no hablaba de otra cosa: Vegas, Vegas, Vegas. Y el cebo resultó para ella más embriagador que lo que tenía en Glenmuir. La devoción de Will no sirvió para retenerla, como tampoco su hija pequeña.

—Birdie estaba todavía estudiando cuando me di cuenta de que las cosas iban mal entre nosotros. Pero mi hermana ya pensaba como un abogado y fue ella quien sugirió que adoptase legalmente a Aurora. De no haber sido así, no tendría su custodia ahora.

Si echaba la vista atrás, tenía que admirar la previsión de su hermana... y su cinismo. Seguramente Birdie vio algo que él fue incapaz de ver. De haber sido tan cauto como su hermana, o de haber prestado tanta atención como ella a los detalles, habría percibido algún síntoma de los problemas que hervían bajo la superficie. Pero había estado ciego, quizás porque no quería ver. Quería creer que estaba logrando que dos de las personas que más lo necesitaban estuvieran viviendo el sueño americano, y tercamente se había aferrado a esa idea demasiado tiempo.

—Cuando Aurora y Marisol consiguieron la nacionalidad, mi familia organizó una fiesta por todo lo alto para celebrarlo —movió lentamente la cabeza. El pecho le dolía. No estaba acostumbrado a desnudar su alma para relatar un episodio tan doloroso—. Incluso entonces seguía pensando que todo se arreglaría. Unos cuantos días después, con los documentos bien aguardados en el bolsillo, Marisol se marchó.

Y con ella se llevó cuanto dinero en efectivo había en la casa, además de todo el dinero que pudo sacar de la cuenta antes de que la cerrara.

—¿Sola? —preguntó Sarah, incapaz de comprender—. ¿No intentó llevarse a Aurora consigo?

Will negó con la cabeza. Debería haberse dado cuenta de que preparaba su deserción meses antes. Incluso había hecho un par de escapadas de prueba, que él no había considerado así entonces. De vez en cuando se encontraba con que Marisol había dejado sola a Aurora, pero jamás lo había considerado como un aviso de lo que iba a ocurrir.

—He tenido que ir a Petaluma a hacer unos recados —le decía ella—. Aurora prefiere quedarse en casa.

—Es demasiado pequeña para estar sola —le había contestado él, intentando no perder los estribos.

—En un pueblo como este nunca pasa nada, ni bueno ni malo, así que no hay peligro.

—El peligro está en todas partes —le había contestado él irritado—. En una caja de cerillas que te puedas haber dejado en el patio, en una garrafa de anticongelante que pueda haber en el garaje. ¿Y su bici? Si no estás aquí, se le puede ocurrir salir a dar un paseo sin casco y podría caerse, o perderse.

Marisol le había mirado sin comprender. Ella se había criado de otro modo, en un lugar en el que dejar solo a un niño era algo habitual.

Ni siquiera aquellos incidentes le sirvieron para darse cuenta de hasta qué punto estaba desesperada. Cuando se despertaba por la noche y la encontraba llorando, lo achacaba a cansancio por el trabajo. A veces la veía con la mirada perdida en el horizonte y una ansiedad tal en la mirada que se asustaba. Otras le hacía recordar la vida a la que había renunciado para ser un hombre de familia. La diferencia entre ellos era que Marisol estaba dispuesta a cumplir sus deseos mientras que Will luchaba contra los suyos.

Acababan de nombrarlo capitán, el más joven en la historia del condado, el día en que tuvo que enfrentarse a los hechos.

—Salí de mi turno un día y al llegar a casa me encontré a Aurora sola. No era la primera vez. Pero me dije a mí mismo que iba a ser la última, aunque para ello tuviera que dejar el trabajo y cuidarla yo mismo. Ese día ya no volvió. Estaba a punto de llamar para organizar la búsqueda cuando sonó el teléfono. Era Marisol, que me llamaba desde un área de descanso de la I-15. Me dijo que se iba a vivir a Las Vegas. Y que no volvería nunca.

—Oh, Will... —las lágrimas le brillaban a Sarah en los ojos—. Lo siento.

Marisol le dijo que sabía que lo que estaba haciendo era imperdonable, pero también sabía que si se quedaba en Glenmuir acabaría ahogándose. Sería como los pichones de la señora Dundee, con las alas cortadas, tristes y enjaulados.

—¿Y qué pasa con Aurora? —le había preguntado él, sintiendo el dolor, pero no la ira aún.

—Ahora es tu hija.

Eso era cierto. Gracias a Birdie la había adoptado y ahora era su padre legal.

El divorcio se fijó en un documento fechado que llegó un tiempo más tarde —junto con una factura de la luz—, pero

Will no le hizo caso. Sabía que el matrimonio estaba roto mucho antes de eso.

Le contó a Sarah lo duro qué había sido explicarle a Aurora que su madre estaba lejos, que planeaba quedarse allí tal vez para siempre. Aún podía ver la carita de su hija, con los ojos muy abiertos y de expresión dolida, con una mirada de abandono.

—¿Nunca volvió?

—Nunca. Llamaba por Navidad y a veces en el cumpleaños de la niña, pero eso era todo. Al final incluso dejó de hacer esas llamadas y solo supe de ella cuando se quedaba sin un céntimo.

Hubo un largo silencio, roto solo por el graznido de las gaviotas.

—Te merecías algo mejor —dijo Sarah.

—¿Y quién sabe lo que yo me merezco? Acabé con Aurora, que es como si me hubiera tocado la lotería.

—Will... te quiero tanto.

Una camioneta llegó a la puerta. Gloria bajó de un salto y corrió hasta la puerta.

—Siento interrumpir, pero acabo de recibir una llamada importante. Parece ser que hay una pista anónima sobre el pirómano.

Por la expresión de Gloria, daba la impresión de que creía que esa pista era auténtica. El teléfono sonó en aquel momento y se sintió tentado de no contestar, pero podía ser otra llamada sobre el pirómano.

—Bonner.

Era su madre.

—Estoy preocupada por Aurora. Aún no ha llegado.

Will miró su reloj. Habían pasado horas.

Seguía escuchando a su madre, pero de pronto fue como si el aire se negase a entrar en sus pulmones. El pánico debía vérsele en la cara porque cuando colgó Sarah se apresuró a preguntar:

—¿Qué ha pasado?

Recordó de pronto a Aurora mirándole y diciéndole: «has estado pagando a mi madre para que se mantuviera alejada de nosotros». Había encontrado los recibos. Ahora sabía también dónde vivía su madre.

—Aurora se ha ido a buscar a su madre.

CAPÍTULO 40

Nada más llegar a Las Vegas, Aurora sintió la bofetada de calor del desierto en la cara. Le hizo recordar el cuento de Hansel y Gretel, y lo que la pobre Hansel debió de sentir cuando la bruja la empujó al horno. O quizás lo que su padre sentía cuando tenía que apagar un incendio.

«Mejor no pienses en papá», se dijo. Había llegado demasiado lejos y ya no había vuelta atrás, de modo que pensar en él no iba a ayudarla en absoluto.

Colarse en el avión de tía Lonnie había sido bastante fácil, ya que entre la carga quedaban huecos que aunque no eran muy grandes resultaban suficientes para un trayecto tan corto. Se había escabullido de la terminal de carga mientras Lonnie entregaba la documentación del transporte. No quería meterla en líos, pero tenía que hacer lo que estaba haciendo, y quería hacerlo por sí sola. Aunque no estaba segura de lo que podía ocurrir cuando se encontrase cara a cara con su madre, tenía que verla. Simplemente.

Tardó poco en llegar a la terminal principal. La intimidaba un poco tanta gente yendo y viniendo, arrastrando maletas, y los sonidos de los miles de máquinas tragaperras, pero el miedo solo atizó más su determinación de acabar lo que ya había empezado. En un cajero sacó algo de dinero utilizando la tarjeta y el PIN que deletreaba el nombre de su padre. La espera para tomar un taxi fue breve y en unos minutos le estaba dando la dirección al conductor y rezando para que sus ahorros, que ascendían a unos cien dólares, cubriesen la carrera.

Unos cientos de metros y bum: estaba en el centro de Las Vegas. Era ya la última hora de la tarde y en la ciudad hacía calor, la sensación de sequedad era tremenda, la autopista estaba abarrotada de tráfico y en las aceras no cabía ni un alma, ni un solo puesto más en el que poder comprar cuanto se te ocurriera. Todos los edificios tenían fachadas brillantes. Había fuentes por todas partes y palmeras que parecían fuera de lugar, pero todo se mantenía vivo gracias a que los operarios las regaban para combatir aquel calor infernal.

Tenía revuelto el estómago, pero no era por el vuelo o por aquel recalentado y apestoso taxi. Pretendía sentirse bien con lo que estaba haciendo, pero no era así. Estaba siendo una mala hija. Su padre se merecía estar con personas como sus abuelos y como Sarah, personas que lo quisieran y que nunca fueran a abandonarlo. Había renunciado a sus sueños para rescatarlas a ella y a su madre, pero ahora ella ya no era una niña. No necesitaba que nadie la rescatase de nada.

Le resultó un poco sorprendente ver el complejo de apartamentos en el que vivía su madre. Estaba hecho de falso adobe y rodeado de plantas típicas del desierto con hojas enormes y terminadas en pinchos como si fueran ventiladores gigantes. Pagó al conductor, respiró hondo y fue en busca del apartamento 121B. La puerta principal daba a un jardín en el que había una zona de juegos y una piscina cuyas aguas resplandecían al sol.

Bueno, pues allí estaba ya. Le preguntaría todo a su madre. Llamó con la mano a la puerta.

La espera se le hizo interminable y casi experimentó alivio cuando nadie contestó. Quizás su madre se hubiera mudado y no hubiera dejado dicho dónde se marchaba. Decidió contar hasta sesenta. Si no contestaba nadie, encendería el móvil, llamaría a la tía Lonnie y le pediría perdón. Empujó con el pie el borde del felpudo y una colonia de cochinillas salieron corriendo en busca de refugio. Cuando llegó a cuarenta y ocho llamó por última vez. La puerta se abrió mínimamente y una cadena dorada se tensó. Fue solo un momento, pero reconoció el rostro de su madre. Un programa de la tele en castellano se oía al fondo.

—¿Mamá? —preguntó, cambiando automáticamente de idioma—. Soy yo, Aurora.

La puerta se le cerró en la cara, y Aurora volvió a sentir un gran alivio, pero duró poco. Hubo un ruido metálico de la cadena al descorrerse y la puerta se abrió de par en par. Al mismo tiempo un teléfono sonó en alguna parte, pero ninguna de las dos le hizo caso.

—No me puedo creer que estés aquí —musitó, y luego abrazó a su hija.

Extrañeza. Eso fue lo único que Aurora sintió. Siempre se había imaginado a su madre como una figura grande y fuerte, pero en aquel momento se dio cuenta de que esa imagen era la de una niña pequeña. Ahora ella era ya más alta y más fuerte, pero su madre seguía teniendo un estilo indudable. Iba mucho y muy bien maquillada, y llevaba el pelo brillante y estiloso. También llevaba una ropa genial: una falda de ante, camisola de encaje y sandalias altas.

—¿Qué haces aquí? —le preguntó, clavando sus hermosos ojos castaños en ella.

—Encontré tu dirección en unos papeles y se me ocurrió venir a verte. No se lo he dicho a papá. Me he venido sin más. Luego lo llamaré para decirle que estoy bien.

—Ven —dijo su madre, que parecía nerviosa—. Ven a sentarte y déjame que te mire. Cuánto has crecido y qué guapa estás.

El apartamento olía a perfume y había una cierta humedad, como si alguien se estuviera duchando. Entonces se dio cuenta de que eso era precisamente lo que pasaba porque se podía oír el agua correr.

Su madre se dio cuenta de que miraba inconscientemente hacia la puerta entreabierta del baño.

—Eduardo —explicó, haciendo un gesto vago con la mano—. Íbamos a salir a cenar.

—Ah.

Aurora sintió de nuevo los nervios agarrársele al estómago. Ya era bastante duro ver a su madre; aún no estaba preparada para ver a un novio. ¿Por qué los padres hacían esas cosas? ¿Por qué tenían un hijo, rompían y luego esperaban que ese hijo tuviera que arreglárselas con todos esos extraños?

—Debería haber llamado.

—Me alegro de que estés aquí —respondió su madre—. Por favor, siéntate.

Aurora se acomodó despacio en el sofá. Era mullido, con unos brazos altos que parecían envolverte. El apartamento estaba decorado en rosa y blanco, y empezó a pensar que su padre se había equivocado por completo con ella. Parecía pensar que tenía un estilo de vida del que ella no debía enterarse, pero en realidad su madre era una mujer perfectamente normal. Más joven y más bonita que muchas, y lo del novio era una dificultad añadida, pero aun así... el presentador del programa de la tele resultaba bastante pesado, pronunciado las erres como una locomotora y animando cada vez que el concursante adivinaba el título de una canción. Su madre buscó el mando a distancia y quitó el volumen.

—¿Tienes hambre? —le preguntó—. ¿Y sed? ¿Quieres que te traiga algo?

—Un poco de agua.

—Agua. Claro ¿Con hielo?

Su madre salió rápidamente hacia la cocina que quedaba junto al salón. Volvió con un vaso grande de agua del grifo con hielo y se sentó en el sofá tirando hacia abajo del borde de la falda.

—Bueno... estás aquí. Aún no puedo creerlo —alargó el brazo y le rozó la mejilla. Tenía la mano húmeda y fría del vaso—. ¿Cuántos años tienes? Recuérdamelo.

¿Que se lo recordara? ¿Estaría de broma? ¿Cómo era posible que una madre no se supiera la edad de su propia hija? Se rio un poco y no contestó a la pregunta.

—Encontré algunas cosas de las que papá no me había hablado y por eso decidí venir a verte —dijo.

No iba a andarse con rodeos. Le explicó lo del informe en que se detallaba su vida en México: el incendio, el peligro, el edificio sin salida de emergencia.

—¿Es cierto?

Su madre la miró con una extraña sonrisa, no de alegría, sino de complacencia. El teléfono volvió a sonar y miró la identificación de llamada. Luego, lo dejó sonar hasta que se paró.

—No todo el mundo crece como lo has hecho tú en América. Yo aprendí a sobrevivir por mi cuenta teniendo menos edad de la que tú tienes ahora.

Aurora se preguntó qué habría sido ella capaz de hacer para sobrevivir ¿Trabajar de prostituta? ¿Desnudarse con desconocidos y practicar sexo con ellos? La idea le provocó náuseas, pero al mismo tiempo se dio cuenta de que no estaría allí de no haber sido por uno de esos desconocidos. Miró a su madre, el rostro que ya le era ajeno, las manos que se movían nerviosas en su regazo.

—Papá te apartó de eso —dijo—. Teníamos una vida buena...

—Tú tenías una vida buena, pero yo tenía que trabajar limpiando para una mujer mayor y no tenía a nadie con quien hablar porque tu padre se pasaba el día trabajando y entrenando. Cada día era igual que el anterior, pero la espalda me dolía más cada noche, y estaba más y más aburrida.

Se pasó las manos por los brazos desnudos como si el recuerdo le produjera picores.

—Si no querías tener esa clase de vida, ¿por qué te marchaste de México?

Su madre seguía rascándose los brazos sin darse cuenta de que se los estaba poniendo colorados. Los recuerdos debían de ser dolorosos para ella, pensó Aurora, y se sintió mal por haberle preguntado.

—El informe que redactó William dejó fuera esa parte —continuó—. Yo estaba discutiendo con el tío Félix, el dueño del local —respiró hondo y añadió—: fui yo quien le prendió fuego.

Aurora clavó la mirada en las manos de su madre, que no dejaban de subir y bajar por los brazos. Había cosas de lo ocurrido que la acosaban, recuerdos que pugnaban por salir a la superficie. Estaba viendo las manos de su madre, oyendo su voz que le decía que se quedara en la casa. Se oía a sí misma, con voz de bebé, rogándole que la dejara ir.

—¿Quemaste la casa con la gente... conmigo dentro?

—Fue un accidente. Estaba peleando con Félix. Todo ocurrió tan deprisa que no pude encontrarte, pero sabía que estabas a salvo, gracias a Dios.

El corazón le latía a toda prisa por la furia y la traición.

—¿Y cómo lo sabías, mamá? ¿Cómo sabías que a mí no iba a pasarme nada?

—Por William. Él te salvó. Eso es algo más que no sabes. Cuando la casa empezó a arder, él trepó al tejado y te rescató.

Incluso entonces. Ya antes de saber siquiera su nombre, arriesgó su vida para salvarla. «Oh, Dios», pensó. «¿Qué he hecho?

—William no quería que supieras lo que ocurrió aquella última noche en México —le estaba diciendo su madre—. Pensaba que no ibas a poder asimilarlo.

—¿Y tú qué crees, mamá?

—Yo creo que eres como yo —respondió, dejando por fin las manos en el regazo y mirando a Aurora con dulzura—. Creo que puedes con todo.

—Ni siquiera me conoces. ¿Por qué no has vuelto nunca? ¿Por qué dejaste de llamar?

El teléfono volvió a sonar. En aquella ocasión, su madre se levantó y se fue a hablar a otra habitación. Aurora oía el murmullo de su voz y olía el vapor del agua de la ducha, y permaneció sentada en el sofá, sin moverse. No quería que se notara su presencia. Los hechos de su pasado la estaban mirando a la cara, pero era como si estuviesen encriptados, incomprensibles.

Al menos ahora comprendía mejor a su padre. Había mentido y vuelto a mentir, pero todo para protegerla. El día que se conocieron la salvó, y a lo largo de los años no había dejado de hacerlo una y otra vez. Y así se lo pagaba. Huyendo para encontrar a una mujer que no la conocía, que no la comprendía, que no la quería. Se sintió cansada, como si hubiera llegado al final de un largo viaje, mucho más largo que el vuelo hasta Las Vegas. Su infancia había quedado atrás, como el rastro que deja una tormenta.

Cuando su madre volvió a salir, parecía distinta. Más alegre, más animada, más aliviada quizás. Era muy difícil adivinar lo que pensaba o lo que sentía, pero por fin no le resultaba imposible conocer la razón verdadera que provocaba su comportamiento: su madre tomaba drogas. Tal vez fuera incluso toxicómana. Cuando vivía en Glenmuir tenían que llevarla al hospital muy a menudo, y su padre siempre le decía algo vago a modo de explicación, simplemente que no se encontraba bien, y en aquel momento supo que tenía que ver con las drogas. Le dolía tanto darse cuenta de que las drogas habían transformado a su madre en una extraña... los minutos parecían arrastrarse con lentitud. Sacó el móvil.

—Te presento a Eduardo —dijo su madre.

Sobresaltada, guardó de nuevo el teléfono en la mochila y se levantó de inmediato.

—Hola —dijo—. Soy Aurora.

Era un hombre mayor y de buen aspecto, recién peinado y con un bigote cuidado.

—Es un placer conocerte —dijo—. Marisol me ha hablado de ti.
—¿Ah, sí?
—Desde luego.

Le ofreció la mano y Aurora se sintió obligada a estrechársela. Pero él, en lugar de hacerlo, se inclinó ante ella y le besó el dorso. El gesto fue rápido, pero no lo suficiente. Quizás fuera producto de su nerviosismo, pero tuvo la sensación de que le acariciaba la mano por debajo. Sintió un irrefrenable deseo de lavársela.

—Nos vamos todos a cenar, ¿vale? —sugirió su madre despreocupadamente—. Debes de tener hambre.

—Bueno, yo…

—El restaurante se llama La Paloma —dijo Eduardo, abriendo la puerta—. Es mi favorito.

Aunque hubiera querido decirles que tenía que volver al aeropuerto, se sintió arrastrada por sus obsequiosos modales y la charla inconsistente de su madre. Al menos el restaurante estaba en el centro de la ciudad. Desde donde estaba sentada podía ver los aviones despegar y aterrizar. La gente parecía conocer a Eduardo. Incluso tuvo la sensación de que mandaba allí. Aurora sintió que la miraban.

—Tengo que ir al lavabo —dijo.

—Yo también —se sumó su madre.

«Genial», pensó. Su madre parecía distraída, pero seguramente había adivinado lo que quería hacer: llamar a su padre.

—No importa —cambió de parecer—. Puedo esperar.

La cena fue una verdadera tortura, con montones de platos distintos y esos absurdos sorbetes minúsculos entre ellos. No tenía hambre y apenas levantó la vista del plato porque la gente que no dejaba de revolotear alrededor de la mesa parecía demasiado interesada en ella. Al final, tras un postre caliente bañado en miel, dijo:

—Tengo que ir al aeropuerto. Lonnie debe de estar esperándome ya.

—Te llevamos —declaró Eduardo, haciendo un gesto florido para pedir la cuenta.
—Está muy cerca. Puedo tomar un taxi o ir andando.
—Tonterías. Te llevamos nosotros.
Mientras esperaban en la puerta a que el aparcacoches les llevara el vehículo, Aurora se sentía como si fuera de camino al patíbulo. Sabía que estaba poniéndose paranoica, pero tenía la sensación de que no iban a llevarla al aeropuerto, que tenían otros planes para ella. No la ayudó precisamente el hecho de que su madre y Eduardo hablasen en voz baja entre ellos y que no estuviesen de acuerdo en lo que trataban.
En el coche, un Cadillac antiguo, Aurora miró el tirador de la puerta. Si no tomaban el camino del aeropuerto, saltaría. Aunque el coche estuviera en movimiento. Parecían avanzar lentos como gusanos. Las luces de Las Vegas coloreaban el cielo, pero ella solo tenía ojos para el aeropuerto. Tras una eternidad llegaron a la zona de carga.
Le faltó tiempo para bajarse del coche.
—Gracias —dijo, tirando de la manilla.
Nada. Estaba puesto el seguro y no encontraba el modo de quitarlo.
—¿Pero qué…?
—Aurora —su madre se volvió hacia ella—, ahora que estás aquí, me gustaría que te quedaras. Y a Eduardo también. Podríamos divertirnos juntas. Ir de compras, salir a comer, al cine…
—Tengo que salir de este coche.
Empujó el seguro manualmente y, gracias a Dios, se abrió. Salió disparada oyendo a su madre llamarla por su nombre. Tal vez las miradas solo las hubiera imaginado; a lo mejor se estaba volviendo paranoica, pero ya no importaba.
Porque allí, con el aspecto de haber venido corriendo desde Glenmuir, estaba su padre y avanzaba hacia ella. Aurora casi gritó de alivio y echó a correr. Aquel hombre era su padre, y la había elegido aun cuando su propia madre la había abando-

nado. Ya era más que hora de dejar de fingir que tenía una madre genial en Las Vegas cuando la verdad era que tenía al mejor padre del mundo.

Allí estaba, sudoroso y agotado, sonriendo con tristeza, pero con los brazos bien abiertos, esperándola.

CAPÍTULO 41

La niebla que acompañaba a los últimos días del otoño desprendía un frío denso que te calaba hasta los huesos y del que no había modo de defenderse. Sarah atizó el fuego de la chimenea y se puso otro par de calcetines y una sudadera. Esperaba que los niños no estuvieran sintiendo ese frío tanto como ella. Acababa de echarlos a dormir su siestecita matinal. No habían protestado, y con sus pijamitas rojos de una pieza se habían dejado acurrucar bajo la manta de lana. Ya no se sentía torpe ni incompetente con ellos. Estaba empezando a desenvolverse con soltura.

Entró en la cocina a prepararse una taza de té para entrar en calor y mientras esperaba a que el agua hirviera contempló una foto de Will y ella que les habían tomado en la Feria de la Ostra. Era una imagen romántica con la bahía como telón de fondo. Los dos estaban bailando y parecían completamente perdidos el uno en el otro. La tenía puesta en la puerta de la nevera casi como un desafío. Ya no quería seguir ocultando lo que sentía por él, y estaba decidida a aprender a confiar en esos sentimientos en lugar de cuestionarlos de continuo, pero dado todo lo que había ocurrido no podía evitarlo.

La explosión en el criadero de ostras aún la angustiaba y las sensaciones se apoderaban de ella en cualquier momento como recordatorio de que en su profesión Will estaba siempre a un paso de la muerte. Con Jack había vivido con el miedo de la pérdida y ahora estaba empezando a descubrir hasta qué punto la había afectado, y la idea de volver a pasar por ello con Will era aterradora.

Se agachó y rascó a Franny detrás de las orejas. Su abuela le dijo una vez que no se podía pedirle al amor que llegara cuando se estaba preparado para recibirlo, sino que venía cuando lo disponía el destino.

La tetera tembló y la apartó antes de que pitase y, mientras se hacía el té, sacó el libro de firmas de la casa y lo hojeó. Como si fuera una colegiala sintió ganas de registrar la primera noche que Will le había hecho el amor y se había quedado a dormir, pero se contuvo. No necesitaba ponerlo en papel. Bastaba con cerrar los ojos y pensar en ello para recuperar hasta el último detalle, la última caricia, beso o susurro, cada pulso de éxtasis que había sentido aquella noche. Los dos sabían que estar enamorados les iba a complicar la vida teniendo en cuenta la situación de ambos, pero había otra cosa más que también sabía: lo único más duro que quererlo era no quererlo.

Había prometido llamar en cuanto encontrase a Aurora y había dormido fatal aquella noche, pero al amanecer el teléfono sonó.

—Se había ido a Las Vegas con mi tía, pero está bien. Cansada. Te llamaremos después.

Así que todo iba bien, aunque lo que le preocupaba ahora era lo que fuese a ocurrir a partir de aquel momento. Will aún tendría que lidiar con la ira y el dolor que habían empujado a su hija a hacer algo semejante, y su papel en aquel drama era incierto. Lo único que sabía sin sombra de duda era que querer a un hombre con una hija adolescente no era moco de pavo.

Añadió una cucharada de miel al té y oyó el sonido de una puerta al cerrarse. Corrió a la puerta pasándose una mano por el pelo.

—Hola, Sarah.

La incredulidad la dejó paralizada.

—Jack.

Él se la quedó mirando, valorando su pelo corto y revuelto, las capas de ropa que se había puesto para combatir el frío de la niebla, y contra su voluntad Sarah sintió que enrojecía. En el hospital al menos había tenido excusa. Después de dar a luz nadie podía esperar que una mujer tuviese energía para arreglarse. Antes lo hacía por él: se vestía con pantalones de traje y jerseys porque esa era la imagen que él quería que proyectara y ahora, incluso después de tanto tiempo, se sentía incómoda.

«Basta ya», se dijo. «Ya no eres su mujer».

—Pasa —le dijo en tono neutro—. Deberías haberme llamado antes de venir.

—Era mi intención, pero incluso después de tomar tierra en San Francisco, aún no tenía claro lo que iba a hacer.

Entró llevando consigo la humedad de la niebla en su Burberry y en su pelo rojizo. Tenía la mirada brillante, tal vez preocupada.

«Ay, Dios mío», pensó, y el pulso se le aceleró. «Está enfermo otra vez».

—¿Estás bien? —le preguntó—. Por favor, dime que lo estás.

—Sano como una manzana. Ahora solo me hago revisiones anuales.

Eso era una alegría. La verdad era que su aspecto era infinitamente mejor que el suyo: en forma y bien vestido, sin una sola arruga a pesar del viaje.

—Te agradezco la preocupación —añadió con una pequeña sonrisa—. A veces pienso que es cuando más me quisiste: mientras estuve enfermo.

«Eres un bastardo», pensó.

—¿Qué quieres, Jack? —le preguntó pero no hubiera necesitado hacerlo. Claro—. Mimi te ha dejado, ¿verdad? Por eso estás aquí. Mi amiga Viv me dijo que esto pasaría. Que aparecerías en cuanto te dejaran.

—Sí, tu amiga es muy lista.

No lo había negado, pero no se sintió mejor por su fracaso.

Es más, no sintió nada, lo cual no dejaba de ser extrañamente liberador.

Se quitó el abrigo y lo dejó en el respaldo de la silla.

—Por favor, Sarah —dijo en la voz más amable que le había oído usar desde su ruptura—, dime, ¿cómo van los niños?

—Ahora mismo, se están despertando de una siesta —contestó haciéndole un gesto para que la siguiera. Adam estaba de pie, agarrado a la barandilla de la cuna y zarandeándola con todas sus fuerzas. Cuando la vio, levantó los brazos hacia ella. Bradley se incorporó y aplaudió. Incluso después de una breve siesta, sus hijos la saludaban como si no la hubieran visto en siglos. Ojalá pudiera ser la mitad de maravillosa de lo que ellos creían que era.

—Este es Adam —dijo, sacándolo de la cuna—, y aquel es Bradley. Los dos necesitan un cambio de pañales y luego comerán. ¿Quieres ayudar?

—Claro —contestó, aunque no parecía ni mucho menos tenerlas todas consigo—. Dios mío, cuánto han crecido. No sé qué decir, Sarah. Son tan...

—Sí. Ya lo sé.

Cambió a Adam, que luego se quedó agarrado a su rodilla mientras atendía a su hermano. La presencia de Jack no iba a hacerles daño, se dijo. Eran tan pequeños que no había modo de que pudiera afectarlos. Gracias a un milagro de la biología y la tecnología, Jack era su padre, una realidad con la que vivirían para siempre.

—¿Quieres tenerlo en brazos? —le preguntó, ofreciéndole a Bradley.

—Eh... vale.

—Si no te pones nervioso, ellos estarán bien.

Le había hecho un pequeño favor dejándole a Bradley el primero. Era el más abierto de los dos y no se ponía nervioso con los desconocidos. Era casi un milagro poder contemplar cómo sus personalidades iban aflorando día a día.

Jack parecía tenso e inseguro, pero al bebé no pareció importarle. Con sus manitas regordetas se agarró al suave algodón de la camisa de Jack y le miró muy serio. Jack sonrió, el niño le devolvió la sonrisa y entonces lo vio: el parecido de familia. Era increíble el modo en que la sonrisa de Jack se reflejaba en las caritas de sus hijos. Tomó a Adam en brazos y entraron en la cocina, donde le enseñó a poner al bebé en su trona. Tenía que reconocer que no lo hacía mal.

Le dio a cada uno una galletita de bebé mientras esperaban. Jack parecía distinto, pensó. Ni mejor ni peor, pero distinto. Podía ver al Jack que le había nublado el entendimiento, guapo, confiado, imponente. Incluso sintió una punzada de nostalgia por las cosas que habían compartido y por cómo lo había querido.

—Esto no tiene por qué estarnos pasando —dijo él en voz baja.

—Esto... quieres decir, el divorcio.

No podía creer lo que estaba oyendo. El acuerdo se había firmado por fin, y el resultado le había llegado por correo ordinario, en un sobre encajonado entre la factura del teléfono y un catálogo de jardinería.

—Podríamos volver a empezar los cuatro juntos y ser una familia.

Los cuatro juntos. Una familia. La nostalgia la atacó con fuerza.

Él debió de percibirlo en su expresión porque dio un paso más.

—Lo digo en serio, Sarah. A mi madre la está matando no formar parte de esto.

—Tu madre puede venir de visita siempre que quiera.

—No me refiero a visitarlos. Me refiero a lo de arreglarlo. A lo mejor esta vez seríamos capaces de esforzarnos más por hacerlo mejor.

Esa frase la hizo reír. Bradley aplaudió con sus manitas.

—¿Esforzarnos más? —preguntó, demasiado divertida para enfadarse—. ¿Es que crees que yo no lo intenté lo suficiente?

—lo miró en silencio un momento y por fin comprendió lo que le quería decir su abuela—. Cada día que estuvimos juntos yo intenté ser la mejor esposa posible, pero para ti no bastó. Y ese fue tu problema, no el mío.

—Vale, como tú quieras. Fui yo quien lo fastidió todo. Siento no haber sabido ser perfecto como tú. Siento haber enfermado de cáncer y que no te quedaras embarazada. Siento no haber sabido enfrentarme a mi frustración de otro modo.

—Vamos, Jack. Yo no era perfecta, y tampoco lo esperaba de ti. Pero sí esperaba fidelidad.

—En el fondo de mi corazón nunca te he sido infiel —respondió muy serio.

—A ver si no se me olvida la frasecita para usarla en la tira.

—Demonios, Sarah...

—Cuida tu boca cuando estés delante de mis hijos, por favor.

Se recostó sintiendo un enorme alivio. Desde que lo había dejado se había preguntado en muchas ocasiones dónde se había ido tanto amor, pero ahora que miraba a sus dos hijos, a ese par de hermosos milagros, lo sabía. Ser madre le había enseñado mucho en poco tiempo. Nunca había conocido todos los colores y formas del amor, ni había sabido que su corazón podía estar lleno hasta los topes y aun así tener capacidad de expandirse. A lo mejor si su madre no hubiera fallecido se lo habría explicado tiempo atrás, pero al mismo tiempo ser consciente de que lo había descubierto sola le proporcionaba una extraña sensación de triunfo.

Respiró hondo y dijo:

—Yo no soy la mártir de todo esto. Sé que tuve mi parte de responsabilidad en la creación de los problemas que tuvimos por lo obsesionada que estaba en tener familia, en hacer que todo pareciera normal. Si hubiéramos trabajado en nuestro matrimonio con tanto ahínco como en quedarme embarazada, podríamos haber tenido una oportunidad.

Él asintió, pero tenía la atención puesta en Adam, que se estaba estirando cuanto podía para alcanzar una caja amarilla de Cheerios que había en la encimera. Jack abrió la caja y dejó unos cuantos en la bandeja de cada una de las tronas. Los chiquillos se los llevaron a la boca a dos manos y miraron a su padre como si fuera poco menos que un héroe.

No había modo de resistirse a esos ojos grandes y claros, a esas caritas tan adorables. Parecía haberse quedado hipnotizado con ellos y una hermosa sonrisa, de esas que hacía años que no le veía, iluminó su cara.

—Son increíbles —le dijo en voz baja y cargada de emoción—. Mis hijos.

La dulzura de aquella felicidad tan espontánea le llegó la corazón y cerró los ojos. Aquel hombre era el padre de sus hijos, e iba a formar parte de sus vidas siempre.

Cuando abrió los ojos, Jack la estaba estudiando con una expresión curiosa.

—Estás bien —le dijo—. Muy bien.

Y la acarició suavemente como hacía antes, deslizando los nudillos por la mejilla y la línea de la mandíbula.

Las sensaciones tan intensas que despertó su contacto la dejaron inmovilizada y muda. Ni siquiera se movió cuando oyó la puerta abrirse y cerrarse.

—No puedo quedarme, preciosa —venía diciendo Will desde la puerta—, pero quería decirte que... oh.

Adam y Bradley le dieron entusiasmados la bienvenida, abriendo y cerrando las manitas.

Sarah se levantó empujando su silla. La culpa le estaba tiñendo el rostro. Lo estaba sintiendo.

—¡Will! ¿Está bien Aurora?

—Sí, sí. Es que volvimos muy tarde anoche, pero está bien.

Su voz sonó áspera y dura, lo mismo que su mirada al posarse en Jack.

—Te presento a Jack Daly —dijo. Se habían visto en el hospital, pero no habían sido presentados—. Jack, es mi amigo Will Bonner. Jack ha venido a ver a los niños.

—Ya.

Will miró brevemente la mano de Jack, la que le había estado acariciando la mejilla.

Sarah hubiera querido morirse.

—¿Todo va bien? —preguntó Will.

—Sarah está bien —respondió Jack.

Will no cambió ni su expresión ni su postura, pero todo él emanaba una especie de protección, incluso de peligro.

—Le preguntaba a Sarah.

—Estoy bien —respondió ella, repitiendo las palabras de Jack como hacía tiempo atrás—. Gracias por llamarme esta mañana y por venir a contarme lo de Aurora —añadió, rogándole con los ojos que tuviera consideración con la visita—. Quiero que me lo cuentes todo, pero...

—Luego —respondió Will, mirando con desprecio a Jack por última vez.

Sarah notó que la garganta se le había quedado seca.

—De acuerdo —respondió. La influencia de Jack le resultaba insoportable. Salió con Will hasta el porche—. No sabía que iba a venir. No me ha avisado.

—No pasa nada. Al fin y al cabo, es su padre, y eso no va a cambiar nunca.

Era la primera vez que lo veía tan derrotado. Desde luego había agotamiento y estrés de la pesadilla que había vivido con Aurora, pero había algo más. Parecía roto. Tal vez incluso atormentado. Y lo peor de todo era que ella no sabía cómo arreglarlo.

—Tengo que irme. Aurora y yo tenemos mucho que hacer.

—Claro —respondió, quemándole las lágrimas en la garganta.

—Tengo que centrarme en ella, Sarah. Me necesita más de lo que yo imaginaba.

Entonces lo comprendió. Quería poner distancia, disponer de tiempo y espacio para enfrentarse a lo que Aurora había hecho. Al marcharse su hija había puesto de manifiesto la verdad que todos sabían: que era la prioridad de su padre. Se había interpuesto emocionalmente entre ella y él.

—Bueno, nos vemos— concluyó, de camino ya a su furgoneta.

Sarah intentó no desmoronarse al entrar. Jack estaba observando a los niños en la cocina y el espacio resultaba demasiado silencioso. Encendió la radio. La canción que sonó no podía haber sido más oportuna, *Come See About Me*.

—¿Es el tío con el que sales? —preguntó Jack como quien no quiere la cosa, como si el hecho de que saliera con alguien careciera de importancia.

—No es asunto tuyo —espetó, aunque le sonó un poco infantil.

Él la miró a la cara y Sarah sintió que enrojecía.

—Mierda. Estás enamorada de él.

Ella no lo negó. ¿Cómo iba a poder hacerlo?

—Y por supuesto que es asunto mío, dado que te estoy enviando un cheque del tamaño de Milwaukee cada mes. Todo lo que hagas es asunto mío. Solo el tratamiento de fertilidad me costó una fortuna, y la inversión no me está rentando una mierda.

Por un instante, Sarah tuvo una fantasía: se vio a sí misma con el brazo levantado y los dientes apretados, lanzándole una bofetada a Jack que luego la dejaba totalmente relajada. Pero la fantasía se transformó en una risa amarga.

—Supongo que pretendes enfadarme lo suficiente para que te diga por dónde puedes meterte tus cheques, pero no lo vas a conseguir. Tengo dos hijos que criar, y nunca vas a conseguir enfadarme lo suficiente para que tire por la borda su futuro.

De un tirón Jack arrancó una foto de Sarah y Will que estaba en la nevera. Los imanes cayeron al suelo.

—¿De verdad crees que estás enamorada de este payaso? No seas idiota, Sarah. Puedes pensar que estás enamorada de él, pero no es cierto. Nada de lo que sientes es real. Aún llevas a la espalda lo nuestro.

—Tú ya no me conoces, Jack.

—Por eso estoy aquí. Porque creía que podíamos conectar de nuevo por el bien de nuestros hijos. Pero me hago el viaje hasta aquí y me encuentro a la madre de mis hijos tirándose a un palurdo.

Esa fue la gota. Sarah se plantó ante la puerta la abrió.

—Acabas de pronunciar las palabras mágicas. Nadie habla así delante de mis hijos. Largo.

Jack dudó y Sarah vio en su cara algo que recordaba de cuando lo había querido. No dijo nada y salió, y ella se lo quedó mirando en la puerta mientras oía a sus hijos gorgotear en la cocina, y le vio adentrarse en la niebla hasta desaparecer.

La inesperada visita de Jack le había aclarado algunas cosas. La idea de que era posible sobreponerse a un matrimonio fracasado no funcionaba en su caso y nunca lo haría. No había modo de sobreponerse a lo que había pasado con Jack. Y no era que fuese malo del todo. Así tendría una cosa menos de la que preocuparse, sabiendo que era imposible lograrlo.

Ahora sabía también que el amor no era invariable, sino que cambiaba de forma e intensidad. Sus sentimientos por Jack habían sido muy reales, pero se habían terminado y debía considerarse afortunada por ello. Continuar en un matrimonio sin amor debía de ser como estar medio muerta. Una existencia, sí, pero sin color ni calor, como uno de los recuadros de su tira.

Con Will había descubierto una nueva profundidad de amor y nuevas cumbres de pasión, pero las sombras de la duda flotaban sobre ella. Hubo un tiempo en el que creyó que Jack era el hombre perfecto y se había equivocado. ¿Y si volvía a equivocarse con Will? ¿Y si el tiempo los cambiaba?

Tenía que dejar de preocuparse por eso. Su corazón se había abierto como una flor, aunque tenía que seguir siendo realista. Nadie podía soportar lo que ella había soportado y salir indemne con su visión romántica de la vida. Dolía haber querido tanto y era imposible al mismo tiempo no hacerlo. Y no era solo un estado de la existencia, sino algo vivo y vital que iba a poner en juego cuanto tenía. Ella también tenía muchas cosas que hacer.

Acercarse a Aurora iba a ser una tarea titánica, pero no imposible.

Cuando se quiere derribar un muro, no se empieza con lo que hay detrás de él sino con quien lo construyó.

Los estudiantes aventajados de la clase de arte habían salido a Point Reyes a trabajar en un proyecto. Víctor Chopin le había dicho que sería bienvenida a su clase siempre que quisiera, de modo que la salida le ofrecería la oportunidad perfecta de hablar con Aurora. Dejó a los gemelos con la abuela y tomó la carreterilla que subía al faro.

Aparcó el Mini detrás del autobús del colegio y contempló el grupo de estudiantes que se habían repartido por el promontorio en busca del lugar perfecto para dibujar. Cada punto ofrecía una vista distinta del paisaje. Aquel era uno de los mejores lugares para observar la migración de las ballenas grises que pasaban ante la costa en su viaje desde Alaska hasta México, y Sarah sabía que el faro era uno de los temas favoritos de Aurora para dibujar.

En contraste con la plácida bahía, el extremo occidental de la región era un lugar de drama y peligro. El mar se lanzaba contra los acantilados de piedra, que se adentraban en sus aguas como una gárgola gótica sobre las vastas playas vacías salpicadas de plantas acuáticas. El estallido sordo de las olas al golpear contra la piedra reverberaba en el estómago de Sarah, agarrotado por los nervios.

El incidente de Las Vegas le había aclarado una cosa: que ya era más que hora de que definiera su relación con Aurora. No era que necesitase su permiso para querer a Will, pero sí que comprendiera que su amor por él no iba a destruir el lazo que ella tenía con su padre.

Hacía frío y los trescientos escalones que había que bajar

para alcanzar el faro parecían como una escalera a ninguna parte, ya que el final quedaba oculto tras una espesa niebla. Los sonidos se percibían ahogados: la carga de las olas contra las rocas abajo del todo, el pulso regular de la sirena que anunciaba la niebla. Había pocos turistas por allí y los estudiantes de arte se habían ido distribuyendo por varios puntos para dibujar garcetas, formaciones rocosas y cipreses esculpidos por el viento. Encontró a Aurora en el nivel más alto del viejo faro, con su cuaderno de dibujo sobre las rodillas y una caja de pasteles al lado. No pareció sorprenderse al verla.

—Hola.

—Hola.

Levantó la mirada, pero volvió enseguida al dibujo.

—¿Tienes un momento?

La mano con que dibujaba se quedó quieta.

—Lo siento, ¿vale? Sé que te debo una disculpa, como a todo el mundo. No debería haberme escapado y lo siento.

Parecía un discurso que hubiera repetido en muchas ocasiones. Sarah se quedó mirándola, su pelo azul de puro negro cayendo a la espalda y enmarcando una mejilla de color oliva, su delicada boca en un rictus de desdicha.

—Yo no he venido buscando una disculpa —le dijo—. De hecho no te culpo porque te hayas ido en busca de tu madre.

Aurora siguió dibujando. Una gaviota hizo un quiebro cerca, infladas las alas por el viento, y a continuación se alejó.

—Eso lo entiendo —continuó—. Yo haría cualquier cosa por ver a mi madre. Pero no es eso lo que quiero saber, sino si te fuiste por mi culpa.

—No tiene nada que ver contigo. Nunca lo ha tenido —frunció el ceño con la cabeza baja—. De todos modos no necesito que me eches la bronca, así que antes de que empieces a gritarme o a culparme de...

—Yo no voy a gritarte ni a echarte la culpa de nada. Solo quiero pedirte que dejes de torturar a tu padre.

—Yo no lo estoy torturando.

—Lo estás obligando a elegir entre tú y yo… ¿no te parece eso una tortura?

—Yo no le estoy obligando a hacer nada.

—Comportándote como la hija perfecta cuando estáis solos los dos y transformándote en una sibila cuando aparezco yo.

—¿Quién es Sibila?

—Un personaje de una película. Podemos verla juntas alguna vez.

—No tiene sentido lo que dices.

Se abrazó las rodillas y puso la mirada en la línea de árboles inclinados todos hacia el mismo lado por el viento.

—No me estás escuchando. Estoy intentando explicarte que no tienes que preocuparte porque tu padre se enamore, que nunca vas a perderlo.

—Nos iba bien a los dos antes de que tú aparecieras.

La chiquilla tenía el mismo instinto de protección que su padre, pero aún carecía de su buen juicio.

—Tu padre siempre va a estar a tu lado, cuidando de ti, Aurora. No tienes por qué hacer nada para llamar su atención o para preocuparle. Solo porque le absorban otras cosas o esté ocupado no debes pensar que se está desentendiendo de ti. Y que él y yo nos hayamos enamorado no es el fin del mundo. Te guste o no, te vas a encontrar con tres personas más en tu vida que van a quererte.

Aurora se quedó en silencio concentrada en su dibujo mientras el viento seguía aullando al lamer las rocas. Sarah se dio cuenta de que se estaba escabullendo, pero eso era bueno para ella porque así podía hablarle con el corazón en la mano y nada que perder.

—Tenía este discurso planeado —le confesó—. Iba a decirte que esperaba, por el bien de tu padre, que pudiéramos ser amigas y avanzar a partir de ahí. No quiero intentar ser tu madre porque sé que ya tienes una, y pretendía hablar contigo sobre la familia, pero ¿sabes qué? Que es una idiotez. Puede que no estuviera a tu lado el día que naciste, o tu primer día de guardería, o en tu primer baile del colegio, pero estoy aquí ahora. Quiero ocuparme de ti y preocuparme por ti, y discutir contigo, y avergonzarte en las funciones del colegio e irme contigo de compras. Quiero quererte ahora y en el futuro tanto como quiero a Adam y Bradley. Y si no puedes enfrentarte a todo ello, yo...

—Basta —protestó Aurora cerrando de golpe el cuaderno—. Si me escuchas un momento, intentaré explicarme. A lo mejor has pensado que era una idiota por irme a buscar a mi madre, pero por lo menos he podido confirmar que nunca va a formar parte de mi vida, al menos en un futuro próximo. Cuando era más pequeña no entendía por qué iba tantas veces a urgencias, que es la razón por la que mi padre le tiene tanta manía al hospital, incluso el día que te llevó a ti. Mi madre tiene problemas con las drogas, aunque diga lo contrario. Roba y miente. A lo mejor un día abrirá los ojos y se pondrá mejor. Ojalá ocurra, pero yo no puedo hacerlo por ella. Nadie puede.

Sarah le rozó el hombro y al ver que no la rechazaba, le apartó un mechón de pelo de la cara, húmeda por las lágrimas.

—Lo siento, Aurora.

La chiquilla se estremeció.

—Estoy tan enfadada con ella. No servirá de nada que yo sea la hija perfecta o que papá sea el marido perfecto. Nada de eso la hará desengancharse.

Sarah le ofreció un pañuelo y Aurora se limpió la cara, aunque seguían cayéndole las lágrimas.

—Mi padre jamás hizo nada buscando su propia felicidad. Cada decisión que tomaba era para ayudar o proteger a alguien. Ahora por fin quiere algo para él, algo que le hace feliz. Es la mejor persona que conozco y se merece lo mejor —se le despejaron los ojos y se aclaró al garganta—. Lo que quiero decir es que... si no estás demasiado cabreada conmigo, podríamos... eh... ¿podríamos volverlo a intentar?

—Bueno, en ese caso... —dijo Sarah, y el mundo se expandía con cada respiración que tomaba—, solo queda una cosa por hacer.

—¿El qué?

Los ojos de la chica la miraron con desconfianza y Sarah percibió el miedo que le inspiraban los cambios.

—Vender el Mini.

CAPÍTULO 42

Gloria entró en el despacho del parque de bomberos y dejó un grueso expediente sobre la mesa de Will. Parecía tranquila, pero demacrada.

—Seis meses de reformatorio. Dime que no puede volverse aún peor.

Will sabía que le estaba costando mucho asimilar el hecho de que la hija de Ruby hubiera resultado ser el pirómano.

—Ojalá pudiera.

—Pero no puedes —suspiró, apoyada en el borde de la mesa—. Al menos no intentó hacer daño a nadie.

—A nadie menos a Ruby y a ti.

Gloria, su compañera, su ingeniero, su piedra angular, contuvo las lágrimas.

—Hemos estado a punto de dejarlo.

—Qué tontería. Estáis genial juntas.

Ella intentó sonreír.

—Por eso no hemos acabado dejándolo. El juez le ha ordenado a Glynnis que asista a la consulta de un psicólogo. Después, habrá que esperar lo mejor.

—Eres una chica lista —respondió, se levantó y le dio un abrazo—. Estoy orgulloso de ti.

—Es puro sentido común. Si vives dejando que una cría te gobierne, eso no es vida ni es nada porque, una vez que el crío crece y te deja, descubres que has olvidado cómo se toman las decisiones.

—¿Desde cuándo sabes tú tanto sobre niños?

—Puede que sea un talento natural. A lo mejor soy tan lista que sé que eres el más indicado para hablar, Will Bonner —le dijo, poniéndole una mano en el hombro—. Con ese corazón tuyo que rebosa amor.

Cuando Gloria se hubo marchado, Will guardó el expediente en el armario y echó la llave con una sensación de finalidad, no así de justicia. Para él la situación no era tan simple como Gloria parecía querer que fuera. Para Aurora había sido casi un desastre decirle la verdad. Ojalá confiase más en él a partir de aquel momento. El tiempo lo diría y por el momento no quería presionar. Aún estaba dándole vueltas al hecho de que la amiga de su hija había puesto a la gente en peligro. Y aún no había acabado de asimilar lo que había descubierto en la visita a su madre. Quizás había sido un error por su parte ocultarle a su hija quién era de verdad Marisol. Aún le quedaba por sufrir por culpa de la mujer que la había abandonado hasta que fuera capaz de pasar página y seguir adelante.

¿Y Sarah? Su corazón y sus sueños estaban llenos de ella, pero nada era sencillo entre ellos.

Cuando se es padre o madre soltera, la primera lealtad es para con tus hijos siempre. Aun cuando el niño se equivoque.

O al menos eso pensaba él hasta entonces, aunque lo de Glynnis había sido como una especie de toque de atención. A veces la lealtad ciega hacia un hijo podía conducir al desastre. En cualquier caso iba a dejar de preocuparse por cosas que no habían pasado, o que era posible que nunca llegasen a ocurrir. Había mantenido la distancia con Sarah porque le preocupaba que Aurora pudiera verla como una figura de madre y, si las cosas salían mal, que se le partiera otra vez el corazón.

Qué demonios... un corazón partido era algo a lo que se podía sobrevivir, y ella era ya lo bastante mayor para saberlo. En unos momentos se marcharía a casa dispuesto a pasar unos cuantos días con ella y a mantener una charla seria. Tenía que recordarle que en su vida iba a haber más cosas aparte del trabajo y de criarla a ella. Sarah y sus hijos formaban ya parte de su corazón y no quería seguir conteniéndose. Después de Marisol no creyó que volvería a enamorarse porque todo terminó de un modo demasiado conflictivo. Él se había equivocado, pero aquella vez era distinto. Aquella vez ya no era un crío. Y Sarah no era Marisol. No significaba que todo fuera a ser más fácil, eso ya lo sabía; pero esta vez también sabía que iba a hacerlo durar.

Fue a su camioneta y echó la bolsa de lona a la parte de atrás.

—Parece que tienes una cita con la lavandería —dijo una voz.

Se volvió ya con una sonrisa. Se diría que sus pensamientos la habían conjurado. Aquello tenía que ser una señal.

—Sarah.

Estaba en el aparcamiento del parque de bomberos, con una suave brisa alborotándole el pelo. La débil luz solar del otoño había tenido que sufrir para disipar la niebla, pero al final lo había conseguido y el aire parecía chispear de claridad.

—Hola.

—Estaba pensando en ti —dijo él. Ojalá tuviese el anillo en el bolsillo. Viéndola así, sintiéndola así, deseó poder dárselo en aquel mismo instante.

—¿Ah, sí? —preguntó ella, al tiempo que se acercaba y le pasaba los brazos por el cuello—. ¿Y en qué estabas pensando?

Will la besó sin prisa, íntimamente, saboreando los recuerdos de cada momento que habían pasado juntos, prometiéndole más, y ella se apoyó en su cuerpo.

—Eso es lo mismo que yo estaba pensando —le dijo.

—¿Dónde están los niños?

—Tengo un poco de tiempo libre por buen comportamiento —le explicó.

La sonrisa se borró. Había un peso extraño en su mirada. «Oh, no», pensó. «Mierda».

—¿Tienes un minuto?

—¿Qué pasa?

—Que no te he contado lo que pasó con mi ex marido.

El corazón se le paró al recordar la escena íntima que había presenciado en su casa, con su ex y los niños… una familia.

—Mira Sarah, no tienes por qué darme…

—Quiero hacerlo.

Intentó interpretar la expresión de su cara. Había vivido con él cinco años, lo había cuidado durante su enfermedad y tenía no solo uno, sino dos hijos suyos. ¿Habría llegado a la conclusión de que eran demasiados compromisos y demasiado hondos como para dejarlos atrás?

—Me alegro de que viniera. Volver a verlo ha sido… confuso —concluyó.

—Si lo que vas a decirme es que aún no lo has superado, has elegido al hombre equivocado, cariño —sus defensas se alzaron—. Te quiero, pero no estoy dispuesto a ser el hombre sobre el que llores por tu ex.

Ella asintió con tristeza.

—Nunca te pediría algo así.

Gracias fueran dadas a Dios.

—Entonces, ¿por qué esa confusión?

—Sigo pensando que tenía algo que demostrarle a Jack. Que necesitaba demostrarle que puedo ser madre soltera, trabajadora por cuenta propia y criar a mis hijos yo sola. Él… Jack dijo algunas cosas sobre nosotros… sobre tú y yo… aunque por supuesto no es asunto suyo. Dice que estoy todavía con el efecto rebote. Sé que es absurdo darle importancia a lo que pueda decir, pero siempre ha tenido la capacidad de minarme; aun ahora lo hace.

—Solo si tú se lo permites, Sarah. ¿Vas a hacerlo?

—No, pero lo cierto es que siempre va a formar parte de la vida de los niños.

—Sí, ¿y qué? —se aclaró la garganta. Ojalá se le dieran mejor las palabras. Sus sentimientos eran tan complejos en aquel momento que le resultaba difícil hacérselos entender. El corazón humano era un órgano tan complejo, frágil y fuerte al mismo tiempo.— Sé que ese tío te partió el corazón, Sarah, pero también sé que el corazón puede sanar. Y sé lo que es volver a amar. Te quiero tanto, Sarah, que a veces no puedo dormir por la noche. A veces me olvido de respirar, y eso no va a cambiar en los próximos cien años.

Ella lo miró fijamente con una expresión… ¿qué? ¿Horrorizada?

—Will, ¿lo dices en serio?

—Lo he dicho, ¿no? —intentó no parecer enfadado—. Mira, yo ya me he cansado de esperar. No va a existir el momento perfecto para decirte lo que te quiero decir, así que lo voy a hacer ahora mismo. Sarah, ¿quieres casarte conmigo?

Ella cerró los ojos un instante como lo haría un saltador de trampolín antes de dar el salto de su vida.

Sus dudas le pusieron nervioso.

—No voy a retirarme, Sarah, y esperaré el tiempo que necesites para responder. En lo que a ti respecta, tengo toda la paciencia del mundo.

Abrió los ojos y le sonrió.

—Will, te quiero, y yo tampoco estoy dispuesta a esperar. Lo que quiero es pasar el resto de mi vida queriéndote. ¿Podremos hacerlo, Will? ¿Podemos unir nuestras familias y encontrar el modo de que funcione? Porque ya sabrás que *eso* es lo que tengo que demostrar. O sea, que la respuesta es sí.

«Al fin», pensó. «¡Al fin!». La abrazó con todas sus fuerzas, pegándola a su cuerpo, con los ojos cerrados, dispuesto a guardar aquel momento en su corazón para siempre. Su objetivo estaba claro ya. Aquella mujer no necesitaba que la rescatase; solo que la amara.

La besó.

—Acabo de besar a mi prometida.

—Me lo has pedido tú, pero, si no lo hubieras hecho, lo habría hecho yo.

—¿Ah, sí?

—Sí.

—¿Cuándo le damos a Aurora la buena nueva?

Incluso le parecía que iba a aceptarla encantada.

Sarah se sonrojó y Will pensó que jamás iba a cansarse de verla ruborizarse.

—Yo creo que ya lo sabe.

—¿El qué?

—Que te quiero tanto que no soy capaz de imaginar mi vida sin ti. Y tampoco sin ella. Estuvimos hablando. Está hecha un lío, Will, y es una criatura adorable.

La felicidad casi le hizo desmayarse.

—Ojalá pudiera decirte que las cosas van a ser fáciles con ella…

—No tiene por qué ser fácil, Will, pero creo que la subestimas. Tu hija tiene un corazón tan grande como el tuyo. Se parece a ti en eso.

Nadie le había dicho eso antes. Le habría gustado oírlo y por fin allí había una persona que lo creía así. La abrazó y volvió a besarla, apretándola de tal modo contra su cuerpo que sintió que la alzaba en el aire.

—¿Cuánto tiempo dices que te han dado libre por buen comportamiento? —le preguntó, con los labios pegados al cuello.

—No lo bastante para eso. Le he pedido a Aurora que se reuniera con nosotros aquí.

—¿Es ella quien está cuidando a los gemelos?

—Se los ha llevado a la Playa de los Niños —respondió, y la cara de sorpresa de Will la hizo sonreír—. Vamos a estar bien todos. A lo mejor no perfectos, pero sí perfectamente bien.

Y le dio la clase de beso con la que había estado soñando

desde la primera vez que la besó, la clase de beso que hizo que el pecho le doliera de emoción.

Un momento después se oyeron voces... era su hija que decía algo en castellano, y una risa infantil. Abrazó a Sarah con fuerza. Un momento después estaban allí, envueltos en la última luz del sol, Aurora empujando el carrito de los bebés... el mundo entero acudía a su encuentro.

Epílogo

AGRADECIMIENTOS

Publicar este libro ha requerido un esfuerzo especial. Por ello quiero dar las gracias especialmente a mis colegas escritoras, por el obsequio que me hicieron con su amistad, su buen humor y su paciencia al leer mis borradores: Anjali Banerjee, Kate Breslin, Carol Cassella, Lois Faye Dyer, P.J. Jough-Haan, Rose Marie Harris, Susan Plunkett, Sheila Rabe, Krysteen Seelen, Suzanne Selfors y Elsa Watson.

Mi más sincero agradecimiento a Greg Evans, creador de la tira cómica Luann; al capitán de bomberos retirado Tom McCabe, del Kern County Fire Department—un héroe en la vida real; y a Glenn Mounger, un cosmopolita fascinante.

Y como siempre, mi más sincero agradeciendo al equipo de expertos que hacen posibles los libros: a mi agente, Meg Ruley, y a Annelise Robey de la agencia Jane Rotrosen; a mi editora, Margaret O'Neill Marbury, y a Adam Wilson de MIRA Books; y a Donna Hayes, Dianne Moggy, Loriana Sacilotto y a tantos otros que hacen de este negocio un placer por el que casi me siento culpable.

Últimos títulos publicados en Top Novel

Luna de verano – ROBYN CARR
Amor y esperanza – STEPHANIE LAURENS
Secretos de sociedad – CANDACE CAMP
10 secretos de seducción – VARIAS AUTORAS
El legado Moorehouse – J.R. WARD
Tras la traición – BRENDA JOYCE
A merced de la ira – LORI FOSTER
Palabras prohibidas – KASEY MICHAELS
El regreso del rebelde – LINDA LAEL MILLER
Víctima de una obsesión – DEANNA RAYBOURN
Los Cordina – NORA ROBERTS
Tierras salvajes – DIANA PALMER
Algo más que vecinos – ISABEL KEATS
Sueños de verano – SUSAN WIGGS
Tiempo de traiciones – ROSEMARY ROGERS
Nuevos comienzos – ROBYN CARR
Pasión de contrabando – BRENDA JOYCE
Los Montford – CANDACE CAMP
Tentando a la suerte – SUZANNE BROCKMANN
De repente, un verano – ROBYN CARR
Empezar de nuevo – ISABEL KEATS
Una luz en el mar – SUSAN WIGGS
Los Mackenzie – LINDA HOWARD
Una rosa en la tormenta – BRENDA JOYCE
Sabor a peligro – LORI FOSTER
Entre las azucenas olvidado – GEMA SAMARO

www.ingramcontent.com/pod-product-compliance
Lightning Source LLC
LaVergne TN
LVHW030331070526
838199LV00067B/6236